O MUNDO EM CHAMAS

A marca FSC® é a garantia de que a madeira utilizada na fabricação do papel deste livro provém de florestas que foram gerenciadas de maneira ambientalmente correta, socialmente justa e economicamente viável, além de outras fontes de origem controlada.

SIRI HUSTVEDT

O mundo em chamas

Tradução
Ana Ban

COMPANHIA DAS LETRAS

Copyright © 2014 by Siri Hustvedt
Proibida a venda em Portugal.

Grafia atualizada segundo o Acordo Ortográfico da Língua Portuguesa de 1990, que entrou em vigor no Brasil em 2009.

Título original
The Blazing World: A Novel

Capa
Rita da Costa Aguiar

Foto de capa
© Cheryl Molnar/ Corbis (DC)/ Latinstock

Preparação
Silvia Massimini Felix

Revisão
Angela das Neves
Adriana Bairrada

Dados Internacionais de Catalogação na Publicação (CIP)
(Câmara Brasileira do Livro, SP, Brasil)

Hustvedt, Siri
 O mundo em chamas / Siri Hustvedt ; tradução Ana Ban — 1ª ed. — São Paulo : Companhia das Letras, 2014.

 Título original: The Blazing World : A Novel.
 ISBN 978-85-359-2496-1

 1. Romance norte-americano I. Título.

14-09448   CDD-813

Índice para catálogo sistemático:
 1. Romances : Literatura norte-americana   813

[2014]
Todos os direitos desta edição reservados à
EDITORA SCHWARCZ S.A.
Rua Bandeira Paulista, 702, cj. 32
04532-002 — São Paulo — SP
Telefone: (11) 3707-3500
Fax: (11) 3707-3501
www.companhiadasletras.com.br
www.blogdacompanhia.com.br

O MUNDO EM CHAMAS

Introdução do editor

"Todas as empreitadas intelectuais e artísticas, até as piadas, ironias e paródias, têm melhor desempenho na mente do público quando este sabe que, em algum lugar por trás da grande obra ou da grande pegadinha, é possível localizar um pinto e um par de bolas." Em 2003, deparei-me com esta sentença provocadora em uma carta ao editor publicada em um volume do *The Open Eye*, um boletim interdisciplinar que eu lia fielmente havia vários anos. A frase não fora escrita pelo autor da carta, Richard Brickman. Ele citava uma artista cujo nome eu nunca tinha visto impresso antes: Harriet Burden. Brickman alegava que Burden lhe escrevera uma longa carta a respeito de um projeto que ela gostaria que ele tornasse público. Apesar de Burden ter exposto seu trabalho em Nova York nas décadas de 1970 e 1980, ela havia ficado decepcionada com a recepção e se retirara completamente do mundo da arte. Em algum ponto do final da década de 1990, ela deu início a uma experiência que demorou cinco anos para ser concluída. De acordo com Brickman, Burden contratou três homens para agir como fachada para o trabalho criativo dela.

Três exposições individuais em galerias de Nova York, atribuídas a Anton Tish (1998), Phineas Q. Eldridge (2002) e o artista conhecido apenas por Rune (2003), na verdade tinham sido feitas por Burden. Ela intitulou o projeto como um todo de *Mascaramentos* e declarou que sua intenção não era apenas expor o preconceito antifeminino no mundo da arte, mas também desvelar o funcionamento complexo da percepção humana e de como ideias inconscientes sobre gênero sexual, raça e celebridade influenciam a compreensão do espectador em relação a uma determinada obra de arte.

Mas Brickman foi mais longe. Ele afirma que Burden insistiu no fato de que o pseudônimo que ela adotou mudou o caráter da arte executada por ela. Em outras palavras, o homem que ela usou como máscara teve influência sobre o *tipo* de arte que ela produziu: "Cada máscara de artista se tornou, para Burden, uma 'personalidade poetizada', uma elaboração visual de um 'eu hermafrodita', que não pode ser atribuído a ela nem à máscara, mas a 'uma realidade mista, criada entre as duas'". Como professor de estética, imediatamente fiquei fascinado pelo projeto por sua ambição, mas também por sua complexidade filosófica e sofisticação.

Ao mesmo tempo, a carta de Brickman me intrigou. Por que Burden não tinha publicado sua própria declaração? Por que permitiria que Brickman falasse por ela? Brickman alegou que a carta de sessenta páginas que Burden chamou de "Missiva do domínio do ser fictício" chegara sem aviso à sua caixa de correio e que ele não tinha conhecimento anterior sobre a artista. O tom da carta de Brickman também é curioso: alterna-se entre condescendência e admiração. Ele critica a carta de Burden como hiperbólica e inadequada para publicação em um boletim acadêmico, mas então cita outras passagens que atribui a ela com aparente aprovação. Fiquei com uma impressão confusa da carta, além de uma sensação de hostilidade a respeito de Brickman, cujo comentário abafa o texto original de Burden com eficiência. Imediatamente procurei informações sobre as três exposições, A história da arte ocidental, de Tish, As salas de sufocação, de Eldridge, e Por baixo, de Rune, e cada uma era distinta da perspectiva visual em relação às outras duas. Ainda assim, detectei o que chamaria de "semelhança familiar" entre as três. As exposições de Tish, Eldridge e Rune que Burden supostamente inventara eram todas atraentes como arte, mas o que me intrigou especialmente foi que a experiência de Burden ressoa com minhas próprias preocupações intelectuais.

Minha agenda de aulas estava carregada naquele ano. Eu tinha obrigações na posição catedrática temporária de meu departamento e só pude satisfazer à minha curiosidade a respeito de *Mascaramentos* três anos depois, quando tirei uma licença sabática para trabalhar em meu livro *Vozes plurais e visões múltiplas*, no qual discuto o trabalho de Søren Kierkegaard, de M. M. Bakhtin e da historiadora da arte Aby Warburg. A descrição que Brickman faz do projeto de Burden e das suas *personalidades poetizadas* (esta última expressão é de Kierkegaard) se mesclava perfeitamente com minhas próprias ideias; por isso, resolvi ir atrás de Brickman por meio do *The Open Eye* para ouvir o que ele tinha a dizer pessoalmente.

Peter Wentworth, o editor do boletim, recuperou a correspondência por e-mail de Brickman para ele — várias notas curtas e secas relacionadas ao trabalho. Quando tentei entrar em contato com Brickman, no entanto, descobri que o endereço havia sido extinto. Wentworth encontrou um ensaio que Brickman publicara no boletim dois anos antes de sua carta no *The Open Eye*, que depois me lembrei de ter lido: uma tese abstrusa de crítica aos debates em andamento a respeito de conceitos em filosofia analítica, um assunto alheio aos meus próprios interesses. De acordo com Wentworth, Brickman tinha obtido seu Ph.D. em filosofia na Universidade de Emory e era professor assistente na Faculdade St. Olaf em Northfield, no estado do Minnesota. Mas, quando entrei em contato com a St. Olaf, descobri que não havia nem nunca tinha havido alguém chamado Richard Brickman que tivesse dado aulas naquele departamento. Nem preciso dizer que a Universidade de Emory também não tinha nenhum registro de qualquer candidato a Ph.D. com aquele nome. Resolvi entrar em contato direto com Harriet Burden, mas, quando a encontrei em Nova York por meio da filha, Maisie Lord, já fazia dois anos que estava morta.

A ideia para este livro nasceu durante minha primeira conversa telefônica com Maisie Lord. Apesar de ela estar ciente da carta de Brickman, ficou surpresa ao saber que o autor não era a pessoa que afirmava ser, se é que essa pessoa de fato existia. Ela partia do princípio de que a mãe estivera em contato com ele, mas não sabia nada a respeito dos detalhes da conexão entre os dois. As obras de arte de Harriet Burden já tinham sido catalogadas e armazenadas na época que conversei com Maisie, e ela estava trabalhando em um documentário sobre a mãe havia vários anos. O filme inclui a narração de trechos dos vinte e quatro diários que a mãe começou a escrever depois que o marido, Felix Lord, morreu, em 1995, cada um identificado por uma letra do alfabeto. Até onde Maisie sabia, nenhum dos diários mencionava Brickman. (Encontrei referências a R. B., possivelmente Richard Brickman, mas nada mais revelador do que isso.) Maisie, no entanto, tinha certeza de que a mãe havia deixado diversas "pistas" dentro dos diários, não apenas relativas aos projetos dos pseudônimos, mas também ao que ela chamava de "os segredos da personalidade da minha mãe".

Duas semanas depois de nossa conversa por telefone, viajei para Nova York, onde me encontrei com Maisie, seu irmão

Ethan Lord e o companheiro de Burden, Bruno Kleinfeld, e todos conversaram bastante comigo. Vi centenas de obras de arte que Burden nunca exibira em lugar nenhum, e os filhos dela me informaram que seu trabalho tinha acabado de ganhar representação da prestigiosa Galeria Grace, em Nova York. A retrospectiva de Burden organizada em 2008 despertaria o respeito e o reconhecimento pelo qual a artista ansiava com tanto desespero, servindo essencialmente para lançar sua carreira póstuma. Maisie me mostrou trechos de seu filme inacabado e, o mais importante, me deu acesso aos cadernos da mãe.

Enquanto lia centenas de páginas que Burden tinha escrito, alternei entre sentimentos de fascínio, provocação e frustração. Ela escrevia vários diários simultaneamente. Datava algumas entradas, mas não outras. Ela tinha um sistema de referência cruzada dos diários que às vezes ficava claro, mas que, em outras ocasiões, parecia bizantino em complexidade ou falta de sentido. No final, desisti de tentar decodificá-lo. Sua letra de mão se encolhe até se tornar ilegível em algumas passagens e, em outras, fica tão grande que poucas frases ocupam uma página inteira. Alguns de seus textos são obscurecidos por desenhos que se intrometem nas passagens escritas. Certos cadernos estão completamente cheios, outros contêm apenas alguns parágrafos. O Caderno A e o Caderno U são, na maior parte, autobiográficos, mas não inteiramente. Ela mantinha anotações detalhadas sobre artistas que adorava, e alguns deles ocupam várias páginas de um caderno. Vermeer e Velázquez compartilham o V, por exemplo. Louise Bourgeois tem seu próprio caderno identificado por L, não B, mas o L contém digressões sobre a infância e a psicanálise. William Wechsler, Caderno W, contém anotações sobre o trabalho de Wechsler, mas também adendos longos sobre *Tristram Shandy*, de Lawrence Sterne, e *Fantomina*, de Eliza Heywood, além de comentários sobre Horácio.

Vários dos diários são essencialmente anotações sobre suas leituras, que eram volumosas e disparavam para dentro e para fora de diversos campos: literatura, filosofia, linguística, história, psicologia e neurociência. Por razões desconhecidas, John Milton e Emily Dickinson compartilham um caderno identificado como G. Já Kierkegaard está em K, mas Burden também escreve sobre Kafka nele, incluindo diversas passagens sobre cemitérios. O Caderno H, sobre Edmund Husserl, tem páginas sobre a ideia de Husserl a respeito da "constituição intersubjetiva da objetividade" e das consequências de tal ideia sobre as ciências naturais, mas também tangencia Maurice Merleau-Ponty, Mary Douglas e um "cenário fantasioso" sobre inteligência artificial. Q é dedicado à teoria quântica e a seu possível uso para um modelo teórico do cérebro. Na primeira página do Caderno F (para *feminino*, aparentemente), Burden escreve: "Hinos ao sexo frágil". Seguem-se páginas e páginas de citações. Uma pequena amostra bastará para dar o tom. Hesíodo: "Quem confia em uma mulher, esse homem confia em uma trapaceira". Tertuliano: "Vocês [mulheres] são o portão do demônio". Victor Hugo: "Deus se tornou homem, é claro. O demônio se tornou mulher". Pound (Canto XXIX): "O feminino/ É um elemento, o feminino/ É caos, um polvo/ Um processo biológico". Junto com estes exemplos de misoginia descarada, Burden grampeou dúzias de artigos de jornal e de revista em uma única página com a palavra *suprimidos* escrita por cima. Não havia tema comum a estas peças variadas, e fiquei me perguntando por que tinham sido amontoadas juntas. E então me dei conta de que elas divulgavam listas. Cada artigo incluía uma lista de artistas visuais, escritores, filósofos e cientistas contemporâneos em que nenhum nome de mulher aparecia.

Em V, Burden também cita livros acadêmicos, com e sem bibliografia. Encontrei esta citação: "A imagem da 'mulher-como-monstro' — com mulheres retratadas como cobras, aranhas, extraterrestres e escorpiões — é muito comum na literatura para meninos, não apenas nos Estados Unidos, mas também na Europa e no Japão (veja T, p. 97)". A anotação entre parênteses se refere ao Caderno T, da própria Burden, de *teratologia*, o estudo de monstros, que, como Burden explica na primeira página, é "a categoria que não é uma categoria, a categoria para abrigar o que não pode ser abrigado". Burden tinha preocupação com monstros e colecionava referências a eles tanto da ciência quanto da literatura. Na página 97 do Caderno T, Burden cita Rabelais, cujos monstros cômicos mudaram a face da literatura, observando que Gargântua não nasceu pelo orifício comum: "Graças a este acidente infeliz, ocorreu um enfraquecimento do útero; a criança saltou para cima pelas trompas de Falópio e entrou na veia cava e, escalando pelo diafragma até o ombro onde esta veia se divide em duas, tomou o caminho da esquerda e saiu pela orelha esquerda" (livro I, capítulo 6). Imediatamente depois disto, ela escreve: "Mas o monstro nem sempre é uma maravilha rabelaisiana de apetites vorazes e hilaridade sem limites. Ele geralmente é solitário e mal compreendido (veja M e N)".

Dois cadernos de preenchimento denso (M e N) tratam do trabalho de Margaret Cavendish, a duquesa de Newcastle (1623-73), e do organicismo materialista que ela desenvolveu como pensadora na maturidade. Estes dois cadernos, no entanto, também discutem o trabalho de Descartes, Hobbes, More e Gassendi. Burden conecta Cavendish a filósofos contemporâneos como Colin McGinn e David Chalmers, mas também ao fenomenologista Dan Zahavi e ao neurocientista Vittorio Gallese, entre outros. Depois de ler as passagens em questão, um colega meu que trabalha com neurobiologia, Stan Dickerson, que nunca tinha ouvido falar nem de Burden nem de Cavendish, declarou que o argumento de Burden é "um pouco maluco, mas convincente e embasado".

Apesar do fato de Cavendish ter vivido no século XVII, ela serviu como alter ego para Harriet Burden. No decurso de sua vida, a duquesa de Newcastle publicou poesia, ficção e, naturalmente, filosofia. Apesar de algumas pessoas terem defendido e admirado seu trabalho na época — mais notavelmente seu marido, William Cavendish —, a duquesa se sentia brutalmente tolhida por seu gênero sexual e repetidas vezes articulou a esperança de que iria encontrar leitores e aclamação na posteridade. Esnobada por muitos com quem ela gostaria de travar diálogo, Cavendish criou um mundo de interlocutores em seus escritos. Assim como Cavendish, acredito que Burden não pode ser compreendida a menos que a qualidade de diálogo de suas ideias e de sua arte seja levada em consideração. Todos os cadernos de Burden podem ser lidos como formas de diálogo. De modo contínuo, ela passa da primeira pessoa para a segunda e depois para a terceira. Algumas passagens são escritas como argumentos entre duas versões dela mesma. Uma voz faz uma afirmação. Outra a rebate. Os cadernos se transformaram no campo em que sua raiva conflituosa e seu intelecto dividido podiam batalhar na página.

Burden reclama com amargor a respeito do sexismo na cultura, em particular no mundo da arte, mas também lamenta sua "solidão intelectual". Ela medita sobre seu isolamento e desfere golpes contra vários inimigos identificados. Ao mesmo tempo, seu texto (assim como o de Cavendish) é colorido por extravagância e grandiosidade. "Eu sou uma Ópera. Um Tumulto. Uma Ameaça", ela escreve em uma entrada que fala diretamente sobre sua afinidade espiritual com Cavendish. Assim como a duquesa, o desejo de Burden por reconhecimento durante a vida foi, em última instância, transmutado em uma esperança de que seu trabalho finalmente seria notado, se não enquanto estava viva, então depois de sua morte.

Burden escreveu tanto e com tanta amplidão que meu dilema de edição se voltou à questão crucial: o que incluir e o que deixar de fora? Alguns dos cadernos contêm material esotérico ininteligível, a não ser para quem é bem versado na história da filosofia ou da ciência ou da história da arte. Algumas de suas referências me causaram certa confusão e, mesmo depois de tê-las encontrado, seu significado no contexto da escrita de Burden com frequência permaneceu obscuro para mim. Concentrei minha atenção em *Mascaramentos* e incluí apenas passagens que direta ou indiretamente se relacionam ao projeto dos pseudônimos. Os primeiros trechos dos diários de Burden neste volume foram tirados do Caderno C (*Confissões? Confidências?*), as memórias que ela começou a escrever em algum momento no início de 2002, depois de seu sexagésimo segundo aniversário, mas que parece ter abandonado para voltar a seus antigos cadernos e a um estilo mais fragmentado.

Ainda assim, achei conveniente tentar construir uma espécie de história usando a diversidade de materiais que Burden deixou para trás. Ethan Lord sugeriu que eu reunisse testemunhos escritos ou orais de pessoas próximas à sua mãe, para apresentar perspectivas adicionais a respeito de *Mascaramentos*, e eu concordei. Então decidi solicitar informações daqueles que conheciam ou tinham se envolvido de algum modo no projeto dos pseudônimos.

Desde a exposição na Grace, o interesse pelo trabalho de Harriet Burden cresceu de maneira exponencial, apesar de suas "máscaras" ainda estarem rodeadas de controvérsia, principalmente no que diz respeito a seu envolvimento com o último artista entre os três, e de longe o mais famoso, Rune. Apesar de haver um consenso de que Burden fez *A história da arte ocidental*, de Tish, além de *As salas de sufocação*, de Eldridge, há pouca concordância relativa ao que realmente aconteceu entre ela e

Rune. Há quem acredite que Burden não é responsável pelo trabalho *Por baixo* ou que contribuiu muito pouco com a instalação, e outros que estão convencidos de que Burden a criou sem Rune. Outros ainda argumentam que *Por baixo* foi um esforço colaborativo. Talvez não seja possível determinar absolutamente quem gerou a obra, apesar de estar claro que Burden se sentiu traída por Rune e se voltou contra ele. Ela também se convenceu de que ele havia roubado quatro obras de seu estúdio, apesar de ninguém ser capaz de explicar como o roubo pode ter acontecido. O prédio estava trancado e protegido por um sistema de alarme. *Janelas*, uma série de doze peças, foi vendida como obra de arte de autoria de Rune. As doze caixas se assemelham a construções elaboradas por Burden, e é pelo menos possível que quatro delas tenham sido feitas por ela, não por Rune.

A versão dos acontecimentos de Rune não pôde ser incluída nesta antologia. Sua morte amplamente divulgada, em 2004, que pode ou não ter sido suicídio, transformou-se em notícia sensacionalista na mídia. A carreira de Rune foi documentada de modo extenso. Seu trabalho recebeu amplas análises, e há muitos artigos críticos e diversos livros sobre ele e sua obra disponíveis a qualquer interessado. Ainda assim, eu queria que a visão de Rune fosse representada nesta coleção, e pedi ao jornalista Oswald Case, amigo e biógrafo de Rune, que contribuísse com o volume. Ele cortesmente aceitou.

Entre os colaboradores deste volume estão Bruno Kleinfeld; Maisie e Ethan Lord; Rachel Briefman, amiga próxima de Burden; Phineas Q. Eldridge, a segunda "máscara" de Burden; Alan Dudek (também conhecido como o Barômetro), que morou com Burden; e Sweet Autumn Pinkney, que trabalhou como assistente em *A história da arte ocidental* e conheceu Anton Tish.

Apesar dos esforços hercúleos de minha parte, não fui capaz de entrar em contato com Tish, cujo relato a respeito de seu envolvimento com Burden teria sido de valor incalculável. No entanto, uma pequena entrevista com ele faz parte desta coleção. Em 2008, escrevi à irmã de Rune, Kirsten Larsen Smith, para pedir uma entrevista completa a respeito do envolvimento do artista com Burden, mas ela objetou, dizendo que não era capaz de falar sobre o irmão por ter ficado muito abalada com sua morte prematura. Então, em março de 2011, depois de eu ter compilado e editado todo o material do livro, Smith me ligou e explicou que tinha decidido aceitar meu pedido de entrevista. Minha conversa com ela foi adicionada ao livro. Sou profundamente grato por sua coragem e honestidade ao falar do irmão.

Incluí um ensaio curto da crítica de arte Rosemary Lerner, que no momento trabalha em um livro sobre Burden; entrevistas com dois galeristas que exibiram as "máscaras" de Burden; e algumas resenhas curtas publicadas depois da abertura de *As salas de sufocação*, exposição que recebeu muito menos atenção do que as duas outras que fazem parte da trilogia *Mascaramentos*. O artigo de Timothy Hardwick, publicado depois da morte de Rune, foi adicionado à antologia por tratar do ponto de vista de Rune sobre inteligência artificial, assunto que também interessava a Burden, apesar de suas anotações a respeito da questão sugerirem que os dois não concordavam.

Sinto-me na obrigação de abordar a questão da doença mental. Apesar de Alison Shaw chamar a artista de "um exemplo de sanidade em um mundo de preconceitos insanos" em um ensaio na *Art Lights*, Alfred Tong, em um artigo para a *Blank: A Magazine of the Arts*, assume a posição oposta:

> Harriet Burden era rica. Nunca precisou trabalhar depois de se casar com o marchand e colecionador de renome Felix Lord. Quando ele morreu, em 1995, ela sofreu um profundo *colapso mental* e foi tratada por um psiquiatra. Permaneceu sob seus cui-

dados pelo resto da vida. De acordo com todos os relatos, Burden era excêntrica, paranoica, beligerante, histérica e até violenta. Várias pessoas viram quando ela atacou Rune fisicamente em Red Hook, perto do rio. Uma das testemunhas oculares me disse pessoalmente que Rune saiu da cena ensanguentado e com hematomas. Tenho dificuldade em compreender por que qualquer pessoa acreditaria que ela tivesse um mínimo de estabilidade necessária para produzir *Por baixo*, uma instalação rigorosa e complicada que pode muito bem ter sido o melhor trabalho de Rune.

Nos trechos dos diários que se seguem, Burden escreve a respeito de seu sofrimento depois da morte do marido, e também fala sobre o dr. Adam Fertig, com quem sentia ter uma dívida. Tong tem razão: ela continuou a se consultar com Fertig, psiquiatra e psicanalista, durante os oito anos restantes de sua vida. Ela fazia psicoterapia com ele duas vezes por semana. Também é verdade que ela bateu em Rune na frente de diversas testemunhas. As conclusões que Tong tira desses fatos, no entanto, não têm embasamento generalizado. A autora dos cadernos é sensível, atormentada, raivosa e, como a maior parte de nós, propensa a pontos cegos neuróticos. Por exemplo, Burden com frequência parece se esquecer de que foi decisão *dela* abandonar o mundo da arte. Ela exibiu seu trabalho atrás de pelo menos duas, se não três, máscaras masculinas, mas se recusou a mostrar a arte que havia reunido durante muitos anos a um único marchand, fato que serve como mais do que indício à autossabotagem.

    Minha leitura cuidadosa dos vinte e quatro cadernos, e os textos e testemunhos de quem a conheceu bem, forneceram uma visão cheia de nuances de Harriet Burden, artista e mulher, mas, enquanto eu trabalhava nesta antologia de maneira intermitente ao longo de seis anos — interpretando a caligrafia dela, dando o melhor de mim para encontrar suas referências e referências cruzadas e tentando encontrar sentido em seus significados múltiplos —, confesso que às vezes fiquei com a sensação desconfortável de que o fantasma de Harriet Burden dava risada por cima de meu ombro. Ela se referiu a si mesma várias vezes em seus diários como "trapaceira", e parece ter se deliciado com todo tipo de artimanha e jogo. Apenas duas letras ficaram faltando no alfabeto de cadernos de Burden: I e O. A letra I, claro, é o pronome da primeira pessoa em inglês, e fiquei me perguntando como Burden foi capaz de resistir a escrever um diário com aquela letra e se por acaso não o escondera em algum lugar, ainda que apenas para caçoar de pessoas como eu, que Burden obviamente esperava que prestassem atenção nela e em seu trabalho. Parece haver duas referências entre parênteses a I, apesar de ser possível que ela estivesse se referindo ao número 1 em vez disso. Já no que diz respeito ao O, também é tanto um número quanto uma letra, uma nulidade, uma abertura, um vazio. Talvez ela tenha deixado esta letra de fora de seu alfabeto de propósito. Não sei dizer. E Richard Brickman? Existem centenas de Richard Brickmans nos Estados Unidos, mas suponho que este Brickman fosse mais um dos pseudônimos de Burden. Quando Ethan me disse que a mãe tinha publicado pelo menos uma obra crítica em 1986, usando o nome absurdo de Roger Raison, comecei a sentir certa segurança em relação à minha hipótese, apesar de não ter evidência alguma para substanciá-la.

A melhor política pode ser deixar que o leitor do material que se segue julgue por si só exatamente o que Harriet Burden quis ou não quis dizer e se a descrição que faz de si mesma é ou não confiável. A história que surge desta antologia de vozes é íntima, contraditória e, reconheço, bastante estranha. Dei o melhor de mim para reunir os textos em ordem sensata e para fornecer anotações em relação aos textos de Burden quando esclarecimentos se faziam necessários, mas as palavras pertencem aos colaboradores, e permiti que permanecessem apenas com intervenção editorial mínima.

Finalmente, devo adicionar algumas palavras relativas ao título deste volume. No Caderno R (possivelmente de *recorrente*, *revisitado* ou *repetição* — todas as três palavras aparecem várias vezes), depois de vinte páginas sobre fantasmas e sonhos, há um espaço em branco seguido pelas palavras "Monstros em Casa". Isto serviu como meu título provisório até que eu recebesse todos os textos, organizasse-os na ordem atual e os relesse todos. Concluí que o título que Burden tomou emprestado de Cavendish e deu à última obra de arte que pôde completar antes de morrer era mais adequado à narrativa como um todo: *O mundo em chamas*.

I. V. Hess

POSTSCRIPTUM

No momento em que este livro estava indo para a impressão, Maisie e Ethan Lord entraram em contato comigo para informar que haviam acabado de recuperar mais um caderno: o Caderno O. As anotações em O fornecem mais informações a respeito da relação de Harriet Burden com Rune e revelam que Richard Brickman é, como eu havia pressuposto, um pseudônimo da própria Burden. As páginas mais importantes desse caderno foram adicionadas a este volume, mas, como não alteraram de modo significativo minha visão sobre a artista, não revisei a introdução. Se em algum momento houver uma segunda edição deste texto, e se o Caderno I (que agora tenho certeza de que existe) for descoberto, pode ser que eu precise retomar meu texto para adequá-lo.

I. V. Hess

Harriet Burden
Caderno C (fragmento de memória)

Comecei a fazê-los um ano depois da morte de Felix — totens, fetiches, cartazes, criaturas parecidas com ele e não tão parecidas com ele, corpos estranhos de todos os tipos que amedrontavam as crianças, apesar de os dois estarem crescidos e não morarem mais comigo. Desconfiaram que aquilo fosse uma espécie de versão de luto-que-saiu-dos-trilhos, principalmente depois de eu resolver que algumas das minhas carcaças tinham que ser quentes, para que você sentisse o calor quando as abraçasse. Maisie me disse para ir com calma: Mãe, isso é demais. Você precisa parar, mãe. Já não é mais jovem, sabe como é. E Ethan, fiel ao seu eu de Ethan, expressou desaprovação ao lhes dar o nome de "os monstros maternais", "as coisas do papai" e *"pater horribilis"*. Apenas Aven, netinha maravilhosa, aprovou as minhas bestas adoráveis. Ela ainda não tinha nem dois anos na época e se aproximou delas com sobriedade e delicadeza enorme. Ela adorava pousar a bochecha contra uma barriga radiante e arrulhar.

Mas preciso recuar e fazer a volta. Estou escrevendo isto porque não confio no tempo. Eu, Harriet Burden, também conhecida como Harry pelos velhos amigos e por novos amigos selecionados, tenho sessenta e dois anos, não sou uma anciã, mas estou bem encaminhada para o FIM, e ainda tenho muito a fazer antes que uma das minhas dores se revele um tumor ou uma demência sem nome ou que um caminhão errante suba na calçada e me amasse contra o muro para que eu nunca mais respire. A vida é caminhar na ponta dos pés por cima de minas terrestres. Nunca sabemos o que está por vir e, se quer saber a minha opinião, também não temos muita noção do que ficou para trás. Mas, com os diabos, é claro que podemos tirar uma história disso e fritar o cérebro tentando acertar.

Inícios são charadas. Ma e Pa. O feto flutuante. *Ab ovo*. No entanto, existem diversos momentos na vida que podem ser considerados como sendo origem, apenas precisamos reconhecê-los pelo que são. Felix e eu estávamos tomando café da manhã, no antigo apartamento no número 1185 da Park Avenue. Ele tinha quebrado a casca do ovo quente, como fazia toda manhã, com um golpe certeiro da faca na casca, e tinha levado a colher com o seu conteúdo branco e amarelo escorrendo até a boca. Eu estava olhando para ele porque Felix parecia estar prestes a falar comigo. Ele me olhou surpreso por apenas um instante, a colher caiu na mesa, depois no chão, e tombou para a frente, a testa pousou numa fatia de torrada com manteiga. A luz da janela brilhava fraca na mesa com a sua toalha branca e azul, a faca descartada formava um ângulo com o pires da xícara de café; o saleiro e o pimenteiro verdes se localizavam a centímetros da sua orelha esquerda. Eu não devo ter registrado a imagem do meu marido desabado por cima do prato por mais que uma fração de segundo, mas o quadro ficou impregnado na minha mente, e eu ainda o enxergo. Continuei enxergando apesar de ter me levantado de um salto e erguido a cabeça dele, sentido seu pulso, chamado ajuda, feito respiração boca a boca, rezado as minhas rezas embaralhadas e seculares, subido na parte de trás da ambulância com os paramédicos e ouvido a sirene berrar. Àquela altura eu tinha me transformado numa mulher de pedra, uma observadora que também era atriz na cena. Eu me lembro de tudo de modo vívido e, no entanto, uma parte de mim continua ali sentada à mesinha perto da janela, na cozinha comprida e estreita, olhando para Felix. É o fragmento de Harriet Burden que nunca se levantou nem seguiu em frente. Atravessei a ponte e comprei um prédio no Brooklyn, um bairro que naquele tempo era mais sujinho do que é agora. Queria fugir do mundo da arte de Manhattan, aquele glóbulo incestuoso, endinheirado e rodopiante composto de pessoas que compram e vendem *objets* estéticos. Nesse microcosmo alquebrado, é justo dizer que Felix tinha sido um gigante, marchand das estrelas, e eu, a esposa artista de Gargântua. No entanto, esposa se sobrepunha a artista e, com a ausência de Felix, os habitantes daquele lindo mundo não se importavam nem um pouco com a possibilidade de eu ficar ou de abandoná-los em troca da região remota conhecida como Red Hook. Eu antes tinha dois marchands; ambos me largaram, um depois do outro. O meu trabalho nunca tinha vendido muito e era pouco discutido, mas, durante trinta anos, eu servi de anfitriã para todos eles — os colecionadores, os artistas, os jornalistas —, um clube de dependência mútua tão ensimesmado e vaidoso que as identidades pareciam se confundir. Quando eu me despedi de tudo isso, os novos nomes "da hora", recém-saídos da faculdade de arte, tinham começado a parecer todos iguais para mim, com o seu filme ou a sua arte performática e a sua lenga-lenga pretensiosa e as suas referências teóricas truncadas. Pelo menos, a garotada tinha esperança. Pegavam dicas com os desesperançados — aqueles idiotas que escreviam para a *Art Assembly*, a revista hermética que com regularidade servia na mesa os restos frios da teoria literária francesa aos seus leitores ávidos, igualmente ignorantes. Durante anos, eu me esforcei tanto para segurar a língua que quase a engoli. Durante anos, eu deslizei ao redor da mesa de jantar usando várias vestes da variedade inteligente e excêntrica, na frente do Klee, orientando o tráfego com sinais hábeis e sorrindo, sempre sorrindo.

Felix Lord me descobriu parada na galeria dele num fim de tarde de sábado no SoHo, contemplando um artista que há muito desapareceu, mas que teve um momento de glória na década de 60: Hieronymous Hirsch.[1] Eu tinha vinte e seis anos. Ele tinha quarenta e oito. Eu tinha um metro e oitenta e oito. Ele tinha um metro e setenta e oito. Ele era rico. Eu era pobre. Ele me disse que eu parecia uma sobrevivente de choques elétricos com aquele cabelo, e que eu devia tomar uma providência.

Foi amor.

E foram orgasmos, muitos deles, em lençóis macios e úmidos.

Foi um corte de cabelo, bem curto.

Foi casamento. Meu primeiro. O segundo dele.

Foi conversa — pinturas, esculturas, fotografias e instalações. E cores, muito sobre cores. Elas tingiram nós dois, preenchiam o nosso interior. Foi ler livros em voz alta um para o outro e conversar sobre eles. Ele tinha uma voz linda, com um raspado dos cigarros que nunca conseguiu parar de fumar.

---

[1] Não existe evidência documental de nenhum artista com esse nome. Não se sabe por que Burden distorce o nome do pintor flamengo do século xv Hieronymous Bosch (*c.* 1450-1516), assim transformando em ficção uma história autobiográfica. No Caderno G, ao escrever sobre *O jardim das delícias terrenas*, Burden comenta: "Talvez o maior artista de fronteiras corporais e os seus significados idílicos. Ele e Goya".

Foram bebês que eu adorava olhar, os pequenos Lord, delícias palpáveis de carne molenga e fluidos. Durante pelo menos três anos, eu vivi lavada de leite e cocô e xixi e regurgitação e suor e lágrimas. Foi o paraíso. Foi exaustivo. Foi um tédio. Foi doce, emocionante e às vezes, curiosamente, muito solitário.
Maisie, narradora maníaca do fluxo da vida, o pio da confusão estrondosa e chiada. Ela ainda fala muito, muito, muito.
Ethan, criança de método, primeiro um pé e depois o outro num quadrado do assoalho, a contemplação ambulatória rítmica do corredor.
Foram conversas sobre as crianças tarde da noite e o cheiro de Felix, a sua colônia fraca e o xampu de ervas, os seus dedos magros nas minhas costas. "Minha Modigliani." Ele transformava o meu rosto longo e sem graça num artefato. *Jolie laide*.
Babás para que eu pudesse trabalhar e ler: a gorda Lucy e a musculosa Theresa.
No quarto que eu chamava de meu microestúdio, construí casinhas minúsculas com muitos escritos nas paredes. "Cerebral", disse Arthur Piggis, que uma vez se deu ao trabalho de olhar.[2] Silhuetas gelatinosas pairavam perto do teto, presas por arames quase invisíveis. Uma delas segurava um cartaz que dizia: *O que estes desconhecidos estão fazendo aqui?* Eu escrevia ali — as exclamações que ninguém lia, as maluquices que nem Felix entendia.
Felix para o aeroporto. As suas fileiras de ternos no guarda-roupa. As suas gravatas e negociações. A sua coleção.
Gato Felix. Estamos à sua espera em Berlim na semana que vem, enlouquecidamente, deliciosamente. Com amor, Alex e Sigrid. Bolso interno do paletó a caminho da lavanderia. Rachel

---

[2] Veja Arthur Piggis, Notes on Artists, 1975-1990 (Nova York: Dreyfus Press, 1996).

disse que a negligência dele era uma maneira de contar sobre aquilo tudo sem me contar. *A vida secreta de Felix Lord*. Podia ser um livro ou uma peça. Ethan, o meu menino autor, poderia ter escrito se soubesse que o pai dele passou três anos apaixonado por um casal. Felix com os olhos distantes. E por acaso eu também não adorava a sua ilegibilidade? Por acaso ela não tinha me atraído e me seduzido da maneira que ele seduzia os outros, não com o que estava lá, mas com o que faltava?

Primeiro a morte do meu pai, depois a morte da minha mãe, com um ano de intervalo entre as duas, e todos os sonhos doentios, enxurradas deles, a noite toda, toda noite — os flashes de dentes e ossos e sangue que vazavam de baixo de portas incontáveis que me levavam de corredores a quartos que eu devia reconhecer, mas que não reconhecia.

Tempo. Como é que eu posso estar tão velha? Onde está a pequena Harriet? O que aconteceu com a cabeça grande, deselegante e frisada que estudava com tanto afinco? Filha única de professor e esposa — filósofo e esposa, TFP e judia — casados nem sempre com tanta felicidade assim no Upper West Side, os meus pais com tendências leves de esquerda, frugais, cujo único luxo era me mimar, a sua *cause célèbre*, o seu fardo cabeludo de tamanho descomunal que os decepcionava em alguns pontos e em outros, não. Assim como Felix, o meu pai caiu morto antes do meio-dia. Certa manhã no escritório, depois de ter tirado a *Monadologia* do seu lugar na estante na frente da mesa de trabalho, o coração dele parou de bater. Depois disso, a minha mãe, que era barulhenta e agitada, foi ficando mais quieta e mais lenta. Eu assisti ao definhamento dela. Parecia que encolhia dia a dia, até que eu quase não pude mais reconhecer a silhueta minúscula na cama de hospital que no fim chamava não pelo marido nem por mim, mas pela mamãe dela — repetidas vezes.

O meu luto pelos três foi agitado, parecia um animal grande e inquieto que andava de um lado para o outro. Rachel diz que nenhum luto é simples, e eu descobri que a minha velha amiga, a dra. Rachel Briefman, tem razão em quase tudo a respeito dos feitos estranhos da psique — o dom dela é a psicanálise — e é verdade que o primeiro ano que vivi sem Felix foi furioso, vingativo, uma implosão de tristeza a respeito de tudo que eu tinha feito de errado e tudo que tinha desperdiçado, um dilema de ódio e amor para nós dois. Certa tarde, joguei fora pilhas de roupas caras que ele tinha comprado para mim na Barneys e na Bergdorf's, e a pobre Maisie com a sua barriga saliente olhou dentro do guarda-roupa e choramingou algo sobre guardar os presentes do papai e como eu podia ser tão cruel, e eu me arrependi daquele ato estúpido. Escondi o máximo que pude das crianças: a vodca que me fazia dormir, a noção de irrealidade enquanto eu vagava pelos cômodos que conhecia tão bem e uma fome terrível de algo que eu não era capaz de nomear. Não conseguia esconder o vômito. Eu comia, e a comida explodia para cima e saía de mim, salpicando a privada e as paredes. Era impossível evitar. Quando penso naquilo agora, sinto a superfície lisa e fria do assento da privada que agarro, os paroxismos violentos de ânsia da garganta e das entranhas. Estou morrendo também, eu pensava, desaparecendo. Exames e mais exames. Médicos e mais médicos. Nada a ser encontrado. Daí, a última parada do chamado distúrbio funcional, para uma possível reação de conversão, para um corpo que usurpa o discurso: Rachel me encaminhou a um psiquiatra-psicanalista. Chorei e falei e chorei mais um pouco. Mãe e pai, o apartamento na Riverside Drive, Cooper Union. As minhas antigas ambições acachapadas. Felix e as crianças. O que eu fiz?

E então, certa tarde, às três e dez, logo antes de a sessão terminar, o dr. Fertig olhou para mim com os olhos tristes, que deviam ter visto tanta tristeza além da minha, sem dúvida tanta tristeza pior que a minha, e disse com a voz baixa, mas enfática: Ainda há tempo para mudar as coisas, Harriet.

Ainda há tempo para mudar as coisas.

O vômito desapareceu. Nunca permita que ninguém diga que palavras mágicas não existem.

Cynthia Clark

(entrevista com a ex-proprietária da Galeria Clark, Nova York, 6 de abril de 2009)

HESS: Você se lembra de quando conheceu Harriet Burden?
CLARK: Lembro sim, Felix a levou à galeria. Naquela época, estava divorciado de Sarah, e chegou com aquela moça gigantesca, do tamanho de uma casa, de verdade, com curvas impressionantes, mas com rosto tristonho e peculiar. Costumavam chamá-la de Amazona.
HESS: Conhecia o trabalho dela na época?
CLARK: Não, mas, para ser sincera, ninguém conhecia o trabalho dela. Agora eu vi as primeiras peças, mas a verdade é que ninguém no mundo da arte teria pegado aquele trabalho para representar na época. Era rebuscado demais, muito fora dos padrões. Não se encaixava em nenhum esquema. Havia muitas guerras na arte, sabe como é, no final da década de 60, início da de 70. Ela também não era nenhuma Judy Chicago, fazendo uma afirmação feminista. E acho que Felix também era um problema para ela. Ele não podia representá-la, afinal de contas; teria sido nepotismo.

HESS: Há alguma outra impressão sobre ela, além da aparência, que tenha ficado e que você gostaria de compartilhar para o livro?

CLARK: Uma vez, num jantar, ela causou uma cena. Foi há anos, por volta de 85, acho. Estava conversando com Rodney Farrell, o crítico — ele desapareceu, mas na época tinha certo poder —, mas, bom, algo que ele disse deve tê-la irritado, e esta mulher, que todos nós considerávamos muito quieta, explodiu e começou a discorrer a respeito de filosofia, arte, linguagem. Ela foi muito ruidosa, fez um sermão, desagradável. Acho que ninguém fazia a menor ideia do que ela estava falando. Sinceramente, achei que era papo furado. Todo mundo parou de falar. E daí ela começou a dar risada, uma risada louca, maluca, e saiu da mesa. Felix ficou incomodado. Ele detestava cenas.

HESS: E os pseudônimos? Você desconfiou de alguma coisa?

CLARK: De jeito nenhum. Depois que Felix morreu, ela desapareceu. Ninguém falava dela.

HESS: Você não ficou surpresa com a sofisticação do trabalho de Anton Tish? Ele só tinha vinte e quatro anos na época, pareceu ter surgido do nada, e em entrevistas era absolutamente inarticulado e parecia ter apenas ideias superficiais a respeito do próprio trabalho.

CLARK: Exibi muitos artistas que não eram capazes de dizer qual era o seu objetivo. Sempre acreditei que a obra deve falar por si só e que a pressão sobre os artistas para se explicarem é inapropriada.

HESS: Concordo com você, mas A *história da arte ocidental* é uma piada complexa a respeito da arte, cheia de referências, citações, trocadilhos e anagramas. Há uma alusão a Diderot numa tela de Chardin exibida na mostra anual Salon da Academia, tirada da edição francesa. Esse ensaio específico não tinha sido traduzido para o inglês. O garoto não falava francês.

CLARK: Olhe, eu já disse isto. É muito fácil olhar para trás agora e questionar como diabos nós nos deixamos levar. Você pode citar todos os exemplos que quiser. Eu não estava ponderando a respeito de como Tish fez aquilo. Ele me deu o trabalho. Causou burburinho. Vendeu. Eu visitei o estúdio dele e havia obras em andamento por todos os lados. O que você teria pensado?

HESS: Não sei dizer com certeza.

CLARK: Não há nada preto no branco em relação a isto, sabe? É muito fácil argumentar que a pose, a performance, fazia parte da obra em si, que tudo anda junto, e, como você bem sabe, as peças daquela mostra assinadas por Anton Tish alcançam preços altos. Não me arrependo nem por um segundo por tê-las exibido.

HESS: Acho que a verdadeira questão é a seguinte: você as teria exibido se soubesse quem de fato as tinha feito?

CLARK: Acredito que sim. É, acredito que sim.

Maisie Lord
(transcrição editada)

Depois que se mudou para o Brooklyn, minha mãe passou a recolher desgarrados — pessoas errantes, não animais. Cada vez que eu fazia uma visita, parecia haver mais um "assistente", poeta, vagabundo ou caso de caridade gritante morando num dos quartos, e eu ficava preocupada com a possibilidade de a pessoa tirar vantagem dela, roubá-la ou até matá-la enquanto dormia. Eu me preocupo demais; é crônico. Eu me transformei na preocupada da família — é a minha função. O homem que se autodenominava Barômetro morou com mamãe por muito tempo. Ele tinha passado duas semanas no Hospital Bellevue pouco antes de aparecer à porta dela. Tagarelava a respeito das palavras dos ventos e fazia gestos peculiares para baixar a umidade. Quando mencionei a minha ansiedade em relação a ele para mamãe, ela disse: "Mas, Maisie, ele é uma pessoa gentil e desenha muito bem". Acontece que ela estava certa a respeito do Barômetro. Ele se tornou o assunto de um dos meus filmes, mas houve outros personagens mais transitórios e desagradáveis que me fizeram perder o sono até Phineas aparecer e deixar as coisas em ordem, mas isso foi depois.

A casa da mamãe era imensa, um antigo galpão. Ela tinha dois andares, um para morar e o outro para trabalhar. Quando reformou o lugar, assegurou-se de fazer vários quartos para "todos os meus futuros netos", mas acho que ela também tinha a fantasia de dar apoio direto a artistas, abrigando-os e lhes dando espaço para trabalhar. O meu pai tinha a fundação. A minha mãe tinha a sua colônia improvisada de artistas em Red Hook.

Pouco depois de se mudar, mamãe me disse: "Maisie, sou capaz de voar". A energia dela estava em alta, para dizer o mínimo. Li em algum lugar a respeito de hipomania e fiquei imaginando se ela não seria hipomaníaca. O luto pode se complicar por todo tipo de altos e baixos nervosos, e ela realmente passou mal depois que o meu pai morreu. Ficou tão fraca e magra, mal conseguia se mover, mas, depois que se recuperou, não parou mais. A minha mãe trabalhava muitas horas no estúdio todos os dias e, depois disso, ainda lia durante duas ou três horas, um livro depois do outro, romances, filosofia, arte e ciência. Ela escrevia diários e cadernos. Comprou um daqueles sacos de pancada grandes e pesados e contratou uma mulher chamada Wanda para lhe dar algumas aulas de boxe. Às vezes, eu me sentia mole só de olhar para ela. Sempre teve uma certa fúria dentro de si — era capaz de explodir de repente por causa de um incidente banal. Uma vez, quando me mandou escovar os dentes e eu enrolei — devia ter uns sete anos —, ela perdeu as estribeiras. Gritou e berrou e esvaziou um tubo inteiro de pasta de dente na pia. Mas, na maior parte do tempo, ela era uma mãe paciente para mim e meu irmão. Era ela que lia e cantava para nós; inventava longas histórias que satisfaziam tanto a mim quanto a Ethan, o que não era tarefa fácil, porque eu queria fadas e duendes, e ele queria veículos que disparavam várias armas e robôs, então ela criava um híbrido. Durante um ano inteiro, ela nos contou a longa saga dos Fervidlies, que viviam num país chamado Fervid. Muita magia e lutas e armamentos complicados. Ela nos ajudou com a lição de casa até o ensino médio. Eu também ligava da faculdade para fazer perguntas sobre as minhas aulas ou trabalhos. A minha mãe se interessava por tudo e parecia ter lido tudo. Era ela que ia aos nossos jogos, recitais e peças. O meu pai ia quando podia, mas viajava muito. Às vezes, quando eu era pequena, ia ao seu quarto e dormia com ela quando ele não estava. Ela falava durante o sono. Não sei por que me lembro, mas uma vez ela gritou: "Onde Felix está agora?".

As crianças são egoístas. Eu sabia que a minha mãe era uma artista que fazia casas detalhadas, cheias de bonecos e fantasmas e animais que ela às vezes me deixava tocar, mas nunca pensei no trabalho dela como emprego. Ela era a minha mãe. O meu pai a chamava de sua Madona da Mente. É horrível quando penso a respeito disso, mas nunca me ocorreu que a minha mãe fosse frustrada ou infeliz. A rejeição sem fim deve ter magoado, uma injustiça, mas não posso dizer que senti isso quando era criança. Ela gostava de cantarolar e balançar o corpo quando trabalhava numa das suas construções e agitava os dedos por cima de uma figura antes de tocá-la. Às vezes, ela cheirava os materiais e suspirava. Fechava os olhos de vez em quando e gostava de dizer que para ela não existia arte sem o corpo nem sem os ritmos do corpo. Claro, quando eu era adolescente, considerava esses gestos e tiques insuportáveis, e tentava garantir que nenhum dos meus amigos os presenciasse. Quando eu tinha dezessete anos, ela uma vez me disse: "Maisie, você tem sorte por não ter herdado os meus peitos. Peitos grandes numa mulher pequena são encantadores; peitos grandes numa mulher grande são assustadores — para os homens, que dizer". Eu me dei conta de que ela sentia que a sua feminilidade, o seu corpo, o seu tamanho de algum modo tinham interferido na vida dela. Isso foi muito antes dos pseudônimos, e eu estava ocupada com o meu primeiro filme no ensino médio, um diário visual, como eu dizia — muito pretensioso, cheio de tomadas longas e melancólicas dos meus amigos caminhando pela rua ou no quarto deles em casa, em estado de angústia existencial, esse tipo de coisa. O que os meus peitos tinham a ver com aquilo? Muito, muito mais tarde, quando tudo veio à tona, tive o pensamento desagradável de que ela estava certa. Claro que, àquela altura, eu era adulta e já tinha passado pela minha própria dose de desprezo e preconceito contra o meu próprio trabalho. Eu acreditava que ela tinha usado aqueles homens como fachada para comprovar uma ideia, e comprovou, pelo menos em parte, mas quando li o fragmento da memória dela e os diários, vi como o seu envolvimento com eles foi complicado e que as máscaras também foram reais. Ela foi terrivelmente mal compreendida. Ela não era um animal calculista que explorava as pessoas a torto e a direito. Acho que ninguém sabe na verdade quando ela começou a pensar nos pseudônimos. Publicou uma crítica de arte profunda sob o nome de Roger Raison numa revista, na década de 80, dilacerando a moda de Baudrillard, demolindo o seu argumento de simulacro, mas poucas pessoas prestaram atenção. Eu me lembro de quando tinha quinze anos, a nossa família estava em Lisboa, e ela foi lá e deu um beijo numa estátua de Pessoa. A minha mãe me disse para lê-lo e, é claro, ele era famoso por aquilo que chamava de seus heterônimos. Ela também foi profundamente influenciada por Kierkegaard. Sem dúvida, a sua ânsia de ser outras pessoas remontava à infância. A melhor amiga da minha mãe, Rachel Briefman, é psiquiatra e psicanalista. Provavelmente tem razão quando diz que a psicoterapia libertou uma Harriet Burden que nenhum de nós jamais tinha visto antes, além de diversos outros personagens ou personalidades que ela guardava havia algum tempo. Não estou falando de personalidades múltiplas, mas sim de eus artísticos distintos, eus que saltaram para fora e precisavam de corpos. Eu jamais poderia ter dito algo assim há um ano, mas lentamente passei a ver a minha mãe sob uma luz diferente ou, talvez, devo dizer, sob várias luzes diferentes.

Mas isso aconteceu ao longo de anos. Quando vi *Sonho memorial* pela primeira vez, estava despreparada. Fiquei chocada. Num domingo, levei a minha filha, Aven, até Red Hook para o brunch. O meu marido, Oscar, não nos acompanhou. Não me lembro por quê. Provavelmente precisava escrever um relatório sobre alguma das crianças com quem trabalha. (Ele tem Ph.D. em psicologia e atende pacientes particulares, mas também dedica o seu tempo a crianças que vivem com famílias indicadas pelo conselho tutelar, e não ganha quase nada com isso.) Se mamãe alojava algum vagabundo em casa naquela época, ele não estava por ali. Aven tinha acabado de começar a andar, então devia ser a primavera de 1996, e a refeição foi agitada, porque a minha filha passou o tempo todo caminhando, ou melhor, caminhando e caindo, caminhando de novo e caindo de novo. A minha mãe batia palmas e dava risada, e Aven se deliciava, exibindo-se cada vez mais até ficar exausta, choramingar e eu acomodá-la num sofá para uma soneca, rodeada de almofadas para não cair. A minha mãe tinha muitas almofadas, tanto em cores neutras quanto berrantes. Ela costumava falar a respeito de cor e significado. Cor, ela dizia, tem significado corporal. Antes de sermos capazes de dar nome à cor, nós a enxergamos, ela está em nós.

Onde mesmo eu estava? Quando Aven acordou, a minha mãe me disse que queria mostrar algo em que estava trabalhando, então me levou para a outra extremidade do estúdio dela, que ainda estava em reforma na época. Ela tinha construído um quartinho com paredes de vidro translúcidas leitosas. Dava para ver uma silhueta através da parede e, no mesmo instante, compreendi que estava olhando para o meu pai sentado numa cadeira. A semelhança devia estar na postura da silhueta, porque quando mamãe abriu uma porta quase invisível, o corpo macio e estofado que parecia tanto com papai tinha apenas traços toscos, mas vestia um dos ternos dele e estava com *Dom Qui-*

xote aberto sobre o colo, o livro que o meu pai mais adorava. Quando baixei os olhos, vi que o chão estava forrado de papéis, xeroxes, memorandos, anotações que papai tinha feito, e que a letra da mamãe rabiscava os quadrados de linóleo. E havia três escadas em miniatura que se projetavam para cima e terminavam contra as três paredes. Cinco portas tinham sido desenhadas de modo grosseiro numa das paredes. Eu me desfiz em lágrimas. Então Aven começou a chorar, e mamãe tentou consertar a situação. "Sinto muito, sinto tanto." Era típico. Ela não suportava ver pessoas perturbadas. Aquilo a afetava fisicamente. Ela abraçava o próprio tórax como se alguém tivesse batido nela.

Nós todas nos recuperamos, mas antes de eu ir embora num táxi com Aven, mamãe me olhou nos olhos. Foi um olhar severo, não frio, mas rigoroso, do jeito que ela às vezes olhava para mim quando eu era pequena e tinha mentido ou feito algo errado ou batido em Ethan.

Eu me lembro disso pois me senti culpada, apesar de não saber bem por quê. Ela fechou os olhos, então abriu, e com voz calma e baixa, disse: "Sinto muito que você tenha ficado perturbada, Maisie, mas não me arrependo de ter feito isso. Há mais sonhos, receio, e eles precisam ser postos para fora". Ela deu um sorriso triste e nos acompanhou até o táxi que estava à nossa espera.

Ainda sou capaz de vê-la quando deu as costas para nós. Gostaria de tê-la filmado na ocasião. A paisagem lá é linda, à beira do rio, com vista para a Estátua da Liberdade, mas também era desoladora, mais árida do que é agora, e a visão da mamãe se afastando de nós, na direção do prédio de tijolinhos sob o céu amplo encoberto, fez com que eu sentisse que a estava perdendo. Eu costumava me sentir assim depois de me despedir dela no meu acampamento de verão. E daí — foi apenas uma coisa menor — reparei que ela estava deixando o cabelo crescer, e a cabeleira parecia um pequeno arbusto selvagem em cima da sua cabeça.

Harriet Burden
Caderno C

De onde eles vieram? O pênis com asas, o pênis dele, os paletós e as calças de terno vazias flutuando e correndo com a parafernália de Felix — óculos de leitura, colônia, lixa de unha reluzente (arquivo X), uma tela em branco (esperança) —, Felix gigante esmagado numa das minhas salas igual a Alice, os Felix minúsculos enfileirados, vestindo roupas diversas, bonecos de marido, como eu os chamava. De algum modo, o meu pai também começou a aparecer. O homem dos livros dormindo em cima de uma página de Spinoza, saltando sobre Leibniz (ele adorava Leibniz), um pequeno *Luftmensch* do papai pairando logo acima de um lance de escada, palavras anotadas por todo o seu conjunto de calça e paletó. Aquilo que é elusivo, os meus elusivos, começa a se misturar nos desenhos e nas esculturas, o rosto e as roupas deles, misturas de desejos, amados de enlouquecer cruzados na mente de Harry. E raiva também, do poder que eles têm sobre mim. Foi por isso que cresceram e encolheram.

Eu não sabia como fazer a minha mãe. Isso viria depois. Havia algum problema em representar uma pessoa cujo interior eu já habitei.

Eu não precisei persegui-la.

Eu persegui os homens que uivavam: *Olhe para mim!* Objetos não existentes, impossíveis, imaginários povoam os nossos pensamentos o tempo todo, mas na arte eles passam do interior para o exterior, palavras e imagens cruzam a fronteira. Eu lia muito Husserl naquela época, deitada no sofá da sala grande com as janelas compridas e a vista para o rio: as cogitações são os primeiros dados absolutos. Husserl adorava Descartes, e ele tinha os seus fluxos de consciência, assim como William James (que ele lia), e eles ultrapassavam e atravessavam um ao outro, e ele sabia que empatia era uma forma profunda de conhecimento.[3] Edith Stein, aluna de Husserl, é a melhor filósofa em relação ao assunto, e ela viveu aquilo, viveu as suas palavras.[4] A

---

[3] Edmund Husserl (1859-1938). Filósofo alemão que fundou a fenomenologia, o estudo das estruturas de consciência da perspectiva da primeira pessoa. No Caderno H, Burden escreve sobre as "afinidades da mente" entre Descartes e Husserl, a adoração que tinham pela matemática e as certezas lógicas, e a dúvida radical que compartilhavam. "A dúvida de Husserl", ela escreve, "não é a dúvida de Descartes. O *cogito* de Descartes é a base da dedução, que emerge do interior da caverna mental. O *cogito me cogitare* de Husserl é consciência como relação para e para com o mundo." Husserl foi influenciado pela ideia de William James da consciência como um riacho e compreendia a empatia como o caminho para a intersubjetividade. Veja Dan Zahavi, *Husserl's Phenomenology* (Stanford, CA: Stanford University Press, 2003).

[4] Edith Stein (1891-1942) escreveu sua tese de doutorado sob a orientação de Husserl, mas suas ideias partem das dele e, em algumas ocasiões, assemelham-se ao trabalho de Maurice Merleau-Ponty, que Burden cita de maneira extensa nos cadernos. Veja Edith Stein, *On the Problem of Empathy*, trad. para o inglês de Waltraut Stein (Washington, DC: ICS Publications, 1989). Stein editou o volume 2 de *Ideas* de Husserl para publicação. Ela nasceu judia, mas passou por uma experiência de conversão depois de ler a biografia de santa Teresa de Ávila, converteu-se ao catolicismo e se tornou freira carmelita. Apesar de ter se mudado para a Holanda para fugir da ameaça nazista, foi deportada a Auschwitz e morreu lá, em 1942. Em 1987, foi beatificada pela Igreja católica.

filosofia é difícil de imaginar. Começo a pensar se eu seria capaz de representar empatia, por exemplo, construir uma caixa de empatia. Rabisquei formas possíveis para o interior. Fiz anotações. Cantarolei. Escutei muito a *Paixão segundo são Mateus*. Compreendi que a minha liberdade tinha chegado. Não havia nada nem ninguém no meu caminho, a não ser o fardo de Burden em si. O futuro escancarado, o grande bocejo da ausência me deixou tonta, ansiosa e, de vez em quando, intoxicada, como se eu tivesse me drogado, mas não tinha. Eu era a governante do meu pequeno feudo no Brooklyn, uma viúva rica que tinha deixado para trás bebês e criancinhas e adolescentes havia muito tempo, e o meu cérebro estava gordo de ideias.

Mas então vinha a solidão da noite, o desejo irrequieto que me fazia lembrar dos meus anos sozinha no meu primeiro apartamento em Nova York, quando eu estudava na Cooper Union. Fui lançada de volta ao meu eu da juventude — a moça artista solitária com anseios vagos por um futuro que, de algum modo, incluía tanto fama quanto amor. Comecei a compreender que os sentimentos que eu tinha designado para a minha juventude na verdade não diziam respeito àquela época da vida. A agitação que eu sentia depois de um dia longo de trabalho era a mesma inquietação que eu tinha sentido na pele de uma pessoa que mal saíra da infância. Eu almejava um Alguém, um personagem em potencial para preencher as horas restantes. Felix, velho amigo e interlocutor, o Felix delicado, evasivo, amargo, mulherengo, bondoso tinha ido embora. Você me fez chegar ao fim da linha! (Eu tinha sido uma gritona esporádica.) Mas esse fim nunca tinha sido alcançado. A minha linha permanecera, e a dele também, mas não tínhamos parado para reparar os danos nelas ao longo do caminho. Não havia mais felicidade. Sem felicidade. Sem Felix. Eu batalhei para compreender o vazio, e o fato de que comecei a registrá-lo como real tomou a forma daquele outro ser vazio, uma lacuna, um buraco na mente, mas não era o buraco chamado Felix.

Então eu caminhava até o Sunny's Bar, onde me acomodava e ficava observando as pessoas e escutando as conversas, um bálsamo de vozes. Às vezes havia música. Uma vez, escutei uma leitura de poesia e depois conversei com a poeta, que tinha olhos grandes e usava batom vermelho, era muito mais nova até que Ethan, e apesar de eu achar os seus poemas horríveis, até que gostei dela. Ela chamava a si mesma de April Rain — Chuva de Abril —, uma ideia que, suponho, tinha lhe ocorrido enquanto escrevia. A moça carregava um saco de viagem grande com o zíper aberto e tinha amarrado alguns suéteres e um chapéu nele, e quando ela pegou a carga e começou a caminhar, eu lhe disse que parecia uma imigrante cambaleando pelo píer em 1867, e ela me explicou que estava dormindo no sofá de um amigo porque estava "entre casas", e eu a levei comigo.

April Rain, uma moça branca e baixinha com tatuagens na parte baixa dos braços e quantidades de vidro despedaçado nos seus poemas que ocasionalmente causavam sangramentos, foi a minha primeira artista residente. Ela não ficou comigo mais que uma semana. Certa noite, conheceu um bonitão desgrenhado no Sunny's e nunca mais voltou, mas, enquanto durou, gostei de tê-la por perto, e a sua presença afastava as dores acoteveladas da noite. Enquanto eu olhava para o rosto pálido e as bochechas rechonchudas da srta. Rain ao saborearmos as nossas lentilhas ou legumes assados (ela era vegetariana) e conversarmos sobre Hildegard de Bingen ou Christopher Smart, eu me esquecia de que aparência eu tinha. Eu me esquecia de que tinha rugas, peitos que precisavam de um sutiã fortíssimo para segurá-los, e a barriga da meia-idade que saltava feito um melão. Esta amnésia é a nossa fenomenologia do cotidiano — não enxergamos a nós mesmos — e o que enxergamos se transforma em nós enquanto estamos olhando para aquilo. Uma vez, depois de dar boa-noite para a minha trovadora de vinte e dois anos, olhei no espelho antes de ir para a cama, fiquei surpresa com o meu próprio rosto e me desmanchei em lágrimas. Felix adorava esta cara envelhecida, pensei. Ele a elogiava e a acariciava. Agora não há mais ninguém para amá-la.

Pode ter sido pena de mim mesma — a noção de que eu tinha ficado feia demais para esquentar a cama de qualquer homem — que se postava atrás da ideia de que alguns dos meus seres fabricados precisavam ter um pouco de calor. A minha mãe tinha tido uma queda por cobertores elétricos que a torravam durante a noite; o problema, como ela explicava, era a sua circulação e os pés ossificados. *O meu sangue não corre; ele se arrasta, e parece que nunca chega aos dedos dos pés.* O cobertor dos meus pais tinha duas regulagens, uma para cada lado da cama. A minha mãe ajustava o dela no seis e se assegurava de que o lado do meu pai estivesse desligado, para ele não assar enquanto dormia. Depois que ele morreu, ela aumentou o nível do lado dela para dez, mas deixou o lado dele frio, uma friagem memorial. Nenhuma tecnologia extra era exigida para as minhas carcaças, apesar de eu ter precisado alterar a ligação antes de ficar contente de verdade com o resultado. Comecei com uma efígie em tamanho natural de Felix; era uma ideia dele, não uma semelhança, a sua silhueta esbelta estofada coberta com material que eu pintei em azuis e verdes, com um pouco de amarelo e toques de vermelho, o homem como tela, mas adicionei cabelo branco curto no topo da cabeça dele. Quando eu o liguei na tomada, o seu corpo macio ficou com febre.

O prazer que isto me deu foi ridículo. Eu não sabia dizer na época por que a criatura quente me encheu de alegria, mas encheu. Eu toquei nas laterais do corpo dele com cuidado, para sentir o seu calor. Eu o abracei. Eu o sentei ao meu lado no sofá.

Eu o chamei de meu objeto transitório. Aven o adorava. Ethan o detestava. Maisie o tolerava. Rachel ao mesmo tempo se divertia e ficava séria em relação a ele e aos outros. Ela queria que eu voltasse a tentar uma galeria, que saísse por aí feito Willie Loman e empenhasse os meus bens e chamasse atenção, atenção. Mas por acaso o veredicto não tinha sido dado, inúmeras vezes? Ninguém queria os artesanatos nem os bonecos da sra. Lord. Quem era eu, são Sebastião?

Eu estava falando ao dr. Fertig sobre os mecanismos de aquecimento para os corpos quando a razão óbvia do meu entusiasmo me veio. *Anima*. Animar.

Então o Senhor Deus formou o homem do pó da terra e soprou em suas narinas o fôlego de vida, e o homem se tornou um ser vivente.

Era um absurdo. Harry Burden, semideusa do estúdio, tentando ressuscitar o marido e o pai mortos, incansavelmente, o maquinário do luto a todo vapor enquanto ela costurava e estofava e serrava e moldava e soldava, mas isso ajudava. Ajudava, e cheguei a um ponto em que estava aceitando ajuda de todas as formas.

Depois de um ano de criação marital e paternal ou talvez mariternal frenética, comecei a refletir a respeito das criaturas que viviam na minha memória, não apenas pessoas de fato, mas aquelas que tinham sido emprestadas da minha vasta coleção de livros. Não estou falando apenas de personagens, mas de ideias, vozes, formas, figuras, pensamentos articulados, sentimentos inarticulados. Eu os chamava de metamorfos, e eles podiam ser frios ou mornos ou quentes ou em temperatura ambiente.

Talvez tenha sido April Rain que falou a alguns outros jovens desgarrados da vizinhança que eu tinha quartos e camas de sobra, mas o mais provável é que tenha sido Edgar Holloway III, um refugiado do Upper East Side e músico, amigo de Ethan, que tinha terminado a faculdade havia vários anos e buscava trabalho para suplementar os seus sonhos de rock 'n' roll. Edgar se tornou o meu assistente de reforma. Garoto corpulento com nariz arrebitado que parecia pequeno demais para o rosto, ele era forte, dócil e aprendia rápido quando a questão envolvia materiais e construção. Mas era de um tédio digno de nota quando se tratava de conversar, e isso acabou me liberando de qualquer necessidade de entretê-lo ou de explicar o significado das minhas salas ou das criaturas que eu punha dentro delas. De todo modo, eu não sabia muito bem o que estava fazendo.

O que eu sabia era que fazia anos que eu estava sozinha e que algo tinha acontecido comigo. O dr. Fertig usou a palavra *inibição*. Eu tinha me tornado menos inibida, mais solta e desagrilhoada. Podia agradecer a tanto vômito. O sintoma tinha suscitado a conversa e a guinada. Eu tinha me transformado em Harriet Desamarrada, na época apenas com cinquenta e cinco anos, mas ganhando mais idade, e questionava outros caminhos, as existências alternativas, a outra Harry Burden que talvez teria, podia ter, devia ter se desvencilhado antes, ou uma Harry Burden que se parecesse com April Rain, mignon e rosada, ou uma Harry que tivesse nascido homem, um verdadeiro Harry, não uma Harriet. Eu teria dado um rapaz atraente com a minha altura e o meu cabelo indomável. Por acaso eu não tinha ouvido a minha mãe resmungar sobre todos aqueles centímetros desperdiçados numa menina? A ideia de outro corpo, de outro estilo de ser, me assombrava. Será que era uma forma de arrependimento? Eu ficava imaginando como seria a minha consciência no corpo de Edgar. Eu com certeza não queria a mente de Edgar, cheia até a borda de bandas tecno e frases indivisíveis com a palavra *cara* pipocando nelas como pontuação contínua e sem sentido. A fantasia que começou a tomar forma girava em torno de trajetórias possíveis para mim, uma artista de formas versáteis.

Desconfio que, se eu tivesse vindo em outro pacote, o meu trabalho poderia ter sido abraçado, ou pelo menos abordado, com mais seriedade. Eu não acreditava que tinha havido algum complô contra mim. Muito do preconceito é inconsciente. Aquilo que aparece na superfície é uma aversão não identificada, que é então justificada de alguma maneira racional. Talvez ser ignorada seja pior — aquele olhar de tédio nos olhos da outra pessoa, aquela garantia de que nada vindo de mim pode suscitar qualquer possível interesse. Ainda assim, eu tinha aguentado golpes diretos e humilhações, e isso me transformou numa pessoa assustadiça.

Não na minha cara: Aquela é a mulher de Felix Lord. Ela faz casas de bonecas. Risadinhas.

Na minha cara: Ouvi dizer que Jonathan decidiu representar o seu trabalho porque ele é amigo de Felix. Além do mais, estão precisando de uma mulher nas fileiras.

Numa publicação: A *exposição na Galeria Jonathan Palmer de Harriet Burden, mulher do lendário marchand Felix Lord, consiste de pequenas obras arquitetônicas abarrotadas de diversas figuras e textos. A obra não tem disciplina nem foco e parece ser uma mistura estranha de pretensão e ingenuidade. Não é possível imaginar por que estas peças foram consideradas dignas de exposição.*[5]

O tempo tinha feito com que os sentimentos piorassem, não melhorassem. Apesar da sugestão de Rachel para que eu voltasse ao circuito, eu sabia que a juventude era o bem desejado e que, apesar das Guerrilla Girls, ainda era melhor ter um pênis.[6] Eu já

---

[5] Anthony Flood, "A Muddy Aesthetic", *Art Lights*, jan. 1979.
[6] A organização foi fundada em 1985, em reação à exposição *International Survey of Recent Painting and Sculpture*, do Museu de Arte Moderna, apresentando 169 artistas, dos quais apenas dezessete eram mulheres. As Guerrilla Girls fazem manifestações e ações anônimas para chamar atenção ao sexismo e ao racismo nas artes visuais.

havia passado do ponto e nunca tinha tido um pênis. Era tarde demais para ressurgir como eu mesma. Eu tinha desaparecido para sempre, e a facilidade com que fizera isso deixava claro para mim como as minhas relações com todos eles tinham sido superficiais. Eles tinham vindo ao funeral, ou pelo menos alguns deles. Quando Felix morreu, o seu auge já tinha ficado para trás. Ele havia se transformado numa figura histórica, o marchand de P. e L. e T. de um tempo que já se foi. A mulher dele era a-histórica, mas e se eu pudesse voltar como outra pessoa? Comecei a inventar histórias de disfarces criativos. Como uma Holmes de um tempo futuro, eu iria me dissolver nos meus figurinos e enganar até os meus filhos e Rachel com os meus personagens inteligentes. Desenhei imagens de Harrys possíveis: super-homem Harry com capa; Harry sem-teto, de sexualidade ambígua, carregando garrafas; Harry velho e dândi com barba curta e bem aparada; Harry como *cross-dresser* masculino (bem convincente); Harry sorrindo com a sua genitália masculina de tamanho modesto segundo a tradição helênica. E tirei um pouco de inspiração do passado:

> [Uma] dissertação his[tóric]a e fí[s]ic[a] sobre o caso de Catherine Vizzani, contendo as aventuras de uma moça, nascida em Roma, que durante oito anos usou hábitos de homem, foi morta por uma armadilha com uma jovem donzela; e por ter sido descoberto na dissecação que era uma verdadeira virgem, por pouco escapou de ter sido considerada santa pelo populacho. Com algumas observações curiosas e anatômicas a respeito da natureza e da existência do hímen. Por Giovanni Bianchi, professor de anatomia em Sienna, o cirurgião que a dissecou. Aos quais são adicionadas certas observações necessárias pelo editor inglês. (Londres: Meyer, 1751.)

Pouco depois de o tratado do professor Bianchi ter sido publicado na Inglaterra, traduzido e editado por John Cleland (o infame autor de *Fanny Hill*), Charles d'Eon de Beaumont, diplomata, espião e capitão dos dragões franceses, começou a aparecer em público vestido com roupas de mulher. Ele explicou que tinha sido criado como menino, mas que na verdade era mulher. Ela publicou um livro de memórias chamado *La Vie militaire, politique et privée de Mademoiselle d'Eon*. Quando morreu, descobriu-se que tinha genitália masculina.

Houve também o caso notável do dr. James Barry, que entrou na escola de medicina da Universidade de Edimburgo em 1809, passou no exame para a Escola Real de Cirurgiões na Inglaterra, em 1813, tornou-se cirurgião do exército, viajando de posto em posto, e foi subindo de posição. Quando a sua carreira terminou, era o inspetor geral responsável pelos hospitais militares no Canadá. Ele morreu em Londres, em 1865, de disenteria. Descobriu-se então que ele era ela. Barrada na medicina por causa do gênero sexual, ela o mudou.

Billie Tipton, músico de jazz de sucesso, nascido Dorothy Lucille Tipton em 1914, foi barrado numa vaga na banda do ensino médio por ser menina, começou a se apresentar como homem e então passou para uma vida inteiramente masculina, teve um relacionamento de longo prazo com uma tal de Kitty Oakes, ex-stripper, e adotou três filhos com ela. Nenhum deles soube, até a sua morte, em 1989, que Billie era anatomicamente mulher.

Há muitas histórias e o mesmo número de razões para deixar o feminino para trás e adotar o masculino, ou largar um pelo outro, como fosse conveniente. Houve mulheres que foram atrás do marido na guerra e lutaram para ficar perto deles, e mulheres que lutaram por puro fervor patriótico e, depois da batalha, voltaram a ser mulheres. Houve mulheres que posaram como homens para herdar a fortuna do pai e mulheres que tinham perdido tudo — maridos e filhos e dinheiro — que se sentiam vulneráveis demais para seguir em frente como mulheres e se transformaram em homens. Muitas delas tinham mãe e pai e irmãos e amigos solidários que guardaram o segredo. Só eram necessárias algumas roupas, um nome, uma inflexão diferente na voz e os gestos para combinar com ela. Depois de um tempo, não era necessário mais nenhum esforço para ser homem. Mais ainda, a coisa se tornava real.

Mas será que eu estava interessada em fazer experimentos com o meu próprio corpo, amarrando os peitos e enchendo a calça? Será que eu queria viver como homem? Não. O que me interessava eram as percepções e a sua mutabilidade, o fato de que, na maior parte das vezes, enxergamos o que esperamos enxergar. Por acaso a Harry que eu via no espelho já não tinha mudado demais? Eu sempre me perguntava se, no final das contas, era mesmo capaz de enxergar a mim mesma. Um dia, eu me achei com boa aparência e relativamente magra — para mim, quer dizer —, e no dia seguinte vi uma coisa grotesca, murcha e empelotada. Como é que se pode avaliar a mudança a não ser com a ideia de que a autoimagem é, no máximo, irreal? Não, eu queria deixar o meu corpo de fora daquilo e fazer excursões artísticas atrás de outros nomes, e queria mais que um "George Eliot" como disfarce. Queria as minhas próprias comunicações indiretas à la Kierkegaard, cujas máscaras entravam em choque e brigavam, obras em que as ironias fossem grossas e finas e quase invisíveis. Onde eu iria encontrar um Victor Eremita, um A e um B, um Judge William, um Johannes de Silentio, um Constantin Constantius, um Vigilius Haufniensis, um Nicolaus Notabene, um Hilarius Bookbinder, um Inter et Inter, um Johannes Climacus e um Anti-Climacus que fossem só meus?[7] Como tais transformações poderiam ser alcançadas, no meu caso, era algo incerto, na melhor das hipóteses: não passavam de rabiscos mentais, mas eu os considerei férteis.

Não era verdade que S. K., sob o pseudônimo Notabene, tinha escrito uma série de prefácios que não eram seguidos por texto nenhum?[8] E se eu inventasse um artista que fosse só crítica de arte, só texto de catálogo, mas nenhuma obra? Quantos artistas, afinal de contas, tinham sido catapultados à importância por babações escritas por todos aqueles embusteiros que tinham jeito para a linguística? Ah, *écriture*! O artista teria que ser um rapaz,

---

[7] No Caderno K, Burden dedica setenta e cinco páginas aos pseudônimos de Kierkegaard e suas "comunicações indiretas". De *The Point of View for My Work as an Author: A Direct Communication, A Report to History*, das publicações póstumas de S. K., Burden registra a seguinte citação: "É possível enganar uma pessoa e desviá-la do que é verdadeiro e — para lembrar o velho Sócrates — é possível enganar uma pessoa e desviá-la ao que é verdadeiro. Sim, apenas deste modo uma pessoa desiludida pode de fato ser enganada e levada ao que é verdadeiro. Sim, apenas deste modo uma pessoa iludida realmente pode ser levada ao que é verdadeiro — por meio do engano" (*Kierkegaard's Writings*, vol. XXII, trad. para o inglês de Howard e Edna Hong [Princeton: Princeton University Press, 1989], p. 53). Burden escreve: "O caminho para a verdade é duplicado, mascarado, irônico. Este é o meu caminho, não reto, mas tortuoso!".

[8] Kierkegaard escreveu oito prefácios satíricos sob o pseudônimo Nicolaus Notabene. Søren Kierkegaard, *Prefaces, Writing Sampler*, org. e trad. para o inglês de Todd W. Nichol (Princeton: Princeton University Press, 1987).

um *enfant terrible* cujo vazio pudesse gerar páginas e páginas de texto. Ah, mas que diversão! Eu experimentei:

A aporia na obra de X é alcançada por meio dos processos de autoindução para ausência. Os atos autoeróticos com origem sexual implícitos, portanto invisíveis, dão abertura a um colapso abismal, a fantasias de ruptura e à retirada do objeto de desejo.

Beco sem saída. Eu sabia que a fabricação desta prosa pretensiosa e simulada iria me matar.

Eu, Harriet Burden, aqui confesso que as minhas diversas fantasias foram guiadas:

1. por um desejo generalizado de vingança contra zombeteiros, néscios e tolos;
2. pelo isolamento intelectual contínuo e acachapante que resultou em solidão porque eu percorri livros demais sobre os quais ninguém podia conversar comigo;
3. por uma noção crescente de que eu sempre fui mal compreendida e estava implorando loucamente para ser enxergada, enxergada de verdade, mas nada que eu fizesse surtia qualquer diferença.

Na minha frustração e tristeza, eu dava corda em mim mesma todos os dias, como se fosse o meu velho macaco de brinquedo tocando pratos, ouvia a mim mesma batê-los e então, *nota bene*, eu chorava e, quando chorava, ficava com saudades da minha mãe, não da minha mãezinha morrendo no hospital, mas da mãezona da minha infância, que tinha me segurado no colo e me ninado e me dado bronca e me acariciado e tirado a minha temperatura e lido para mim. A menina da mamãe, só que a mamãe não era de tamanho excepcional, mas sim baixinha e voluptuosa e usava salto alto. *O seu pai gosta das minhas pernas de salto, sabe?* Mas então, depois de passar um tempo choramingando, eu me lembrava do brilho molhado de duas lágrimas escorridas nas bochechas murchas da minha mãe e da sonda na mão de veias azuis dela, muitos anos depois. Eu não disse Você vai melhorar, mamãe, porque ela não iria melhorar. *Quem sabe quanto tempo vai durar? Não muito.* E, no entanto, no hospital, a minha mãe reclamava da comida, dos lençóis, do pijama, das enfermeiras. Uma semana antes de morrer, ela me pediu para abrir a sua boca e passar um pouco de batom, porque ela estava fraca demais para fazer sozinha, e quando ela caiu numa névoa de morfina bem no fim, eu peguei o tubo dourado e apliquei na sua boca fina com o bastão de tom rosado.

Órfã.

O que estou tentando articular é que o meu exílio autoimposto em Red Hook não foi desanimado do ponto de vista interno. O tempo desabava eternamente sobre mim. Pessoas mortas e imaginárias tinham papel maior na minha realidade cotidiana que as vivas. Eu dava guinadas para trás para recuperar estilhaços de memória e para a frente para delinear um futuro imaginário. Já no que diz respeito às pessoas que de fato respiravam na minha vida, mantive fielmente a minha consulta semanal com o dr. Fertig, com quem eu estava fazendo "progresso", e depois eu me encontrava com Rachel para um chá ou para uma taça de vinho em algum lugar perto do escritório dela na Park Avenue com a 91st Street, e a velha intimidade entre nós nunca pareceu arrefecer, nem quando discutíamos e ela me acusava de ser "obsessiva". Maisie se preocupava comigo. Dava para ver nos seus olhos, e ela falava de sua preocupação com Aven e com Oscar, e eu por minha vez me preocupava que ela fosse abrir mão de coisas demais pela família e o seu próprio trabalho fosse sofrer, e Ethan escrevia em cafés e tocava a sua revista muito pequena *The Neo-Situationist Bugle*, com Leonard Rudnitzky, o seu bom amigo de Oberlin. O meu filho falava muito de mercantilização e de espetáculo e alienação e do visionário Guy Debord, que fazia as vezes de seu herói romântico.[9] Ethan não parecia compreender a hipérbole do homem, apenas que o seu pensamento tinha se tornado realidade na internet: *Tudo que era vivido diretamente foi transferido para a representação*. E a dor de estômago?

O meu filho, o revolucionário, fazia segredo sobre a sua vida privada (garotas) e, eu temia, sentia-se um pouco irritado comigo por ter assumido uma vida nova na minha idade, que, eu desconfiava, ele considerava levemente indecente e um tanto como traição à memória do pai, apesar de não ser capaz de dizer. Ele era, creio, alienado de si mesmo. O menininho que costumava se esconder no armário com os seus bonequinhos rígidos e narrar as suas batalhas e tréguas tinha crescido. Ele não era capaz

---

[9] Guy Debord (1931-94), líder autoproclamado da Internacional Situacionista (IS), fundada em 1957. Este pequeno grupo de artistas e intelectuais parisienses (nunca contou com mais de doze membros) inicialmente tinha o intuito de integrar arte e vida em um todo inseparável e eliminar a distinção entre ator e espectador. Na década de 60, a crítica anticapitalista do grupo, inspirada pelo movimento anarquista, estendeu-se além da arte para a sociedade em geral. Na obra mais famosa de Debord, *Sociedade do espetáculo*, publicada em 1967, ele argumenta que as imagens passaram a dominar a vida, passaram a ser a "moeda corrente" de uma sociedade que cria "pseudonecessidades" de maneira contínua em seu populacho. O grupo se desintegrou em 1972, devido a rivalidades internas. Em 1994, Debord cometeu suicídio. Apesar de a imprensa francesa ter ignorado amplamente tanto a Situacionista quanto a obra de Debord, ele se transformou em celebridade depois da morte.

de se lembrar do seu eu bebê e de como a sua mãe andava com ele de um lado para o outro e dava risada e o ninava hora após hora e cantava bem baixinho no seu ouvido porque sempre era tão difícil para ele dormir. Mas, bom, nenhum de nós se lembra da infância, aquela era arcaica na terra da mãe gigante.

Anton Tisch tinha a aparência certa. Ele era alto, quase da minha altura, um garoto magricela com jeans folgado, nariz significativo e olhos curiosos que pareciam incapazes de se fixar em qualquer coisa durante muito tempo, o que lhe conferia um ar distraído que poderia ser interpretado como inteligência inquieta sob as circunstâncias certas. E ele era artista. Eu o conheci no Sunny's, no início de 97, numa noite muito fria. Nevava. Eu me lembro da presença ritmada do ar frio quando a porta abria e fechava, das batidas das botas e do branco da luz do poste além da janela. Eu estava com o Barômetro, galo de vento ambulante e projetista extraordinário, que eu abrigava havia algumas semanas. Além de o Barômetro registrar cada aumento e diminuição incremental na pressão do ar por meio do seu elemento corporal — a sua cabeça perpetuamente sensível —, em algum momento ele tinha de fato conquistado o controle sobre este aspecto do ambiente e o baixava ou erguia um ou dois hectopascais. Eu não sabia nada sobre hectopascais até o Barômetro entrar na minha vida, mas eu adorava o termo, que ganhou o nome em homenagem a Blaise, aquele gênio de tantos e de muitos. O Barômetro e eu nos entendíamos bastante bem, apesar de o homem viver num casulo criado por ele mesmo, e o diálogo — verdadeiras trocas de vaivém — ser quase impossível.

Àquela altura, eu tinha me tornado habitué do Sunny's. Por gratidão aos serviços prestados e à camaradagem confiável, eu tinha presenteado o estabelecimento com um desenho à tinta emoldurado do bar e de alguns dos seus personagens lúgubres e não tão lúgubres, e o presente tinha sido instalado numa parede. Menciono isto porque Anton Tisch tinha parado na frente dele. A vaidade do artista é tal que eu sabia a identidade até daqueles que mal davam uma olhada na pequena obra à minha presença — eram de fato poucos —, e a minha felicidade à visão do rapaz anguloso com cachos castanhos curtos inspecionando a minha interpretação do Sunny's não teve limites, bom, talvez alguns limites, mas ela sem dúvida inchou.

Ainda assim, fiquei acanhada. O Barômetro estava muito sensível por causa da neve, mas, por algum motivo, ele também viu o jovem Tisch examinando o desenho e, num tom de voz bastante incomum para ele e de uma maneira que lhe era totalmente alheia, ele gritou para o desconhecido: *Foi Harry quem fez!* Da maneira como eu me lembro, demorou um pouco para estabelecer o fato de que eu era Harry, mas, uma vez que o assunto foi esclarecido, Anton Tisch, que o Barômetro resolveu chamar de "Mesa" quase imediatamente, sentou-se conosco, e nós passamos uma noitada de álcool e papo furado. O conteúdo daquela conversa desapareceu. Com o tempo, no entanto, eu fiquei sabendo que o garoto tinha estudado na Escola de Artes Visuais, não sabia quem era Giorgione, mas considerava Warhol o artista mais importante de todos os tempos, que deve servir para explicar a sua obsessão por silkscreen. Em vez de celebridades, Tisch fazia serigrafias dos amigos, supostamente porque os seus quinze minutos proverbiais tinham passado ou estariam por vir. Ele explicou que a sua arte referenciava Warhol diretamente, ao mesmo tempo em que também apontava para o fenômeno dos reality shows da TV, apesar de ser difícil extrair esta informação das imagens banais que ele me mostrou. Ele gostava do termo *conceitual* e o usava muito, mais ou menos do mesmo jeito como Edgar falava *cara*. Anton não era um mau garoto. Apenas possuía uma ignorância estupenda e desoladora.

Oswald Case
(declaração por escrito)

Entre habitantes espalhafatosos da cena noturna de Manhattan, eu era conhecido como o Réptil, da noite e dos clubes, mas a minha coluna na *Blitz* se chamava "Head Case", uma homenagem adequada ao sr. e à sra. Case, a quem eu naturalmente devia tudo. Na revista, desenvolvi o meu tom para a fofoca e a arte da insinuação, inflando e arrasando os ricos e vaidosos e muito fotografados, arrancando sujeira de seguranças e garçons e frequentadores que imaginavam que a fama era uma qualidade que pudesse ser transferida para eles, quando de fato apenas escancarava a vida insignificante de pontes e túneis, mas eu os incentivava nos seus devaneios vãos e era assim que o Réptil os emboscava.

Escrever fofocas é um trabalho delicado, um ato de equilíbrio que não deve ser subestimado, e é fácil ir longe demais. A dependência mútua deve ser sempre reconhecida, o fato de que eles precisam de você e que você precisa deles. Peguei embalo no final da década de 70, nos dias de glória do Studio 54, mordiscando fofoquinhas deliciosas aqui e ali sobre Bianca e Andy e Calvin, e eu me divertia a valer, aquelas longas noites de cocaína e bolinhas e a boa e velha bebida e sexo cego em lofts vazios, bem na moda, datilografando no fim da tarde em troca de alguns dólares, depois que eu recobrava a consciência. Tenho saudades daquele tempo. Existia uma pátina que hoje se perdeu. Sim, o glamour se foi de vez, Virginia. Desapareceu no momento em que se tornou democrático, e cada fracassado passou a aparecer no Google ou se transformou em estrela no YouTube. Sempre existe uma cena exclusiva na cidade, é claro. Mas será que não há algo cansativo em ver mais uma celebridade vomitando numa salinha dos fundos ou dando um soco num paparazzo ou exibindo uma depilação total? O enfado se instalou, principalmente depois que fiquei sóbrio, o resultado inevitável da decisão de abandonar as maravilhas da intoxicação para me apegar ao meu fígado e a outras partes do corpo igualmente frágeis.

Passei para formas menos exaustivas de jornalismo, supostamente mais elevadas, mas descobri que o primata humano tem pouca variação. Dominar e devorar e derrubar quem está em seu caminho são características onipresentes da espécie, e cada pequeno bando humano tem a sua própria hierarquia e ciclos de trejeitos altamente divertidos, alimentados pela inveja. Voltei-me para as Páginas de Cultura de Nova York, cada vez em menor número, estrategicamente escritas para a quantidade decrescente de leitores médios, e escrevia artigos sobre filmes, arte, livros e música como freelancer. Eu fazia críticas e entrevistas. Como jornalista, eu sabia que era o meu tom que entregava o ouro; era isso que eles queriam, um tom de tédio e de superioridade que imitava as fantasias dos meus leitores de um sotaque britânico refinado e lhes garantia que eu era mais informado, assim como eles. Eu escrevia para envaidecê-los. Isto significava nunca, jamais fazer uma referência que eles não pudessem entender; qualquer coisa elevada demais era proibida. A ideia era passar a mão nas inseguranças deles, não ressaltá-las.

Como entrevistador, logo compreendi que o segredo era cair nas graças do entrevistado, demonstrar admiração, até mesmo humildade, mas sem dar uma de Heep. (Num artigo, nem *Heep* teria permissão de passar sem explicação.) E então, depois de eu me mostrar adequadamente lisonjeiro e flácido, o VIP podia despejar uma joia verbal, uma indiscrição suculenta que podia ser usada como manchete ou tema para o meu artigo, uma citação palavra por palavra, totalmente exata, que enjaulava a fera. Eu era um caçador para o zoológico da mídia. Estas técnicas me eram excepcionalmente úteis, e encontrei um nicho para mim mesmo. Eu fazia o meu trabalho de detetive, mantinha os canais de audição sensíveis abertos e sintonizados, e me familiarizava com nomes, quem era quem e quem era quem para quem, e com os meus dias de Réptil já havia muito deixados para trás, passei a ser reconhecido como conhecedor das artes.

A cultura na cidade grande é negócio privado e boa parte do seu financiamento está nas mãos de mulheres brancas abastadas que, apesar de nem sempre serem propriamente donas da grana, anseiam pelo status elevado de patronas das artes. Elas reluzem em jantares beneficentes, penteadas e perfumadas e untadas e altivas, com os seus maridinhos, exaustas dos rigores das negociações, olham confusas ao redor e roncam em cima do frango borrachudo. O pior deve ser o jantar anual da PEN, quando escritores abatidos e editores ainda mais abatidos vestem smokings esfarrapados que não servem direito ou vestidos horrorosos e sapatos pavorosos para se entreolharem cheios de desconfiança enquanto se misturam aos endinheirados. Sejam quais forem as minhas circunstâncias e, saiba, com frequência estiveram muito próximas da penúria, nunca dou as caras menos que bem vestido. Não é verdade que a sra. Case, filha de um encanador em Milwaukee, tinha olho afiado para as roupas "certas" e a boa gramática? Por acaso ela não tinha se sacrificado para mandar o seu menino para as escolas "certas"? Por acaso eu tinha recebido uma bolsa de estudos em Yale por nada?

E então, por meio dos meus contatos (e trabalho árduo, devo acrescentar), eu me dei bem, escrevendo artigos para a *The Gothamite* em troca de um salário. Eles nunca teriam me contratado no tempo conservador do elogio próprio de tédio garantido da turminha fechada, mas esse tempo tinha passado, e eles queriam um jornalista que destilasse veneno quando necessário. Eu era o homem certo para eles. Anton Tish, positivamente núbil, recém-saído da faculdade, tinha causado sensação na Galeria Clark com a sua instalação, A *história da arte ocidental*, e pediram que eu escrevesse um texto a respeito do que estava chamando atenção na cidade, um reconhecimento ao burburinho. Jeff Koons tinha revelado o seu *Puppy* alguns anos antes, e eu estava esperando mais um mascate sedoso — não que eu tenha algo contra Koons. Ele é o Sonho Americano.

Assim como todo bom repórter, fiz a minha pesquisa. Acontece que a animação toda tinha sido causada não por "Lâmpada! Cachorro tosado gigante!", mas pelo cérebro supostamente prodigioso do garoto. Ele tinha feito um quebra-cabeça que os estudiosos da arte estavam tentando decifrar e, além do mais, se recusava a falar a respeito dele, um garotinho gênio polido que afirmava que a única coisa que as pessoas tinham que fazer era olhar e ler "um pouco". Sim, ele admitiu que a escultura gigantesca de mulher espalhada na galeria era uma alusão de tamanho exagerado e tridimensional do quadro de Vênus de Giorgione, finalizado por Ticiano; ela estava na mesma posição, dormindo, uma mão atrás da cabeça, a outra na virilha, almofada vermelha, panos cor de ocre nadando por baixo da sua nudez. O truque: Mulher Ilustrada. O seu corpo cor de creme era coberto por centenas de reproduções diminutas, fotografias e textos, algumas emolduradas, outras não, cada uma "um pensamento": vaso grego com temas pornográficos masculinos clássicos, *erestes* e *eromenos*, Madonna e Menino, crucifixos, naturezas-mortas, uma anotação que dizia "Apenas o Ocidente, por favor". RESTRITO estava escrito no polegar dela. PRIMITIVO tinha sido rabiscado na testa. Algum espertalhão da *Art Assembly* afirmara que a imagem de uma caixa de detergente Brillo na nádega esquerda da Vênus se referia ao filósofo Arthur Danto, o qual tinha dito que a arte chegou ao fim com o Brillo de Warhol. Citações de Vasari e de Diderot haviam sido reveladas, assim como fragmentos de cartas de Goya e de Van Gogh. As críticas feministas, previsíveis demais, tinham se fechado numa reprodução de um autorretrato de Sofonisba Anguissola, pintora renascentista (que, alegavam, Michelangelo admirara), na axila exposta da Vênus — um ha-ha para as maltratadas e ignoradas, as mulheres na história da arte. Uma fotografia do artista mijando no que parecia ser o mictório de Duchamp, *Fountain*, completo com a inscrição de R. Mutt, divertiu a alguns. Tudo isso se somou num tour de force.

Havia muito blá-blá-blá esotérico a respeito de outra escultura que estava na sala, um manequim masculino vestido com um costume azul-marinho de duas peças e gravata vermelha com a mão nas costas, olhando para a senhora nua citada. Profundamente significativo? Profundamente sem significado? E o que eram aquelas sete caixas de madeira grandes espalhadas ao redor dela? Os caixotes quadrados eram todos numerados e tinham pequenas janelas com grades, de modo que os visitantes curiosos precisavam ajoelhar e se esbarrar para dar uma olhada. Cada "história" era iluminada por dentro para criar uma luz sobrenatural.

História 1. Pequena silhueta de menina em pé numa cadeira olhando por uma janela num quarto em miniatura com os braços erguidos e a boca aberta. No chão há um arranjo nojento de toalhas de papel sujas, trapos, pedaços de renda e cordão. Manchas feias de marrom, verde e amarelo cobrem tudo. De baixo da cama, sai um braço de homem com o punho fechado.

História 2. Outro cômodo com sofá, duas cadeiras, mesa de centro, estantes de livros. Na mesa há um pedaço rasgado de papel com *Não* impresso. Ao lado dele: pequeno caixão de madeira com mais palavras: *ela/ele/coisa*. Quadros minúsculos estão pendurados na parede. Retrato de figura que se parece muito com a menina na história 1, mas com jeito de menino — braços erguidos, boca aberta.

História 3. Mesmo cômodo da história 2. Figura feminina, desproporcionalmente grande para a sala, precisa abaixar a cabeça para caber embaixo do teto, olhando fixo para uma cadeira. Mensagem?

História 4. Mamífero peludo perturbador, parecido com um coelho, mas não é um coelho, com as suas cabeças, deitado no chão do quarto da história 1. Letras soltas recortadas de papel de construção estão espalhadas na cama: G R A T E L O O T Y.

História 5. Banheiro. Figura de tamanho desproporcional da história 3 encolhida no chão, agarrando o retrato da criança da história 2 junto ao peito. Uma perna sai pela porta e atravessa a parede da caixa. Banheira cheia de água turva marrom. Eeca!

História 6. Banheiro de novo. Banheira vazia, mas com marca escura. Chão lotado de livros minúsculos. De um deles, marcado com "M.S. 1818", parece vazar algo não identificado, embriônico, gelatinoso.

História 7. Quarto, sala, banheiro das histórias 1-6, com um cômodo extra, um escritório forrado de livros. As figuras bidimensionais de um homem e uma mulher sorridentes que parecem ter sido recortadas da mesma fotografia velha em preto e branco estão deitadas lado a lado num tapete. O menino está à porta aberta, olhando para dentro, segurando retrato da menina por cima da cabeça.

E quem era este *enfant terrible*, nascido e criado em Youngstown, Ohio, que estudou na escola de ensino médio Chaney High, que gostava dos pais, que conheceu muita "gente bacana" na Escola de Artes Visuais, que achava Nova York "demais"? Ele fazia o papel de ingênuo com perfeição, o Forrest Gump da arte visual, embasbacado com o sucesso repentino, mas tinha informação suficiente para dar conta. Olhos castanhos grandes que disparavam para lá e para cá enquanto refletia sobre a questão. Grande sorriso quando questionado a respeito de influências. Menciona Goya, Malevich, Cindy Sherman. "Basicamente, é uma coisa conceitual, sabe?" Um menino que parecia ter começado a se barbear na semana passada se transformou em sucesso instantâneo. Então, depois daquela única exposição, desapareceu. Assim como Cady Noland antes dele, parou de exibir arte.

Eu me interesso por um bom engodo tanto quanto qualquer pessoa, um Ern Malley, por exemplo, ou Nat Tate de David Bowie e William Boyd, ou *Entropa* de David Cerny, mas uma mulher na casa dos cinquenta que tinha passado a vida toda andando com o mundo da arte não pode ser chamada de prodígio, pode? E a última dessas pegadinhas da Rainha do Embuste foi infeliz.

Quando ela assumiu o crédito pelo trabalho de Rune, foi longe demais. Eu estabeleci amizade com Rune quando o entrevistei para um perfil na *The Gothamite*, em 2002. Pouco depois de ele cometer suicídio (sim, eu acredito que tenha sido intencional), no dia 17 de outubro de 2003, comecei a pensar em escrever um livro. Eu queria a história verdadeira, descobrir o que realmente aconteceu com Rune. O meu livro *Martírio pela arte* (Mythrite Press, 2009) é a história de Rune, e eu dou respaldo a ela. Passei cerca de dois anos trabalhando nisso, em investigação jornalística aprofundada — fazendo entrevistas, correndo atrás de pistas e documentos. Leia o livro! Está disponível na livraria do seu bairro. Encomende on-line.

Harriet Burden comprou e pagou Tish e Eldridge. Sem as suas sacolas de dinheiro, nenhum dos dois teria se mancomunado a ela. Esse é o resumo. Rune foi uma celebridade, um astro da arte. As suas cruzes valiam milhões. Rune não precisava dela. Seja lá o que ele fez com ela, fez como se fosse uma pândega, uma diversão, uma gracinha estética. Ninguém pode condená-la por querer se aproveitar da fama dele. O problema no fim foi que Rune se revelou ser muito mais do que ela tinha negociado. A genialidade dele como artista superou o trabalho rebuscado e pretensioso dela. As doze janelas de Larsen são triunfos. Não acredito que ela tenha feito nenhuma delas. E, é claro, ele superou as manipulações de Burden com um gesto estupendo: o seu próprio cadáver. O filme que ele fez da própria morte vai durar. Nele, revelou a verdade alienada daquilo que iniciamos nesta era pós-moderna, que em breve será de ciborgues.

A primeira vez que me lembro de ter posto os olhos nessa mulher foi no estúdio de Tish, quando viajei até o Brooklyn para conseguir algumas citações para o texto. Ela parecia um personagem de desenho animado, busto e quadril grandes, enorme — um metro e noventa e cinco, talvez —, uma mocetona do tamanho de um pivô com braços compridos e musculosos e mãos gigantescas, uma combinação infeliz de Mae West e Lennie de *Homens e ratos*. Ela andava pesadona pelo estúdio com um cinto de ferramentas, e quando lhe perguntei o que estava fazendo ali, ela me disse que era "amiga de Anton" e "ajudava com as coisas" — não foi imprecisa, pensando agora. Antes de ir embora, trocamos um aperto de mão e eu disse, como quem não quer nada: "E qual é a sua opinião a respeito do trabalho de Anton?". Ela praticamente arrancou a minha cabeça com uma mordida. "Há o lado de fora e o lado de dentro; a questão é a seguinte: Onde está o limite?" Eu não citei esse comentário obscurantista no artigo, mas registrei nas minhas anotações. Tenho gravado. Ela ficou falando durante algum tempo, abanando aquelas mãos carnudas, vociferando para mim, assentindo com a cabeça. Ela acertou numa coisa. Não acho que ela deve ter discutido a obra com marchands ou colecionadores, mas quem pode saber? Eles são capazes de se acostumar a qualquer coisa se for vendida da maneira certa. Mas se teriam sido capazes de vendê-la sem a remodelar, não estou certo. Ela se mostrou animada demais. Citou Freud, grande erro — o charlatão colossal —, e escritores e artistas e cientistas de quem ninguém nunca ouviu falar. Ela transbordava sinceridade. Se há uma coisa que não cola no mundo da arte é excesso de sinceridade. Gostam que os seus gênios sejam recatados, tranquilos ou bêbados que brigam no Cedar Bar, dependendo da época. Antes de eu publicar o artigo sobre Tish, descobri que a mulher esquisita do estúdio era a viúva de Felix Lord, e a história se encaixou: uma viúva abastada e o seu protegido. Ele era patrocinado por ela, se não devido ao quadril magro e adorável, então pelo talento.

O que me intrigou foi por que não a reconheci. Devo tê-la visto diversas vezes antes daquele dia com Tish. Eu costumava frequentar vernisages e, pelo menos duas vezes, fui a recepções com coquetéis na morada espaçosa do casal Lord — barulhentas, lotadas, todo mundo em pé com hors-d'oeuvres giratórios e papo furado ácido e competitivo. Ainda assim, tenho bom olho, e os meus ouvidos são capazes de captar uma frase sugestiva do outro lado da sala e, no entanto, a sra. Felix Lord não deixara absolutamente nenhum vestígio. Para todos os motivos práticos, ela havia sido invisível. Bom, acho que está vivendo os seus quinze minutos agora — da cova.

Rachel Briefman
(*declaração por escrito*)

    Eu só concordei em contribuir com este livro depois de longas conversas com Maisie e Ethan Burden, além de Bruno Kleinfeld, companheiro dos últimos anos de Harriet. Também me correspondi com o professor Hess e me convenci de que este livro sobre a minha amiga Harriet Burden iria iluminar aspectos da vida e da arte dela para as muitas pessoas que agora descobriram o seu trabalho.
    Harriet e eu nos conhecemos em 1952, quando tínhamos doze anos, na escola de ensino médio Hunter. Naquela época, apenas meninas frequentavam a Hunter. Eu me sentava ao lado de Harriet na aula de francês, e antes mesmo de dirigir uma única palavra a ela, observava-a enquanto desenhava. Apesar de ela parecer completamente envolvida na aula — sempre pronta com uma conjugação —, nunca parava de desenhar. Ela desenhava rostos, mãos, corpos, máquinas e flores no interior dos cadernos, na parte de fora dos cadernos, em pedaços de papel de rascunho, em qualquer lugar que pudesse encontrar uma superfície em branco. A mão dela parecia se mover sozinha, sem pres-

tar atenção, mas com precisão fantástica. De algumas poucas linhas saltavam personagens, cenas, naturezas-mortas. Quem era esta menina alta e solene, com a mão mágica? Eu lhe disse que estava impressionada, e ela se virou para mim, acenou com a mão no ar, assumiu um tom de voz falso e assombroso, e respondeu: "Os dedos da morte". O filme de terror com Peter Lorre mostrava a mão amputada de um músico que cometia assassinatos e tocava piano.

Anos depois, na faculdade de medicina, li sobre pacientes neurológicos com síndrome da mão alienígena. Algumas pessoas com lesões cerebrais percebiam uma mão inexistente fazendo exatamente o oposto do que elas desejavam que fizesse: desabotoar uma camisa que tinha acabado de ser abotoada, fechar a torneira antes de o copo estar cheio, até se masturbar em público. Em geral, mãos alienígenas causam desgosto e confusão. Pelo menos uma mão rebelde na literatura médica tentou estrangular o seu dono. Depois de eu ler a respeito destes membros com vontade própria, liguei para Harriet para lhe contar, e ela deu tanta risada que foi acometida por um ataque de soluço. Menciono isto porque a piada ressoa até hoje. Harriet, que logo se transformou em Harry para mim, era inteligente, talentosa, de sensibilidade extraordinária. Ela era capaz de passar horas amuada, em silêncio, quando estávamos juntas e então, quando eu já não estava aguentando mais, ela me dava o maior abraço e pedia desculpas. Eu não teria dito isso na época, mas os seus desenhos e depois as pinturas e esculturas pareciam ter sido feitos por uma pessoa que eu não conhecia, mas que ela também não conhecia. Ela precisava da Mão da Morte; um diabinho criativo que rompia as amarras que a seguravam com tanta força quanto cordas ou correntes.

Nós devaneávamos juntas, e divagávamos juntas. Eu me imaginava com um avental branco e estetoscópio em volta do pescoço, marchando por corredores de hospital e dando ordens para enfermeiras, e Harriet se via como uma grande artista ou poeta ou intelectual — ou todas as três coisas. Nós éramos tão íntimas quanto meninas são capazes de ser, não nos abalávamos pela pose masculina que infecta os meninos. Conversávamos nos degraus do Metropolitan Museum quando o tempo estava bom e, com frequência, quando não estava. Compartilhávamos os nossos tormentos e analisávamos as meninas do nosso ano. Éramos crianças pretensiosas que liam livros que não compreendíamos e adotávamos políticas que pouco conhecíamos, mas nossos fingimentos nos protegiam. Éramos um time de duas contra o mundo hostil das hierarquias adolescentes. A minha mãe certa vez me disse: "Rachel, a única coisa de que você precisa de verdade é uma boa amiga, sabe?". Encontrei essa amiga em Harriet.

Tempo demais se passou para que eu seja capaz de recapturar o que éramos naquela época. Já faz muitos anos que trato crianças e adolescentes no consultório, e o meu conhecimento das histórias deles, além da minha própria análise, certamente reconfigurou a minha memória. A experiência acumulada sempre altera a percepção do passado. O fato de que conheci Harriet até a sua morte, em 2004, também mudou a minha compreensão da nossa amizade inicial. Eu sei, sim, que a garota passional se transformou em mulher passional, uma onívora guiada por um apetite imenso para ingerir o máximo de aprendizado possível. Essa fome nunca a abandonou. Havia outras forças que se interpunham no seu caminho.

Tenho uma fotografia de nós duas tirada quando tínhamos doze ou treze anos no apartamento dos meus pais, na West 86th Street. Não é necessário nenhum esforço para voltar ao aposento. Os espaços do apartamento estão vivos nos meus ossos, mas preciso me esforçar mais para penetrar as pequenas desconhecidas na imagem. Harry, alta, está em pé ao lado de Rachel, baixa. Estamos usando vestidos de algodão, franzidos na cintura com cinto combinando, e mocassins tipo Oxford com tornozeleiras. O cabelo de Harriet está preso para trás num rabo de cavalo e o meu está solto. O corpo de Harriet está em pleno florescimento, o meu, mal começou a brotar. Nenhuma de nós parece à vontade na frente da câmera, mas aceitamos o comando de "sorria!", e o resultado são duas expressões forçadas, se não falsas. Quando olho para a foto hoje, fico estupefata com a sua banalidade, mas também por quanta coisa ela esconde. Como veículo de memória, ela resiste à realidade interna. Como documento de um instante, ela registra qual era a nossa aparência na época. Os altos sentimentos que passavam entre nós, o segredo das nossas confidências, o pacto de amizade que fizemos — tudo isso está ausente.

Harriet e eu éramos "meninas boazinhas", alunas com ótimas notas que sempre faziam contribuições; poderíamos muito bem ter estrelas douradas e prateadas coladas na testa, mas o caráter da minha melhor amiga tinha uma tendência beata que o meu não tinha, um imperativo moral rígido que provavelmente vinha do seu pai protestante. Eu gostava do professor Burden. Reservado como era, nunca foi menos que gentil comigo, e quando falava conosco, eu me lembro de que o canto de um lado da sua boca sempre se movia para cima, numa expressão de ironia divertida, mas ele raramente mostrava os dentes. Diferentemente do meu pai expansivo e de boca suja (que tinha os seus próprios problemas), o pai de Harriet era sem jeito do ponto de vista físico, dado a tapinhas acanhados no braço da filha ou a abraços rápidos e duros que se pareciam mais com colisões de trânsito que com expressões de afeto. Ao se levantar de uma cadeira, parecia se erguer durante muito tempo e, quando finalmente ficava ereto, avultava-se sobre nós, um ser comprido, magro, pálido, careca. Ele gostava de nos expor à filosofia e à política numa linguagem que quase sempre estava além da nossa compreensão, mas Harriet o escutava, absorta, como se Deus em pessoa estivesse falando. Não me lembro de nenhuma hipocrisia nos seus discursos. Ele acreditava na tolerância e na liberdade acadêmica e, assim como os meus próprios pais, vociferava contra a monstruosidade que era a Ameaça Vermelha. Mas não é o que é dito que faz de nós quem somos. Com mais frequência, é aquilo que fica por dizer. Ainda menina, eu sentia a tensão contida no homem sentado na sua poltrona grande, com os dedos compridos fechados em volta de um martíni com duas azeitonas. Até onde eu percebia, os pensamentos dele costumavam estar em outro lugar.

Quando éramos pequenas, durante a guerra, Harriet e eu vivemos sem pai, e nos lembrávamos de quando eles tinham voltado. O meu pai nunca participou de nenhum combate, mas o professor Burden integrara uma unidade de inteligência na Europa. De acordo com Harriet, ele nunca tinha dito nada a ela, nem uma palavra. Uma vez, quando ela lhe perguntou sobre aqueles anos, ele pegou um livro e começou a ler, como se as palavras nunca tivessem saído da boca dela. Antes de ir para a guerra, ele se casou, e Harriet sabia que o pai tinha se afastado da família porque a garota dos seus sonhos era judia. Não foi um afastamento definitivo; a família Burden acabou aceitando nominalmente Ruth Fine e a neta, mas os Burden eram esnobes — pura e simplesmente. Sem dinheiro, mas com montes de noções ligadas ao dinheiro antigo que incluíam o antissemitismo inarticulado. Apesar de o pai de Harriet ter rejeitado o mundo severo dos pais, ele era fruto dele, do mesmo modo. Ele trabalhava muito, era meticuloso, zeloso e autopunitivo. Elogios para a esposa e a filha eram dispensados em pequenas doses, de mau grado. Eu nunca o vi irritado ou bravo, mas na época o seu controle era tão forte que impedia qualquer tipo de espontaneidade. Foi o pai que lhe deu o apelido de "Harry". Como psicanalista, é difícil não enxergar um desejo ostensivo no nome "carinhoso" dela. Eu me maravilhava com a ausência de discussões e gritos na casa dos Burden. Ruth gritava com Harry de vez em quando, mas não com o marido. Os meus pais eram protagonistas de embates regulares, seguidos por períodos de trégua, e apesar de as brigas deles sempre me afetarem de maneira terrível, eu estava mais acostumada a conflitos em casa que Harriet. (Eu também tinha dois irmãos que eram mestres da chave de braço.) Uma jovem sempre extrapola a realidade humana da sua própria vida. Por mais anômala que essa vida possa ser para os outros, é normal para quem vive dentro dela todos os dias.

Ao mesmo tempo, eu invejava a harmonia na casa dos Burden. Ruth era afável, eficiente e parecia acreditar nas suas obrigações de esposa, não como opressão, mas como dom. Tinha senso de humor afiado e era propensa a ataques de riso, às vezes tão extremos que era difícil para ela parar. Uma vez, depois de derrubar uma carne de panela no chão da cozinha e observar enquanto a peça ia escorregando com os seus caldos abundantes pelo chão até parar no pé de uma banqueta, ela deu tanta risada que lágrimas escorreram pelo seu rosto. Depois que se recuperou, a sra. Burden recolheu o pedaço de carne, devolveu-o à panela e "fez alguns consertos". Jantamos sem dizer nenhuma palavra ao patriarca, mas Ruth lançou piscadelas para mim e Harry durante todo o jantar, e isso me deu uma sensação maravilhosa de conspiração.

Como o caos da carne de panela tinha sido uma anomalia na casa dos Burden, transformou-se em objeto de gracejo. A minha própria mãe, tradutora de francês e alemão, trabalhava na mesa da cozinha de casa. Antes de jantarmos, ela empurrava os manuscritos para o lado e depois, quando encontrava pingos de molho de espaguete nas páginas, de manhã, gritava: "Por acaso estou criando porcos nesta família?". Hoje, penso que Ruth Burden ordenou ao seu mundo que mantivesse a ansiedade à distância para preservar a superfície pacata do marido, que se agitava por dentro e bebia três martínis toda noite para domar as marés que subiam. Eu apreciava o toque da sra. Burden; era caloroso e cheio de afeição, e ela não o economizava com Harry, e às vezes comigo. Quando eu passava a noite lá, ela nos punha na cama, apesar de já sermos grandes, e eu gostava da sensação da sua mão na minha testa, gostava do perfume dela e da doçura da sua voz nos dando boa noite.

Depois que Harriet teve Maisie, essas emoções maternas passionais, junto com o zelo pela ordem, pareceram se apossar dela. Ela se jogou na maternidade e na vida doméstica de um jeito que, francamente, me deixou assustada. Ela se transformou na mãe dela, não com tanta facilidade, porque também estava desesperada para ser o pai dela — o rei filósofo. Harry e eu costumávamos nos encontrar toda semana para tomar chá depois que ela se consultava com o psicoterapeuta, um colega meu, Adam Fertig. Certa tarde, ela chegou apressada, alguns minutos atrasada, pediu desculpas e se sentou à minha frente. "Rachel", ela disse, "não é estranho o fato de não sabermos quem somos? Quer dizer, sabemos tão pouco sobre nós mesmos que chega a ser chocante. Contamos uma história a nós mesmos e seguimos acreditando nela, e então, acontece que é a história errada, e isso significa que vivemos a vida errada."

Conversamos sobre as nossas histórias naquela tarde, sobre enganarmos a nós mesmas e sobre a fúria de Harry em relação ao seu pessoal. Nem o seu histórico familiar, nem a sua política cultural, nem o seu temperamento são capazes de explicar o que aconteceu com ela. Há nuvens em todos nós, e damos nomes a elas, mas os nomes criam divisões que nem sempre existem. Havia tempestades dentro de Harry, redemoinhos e tornados que seguiam cada um o seu rumo de destruição. O sofrimento dela era profundo, e o sofrimento não começou na vida adulta. Eu me lembrava dela parada na frente do espelho, lágrimas escorrendo pelo rosto. Tinha uns quinze ou dezesseis anos. "Eu detesto a minha aparência. Por que eu fiquei assim?"

As meninas populares da Hunter na terça-feira se gabavam de ter encontros marcados para as noites de sexta-feira e de sábado. Harry e eu fingíamos nos manter alheias a preocupações tão mesquinhas, mas que adolescente não quer ser admirada e amada? Que pessoa, aliás? Suponho que a aparência dela fosse a arena em que os aspectos mais perniciosos dos Estados Unidos a afetavam — a noção de que ela era alta demais para ser atraente para os homens. A verdade é que Harriet era estonteante. O corpo dela era lindo, forte, voluptuoso. Os homens olhavam fixo para ela na rua, mas ela não era coquete, e não era graciosa do ponto de vista social nem dada a papo furado. Harriet era acanhada e solitária. Na companhia de outras pessoas, geralmente ficava quieta, mas, quando falava, era tão impetuosa e inteligente que assustava os outros, principalmente os meninos da mesma idade. Eles simplesmente não sabiam interpretá-la. Harry às vezes desejava ser menino, e posso dizer que, se fosse, o seu caminho teria sido mais fácil. Brilhantismo desajeitado num menino é mais fácil de categorizar e não representa nenhuma ameaça sexual.

Não faz muito tempo, reli o livro que Harry mais adorava quando estávamos na escola: *Frankenstein*, de Mary Shelley. Costumávamos ler os mesmos livros e tínhamos devorado *Jane Eyre*, *O morro dos ventos uivantes*, todos os de Austen e boa parte dos de Dickens àquela altura, mas *Frankenstein* se transformou no texto arquetípico de Harriet, uma fábula sobre o self, uma escritura para a realidade de Harry Burden. Apesar de eu ter me deixado levar pela história como um mito pressagioso em relação aos desenvolvimentos da medicina moderna, não o lia incansavelmente. O dr. Frankenstein e as personagens femininas insípidas do livro eram de pouco interesse para Harry. A pessoa que ela adorava era o monstro, então costumava recitar longas passagens dos capítulos dele de cor, declamando-as como uma poetisa antiquada, e aquilo me fazia dar risada, apesar de eu não entender o apego fanático que ela tinha por aquela criatura miltoniana.

Mas, ao reler o livro quando adulta, senti que uma porta se abriu. Eu a atravessei e encontrei Harry. Encontrei Harry num livro que tinha sido escrito por uma garota de dezenove anos por causa de uma aposta. Em 1816, Mary Shelley estava passando o verão na Suíça com o marido, o vizinho Lord Byron e uma outra pessoa menos famosa, de cujo nome não me lembro. O desafio era escrever uma história de fantasma para dar prazer aos outros. Mary foi a única que respondeu à altura. No prefácio, ela escreve que a história lhe veio num "sonho desperto", como se as imagens a tivessem possuído. Ela observou enquanto um "estudante pálido de artes profanas" criava um monstro.

"Eis que a coisa horripilante se posta ao lado da cama dele, abre as suas cortinas e o mira com olhos amarelos e aquosos, mas especulativos."

É impossível esquecer a história essencial do livro. Eu sabia que o ser terrível que Frankenstein cria é tão solitário e mal compreendido que a sua própria existência é amaldiçoada. Eu sabia que o isolamento pavoroso da criatura se transforma em vingança, mas eu tinha esquecido, ou talvez nunca tivesse sentido, a ferocidade do sentimento dele — a sua fúria, pesar e sede de sangue. E então deparei com as seguintes linhas, proferidas pelo monstro no capítulo 15: "Minha pessoa era horrenda e minha estatura, gigantesca. O que isto significava? Quem era eu? O que eu era? De onde vim? Qual era meu destino? Perguntas que continuamente recorriam, mas eu era incapaz de resolvê-las".

Foi como se o fantasma de Harry estivesse falando comigo.

Compêndio de treze

Personagens, um non sequitur, uma confissão, uma charada e lembranças para H. B.

ETHAN LORD

1. Há Gobliatron: como foi que ele, o herói dos Fervidlies, que habita um país muito ao norte de Lugar Nenhum, desvencilha-se das garras gélidas de Bobblehead, um homem-máquina que congelava grandes lagos ao olhar para eles? Bobblehead congelou Gobliatron totalmente com um mero olhar. Então Gobliatron, preso no meio de um passo num campo de gelo, começou a pensar quente. Ele pensou tão quente que causou uma febre a si mesmo. A febre derreteu o gelo, e o herói se libertou.
2. As palavras eludem imagens. Como se desenha *quando, mas e então,* ou *semana passada*? Flechas.
3. Rubros galos por todo pijama comprado na França que Edward Boyle disse ser coisa de menina. Peguei uma tesoura, cortei um buraco numa perna e joguei o retalho no lixo. O pijama rasgado desapareceu. Isto é uma confissão. Eu tinha oito anos.

4. Responda a esta charada: o que é tão frágil que só o fato de dizer o seu nome pode fazer com que se quebre? Silêncio... F. L., *pater familias*, me fez esta pergunta quando eu tinha nove anos. Eu não soube responder, mas depois que ele entregou o segredo, eu não conseguia parar de pensar na resposta. Fiquei deitado na cama repetindo "silêncio" uma vez atrás da outra para ouvi-lo se quebrar. Você me perguntou o que eu estava fazendo e eu expliquei, e você sorriu, mas então o sorriso ficou torto, e eu não sabia exatamente o que aquilo queria dizer.
5. Inimigo: eu me lembro de que o guarda-roupa era meu inimigo. Eu me lembro de que havia algo atrás da porta. Eu me lembro de que você pôs uma lanterna dentro do guarda-roupa e que, quando apagou, você me deixou trocar as pilhas.
6. Eis que tudo tem um padrão ou um ritmo que pode ser discernido ao se prestar bastante atenção, mas se essas repetições existem ou não fora da mente é uma questão em aberto. Você e eu não enxergávamos os mesmos padrões.
7. "Teoria é boa, mas não impede as coisas de acontecer." Você me disse isso um mês, dois dias e trinta e sete horas antes de morrer. É uma citação de um neurologista, Jean-Martin Charcot, que se vestia de preto, admirava pinturas e escreveu a primeira análise descritiva da esclerose múltipla.
8. Bem, o tédio nunca a atingia, à exceção de quando estava esperando as malas no aeroporto.
9. Usando a falácia lógica do *argumentum ad populum*, a maior marca é a melhor marca. Este raciocínio falso é usado por todos os rebanhos culturais, grandes ou pequenos. O rebanho corre para ficar boquiaberto perante o espetáculo do creme dental branqueador. O rebanho corre para ver a nova estrela da galeria da moda. O rebanho pensa em uníssono. O rebanho é um voyeur coletivo, guiado pelo conhecimento

recebido de enxergar beleza, sofisticação, inteligência no objeto brilhante, no veículo vazio do valor e da riqueza e da glória. Mas o rebanho também adora a feiura: humilhações, assassinatos, suicídios e cadáveres, não cadáveres de verdade ao alcance, não cadáveres que fedem, mas os mortos da mídia, os mortos e moribundos da tela. O rebanho familiar, o nosso próprio rebanho, é bem higiênico nos seus gostos. O rebanho lê a *The Gothamite* para descobrir gostos higiênicos que não vão interferir com o espetáculo do creme dental branqueador que clareia o seu sorriso coletivo na Madison Avenue e não vai sujar o seu terno de Wall Street. Os rebanhos, grandes e pequenos, criam identidades variadas por meio de uma ou outra commodity da vez, sua *raison d'être*. Imagens dos vivos e também dos mortos são vendidas na feira livre dos corpos palatáveis. A sua realidade é exclusivamente da variedade da terceira pessoa pronominal. Os corpos não têm interior porque o singular da primeira pessoa não é permitido. O valor é determinado no âmbito de cada rebanho pela percepção coletiva e pelo número de espectadores.

10. Real cubo mágico: 43 252 003 274 489 856 000 permutações. Você me deu de presente porque sabia que os seus algoritmos iam me assombrar. M. L., Maisie Lord, ou Twinkletoes, a irmã de saiotes de tule e chás da tarde do Chapeleiro Maluco, não entendia que este era um universo hexaédrico a ser dominado por movimento e cor, que era uma cosmologia, uma realidade separada, um lugar para se estar. Ela quebrou o meu cubo mágico. Eu cortei o rabo de cavalo dela. Segurei o rabo de cavalo por cima da privada enquanto ela berrava. Dei descarga. A privada não queria digerir o cabelo. Você chegou, olhou, gritou e, enquanto gritava, abanava as mãos ao lado das orelhas. Então trouxe toalhas e conversou

conosco a respeito de tolerância, mas nós não estávamos interessados, não estávamos interessados em intolerância, quer dizer. Estávamos grandes demais, você disse, para quebrar cubos mágicos e jogar rabos de cavalo na privada, e você já estava morta de cansaço disso — de nós. Eu tinha onze anos, e Maisie tinha treze. E então você se sentou no chão do banheiro (com a toalha que tinha uma listra bege numa ponta), apesar de o chão não estar seco. A sua cabeça caiu por cima do peito e um som saiu de você — um som de engasgado e de fungadas. Eu fiquei congelado como Gobliatron. Não conseguia me mexer. Twinkletoes me disse: Olha só o que você fez agora! Olha só o que você fez agora! Mas a minha boca estava apertada e fria demais para responder.

11. Debord, Guy. Ele inventou o Jogo da Guerra. Era um jogo de tabuleiro sobre as Guerras Napoleônicas. Guy Debord, Julien Sorel, Ethan Lord — todos queriam jogar, mover as peças. Diga-me as regras. Homens adoram jogos. Você me disse isso uma vez. Mas você também adorava jogos.

12. Ethan Lord, único filho de Harriet Burden e Felix Lord, produto das duas pessoas supracitadas em arranjo de família nuclear, aspirante a rabiscador, criador de charadas, órfão neossituacionista, lembra da mãe. Estou tentando me lembrar de você, mãe, para encontrar aqueles restos de cérebro e transformá-los em mais que um monte de impressões humeanas, como você teria dito, humeanas, em referência a David Hume. Kantianas e hegelianas, mas não spinozianas, talvez husserlianas? Existe *Husserliana, Gesammelte Werke*. Você iria ficar contente de saber que eu procurei, li algumas páginas dele. É difícil. Você também às vezes era difícil de entender.

13. Nobisa Notfinger vivia em Paciland, um país ao lado de Fervid, onde os habitantes eram todos bem vestidos e serenos e

seguiam as regras, mas Nobisa eram mal-humorada, e era uma menina desarrumada, suja e gorducha, e a vida era difícil para ela, e por isso ela foi embora para fazer fortuna em Fervid. Você criou Nobisa para Maisie, mas a armou para mim. Na sua maleta marrom de confiança, ela carregava uma pistola de raios e uma espada e um puxador de orelha especial dado pela Fada da Má Intenção e da Malícia, que Nobisa só podia usar sete vezes. Maisie não se lembra das histórias tão bem quanto eu. Padrões mentais diferentes.

Harriet Burden
Caderno A

25 DE SETEMBRO DE 1999, 22H

    Reivindicação dos direitos de Harriet Burden! Engoliram a merda toda de Tish, engoliram com tanto anseio que estou tonta com o sucesso, para citar aquele demônio do Joseph Stálin. Removemos o c do nome dele para fazer o anagrama funcionar. Chega de Mesa! O garotinho com algumas cicatrizes recentes abriu o apetite deles para mais obras *Wunderkind*, mais piadas espertinhas com floreios históricos, e os bufões estão alardeando o seu entusiasmo em críticas. Não descobriram nem um décimo das minhas gracinhas, referências e charadas, mas quem se importa? Não falaram muito a respeito das caixas de histórias, mas isso só demonstra a cegueira deles, não é mesmo? Outro dia, um desses tipos apareceu na casa de Anton, um tal de Case, um anão de terno e gravata-borboleta com pomada anacrônica no cabelo e sotaque falso de brâmane que me deu calafrios. Ele perguntou qual era a minha "opinião". Pobre homenzinho cheio de empáfia.

* * *

Depois que ele foi embora, Anton e eu demos tanta risada que precisei me sentar na cadeira dobrável do estúdio e balançar para a frente e para trás. Nós somos uma equipe, eu disse a ele, uma dupla mergulhada profundamente na pesquisa da natureza da percepção: por que as pessoas enxergam o que enxergam? Devem existir convenções. Devem existir expectativas. Do contrário, não enxergamos nada; tudo seria caos. Tipos, códigos, categorias, conceitos. Eu o coloquei lá, não foi? O sujeito de terno olhando com, nossa, tanta seriedade para a imensa mulher nua. Como foram rápidos em adotar e ungir o artista homem, jovem e sorridente; olhem só como ele sabe das coisas, como é sofisticado, como é inteligente. A Grande Vênus causou um grande (pequeno) bochicho. Ouço o som das abelhas, e as abelhas picam. Eu disse ao dr. Fertig que detesto abelhas. *Detestar* não é uma palavra que eu uso de modo leviano. Ele sabe disso. Ele sabe que a piada também não é piada. Ele quer saber quando vou revelar a minha identidade. A frase em si é emocionante. Faz com que eu me sinta como se estivesse vivendo num suspense. Quando vou revelar a minha identidade?

Ele também pergunta de Anton.

Mas a Grande Vênus pertence a Anton Tish, eu disse. Ah, meu caro dr. Fertig, sem Anton, ela não existiria. É uma obra que passou a existir entre ele e eu porque foi feita por um menino, um *enfant terrible*, não por mim, a velha senhora artista Harry Burden com dois filhos adultos e uma neta e uma conta no banco.

O dr. Fertig observou que dinheiro raramente é simples.

Anton fica com o dinheiro das vendas. Esse é o combinado.

Fecho os olhos. Fecho os olhos. A minha hora é agora. É a minha hora, e não vou deixar que tirem isso de mim. Os gregos sabiam que a máscara no teatro não era um disfarce, mas um meio de revelação. E agora que comecei posso sentir os ventos a meu favor, não porque a Grande Vênus seja — divertimento cético — demais, mas porque eu percebo o que eles engolem com gosto e, com o rosto certo, posso fazer mais. *Nota bene.*

E, no entanto, Anton diz que ela fica linda dormindo no espaço da galeria, que ela é melhor do que eu imagino porque não dava para enxergar direito quando nós a montamos. Ainda não tive coragem de ir até lá, mas talvez eu dê uma espiada de fora e olhe pela vitrine para a minha boneca grande, o meu primeiro sucesso.

Ninguém sabe além de mim e Anton e o dr. Fertig. Edgar está desconfiado. Os outros assistentezinhos sabem que eu paguei por ela, mas acreditam que a moça saiu direto da imaginação de Anton. Uma delas, que tem um nome ridículo, Falling Leaves ou Autumn Sunshine, sem dúvida cria de malucos New Age, parece ter se colado a Anton — uma criaturazinha *unheimlich*, muito bonitinha com cachos loiros e lábios cor de pirulito, e olhos azuis grandes, estranhos e sábios.

Falando de ventos, onde está o Barômetro? Olhei no quarto dele. Costuma ficar encolhidinho dentro do saco de dormir neste horário, com máscara sobre os olhos e fones de ouvido para manter a pressão de fora, para que possa descansar dos seus esforços de sentir o clima. Espero que o coitado não tenha explodido e tenha sido levado para um hospital. Apesar de Rachel afirmar que a medicina pode ajudá-lo, eu sei que ele não quer as bolinhas de veneno que os médicos lhe dão, que abafam o seu dom, e é um dom, estranho dizer. Às vezes, quando escuto o que ele fala, começo eu mesma a sentir as variações barométricas — os altos e baixos do meu próprio registro corporal —, um zumbido no sistema.

Tenho outro hóspede: Phineas Q. Eldridge, não é o nome verdadeiro dele. Nasceu John Whittier; ele se desfez do nome quando saiu do armário. O novo homem deixou a irmã e o cunhado homofóbico desconcertados, mas a mãe dele, com quem troca e-mails com frequência e visita uma vez por ano na Carolina do Norte, permaneceu fiel. Mãe e irmã chegam de soslaio para vê-lo num hotel. Phineas é artista performático; ele se apresenta de "meio drag", meio homem, meio mulher, meio branco, meio negro, cortado bem no meio, e as duas partes dele travam conversas no palco. O pai era branco; a mãe é negra, então ele sabe alguma coisa sobre metades. Parece que o casal passa a maior parte do tempo em conflito; se não fosse assim, não seria divertido, mas eles também se combinam de vez em quando, eles se confundem e se misturam, e eu acho isso encantador. Ele me convidou para assisti-lo na semana que vem e estou animada com isso e só um pouco ansiosa também porque espero que ele seja bom. Phineas Q. (o Q, ele diz, pode significar qualquer coisa que se deseje — Quentin ou Questionamento ou Querido ou Querela ou só Q) é altamente articulado e, apesar de eu não tê-lo visto muito porque trabalha à noite, passei a ficar esperando que ele apareça para oferecer um dos seus comentários azedos sobre o meu trabalho. Ele chamou os meus bonecos de Felix de "anões ambrosíacos". Ele também disse que a minha Caixa de Empatia estava precisando de um pouco de empatia. Isso me magoou, mas ele tinha razão. Eu recomecei com espelhos. Ele também fez referência ao prédio como "pardieiro" e defende regras, organização, alguém para administrá-lo. Não posso simplesmente acolher qualquer viciado em drogas ou aproveitador que bata à porta. Ele está certo a respeito disto. Na semana passada, recebi uma moça de maria-chiquinha cuja bunda tinha sido esmagada dentro de um short vermelho de couro, pensei em linguiças no pacote. É possível que ela tenha aprontado algumas antes de eu pedir que fosse embora. Houve dois homens de rosto triste que chegaram e foram embora numa única noite. Se transaram com a Short Vermelho, não foi uma transa feliz.

Há tristeza em Phineas, uma ferida que existe por baixo da sua personalidade enérgica e animada. Não sei quantos anos ele tem, uns trinta e poucos, talvez, mas eu me sinto atraída pelo pedaço desconsolado dele. Em momentos em que baixa a guarda, uma expressão pensativa muda os seus traços. Isso nunca acontece quando ele está olhando para mim, mas quando faz uma pausa, quando se vira para o outro lado. Uma vez eu perguntei: Está tudo bem com você?

E ele respondeu: Não.

O *não* me deixou contente. Por acaso não dizemos sempre: Está tudo bem?

Está, e com você?

Tudo bem, tudo bem.

Estamos todos bem.

Eu gostaria de não estar tão bem, tão desgraçada de bem há tantos anos…

Espero com educação até que Phineas Q. me diga por que não estava bem, mas ele não diz, e eu deixo para lá porque existe medo em mim, uma reticência enjoativa. Ela existe desde que sou capaz de me lembrar, sempre à espreita — uma coisa horrorosa, pesada, gorda. Não quero acordá-la. Se ela acordar, a terra vai tremer e as paredes vão rachar e desabar. Leve o indicador aos lábios, Harry, leve o indicador aos lábios e dê a volta na coisa na ponta dos pés. Seja simpática e agradável, Harry, tão simpática e agradável quanto sabe ser.
Ela estava presente com Felix também, a coisa, mas não era culpa dele. Compreendo isso hoje. Estava presente muito antes de Felix. Deixe que durma. Caminhe sem fazer barulho. Adie. Não o aborreça. Ele é frágil, frágil e, de algum modo, perigoso. Felix sempre merece o que você não merece. Por quê? Sentimentos misteriosos: encravados, automáticos, impensados. Antes das palavras. Embaixo das palavras.

O que são primeiras lembranças, pergunto?

É com dificuldade considerável que eu me lembro da era original do meu ser; todos os acontecimentos daquele período parecem confusos e indistintos.[10]

Para mim, também.

A mente é o seu próprio lugar e em si pode criar um céu de inferno, um inferno de céu.[11]

---

[10] A frase de abertura do capítulo 11 de *Frankenstein*, de Mary Shelley.
[11] John Milton, *Paraíso perdido*, Livro 1. As palavras são de Satanás. No Caderno G, Burden observa: "Satanás afasta a sua mente de Deus. Heresia, é claro. Arrogância, é claro. Moderno, é claro".

Posso confiar nas imagens que vejo ou será que são reconfiguradas em tal grau que obscurece todo o sentido?

A minha vida tinha sido — uma Arma Carregada.[12]

Eu sou selvagem no papel. Sou bestial. E depois preciso me esconder e, com o lápis de cera preto grosso, apago cada linha. Empreteço a página para que nunca vejam o que desenhei, o que fiz.

Por que eu sinto que há um segredo que carrego no meu corpo como um embrião, sem palavras e não formado, além do saber? E por que sinto que pode explodir numa enorme erupção se não for controlada? Deve ser fácil, tão fácil preencher esse mal-estar úmido e sufocante com palavras, escrever o incômodo, escrever uma história para explicar o porquê disso.

Eu estava no meu berço.

Eu estava em pé no chão.

As cortinas estavam fechadas, e eu precisei subir numa cadeira para puxar o pano de lado e olhar para fora, para a rua.

---

[12] *The Complete Poems of Emily Dickinson*, org. de Thomas H. Johnson (Nova York: Little Brownand Co., 1960), n. 754, p. 369.

Eu vi os pés dele na frente da porta.

A lembrança começa a se formar da nuvem da ignorância. O disforme toma forma e logo há uma articulação abafada — pressagiosa e significativa.

A vergonha chega antes da culpa.

Mas não há como voltar atrás, Harry. A mente é um lugar próprio que nos leva para a frente e para trás. Tem a sua própria arquitetura do passado que vem de aposentos reais e ruas reais, mas tudo é refeito incessantemente no tempo e agora reside dentro, não fora. No passado esses lugares foram preenchidos com o barulho de caminhões de lixo e das sirenes e dos fragmentos de sentenças de pedestres tagarelas e com os odores da mudança de estação, mas as visões densas e o clamor e os cheiros foram simplificados em códigos mentais interiores que enrijeceram com as palavras. O futuro é feito dessas mesmas coisas — espaços elementares que habitamos com desejos ou medos. Por que tantos medos? Não há uma única história nessa região enevoada da infância para explicar você, Harry.

Penso em Bertha, Bertha Pappenheim, codinome Anna O. O que imaginamos e o que fazemos com a imaginação é assustador.

Ela, Anna O., recebe o dr. Breuer, o médico que supostamente a curou, que usou o método catártico, a primeira cura falante, mas ela, Bertha, lhe deu nome, não ele. Ela lhe deu nome. Numa carta a Stefan Zweig, em 1932, Freud forneceu uma coda. E quando Breuer entra no quarto, Bertha está agarrando a barriga e se contorcendo de dor. Qual é o problema?, ele pergunta. O que aconteceu? E ela responde: Lá vem o filho do dr. B.

É a coisa que eles fizeram juntos. Olhe para ela.

O bom doutor sai correndo, apavorado.
O bom doutor não sai correndo apavorado. É um mito.
Eles a reescreveram.
Ela iria reescrevê-los. Em coragem.[13]

---

[13] Bertha Pappenheim era o nome real de Anna O., paciente de Josef Breuer cujo caso figura nos *Estudos sobre a histeria* de Freud e Breuer (1895). Os sintomas dela incluíam tiques, dor facial intensa, perda de visão, lapsos de memória e até incapacidade temporária de falar sua língua nativa, alemão. O tratamento de Breuer, junto com outros métodos, incluía permitir que a paciente falasse e contasse histórias a ele. Pappenheim cunhou o nome *"the talking cure"* [a cura falante] em inglês. No caso estudado, a história de Anna O. termina com sua cura, mas a verdade é bem mais complicada. Breuer entregou sua paciente a um sanatório suíço. Pappenheim continuou sofrendo com sintomas de histeria, apesar de serem menos intensos do que antes do tratamento com Breuer, e ela ficou viciada tanto em morfina quanto em hidrato de cloral. Veja A. Hirschmuller, *The Life and Work of Josef Breuer: Physiology and Psychoanalysis* (Nova York: New York University Press, 1970), pp. 301-2, e D. Gilhooley, "Misrepresentation and Misreading in the Case of Anna O.", *Modern Psychoanalysis* 27, n. 1. Depois da alta do sanatório, ela foi hospitalizada três vezes ao longo dos cinco anos seguintes.

Em sua carta a Zweig, Freud escreveu: "O que realmente aconteceu com a paciente de Breuer, fui capaz de *supor* posteriormente, muito depois do rompimento de nossas relações, quando de repente me lembrei de algo que Breuer tinha me dito certa vez [...]. Na noite do dia em que todos os sintomas dela tinham sido extirpados, ele foi chamado à paciente mais uma vez, encontrou-a confusa e se contorcendo com cãibras estomacais. Quando lhe

Sonho com o dr. F.
A coisa suprimida. A coisa que vem à tona. Ela lhe deu nome: o filho do dr. B. Vai vir à tona.

Onde está a fronteira entre memória e alucinação?

Criamos imagens de maneira espontânea. Elas virão à tona.

Até onde sou capaz de lembrar, elas me vinham à noite, antes de eu dormir. Costumavam me assustar, os horrores daquele cinema autogerado, como sonhos, mas não sonhos, um

---

perguntaram o que havia de errado, ela respondeu: 'Agora o filho do dr. B está chegando!'". E. Freud (Org.), *The Letters of Sigmund Freud* (Nova York: Basic Books, 1960), p. 67, meu itálico. A partir desta lembrança, Freud conjectura que Anna O. sofria de gravidez histérica e que o caráter sexual desses sintomas fez com que Breuer fugisse de medo. Ernest Jones posteriormente corrobora esta versão em sua biografia de Freud, assim como Peter Gay na dele. No entanto, estas interpretações da evidência são contestadas, e Burden parece estar bem familiarizada com a controvérsia. "Eles a reescreveram. Ela iria reescrevê-los. Em coragem" se refere à vida posterior de Pappenheim como ativista feminista. Em 1888, Pappenheim abandonou a vida da alta burguesia que tinha levado como judia ortodoxa em Viena e viajou por toda a Europa Oriental lutando pelos direitos das judias e publicando trabalhos sobre o tema. Em 1904, ela foi uma das fundadoras da Liga das Mulheres Judias, que organizava instalações de atendimento médico, retiros de férias e lares de jovens, além de oferecer treinamento profissional a mulheres. A Liga foi dissolvida no dia 9 de novembro de 1938. Várias de suas líderes foram assassinadas nos campos de concentração. Burden pode estar se referindo ao *Último desejo e testamento* de Pappenheim, em que ela escreveu: "[...] se lembrar de mim, traga uma pedrinha, como a promessa silenciosa e o símbolo do estabelecimento da ideia e da missão da obrigação da mulher e da alegria da mulher em servir de maneira incessante e com coragem na vida". E. Loentz, *Let Me Continue to Speak the Truth: Bertha Pappenheim as Author and Activist* (Cincinatti: Hebrew Union College Press, 2007).

limiar de realidade entre caminhar e dormir; uma passagem que devia ter nome, mas não tem. Eu não estou dentro da tela, mas fora, observando os feitos delas, e passei a adorá-las. Toda noite, espero por elas. As brutas se erguem, ferozes e ameaçadoras, com os dentes à mostra e o nariz pingando catarro cor-de-rosa enquanto se arrastam pelas colinas azuis das beiradas. Nunca estão paradas, mas em constante metamorfose, bocas se transformam em queixos, olhos se tornam vergões, peitos e paus desabam até o chão e se derretem em novos demônios ou desaparecem em montes funestos de cor. Cabelos flutuam atrás de uma cabeça desfigurada em nós cacheados ou em guirlandas, mas também vejo os inocentes e os sentimentais, crianças doces e adultos bem formados; dois dançarinos fornicam enquanto estão suspensos no ar, e eu sorrio para os quadris ritmados. Um homem diminuto salta de um penhasco, e puras geometrias de verde e vermelho e amarelo duro derretem numa arruaça de lava corrente. Eu vi todos nós, Maisie e Ethan e Felix e eu e os meus pais e Rachel fugindo perante as minhas pálpebras fechadas na tela, quase irreconhecíveis, mas ainda assim estavam entre o desfile, como se a minha mente tivesse retido os rolos de um filme antigo. Ah, se pelo menos eu fosse capaz de transferir essas musas hipnagógicas para pintura ou filme ou pequenas esculturas cinéticas. De onde elas vêm? Por que uma imagem e não a outra? Será a memória transmutada? De onde vêm as alucinações no cérebro? Ninguém sabe dizer.

Ouço o Barômetro chiando no corredor. Fico contente por ele estar de volta. Não sei bem onde ele passa horas a fio. Pregando ou tagarelando ou apenas vagando? Mas escuto os seus tubos chiando. Felix também chiava. E ele tossia. O meu pai tossia. Todos fumantes. A tosse de cada homem tinha/tem o seu próprio ronco molhado ou rufar seco. Não é estranho sermos capazes de reconhecer a tosse de alguém, aquele catarro solto nos brônquios como um som idiossincrático? O meu louco chia e tosse e começou a coçar as minhas feridas imaginárias, que, com o coçar, se tornam reais. Eu lhe ofereci uma salva. Nos seus cadernos, ele desenha cidades em chamas e dragões e daroeses e círculo sobre círculo e símbolos crípticos e nuvens, é claro, e chuva e neve e granizo de diversos tamanhos. Ele tem pouco interesse no tempo bom; ele é o meu amigo do mau tempo.

Rosemary Lerner
(*declaração por escrito*)

Há uma tendência pronunciada em todas as artes de mitificar os mortos, com isso quero dizer a criação de narrativas redutivas para explicar a vida e obra dos artistas. Escrevo sobre arte há mais de quarenta anos e testemunhei isso inúmeras vezes. As razões para a simplificação com frequência são ideológicas, mas biografias sensacionalistas também apagam todas as nuances quando parecem se encaixar em um personagem e roteiro pré-configurado — herói ou heroína trágica, vítima, gênio. Ajuda a minar estes cenários de madeira. Harriet Burden não era nem de longe tão obscura nem despercebida quanto deixou transparecer nas histórias que agora circulam a respeito da carreira dela. Sua obra foi representada por nada menos do que cinco exposições coletivas na década de 1970 e eu, pelo menos, lhe dei destaque em uma crítica que escrevi para a *Art in New York*, em 1976:

> A peça arquitetônica sinistra de Harriet Burden, com suas paredes e pisos levemente tortos, suas figuras carregadas de emoção, paleta

pastel e uso denso de texto permanecem na mente desta crítica como a obra de uma artista brilhante e de independência notável.

Apesar de minha opinião ser minoritária, eu não estava sozinha. Beatrice Brownhurst e Peter Grosswetter fizeram comentários favoráveis sobre as duas individuais dela, em galerias importantes de Nova York. No entanto, ambos os marchands deixaram de representá-la, mas isso está longe de ser um destino único. Simplesmente situa Harriet Burden entre os numerosos artistas visuais de distinção, homens e mulheres, que eram respeitados por outros artistas, receberam críticas nem sempre favoráveis e não atraíram grandes colecionadores para sua obra.

Críticos de todas as estirpes gostam de se sentir superiores a uma obra de arte. Se ela os confunde ou intimida, é mais provável que a destruam. Muitos artistas não são intelectuais, mas Burden era, e seu trabalho refletia este amplo conhecimento. Suas referências cobriam vários campos e com frequência era impossível acompanhá-las. Também havia uma qualidade literária e narrativa em sua arte, a que muitos demonstravam resistência. Tenho certeza de que só o conhecimento dela servia como causa de irritação para alguns críticos. Uma vez, tive uma conversa com um homem que havia acabado com a primeira individual dela. Quando mencionei sua crítica e ofereci uma defesa do trabalho de Burden, ele agiu com hostilidade. Não era um homem burro e tinha escrito bem sobre alguns artistas que eu admirava. Ele havia atacado o trabalho de Burden dizendo que era confuso e ingênuo, exatamente o oposto, aliás, do que era. Percebi que ele tinha sido incapaz de fazer um elogio de mente esclarecida porque, apesar de se gabar de sua sofisticação, os significados múltiplos dos textos orquestrados com cuidado por Burden o tinham enganado, e ele projetara sua própria desorientação na obra. Suas últimas palavras para mim foram: "Eu detestei, certo?

Eu simplesmente detestei. Não estou nem aí para qual eram as referências dela". Essa conversa ficou comigo, não tanto como uma história sobre Harriet Burden, mas sim como uma lição para mim mesma: cuidado com a reação violenta e os sofismas que podem ser usados para explicá-la.

Depois, há a questão do sexo. Com frequência demora mais para as mulheres ganharem espaço no mundo das artes do que para os homens. A notável Alice Neel trabalhou sem receber muita atenção até estar na casa dos setenta. Louise Bourgeois causou sensação com a exposição no MoMA em 1982. Ela estava com setenta anos. Assim como Burden, estas mulheres não foram ignoradas, mas conquistaram reconhecimento proeminente só muito tarde na carreira. Durante a vida, a pintora Joan Mitchell foi conhecida e admirada, mas apenas depois da morte é que seu lugar entre a segunda geração de expressionistas abstratos começou a crescer enormemente. Grace Hartigan foi a única mulher na lendária exposição *New American Painting*, do MoMA, em 1958-9. Eva Hesse, que estudou na Cooper Union apenas alguns anos antes de Burden, morreu em 1970, aos trinta e quatro anos, de um tumor cerebral. Ela não viveu para ver sua estrela continuar a subir nem o poder de sua influência sobre artistas mais jovens. Mas, quando estava viva, reclamava que seu trabalho não recebia a mesma atenção séria dispensada a seus colegas homens, e tinha razão. Houve muitos críticos que criticaram a vida dela, não sua arte. A obra de Lee Krasner foi subsumida pela do marido aos olhos do mundo da arte. Jackson Pollock foi e é deificado como herói romântico. Um ano antes de Krasner morrer, foi montada uma retrospectiva de sua obra, mas, àquela altura, segundo ela, era "tarde demais". Em geral, o negócio da arte tem sido a respeito de homens. E quando foi a respeito de mulheres, com frequência esteve relacionado a corrigir lapsos anteriores. É interessante notar que não todas, mas muitas mulheres foram celebradas apenas quando seus dias no papel de objeto sexual desejado tinham passado. Apesar de o número de artistas mulheres ter explodido, não é segredo que as galerias de Nova York exibem mulheres com muito menos frequência do que homens. Os números pairam por volta dos 20% de todas as individuais na cidade, apesar de quase a metade dessas mesmas galerias serem administradas por mulheres. Os museus que exibem arte contemporânea não são melhores, nem as revistas que escrevem sobre o assunto. Toda artista mulher se depara com a propagação insidiosa do status quo masculino. Quase sem exceção, a arte feita por homens é muito mais cara do que a das mulheres. Os dólares contam a história. Depois de desistir da vida pública como artista, Burden resolveu fazer experiências com a percepção de seu trabalho por meio do uso de personagens masculinos. Os resultados foram admiráveis. Quando apresentada como o trabalho de um homem, sua arte de repente encontrou um público entusiasmado. Mas é necessário ter cuidado. As tendências do mundo da arte mudam constantemente. O cru está na moda um dia, o cozido, no seguinte. E há uma fome sempre presente pela juventude, pela última mocinha ou rapazinho ingênuo do cardápio. Será que uma moça teria tido a mesma serventia a Burden? Provavelmente não, mas a história não pode simplesmente ser contada como uma parábola feminista, apesar de parecer óbvio que o preconceito sexual teve papel determinante na percepção da obra de Burden. E, no entanto, cada uma de suas máscaras parecia desvelar um aspecto diferente da imaginação dela, e não é injusto dizer que a trajetória de sua experiência artística se transformou em movimento na direção de uma ambiguidade crescente e quase sinistra.

Anton Tish, que desapareceu totalmente do mundo da arte, parece não ter sido mais do que um fantoche. Phineas Eldridge, por outro lado, trouxe seu próprio charme ardente para *As salas de sufocação*, em que os dois trabalharam juntos. Ele também se aposentou da arte, mas não deixou de erguer a voz, e sua carta para a *Art Lights* continua sendo, para mim, não apenas um tributo a Burden, a mulher, mas também uma leitura perspicaz do trabalho dela.

O envolvimento de Burden com Rune é, pelo menos para mim, ao mesmo tempo triste e misterioso. A controvérsia a respeito do aparente suicídio dele e as extravagâncias de Oswald Case, que transforma Larsen na celebridade genial da arte de uma nova era tecnológica em seu livro *Martírio pela arte*, só serviram para tirar o foco das questões reais. É verdade que quatro das peças da vitrine não podem ser absolutamente atribuídas a Burden, e há quem insista que pertencem a Rune. O veredicto final não foi dado, e a incerteza pode continuar por mais algum tempo, se não para sempre. Ainda assim, o tratamento preto no branco da história Burden-Rune é desnecessário. Ele conduz à criação de mitos em sua pior forma: o desejo suplanta a evidência. Ele ignora os textos autobiográficos de Burden, que apresentam uma forte defesa do roubo inquestionável de algumas de suas peças por alguém, possivelmente Rune. Em uma anotação de caderno de 12 de setembro de 2003, ela escreveu: "Quatro obras sumiram do estúdio da noite para o dia. Estou desesperada". Por que ela escreveria isso se não fosse verdade? A teoria de Case é de que Burden enquadrou Rune ao deixar registros por escrito que apontam fortemente para as más intenções dele, e que fez isso por inveja e rancor. Case se apoia pesadamente no que Rune lhe disse, e ele não teve acesso a quase nenhum dos documentos de Burden quando escreveu seu livro. Ele cita uma única frase tirada das três páginas de texto dela que foram publicadas na edição de primavera da *Dexterity* (2008), o ano da retrospectiva dela na Grace. "É tão fácil para Rune brilhar. De onde vem essa facilidade toda? Como as pessoas a adquirem? Ele é tão leve. Eu tenho os pés no chão, uma Caliban para o Ariel dele." Isso dificilmente é prova de algum plano maquiavélico para minar a carreira de outro artista.

Só tenho uma observação pessoal a fazer como contribuição. Quando vi A *história da arte ocidental*, supostamente obra de Anton Tish, na Galeria Clark, fiquei impressionada com uma passagem entalhada na parte interna da coxa da Vênus:

> Será que as meninas não se esforçaram igualmente pela boneca?
> — a boneca — sim, um alvo de coisas passadas e por vir? A última boneca, dada a idade, é a menina que devia ser menino, e o menino que devia ter sido menina! O amor daquela última boneca era prenunciado naquele amor pela primeira. A boneca e o imaturo têm algo de certo a respeito de si, a boneca porque se parece com a vida, mas não a contém, e o terceiro sexo porque contém vida, mas se parece com a boneca.

Foi tirada de *Nightwood*, de Djuna Barnes, um pequeno romance difícil e estranho. Para ser sincera, não tenho a menor ideia de qual era a intenção dessa meditação sobre as bonecas, mas sei que não em uma, mas em três das obras de sua segunda exposição, Burden incluiu citações daquele livro específico. Ninguém tem direitos exclusivos de citar *Nightwood*. Ainda assim, isso me pareceu curioso, e daí, quando olhei dentro das caixas que rodeavam a grande escultura de Vênus, as pequenas cenas tinham semelhança tão forte com as primeiras salas de Burden com suas pequenas figuras e narrativas oblíquas que eu tive certeza de que Tish devia ter visto as peças dela. Influências são normais, mas estas pareciam ser o desenvolvimento daquele trabalho anterior, e fiquei incomodada pela ideia de que ele poderia ter se apropriado de obras que ela nunca tinha exibido. Nenhum crítico mencionou Burden.

Por meio do filho de um amigo que conhecia a filha de Burden, eu consegui o telefone da artista no Brooklyn e liguei para ela. Eu me apresentei, expliquei a natureza de minha ligação e perguntei se ela tinha ido à galeria para ver a exposição; ela respondeu que "Não". Mais tarde descobri que isso era tecnicamente verdade. Então perguntei a ela se ainda estava criando arte. Ela respondeu que "Sim". Fiquei esperando que dissesse algo mais, então elaborei melhor, dizendo que alguns aspectos do trabalho pareciam tão próximos dos dela que considerei alarmante. Houve um longo silêncio sem jeito. Dava para ouvir a respiração dela. Finalmente, ela limpou a garganta e então disse: "Obrigada. Obrigada por ligar. Adeus".

Foi só isso. Eu tinha lhe dado uma abertura. Ela não aceitou. Harriet Burden tinha aliados. Eu me incluo entre eles. Tenho certeza de que, se tivesse procurado um marchand, teria encontrado, mas, mesmo que não encontrasse, poderia ter tomado outro caminho. Existem cooperativas de mulheres que exibem artistas que não conseguem receber reconhecimento de instituições estabelecidas. Vi alguns trabalhos muito bons exibidos nessas galerias. Burden queria ter a experiência dela, e queria permanecer oculta. Não posso deixar de desejar que ela tivesse sido capaz de me responder na época. Ao mesmo tempo, as máscaras devem ser consideradas como um aprofundamento daquilo que ela fazia melhor — criar obras concentradas na ambiguidade.

Bruno Kleinfeld
(*declaração por escritos*)

Conheci Harry durante um capítulo da minha vida com as páginas rasgadas, borradas, com anotações nas margens e as pontas amassadas. Mas esse na verdade era um problema cosmético. Sou o orgulhoso proprietário de um número indefinido de biografias esfarrapadas e surradas que ainda são decifráveis. O tempo se arrasta. O tempo altera. A gravidade insiste. Como a minha mãe costumava dizer: "Depois dos cinquenta, Bruno, é só remendo, remendo, remendo". Não, não foi a minha carcaça próxima dos sessenta com entradas no cabelo e bochechas de bassê que fez aquele capítulo tão ruim. O problema é que eu tinha perdido a mim mesmo. Eu já não era mais o herói da minha própria vida. Em vez disso, estava à espreita nas sombras proverbiais como algum tipo de personagem menor desgraçado com apenas umas poucas falas aqui e ali. Imagine acordar pela manhã e dar uma conferida geral no apartamento, procurando por si mesmo, revirando gavetas e verificando embaixo da cama para se encontrar. Onde eu o pusera e não lembrava, aquele jovem inteligente, com cabelo cacheado e perspectivas que brilhavam por cima dele logo além da colina distante? O que aconteceu com Bruno Kleinfeld? Você pode muito bem perguntar. A minha pessoa parecia ter se colocado de escanteio de um jeito que fazia com que eu não fosse mais eu. O impostor, Bruno Kleinfeld, aquele que acordava de manhã no apartamento miserável em Red Hook, seria uma grande surpresa para o verdadeiro Bruno Kleinfeld, que viajava cheio de coragem de um capítulo a outro na sua biografia totalmente autorizada, mas eu simplesmente não conseguia agarrar aquele Bruno e me peguei empacado com o primeiro, um inútil que costumava comer macarrão enlatado Spaghetti Os no jantar e que, duas vezes, em desespero, se rebaixou às preparações gourmet da variedade canina. Sabe, ele não conseguia pagar o aluguel e tinha que ir mendigar para o velho amigo Tip Barrymore em Park Slope, cuja vida num prédio de tijolinhos parecia muito mais do que aquela que o Bruno genuíno estava vivendo. Olhos. Está tudo nos olhos. Os olhos de Tip quando disse que não precisava devolver. "Não preciso que devolva, Brune." Brune é a única maneira de abreviar Brun-O. Pupilas desconfiadas, furtivas, não os dois canos diretos, não homem a homem. Coitado de Brune. Ele não falou nada. Ah, não. Os seus olhos disseram tudo. Coitado do garoto da colina distante? Mas que porra? Pegou o cara errado, meu, o Brun-O errado, véi. Tome uma no queixo. Tome uma nos intestinos. Garçom! Traga uma taça de Fronsac e bifes fritos *tout de suite*. Com maionese! Pequenos sonhos de refeições. Pequenos sonhos sem baratas, de uma privada que funciona direito, sem ferrugem, de linóleo sem pedacinhos descascando nem manchas amareladas. Os pequenos sonhos tristes do *poseur*, aquele Kleinfeld falso de proporções inchadas e gingado incapacitado sem graça. Quem era aquele fulano que costumava mandar a bola por cima da cerca, disparar de uma base a outra, costumava ser um artista da paquera, um mulherengo, sedutor, era marido de três mulheres e pai de três filhas, autor promissor de dois livros de poesia, publicado por uma grande editora, grande, não pequena (versos em tom menor, mas não para as ligas menores), com homenagens de luminárias emplastadas na quarta capa com aquela palavra importante que ele adorava, mastigava, ficava chupando durante muito tempo e com muita força: *whitmaniano*? A obra do garoto é "whitmaniana", e não havia nada menos que três pontos de exclamação que terminavam as frases dentro dessas chamadas de notáveis de reputação internacional, pontuação enfática para um garoto brilhante enfático que arrebanhava dinheiro de bolsas com a força da colina distante que se avultava, o poeta presunçoso, jovem e bonito, que começa o poema épico, o poema para a eternidade, o poema para pôr fim em todos os poemas americanos.

E ele escreve, e ele escreve, e ele escreve, e então escreve de novo, e não consegue deixar bem do jeito que quer. E ele escreve, e os anos passam; ele se casa e se divorcia, e se casa e se divorcia mais uma vez e mais outra; filhos nascem e ele continua escrevendo o poema, e ele não consegue deixar do jeito que quer. Às vezes, não consegue mais enxergá-lo. Ele está embaixo do poema, que ameaça esmagá-lo. Ele quer tirar a bobagem dali; não percebe? B. K. espera purificar MS de toda a bobajada e subir a dita colina, e ele não consegue superar. Há dias em que sente estar empurrando o poema na direção do topo, e ele quase consegue enxergar o outro lado, mas então, assim como Sísifo, não consegue fazer com que alcance o cume.

E então certa manhã, em outubro, o falso Kleinfeld põe para fora com cuidado um cocô da sua bunda idosa na privada que mal funciona na supracitada pocilga com a persiana da janela um pouco levantada para poder enxergar o tráfego lá embaixo e um galpão grande do outro lado da rua, que está em reforma já há um bom tempo, e a vê mais uma vez, a mulher que tem visto com frequência, quase todos os dias há muitos meses, e de quem ouviu falar, a mulher alta que caminha a passos largos, com um par de seios que faz o coração dele parar. Lá está ela mais uma vez com outro casaco, uma coisa verde samambaia com mangas largas e algum tipo de lenço embutido que esvoaça por cima do ombro dela. Kleinfeld tem a ideia de que a mulher tem um guarda-roupa cheio de casacos e outro para botas, já que essas sempre mudavam também. Ela se cobre todos os dias, ele pensa, com a magia do dinheiro, que significa apenas o seguinte: dá para ver que ela não está pensando nem no casaco nem nas botas; eles simplesmente estão lá. Os pobres vestem os seus prêmios — os sapatos novos de couro, o suéter que acaba de chegar da loja, as luvas caras — com um ar rígido e sem jeito que os entrega. Não, a cabeça dela está em coisas maiores, ele diz a si mesmo. Dá para ver pelo pequeno V entre as sobrancelhas dela, uma ruga filosófica, ele acredita, não um V qualquer entalhado profundamente por preocupação doentia com o dinheiro para o aluguel e para o supermercado. Por acaso ele não a espionara uma vez, bem por acidente, no remoto metrô da linha F lendo Schelling? Deus nos ajude, a mulher estava lendo Friedrich von Schelling no metrô da linha F como se estivesse deslizando pelo *Daily News*. O velho Bruno, o demônio veloz, tinha dado uma olhada em Schelling certa vez, quando estava na faculdade, e ficara morrendo de medo, igualado apenas à vez em que abriu *A fenomenologia do espírito*, de Georg Wilhelm Friedrich Hegel, que também assustou muitíssimo o menino. Esta não era uma madame qualquer. Não, era uma boneca com gostos elevados, com ideias que dançavam na sua mente feito pirilampos. O cabelo da senhora era um emaranhado de cachos, e os seus olhos eram grandes e arregalados e escuros, e ela tinha pescoço comprido e ombros quadrados e, naquele dia, naquela manhã de outubro, enquanto atravessava a rua abaixo dele, da mesma maneira que tinha atravessado tantas vezes antes, ele viu algo vulnerável e dolorido no rosto dela que veio feito uma brisa e, quando soprou, ela de repente pareceu muito jovem. A boca dela, o cenho, os olhos, tudo contribuiu para a expressão, que não durou muito, mas pareceu ao Kleinfeld duplo, sentado ali no trono, com a cueca em volta das canelas, que a dor que ele tinha visto e que ela tinha sentido chegara e partira com um único pensamento pesaroso a respeito de alguém.

Essa visão o liberou. Ela liberou o menino, o ladrão de bases, o poeta extravagante, confiante, e aquele sedutor perdido, o Kleinfeld, original voltou, pelo menos por um instante, e eu (porque era eu, o Bruno Kleinfeld de antigamente) limpei a bunda apressado, mas com cuidado, peguei o jeans e a camisa jogada à minha frente, peguei a jaqueta do gancho perto da porta com as suas quatro trancas, conferi o bolso para ver se as chaves estavam lá, desci a escada correndo, saí pela porta para a rua e corri atrás da senhora feito um trovador desmiolado. Berrei: "Pare!".

Ela parou e se virou. Ainda não era a minha Harry. Ah, não, ela era a senhora dos casacos, que tinha se virado sobre o calcanhar das botas para olhar lá de cima para mim. Ela era alta, e o ar infantil de vulnerabilidade não estava mais à vista. As sobrancelhas dela se juntaram numa expressão de desdém, e eu senti o fracassado se erguer, o coitado do fingidor, mas era tarde demais. Estendi a mão. "Bruno Kleinfeld, seu vizinho. Eu queria me apresentar."

Harry, a estranha, sorriu só um pouquinho e apertou a minha mão. "Prazer em conhecer, sr. Kleinfeld", ela disse.

Não estou brincando, o sol saiu de trás de uma nuvem naquele exato momento e iluminou a rua, e eu aproveitei o momento, porque é o que se deve fazer quando não se deseja que uma mulher o ignore, e disse: "Uma luminosidade profética!".

Ela pareceu confusa. O que eu quis dizer? O que ela pensou que eu quis dizer? Dava para ver o seu esforço em tentar compreender. Ela sorriu, acanhada.

"Os deuses aprovam!", soltei.

Ela me examinou em silêncio. Não conheço quase ninguém capaz de se demorar tanto entre frases. Finalmente, ela disse: "Aprovam o quê, sr. Kleinfeld?".

Ela me lembrou a sra. Curtis, a minha professora de biologia da nona série no Horace Mann. Aprovam o quê, sr. Kleinfeld? Isto são os Estados Unidos. Quem pergunta: "Aprovam o quê, sr. Kleinfeld?" a não ser uma professora de ensino médio?

"Aprovam o nosso encontro fortuito", respondi.

"Achei que *fortuito* significasse por acidente, por acaso. Tenho a impressão de que veio atrás de mim."

Harry e eu concordamos a respeito do diálogo até aquele ponto, palavra a palavra. A conversa ficou marcada naquilo que seria o nosso cérebro mútuo. Nós discordamos em relação à parte seguinte da cena. Ainda juro para cima e para baixo e para todos os lados que fui direto e logo a convidei para jantar. Ela escreveu que nós fizemos vários rodeios com a palavra *fortuito* e que eu obviamente tinha bloqueado essa parte porque ela me superava no departamento da etimologia. Latim, *forte* — por acaso. A palavra não significa "por sorte". Eu sei disso! Eu só esperava que ela não tivesse se dado conta da minha perseguição enlouquecida a ela depois da evacuação (coisa a respeito da qual ela não sabia nada até mais tarde, quando confessei que ela tinha alegrado os movimentos do meu intestino em tantas ocasiões). Harry tinha um lado pedante, um lado detalhista de professora de gramática que às vezes me deixava maluco. Você pensava em *fortuito* e achava que tinha dito o que pensava a respeito disso, mas nunca tinha. Acontece. Acontece. Foi o que eu disse a ela, mas ela não acreditou em mim.

Não sei dizer com certeza qual Bruno Kleinfeld apareceu no restaurante três noites mais tarde. O personagem que se barbeou com antecedência era o mesmo velho desprezível de recriminações inúteis. Que mulher iria desejar o cuzão do espelho que escrevia o mesmo poema havia vinte e cinco anos, que dá dois cursos de escrita criativa na Universidade de Long Island por doze mil dólares por ano, que faz revisões como freelancer e escreve uma resenha de livro aqui e ali em troca de quase nada, que é um fracasso com F maiúsculo? A ansiedade me dava cãibra nos pulmões e eu respirava com dificuldade enquanto passava a ferro a única camisa boa, aquela que a minha filha Cleo havia me dado de aniversário no mês de março anterior. Além disso, eu tinha pedido cem dólares emprestados para Louise, a minha vizinha de andar, para sair com Harry. Ela ergueu o dedo para mim e disse, com a sua voz estridente: "Isto não é caridade, Bruno, tem que me pagar de volta!". O meu coração corria uma maratona enquanto eu ficava lá, imóvel, e comecei a suar dentro da camisa limpa e passada. A tensão era paralisante. Fiquei parado na frente da porta do meu apartamento uns cinco minutos. A força que me impulsionava era a solidão — aquele tipo de solidão ruim, inquieta, angustiada, pulverizante que eu sentia não ser mais capaz de suportar.

E então, depois do como-vão-as-coisas-tudo-bem e as olhadelas rígidas para o cardápio de papel duro e de fazer o pedido e do garçom que informa que o seu nome é Roy ou Ramon, em resumo depois de todas as amenidades sem jeito que rolam sempre que dois desconhecidos embarcam nessa viagem conhecida como sair-para-jantar, os deuses ou os anjos ou as fadas ou os astros de cinema — qualquer uma dessas criaturas celestiais em que todos nós meio que acreditamos quando nos convém — sorriram para nós ao navegarmos de saladas de folhas baby a um prato de frango que nós dois pedimos, um pouco seco, com cogumelos. Mas enquanto ingeríamos a ave ressecada, aconteceu mais uma vez: o Bruno autorizado voltou em todo o seu triunfo para conquistar a Senhora dos Casacos, que o conquistou em troca porque foi engraçada e esperta e oblíqua também, com comentários herméticos que nem o Bruno genuíno em plena forma era capaz de penetrar de fato, mas que o deixaram terrivelmente curioso, e quando a senhora respirava, os seios respiravam com ela, e ele precisou fechar os olhos algumas vezes para manter a cabeça no lugar.

Acho que eram diamantes nas orelhas dela e sei que havia perfume na atmosfera geral da mesa, exalando e entrando pelas minhas narinas, um aroma que ela disse que Napoleão, o conquistador insignificante da Europa, tinha criado para uma das suas esposas, Eugénie. Ele teve três, assim como eu. O filho da mãe arrogante certa vez disse: "Eu sou a revolução". Bom, naquela noite, a revolução de Bruno Kleinfeld tinha começado, e eu sabia que devia ser levada adiante, ou então eu iria viver para sempre como um estado dividido.

Escutei o que ela dizia. Não é cinismo quando afirmo que esta é a primeira regra da sedução. Não existe sedução sem grandes orelhas para escutar melhor. Pode me chamar de Harry, ela disse. Eu a chamei de Harry. Ouvi quando ela falou a respeito dos dois filhos adultos, a moça é diretora de documentários, o rapaz, autor de prosa, e a neta que sabe dar cambalhotas e que desenvolveu paixões incomuns por Buster Keaton e Peggy Lee, e sobre o marido morto que era meio tailandês, meio inglês, filho de um diplomata, um homem que estava em casa em qualquer lugar e em lugar nenhum. Ele me pareceu um sujeito suave — muito dinheiro e muitos ângulos —, o tipo de cara que entra num bar cheio de fumaça de um filme de Hollywood da década de 40 vestido com uma casaca branca enquanto examina o recinto com os seus olhos estrangeiros.

Na verdade, não consegui ter uma ideia sobre Harry, sobre quem ela era, quer dizer. Ela foi franca e direta, mas também continha certa hesitação. Ela formava as frases devagar, como se pensasse a respeito de cada palavra. Ela falou um tanto longamente a respeito de Bosch, sobre como adorava os seus demônios e "mutações". Ela adorava Goya. Ela o classificava como "um mundo à parte". "Ele não tinha medo de olhar", ela disse, "apesar de haver coisas que não deviam ser vistas." Em algum momento da segunda taça de vinho, ela baixou a voz como se tivesse medo de que o casal na mesa ao lado a escutasse. Tinha um menininho, ela disse, que vivia embaixo da cama dela no apartamento da família, na Riverside Drive. "Ele soltava fogo pela boca." As palavras exatas dela. Ele soltava fogo pela boca. Harry não disse "menino imaginário" nem "amigo imaginário". Pousou as mãos longas sobre a toalha de mesa, inclinou-se para perto de mim, inspirou e expirou. "Eu queria voar, sabe, e soltar fogo pela boca. Esses eram os meus desejos mais sagrados, mas eram proibidos, ou eu sentia que eram proibidos. Demorei muito, muito tempo para me dar permissão para voar e soltar fogo pela boca."

Eu não disse que queria que ela soltasse fogo em cima de mim, apesar de a vontade de falar isso ter sido forte. Fiz uma outra piada qualquer, e ela deu risada. Ela tinha dentes bons, Harry tinha belos dentes alinhados e brancos, e risada sonora, uma risada grande e gorda que me causava amnésia, que apagava os anos da minha vida na pocilga, que fazia com que eu me sentisse leve e livre e, como eu disse a ela, sem fardos para carregar, sem fardos para carregar porque a risada de Harriet Burden arrancava a Universidade de Long Island e o poema e o linóleo descascado de mim. Não sei por quê, mas isso fez com que ela ficasse séria, e os seus lábios tremeram. Achei que ela iria se desmanchar em lágrimas ali mesmo e molhar todo o seu frango meio comido, então logo comecei a falar. Falei de Thomas Traherne. Nada poderia ser melhor do que meu velho amigo Tom, morto em 1674, um versificador em êxtase dos melhores, um poeta que ficou praticamente perdido até 1896, quando alguma alma anônima, mas curiosa, descobriu um manuscrito numa barraquinha de livros em Londres. Eu tinha memorizado "Wonder", poema de Traherne, anos antes. De uma vez só, a terceira estrofe apareceu na minha cabeça, e eu a li diretamente de alguma folha de papel dentro do meu crânio enquanto a senhora do meu coração me olhava, todo trêmulo:

Harsh ragged objects were concealed;
Oppressions, tears, and cries,
Sins, griefs, complaints, dissensions, weeping eyes
Were hid, and only things revealed
Which heavenly spirits and the angels prize.
The state of innocence
And bliss, not trades and poverties,
Did fill my sense.[14]

Era uma maravilha o fato de termos nos encontrado, Harry e eu. Continua sendo uma maravilha. A minha Harry era uma maravilha.

Ela me levou para a sua casa e, quando entramos no prédio gigantesco com a parede de janelas que dava vista para o rio, e os longos sofás azuis, um espaço que ainda era cru mas não era cru,

---

[14] Tradução livre: "Objetos ásperos e esfarrapados foram escondidos;/ Opressões, lágrimas e gritos,/ Pecados, reclamações, desentendimentos, olhos chorosos/ Foram ocultados, e os únicos a ser revelados/ São aqueles que espíritos celestiais e anjos valorizam./ O estado de inocência/ E contentamento, não negócios e pobrezas,/ De fato preencheram meu sentido." (N. T.)

se é que me entende, calculadamente cru, com arte numa parede e estantes de livros do chão ao teto com uns dois mil volumes ao longo de outra, e tapetes grandes e velhos no piso e uma cozinha reluzente com panelas penduradas num suporte de teto, eu disse a mim mesmo, isto é o paraíso, cara, o paraíso puro, sem rachaduras nem migalhas nem ácaros nem baratas, e fica bem do outro lado da rua! Então Harry me mostrou o andar do estúdio logo abaixo. Descemos um lance de escada. Ela acendeu algumas luzes e reparei num corredor comprido, cheio de portas, uma depois da outra, e ouvi alguém roncando atrás de uma delas. Não perguntei nada. Tudo estava indo tão bem que eu não queria estragar.

Harry abriu portas duplas do outro lado do corredor, acendeu mais luzes para iluminar o seu espaço de trabalho. Não vou fingir que a arte de Harry não me assustou um pouco. Para ser sincero, aquela primeira noite me deu uma sensação de vodu. Dei de cara com um pinto voador, estou falando de um pênis, não de um filhote de galinha, com uma aparência autêntica dos infernos, e havia vários corpos em andamento, pelo menos cinco do marido falecido em miniatura e outras figuras em tamanho natural usando roupas, estiradas feito cadáveres. Ela tinha máquinas enormes e prateleiras de ferramentas que me lembraram instrumentos de tortura medieval, e no centro de tudo havia uma caixa grande de vidro com espelhos dentro e um par de formas humanas que me deram calafrios. Louise dissera que havia gente no bairro que a chamava de "A Bruxa", e eu tinha respondido: "Fale sério. Isso é simplesmente ridículo". Mas o lugar tinha um aspecto infernal, não havia dúvida a esse respeito. Eu meio que estava esperando que o pirralho que soltava fogo pela boca sobre o qual ela tinha me falado no jantar saísse voando das pilastras. A elegante Senhora dos Casacos fazia umas merdas esquisitas, e confesso que, quando olhei ao redor naquela fábrica enorme, senti o personagem menor se esgueirando dentro de mim mais uma vez. Ele era um encolhedor, e eu encolhi.

Harry estava tão animada que nem reparou. Ela sorriu e apontou para as suas criações e falou com mais fluência do que tinha falado durante toda a noite, contando que estava trabalhando certas ideias; queria representar ideias em corpos, mentes incorporadas, e brincar com as expectativas da percepção. Harry gostava de Husserl, outro alemão incompreensível que provavelmente ela lia no metrô F. Eu leio muito, mas filosofia me cansa logo. Pode me dar a versão de Wallace Stevens para a filosofia quando quiser. Ela queria que eu entendesse. Ela queria que eu sacasse: intencionalidade operacional. Então o encolhedor apenas assentiu. Sim, Husserl, sim, bom. A-ha.

Certo, certo, eu fiquei intimidado. Uma coisa é estar num restaurante, em território neutro; outra é ir parar na casa-galpão da mulher e encontrar um exército de bonecos e pedaços de corpos assombrosos, e alguns podiam ser ligados na tomada para esquentar, enquanto ela discorria sobre livros abstrusos que você jamais iria ler. Quando deixei o estúdio de Harry, tinha ficado do tamanho do Pequeno Polegar e não fazia mais citações de ninguém. Estava pronto para sair correndo de lá, mas Harry tocou o meu braço e disse: "Bruno, não se incomode comigo. Estou tão animada porque é raro conhecer alguém com quem posso de fato conversar. E, agora, aqui está você, e eu estou me sentindo meio tonta". Aquele ar de menina estava no rosto dela de novo, desta vez sem tristeza, mas com alegria.

Subimos a escada, e ela pôs para tocar Sam Cooke cantando "You Send Me", uma música com a letra mais doce e mais boba do mundo: "Darling, you send me/ I know you send me/ Darling, you send me/ Honest you do, honest you do".[15] E Harry sorriu para mim com os seus dentes grandes e brancos, e cantou junto e sacudiu o quadril e os ombros e ensaiou alguns passinhos de dança. Voltei a crescer à minha estatura cheia e, quando estava todo crescido mais uma vez, ataquei. Abracei-a pela cintura e enfiei a cabeça no meio dos seios lindíssimos, e não paramos por aí.

Vou censurar o negócio picante que aconteceu entre nós naquela primeira noite de corpos elétricos, quando as fagulhas voaram e nós soltamos muito fogo quente pela boca. Fazia muito tempo para nós dois, tanto tempo para Harry que, quando tudo terminou, ficamos deitados de barriga para cima, exaustos e letárgicos na cama, e ela começou a chorar. Ela não fazia nenhum barulho a não ser por algumas fungadas. Olhei para ela e observei as lágrimas escorrerem pelo lado visível do seu rosto até a orelha. Ela se sentou, abraçou os joelhos, e as lágrimas continuaram a cair, vazando sem parar dos seus dutos até que finalmente, acho, secaram. Eu sei quando ficar quieto. Não comentei sobre aquelas lágrimas. Não disse nada, porque entendi tudo. Se ela não tivesse se adiantado a mim, poderia ser eu ali na cama fazendo chover lágrimas de alívio sobre aqueles lençóis brancos e macios.

---

[15] Tradução livre: "Querida, você me manda/ Eu sei que você me manda/ Querida, você me manda/ De verdade, manda, de verdade, manda". (N. T.)

Maisie Lord
(*transcrição editada*)

Ninguém poderia ser mais diferente do meu pai que Bruno Kleinfeld. Quando a minha mãe me disse que estava saindo com alguém, fiquei feliz por ela, mas quando conheci Bruno, fiquei surpresa. Bruno sabe de tudo isto, então não vou aborrecê-lo. O meu pai era imaculado; Bruno é amarfanhado. O meu pai nunca falava palavrão; Bruno fala palavrão o tempo todo. O meu pai gostava de tênis; Bruno gosta de basquete. O meu pai flutuava; Bruno tem passos pesados. É engraçado, porque Bruno é poeta, e o meu pai era marchand, e os estereótipos dizem que poetas são pessoas anuviadas e homens de negócios são pessoas enraizadas nos detalhes do comércio e do dinheiro. Eu poderia continuar discorrendo sobre as diferenças entre eles, mas não vou fazer isso. Só sei que a minha mãe ficava diferente com Bruno. Ela ficava mais livre. Contava piadas, caçoava dele, beliscava as suas bochechas, e ele retribuía. Eles me lembravam Ênio e Beto ou o Gordo e o Magro, uma dupla engraçada de malucos. Para ser sincera, eles me davam vergonha, mas você tinha que ser cego e surdo para não enxergar que estavam apaixonados um pelo outro.

Acho que ver a minha mãe com Bruno fez com que eu voltasse a pensar nos meus pais, a respeito de como eles eram na realidade, não quem eu achava que fossem. O meu pai criava mistérios ao redor de si. Esse era o dom dele, o seu carisma. Papai sempre fazia a gente pensar que ele tivesse um segredo no bolso ou um truque na manga. Eu era sua filha, eu via o jeito como as pessoas se atraíam por ele. Assim como eu, acho que queriam fazê-lo sorrir, coisa que eu fazia, mas só de vez em quando. Às vezes, acho que ele segurava o riso de propósito.

Para ele, a arte era a parte encantada da vida, a parte em que tudo pode acontecer. Ele adorava pintura acima de tudo e era extremamente sensível a formas e cor e sentimentos, mas sempre dizia que só beleza não era suficiente. A beleza podia ser rala e seca e chata. Ele procurava "ideias e vísceras" na mesma obra, mas sabia que isso também não era suficiente para vender. Para vender arte, é preciso "criar desejo", e "desejo", ele dizia, "não pode ser satisfeito, porque então deixa de ser desejo". A coisa que de fato se quer sempre deve estar ausente. "Os marchands precisam ser mágicos da fome."

O meu pai se classificava como "um cosmopolita sem raízes" e dizia que tinha aprendido a fazer o seu papel com os melhores professores de todos — os pais dele. Quando criança, ele tinha morado em Jacarta e em Paris e em Roma e em Hong Kong e em Bangcoc. Eu não conheci o meu avô inglês, mas a minha avó era uma senhora tailandesa aristocrática, aparentada da família real de algum modo (coisa que não é muito difícil, porque o rei tem várias mulheres). Depois que o meu avô morreu, ela se fixou em Paris, num apartamento grande do Décimo Sexto Arrondissement, com amplas janelas e pé-direito alto, e um daqueles elevadores que parecem uma gaiola e que sobem com um sacolejo depois que você aperta o botão. Eu tinha quatro ou cinco anos quando soube que Khun Ya era mãe do meu pai. Eu sabia dos meus outros avós porque a minha mãe os chamava de mãe e pai, mas Khun Ya não era igual a eles, de jeito nenhum. Para começo de conversa, ela sempre brilhava de tantas joias. E, depois, ela se movia de maneira lenta e deliberada, e falava com sotaque britânico e não tinha nada a ver com a avó que eu tinha em Nova York.

No inverno depois que eu fiz dez anos, fomos passar as festas em Paris. Era a véspera de Natal, e chovia, eu me lembro daquela chuva cinzenta de Paris. Khun Ya disse que tinha uma coisa para mim e me levou até o seu quarto. Eu nunca tinha entrado naquele quarto; na verdade, foi um pouco assustador me pegar ali, com a cama grande de madeira entalhada e todas as coisas pessoais brilhantes dela e os cheiros fortes. Ela tinha muitos pós e unguentos em tigelas e potes de vidro. Abriu uma caixa forrada de seda amarela e tirou de lá um anelzinho — duas mãos de ouro segurando um rubi pequeno — e me deu. Eu não dei um abraço nela, como teria dado na minha outra avó, mas sorri e agradeci. Então ela pôs as mãos nos meus ombros, me virou para o espelho comprido e me disse para olhar. Eu olhei. Senti um dos dedos dela me pressionar perto do alto da coluna. Ela pegou os meus ombros, puxou para trás, soltou e se afastou de mim. Eu sabia que ela queria que eu mantivesse a pose. "Agora, o queixo", ela disse. "Levante para alongar o pescoço. Você precisa aprender, Maisie, a ser o centro das atenções num salão. A sua mãe não pode ensinar isso."

Eu usava o anel, mas nunca contei a ninguém o que Khun Ya tinha dito, e cada vez que eu olhava para aquelas mãos minúsculas de ouro, eu me sentia desleal para com a minha mãe, e ficava preocupada com isso. Apesar de eu não entender exatamente por que Khun Ya achava que ficar com a coluna ereta poderia levar alguém a ser o centro das atenções num salão, as suas palavras de condenação, "A sua mãe não pode ensinar isso", tinham sido bem claras. Khun Ya estava se intrometendo porque considerava a minha mãe inadequada. Eu deveria ter defendido a minha mãe, mas não defendi, e me senti uma traidora. Eu tinha treze anos quando Khun Ya morreu de repente na mesa de operação para uma cirurgia no quadril e não senti nada além de uma leve surpresa, e então fiquei mal porque achei que devia ter ficado muito, muito mais triste. Afinal de contas, ela era a minha avó. Ethan ficou triste. Acho que ele chorou dentro do guarda-roupa. Mas, bom, Khun Ya adorava Ethan. Ele chamava mesmo a atenção dela, independentemente de estar com os ombros curvados ou ereto feito uma vara. O enterro foi em Paris, e havia montes de desconhecidos e flores e cheiros pesados de mulheres com terninhos pretos engomados com fileiras duras de botões reluzentes.

Depois que ela morreu, o meu pai me mostrou um álbum com fotografias dos pais dele e alguns recortes que tinha trazido de Paris. Vi como a minha avó tinha sido bonita. "Ela era o centro das atenções", ele disse. Era rápida com línguas e falava francês, italiano, inglês, um pouco de cantonês e, é claro, tailandês. Mas, a qualquer lugar que fossem, o meu pai disse, ela aprendia o suficiente para dizer algo encantador e conquistar um convidado. "Ela era inteligente, mas não detalhista. O que contava era o efeito, não o conhecimento, *très mondaine*." E daí, ele disse uma coisa de que nunca me esqueci. "Nesse aspecto, eu sou igual à minha mãe. Mas eu me apaixonei pela sua porque ela é exatamente o oposto. Ela é profunda e detalhista e só se importa com as questões que fica tentando responder por si mesma. O mundo tem pouca utilidade para pessoas como a sua mãe, mas a hora dela vai chegar."

As crianças desejam desesperadamente que os pais se amem. Pelo menos eu desejava quando era criança. As palavras dele ficaram comigo do jeito que apenas algumas frases ficam ao longo de uma vida. Um escritor, de cujo nome eu não consigo me lembrar agora, chamava essas memórias verbais de "tatuagens cerebrais". Na maior parte das vezes, nós nos esquecemos do que as pessoas dizem, ou nos lembramos do significado geral, mas acredito que guardei as palavras exatas do meu pai. Eu refleti muito sobre elas. Ele tinha me dito que amava na minha mãe aquilo que acreditava faltar em si, uma espécie de profundidade, suponho. Pior, talvez, ele tinha dito que o mundo não tinha utilidade para pessoas como a minha mãe. O mundo preferia pessoas como o meu pai e a minha avó. E, no entanto, eu achava que ele acreditava que o jeito da minha mãe era superior. Mais importante, eu senti que ele a amava por isso. Mas, bom, se ele tinha tanta consciência de não possuir aquilo, eu não podia deixar de ficar pensando se talvez ele não possuía mais do que pensava possuir. "Khun Ya não gostava da mamãe, não é?", perguntei-lhe. Eu me lembro de ele parecer surpreso, mas então respondeu. Disse que elas vinham de mundos diferentes. Disse que Harriet tinha abalado as expectativas da mãe dele, e deu aquele sorriso e disse: "Maisie, Maisie, Maisie".

Na época, eu não sabia que o meu pai tinha amantes. Só fui saber muito mais tarde. A minha mãe falava abertamente sobre isso no fim da vida. Tinham sido tanto homens quanto mulheres. Ela queria dizer a mim e a Ethan que ela sabia dos casos, não todos os detalhes, mas ela sabia. Aquilo a tinha magoado, mas ela nunca teve medo de perdê-lo, "nem uma vez". Nos últimos anos que passaram juntos, não houve ninguém além dela. "Nós nos reencontramos, e então ele morreu."

Eu me lembro de um molho de chaves em cima de uma mesa no corredor do nosso apartamento. Eu me lembro de olhar para as chaves estranhas e de o meu pai recolhê-las com rapidez, como quem não quer nada, e enfiar no bolso.

Eu me lembro de estar à porta do escritório do meu pai enquanto ele falava ao telefone. Eu me lembro da sua voz baixa. Eu me lembro das palavras *nossa casa*.

Eu sei que é mais fácil se decepcionar com o cônjuge que com os pais. Deve ser porque, pelo menos no início da infância, pais são deuses. Com o tempo, eles lentamente se tornam humanos, e isso é meio triste, na verdade, quando se diminuem a velhos mortais comuns. Ethan diz que eu tenho um lado burro que se manifesta com frequência. Ele acha que eu sou burra em relação aos nossos pais. Quando ele tinha catorze anos, conta, percebeu que a nossa *mère* e o nosso *père* — ele fala assim para parecer inteligente e afastado — estavam congelados um contra o outro, dois pingentes de gelo. Ele não gostava de ficar em casa e passava muito tempo fora. Não me lembro das coisas assim. Acho que era muito mais complicado, e passei a pensar que o meu pai precisava da minha mãe mais do que ela precisava dele. E acho que ela sabia.

Três dias antes de o meu pai morrer, Oscar e eu jantamos com os meus pais. Eu estava grávida, e conversamos muito sobre "o bebê". A minha mãe andava lendo estudos sobre desenvolvimento infantil, sobre recém-nascidos e as suas capacidades de imitar as expressões faciais de adultos, por exemplo. Eu não acompanhei todos os detalhes que ela citou, que tinha a ver com sistemas no nosso cérebro, mas me lembro de ter ficado muito animada com uma coisa que ela chamou de percepção amodal — os vários sentidos se confundem nos bebês, tato e audição e visão e talvez olfato também. (Não sei dizer quantas vezes anotei o nome de livros que a minha mãe me passava e nunca li. Fazer o quê?) Ela falou mais sobre desenvolvimento visual e influências cultural-linguísticas sobre a percepção também, que aprendemos a ver, e que muito desse aprendizado se torna inconsciente. Senti que havia um motivo urgente para os estudos dela. Estava tentando entender por que as pessoas veem o que veem.

Produzir documentários significa, pelo menos em parte, escolher como ver algo, por isso achei a conversa estimulante.

Editar é a maneira mais óbvia de manipular a visão. E, no entanto, a câmera às vezes enxerga aquilo que você não vê — uma pessoa no fundo, por exemplo, ou um objeto se movendo ao vento. Eu gosto destes acidentes. O meu primeiro longa-metragem, *Esperanza*, foi sobre uma mulher de quem fiquei amiga no Lower East Side quando estudava cinema na NYU. Esperanza tinha acumulado quase todos os objetos portáteis em que tinha tocado todos os dias, durante trinta anos: copos de papel de Chock Full O' Nuts, exemplares do jornal *Daily News*, revistas, embalagens de chiclete, etiquetas de preço, recibos, elásticos, sacolas plásticas da loja de noventa e nove centavos onde fazia a maior parte das suas compras, pilhas de roupas, toalhas rasgadas e tralhas que encontrava pelas ruas. O apartamento de Esperanza consistia de pilhas de coisas que iam do chão ao teto. À primeira vista, o apartamento cheio de coisas parecia ser um caos total, mas Esperanza me explicou que as suas pilhas não eram aleatórias. Os copos de papel tinham o seu próprio canto. As torres embarricadas de papelão encerado amarelado e se desintegrando se encontravam ao lado de pilhas de jornais. A mulher também tinha juntado pedaços de cordame, fita, barbante e arame nos seus passeios pela cidade e amarrado tudo junto numa bola gigantesca e multicolorida. Ela me disse que simplesmente gostava de fazer isso. "Eu sou assim, mais nada."

Mas, certa noite, enquanto eu assistia às imagens da filmagem do dia, me peguei examinando uma pilha de trapos ao lado do colchão de Esperanza. Reparei que havia objetos ajeitados com cuidado no meio dos pedaços esfiapados de pano colorido: fileiras de lápis, pedras, caixas de fósforos, cartões de visita. Foi esta visão que levou à "explicação". Ela tinha plena noção de que o mundo em geral desaprovava o "estilo de vida" dela, e que havia pouco espaço sobrando no seu apartamento, mas quando perguntei sobre os objetos no meio dos trapos, ela disse que queria "mantê-los bem seguros". Os trapos eram camas para as coisas. "Tanto as camas e aqueles que se deitam nelas", ela me disse, "são coisas gostosas e confortáveis."

Acontece que Esperanza tinha um sentimento por toda e cada coisa que guardava, como se as etiquetas e suéteres rasgados e pratos e cartões-postais e jornais e brinquedos e trapos fossem imbuídos de pensamentos e sentimentos. Depois de assistir ao filme, a minha mãe disse que Esperanza parecia acreditar numa forma de "panpsiquismo". Ela disse que isso significava que a mente é um traço fundamental do universo e existe em tudo, de pedras a pessoas. Disse que Spinoza era adepto dessa visão, e que "era uma posição filosófica perfeitamente legitimada". Esperanza não sabia nada sobre Spinoza. Tenho consciência de que o meu filme é uma tangente, mas falo dele porque acho que é importante. A minha mãe acreditava e eu acredito em realmente olhar bem para as coisas porque, depois de um tempo, aquilo que você enxerga não tem nada a ver com o que achava estar enxergando um pouco antes. Olhar para qualquer pessoa ou objeto com cuidado significa que vai se tornar cada vez mais estranho, e você vai enxergar cada vez mais. Eu queria que o meu filme sobre esta mulher solitária rompesse clichês visuais e culturais, que fosse um retrato íntimo, não uma espécie de voyeurismo malicioso sobre o acúmulo terrível de uma mulher.

Os meus pais assistiram a *Esperanza* pela primeira vez numa exibição em 1991. O meu pai foi educado, mas acho que as imagens da miséria da mulher doeram nele. Achou o tema "difícil". Também disse que se sentia agradecido pelo celuloide não ter cheiro. Ele tinha certa razão. O apartamento de Esperanza era fétido. A minha mãe adorou o filme e, apesar de sempre se animar com as minhas empreitadas, eu sabia que o entusiasmo dela era real. A resistência do meu pai me magoou, e suponho que ter voltado a mencionar *Esperanza* no jantar se configurou como desafio. Eu queria mostrar a ele que sabia o que estava fazendo, que tinha um ponto de vista estético. Oscar falou sobre acúmulo de coisas, ansiedade e transtorno obsessivo-compulsivo, e o meu pai observou com certa surpresa que, dois anos depois ter assistido ao meu filme, viu *Twenty Years of Solitude*, de Anselm Kiefer, uma obra que incluía pilhas de livros e papéis manchados com o sêmen do artista, e que ele tinha se lembrado do meu filme. Os restos masturbatórios de Kiefer tinham sido recebidos, de modo generalizado, com acanhamento ou silêncio no mundo da arte. O meu pai sugeriu que as pilhas de porcaria da mulher não eram mais perturbadoras que as "ejaculações reservadas" de Kiefer.

Os meus pais discordaram em relação às manchas de sêmen. A minha mãe ficou imaginando por que o tema pessoal da obra devia ser evitado, por que a masturbação de um homem, a sua solidão e tristeza de algum modo eram "arte" externa. Ela foi enfática. Disse que era necessário fazer distinção entre o que se via — manchas — e a sua identificação como dejeto humano. O meu pai considerou o negócio das manchas autoindulgente e repugnante. Oscar, que costuma ser bastante fleumático, disse que a obra parecia idiota, idiota de verdade. Eu disse que não tinha certeza, não tinha visto a exposição. Isto significava que a minha mãe estava sozinha na defesa do sêmen contra dois homens, que o produziam com regularidade ao longo dos anos. Eu me lembro de pensar que era sorte as emissões deles terem acertado o alvo pelo menos um par de vezes. A minha mãe foi esquentando, ficou ao mesmo tempo mais articulada e mais irritada. O meu pai usou a sua antiga técnica de simplesmente mudar de assunto, coisa que enfureceu a minha mãe ainda mais, que então gritou: "Por que você não responde à minha pergunta?".

Eu estava com vinte e seis anos de idade, casada e grávida, e ainda considerava a tensão entre os meus pais intolerável. A minha mãe se apegou à sua defesa passional enquanto o meu pai, acanhado, olhava ao redor da sala, desejando que ela parasse. Mil vezes eu tinha presenciado a mesma cena e, em cada uma dessas vezes, tinha sentido a minha própria ansiedade crescer até parecer que ia me despedaçar. O sêmen de Anselm Kiefer não era a questão de fato, é claro. Depois de tantos anos de casamento, os meus pais continuavam a interpretar mal um ao outro. O meu pai não apreciava conflito de forma nenhuma, e então, quando a minha mãe atacava com força total, ele desviava. A minha mãe, por sua vez, interpretava essa evasiva como condescendência, e isso fazia com que batesse com mais força. Eu compreendia os dois. O meu pai sabia ser evasivo de enlouquecer e a minha mãe, persistente de irritar.

A batalha verbal dos dois terminou quando eu berrei: "Parem!". A minha mãe pediu desculpa com beijos na minha bochecha e no meu pescoço, e todos nos recuperamos bem rápido do debate do sêmen seco, mas eu cheguei a reparar que o rosto do meu pai estava fechado e cansado, e que a diferença de idade entre os dois tinha começado a se fazer presente. A minha mãe parecia robusta e ainda jovem, e o meu pai, um pouco murcho e esbranquiçado. Depois do jantar, ele fumou um cigarro como sempre e depois mais um, e outro. Eu tinha desistido de aporrinhá-lo para que parasse. O Dunhill fumegante era parte do corpo dele, da sua postura, dois dedos estendidos, a fumaça dando voltas nos arredores do seu rosto. Também era o único sinal de que o meu pai estava nervoso. Nada mais a respeito dele era nervoso. Ele não se agitava nem batucava nem tinha tiques. Era sempre calmo e contido, mas fumava, como dizem, feito uma chaminé.

Depois do jantar, fomos para a outra sala para tomar conhaque, que a minha mãe e eu não bebemos, mas Oscar e o meu pai sim. A minha mãe ficou em silêncio então, como costumava ficar, cansada, imagino, da sua defesa passional da arte do esperma e contente de apenas escutar. Havia velas e um vaso com rosas cor de champanhe na mesa baixa e alguns chocolates. Eu me lembro destes detalhes porque foi a última vez que vi o meu pai vivo. Cada momento daquela noite tinha se amplificado por causa da morte dele. Eu não esperava perdê-lo. Achava que seria avô do meu filho, e acreditava que os meus pais iam continuar brigando, iriam se irritar por mais muitos anos e envelhecer e teimar juntos. Não é engraçado o jeito como simplesmente pensamos que as coisas vão continuar como são?

Não me lembro de como nos desviamos para fantasmas e magia, mas não estava muito distante dos nossos temas anteriores: a coleção da minha panpsiquista do Lower East Side e a mania peculiar de um artista de preservar fluidos corporais em papel, como se as marcas que sobraram tivessem algum valor ou poder misterioso. A minha mãe dizia que, quando era menina, costumava olhar para as bonecas pela manhã para ver se tinham se mexido à noite. Ela meio que esperava e meio que temia que elas fossem ganhar vida. Então o meu pai mencionou o Tio e os seus espíritos. O Tio tinha trabalhado para os meus bisavós em Chiang Mai; era um velho magro, porém musculoso, coberto do pescoço aos pés com tatuagens que tinham se enrugado junto com a pele morena fina, e cujos dentes tinham ficado pretos de mastigar sementes de areca. Eu ouvia falar do Tio desde criança. Tinha visto fotos da linda casa antiga dos meus bisavós, que se erguia sobre pilotis com o seu telhado de empena e beirais recurvados, e o terreno espaçoso de que o Tio tinha cuidado.

Os olhos do meu pai se apertaram enquanto ele contava a história. Ele tinha dez anos e morava com os avós em Chiang Mai enquanto a mãe e o pai "viajavam". Nunca ficou sabendo por que eles o abandonaram. Nem o pai nem a mãe tinham lhe dado uma explicação direta, mas a infância dele sempre tinha envolvido viagens e diversas babás, e todas davam indiretas sobre as "aventuras" da mãe dele e lhe lançavam olhares de pena.

O quarto grande do meu pai dava vista para o jardim e ele era visitado com regularidade por lagartos cinzentos, e um menino, Arthit, que trabalhava para a família, dormia num estrado ao pé da cama do meu pai, para fazer companhia, porque os tailandeses nunca dormiam sozinhos num quarto. O meu pai andava atrás do Tio sem conseguir conversar muito com ele, mas na medida em que o seu tailandês foi melhorando, começou a entender as histórias do velho animista. O Tio lhe falou de uma moça bonita cujo noivo tinha se afogado no rio Mekong. Perturbada de tanto pesar, ela se enforcou e, depois disso, o seu espírito passou a assombrar a árvore. O Tio a tinha visto, apenas uma cabeça flutuante — com entranhas penduradas no pescoço. Ele também falou para o meu pai a respeito de um fantasma que a mãe dele tinha ouvido e visto, um fantasma fetal que gritava na floresta no lugar em que a mãe dele o abortara, um monstrinho malformado que buscava vingança pelo seu fim prematuro ao incomodar os vivos.

Um dia, o Tio levou o meu pai para casa no seu vilarejo ao norte de Chiang Mai. Ele se lembrava de que, quando chegaram, crianças vieram correndo e falaram e deram risada do seu cabelo claro, que os lembrava os *phee*, os espíritos.

Ele disse que as pessoas que conheceu tinham sido simpáticas com ele, mas tinha se sentido como se fosse uma curiosidade, uma coisa em exibição, e que, o mais perturbador, o Tio tinha se transformado em outro homem. Todos os seus maneirismos obsequiosos, os seus sorrisos e mesuras, desapareceram. Ele se retirou para um canto da casa da irmã, serviu-se de um copo de uísque e fez com que o meu pai ficasse longe dele. Ainda era dia quando a irmã do Tio o levou para uma cabana de sapê sobre palafitas perto do rio. Os homens batucavam e tocavam instrumentos, e então as mulheres começaram a dançar, devagar, de maneira ritmada. Disseram a ele que os fantasmas estavam nos ombros delas, montados como se elas fossem cavalos. Uma mulher muito velha com um charuto na boca agitava os braços por cima da cabeça e soprava fumaça enquanto os seus olhos reviravam para dentro da cabeça, e então ela foi para cima do meu pai, com a boca aberta, e soprou fumaça bem no rosto dele. Ele ficou com a sensação de que não conseguia respirar, arfou e, depois disso, a sua memória se despedaçou.

A única coisa de que ele tinha certeza, ele disse, era que, a certa altura, ele teve uma febre altíssima que durou dois dias. Ele se lembrava de gritos, de rolar de um lado para o outro no chão, de terror sufocante, e do que achou ser um chicote batendo nele ou em outra pessoa, e então o sol através de um para-brisa, pneus sacolejando sobre uma estrada, nuvens de poeira cor de ocre. Ele devia ter alucinado a respeito do corpo de uma criança queimando ao lado da cama dele e pássaros negros entrando pela janela. Achou que se lembrava de um homem ao lado dele, deitado numa banheira de água fria. No terceiro dia, ele saiu daquilo. Estava no seu próprio quarto em Chiang Mai. Um amuleto do Buda estava pendurado no seu pescoço, mas ele não fazia ideia de como tinha ido parar lá.

Ele nunca mais voltou a ver o Tio. Perguntou à avó o que tinha acontecido com ele, ela respondeu que ele tinha se aposentado. *Mai pen rai.* Não importa. O meu pai ficou imaginando se tinha sido drogado ou se simplesmente tinha ficado doente. Ele desconfiava, ficava preocupado que os adultos tivessem escondido algo dele. Examinou todo o corpo em busca de sinais de uma surra, mas não havia nada. "Deve ter sido um delírio de febre", ele disse, "mas me deixou apavorado. Eu não era capaz de distinguir o que era real e o que não era, e ninguém me dizia." Então ele disse: "Segredos e silêncios e mais segredos e mais silêncios".

"Você nunca me contou", a minha mãe disse, em voz baixa. O rosto dela estava todo contorcido de compaixão. Ao observá-la, percebi como aquele mesmo olhar, quando dirigido a mim, me fazia enlouquecer. Empatia demais é irritante, mas nunca compreendi por quê. Devia ser uma coisa legal. Talvez seja assim só com as mães. Você não as quer assim tão perto. Ao mesmo tempo, fiquei me perguntando se Khun Ya alguma vez tinha olhado para o meu pai daquele jeito. Tive a ideia repentina de que talvez ela fosse preferi-lo como adulto. O que ele quis dizer com mais segredos e mais silêncios? Por que eu não perguntei? Será que pensei mais a este respeito desde que soube da vida erótica do meu pai? Ele também tinha segredos, segredos e silêncios. Por que nunca tinha contado essa história para a minha mãe? Às vezes me pergunto se realmente o conhecia.

Oscar acha que os meus pais eram pessoas estranhas. Uma vez, usou a palavra *decadente* para descrever o meu pai, e *neurótica* para a minha mãe. Ele acha que Ethan é muito inteligente, mas "se insere em algum ponto do espectro autista", e gosta de me chamar de a "mais ou menos bem ajustada". Ele se casou com a "mais ou menos bem ajustada" da família. Ele acha que o dinheiro do meu pai nos protegeu do "mundo real", que se tivéssemos sido pobres, a nossa vida teria sido bem diferente. Ele tem razão a respeito disso. Ainda assim, sabe que *real* não é a minha palavra preferida. Tudo é real — riqueza, pobreza, fígados, corações, pensamentos e arte. (A minha mãe costumava dizer: cuidado com o realismo ingênuo. Quem sabe o que é real?) E então Oscar sempre olha para mim e diz: "Faça o meu trabalho por um dia e vai ver o que eu quero dizer". Ele faz terapia com crianças que estão sob os cuidados do conselho tutelar num consultoriozinho miserável no Brooklyn, com uma mesa quebrada. As crianças que ele trata não são ajustadas de jeito nenhum, porque a vida delas sempre foi uma confusão, provavelmente desde o começo. Eu me apaixonei por Oscar porque ele é dedicado ao seu trabalho e tem muitas histórias para contar. Oscar não se importa muito com arte. Talvez essa seja a minha rebeldia. Eu me casei com um homem que não está nem aí para pinturas nem esculturas e vai ao cinema para se divertir.

Sweet Autumn Pinkney
(*transcrição editada*)

Não vejo Anton há anos, e não sei onde ele está nem o que anda fazendo agora, mas tivemos um momento de verdadeiro equilíbrio quando eu era assistente trabalhando em *História da arte*. A minha amiga Bunny me disse que este livro iria acontecer, e eu achei que devia contar a minha história. Em primeiro lugar, devo dizer que, independentemente do que outras pessoas possam pensar, Anton com toda a certeza não era um sujeito burro. Ele lia livros, ele pensava em grandes ideias. Quando eu o conheci, ele estava lendo um livro chamado *Anti-Octopus*, escrito por dois franceses que tinha algo a ver com Freud estar errado, e era muito intelectual. Mas Anton era principalmente uma pessoa espiritual, lutando pela consciência mais elevada, apesar de só estar começando a dar os seus primeiros passinhos, se é que você me entende. Eu estava no início da minha jornada na época também. Era seguidora de Peter Deunov, ou Beinsa Douno, o mestre búlgaro, e estava começando o meu trabalho com chacras e cristais de cura, e Anton e eu conversamos muito sobre ritmos cósmicos, energia e signos astrológicos. Nem todo mundo relaciona todos esses conhecimentos, mas acho que estão todos relacionados no grande quadro universal das coisas. Anton estava meio duvidoso no início, mas então acho que ele percebeu que eu tinha o dom — o poder de ler auras. Sempre tive, desde criancinha. Só que eu não sabia o que era. Às vezes os campos de energia, sons e cores que eu sentia emanando das pessoas eram tão fortes que eu quase desabava, ou sentia bloqueios neles, como se estivessem em mim, e eu ficava enjoada, meio tonta e fraca. Treinamento e meditação me ajudaram a controlar o meu dom e usá-lo para curar os outros. Agora tenho um consultório, e pessoas de todos os lugares da grande região Nordeste dos Estados Unidos me procuram para pedir ajuda.

Desde o primeiro dia, senti que havia algo de errado no estúdio — uma energia esquisita. Já havia dois assistentes no trabalho, Edgar e Steve. A parte da escultura já estava pronta, então estávamos ajudando a inserir as imagens na mulher adormecida. (Eu preferia quando ela estava nua e simples, para dizer a verdade.) Anton tinha os planos dele — enormes folhas com todo tipo de anotação e observação escritas. Ele parecia ansioso e passava o tempo todo debruçado em cima das notas, com os olhos apertados. A aura dele era azulada, amarela, esverdeada, mas também tinha uma certa obstrução. Dava para ver e sentir como ele estava tenso, então toquei no seu braço e deixei a minha mão ali. Em menos de um minuto, a aura dele foi ficando mais azul; foi bem legal. Anton sorriu para mim, e eu me lembro de pensar que ele devia ter morrido quando criancinha numa vida anterior — havia algo tão jovem nele, tão sem se formar, mas cheio de potencial espiritual. Provavelmente no segundo ou terceiro dia, Harry apareceu.

Eu a senti como um grito vermelho. Precisei recuar. Quer dizer, eu nem estava perto dela, e precisei dar um passo atrás porque ela emitia tanta coisa ao mesmo tempo, pressa, várias cores e agitação, mas vermelho e laranja demais. Harry tinha muita força, paixão e ambição, mas havia um pouco de preto nela, algo escurecido, manchado, e eu vi isso também. Pode ser um sinal da noite — pesar, algum tipo de severidade. Anton murchou um pouco quando a viu, mas pude sentir a proximidade dos dois. Era difícil para ele se equiparar à energia dela, mas tentou. Talvez pudesse ajudar se eu tocasse nela também, mas não tive coragem. Voltagem demais. Na verdade, eu não entendi muito bem a escultura da Vênus, qual deveria ser o seu significado maior, mas captei as vibrações entre Anton e Harry como fagulhas.

Eu mal me lembro de Steve agora, só sei que a aura dele era de um cor-de-rosa muito claro e que ele tinha cabelo comprido. Edgar radiava verde na maior parte do tempo, um verde-amarelo pulsante, em parte porque ficava com música tocando nos ouvidos o tempo todo, por isso não reagia a muita coisa ao seu redor, apenas às batidas tecno nos ouvidos, enquanto o queixo balançava para cima e para baixo, igual a um daqueles bonecos de parquinho de diversão com cabeça de mola. Não me lembro de quando as caixas de histórias chegaram, mas vi Edgar olhar para elas, e pareceu animado pela primeira vez e ficou um pouco cor de laranja. Anton disse que as fizera em casa porque eram pequenas. Chegaram todas prontas. Não acho que eu fosse me incomodar agora, mas, na época, eu estava numa fase muito inicial da minha iluminação, e as caixas me deixaram meio para baixo. Elas eram tristes — as criancinhas lá dentro, o braço do homem, a mulher que não cabia no próprio banheiro, a escrita. Fizeram com que eu pensasse em cores sombrias e em sons de choramingo, e eu disse a mim mesma: preciso contar isso a Anton, e foi assim que a história entre nós realmente começou.

Trabalhei até tarde uma noite e lhe falei a respeito das caixas, e ele pareceu incomodado. Quando pus as minhas mãos nas dele, ele disse: "O que você tem? Você me acalma. Antes, eu não era assim. As coisas costumavam ser legais". Então ele agitou as mãos para todo o estúdio e disse: "As coisas estavam bem, mas agora está tudo mudando". Eu lhe falei que era algo com Harry, e ele fez uma cara um pouco esquisita, mas não me disse nada na hora, por isso eu lhe fiz uma massagem nas costas, e ele me disse que aquilo era mágico, e eu respondi que não, que era só psíquico. Eu tinha aprendido algumas práticas sexuais tântricas com um professor, Rami Elderbeer, que estava divulgando a sua sabedoria pessoal em NY na época, técnicas que levavam a conexões mais elevadas e unidade extática, à dissolução das nossas diferenças corporais para os estados mais elevados, onde não existem limites. Rami viu que eu tinha o poder desde o início — ele viu o índigo em mim —, uma criança índigo, ele disse.

Alguns professores aconselham contra todo o sexo. Beinsa Douno não acreditava em sexo. "Amor", ele escreveu, "sem se apaixonar" e "Permaneçam a distância suficiente para não enxergar as falhas um do outro. Quando as pessoas se mantêm afastadas, só enxergam o lado positivo uma da outra. Quando ficam muito próximas, não conseguem se suportar." Este é um bom conselho prático na maior parte das vezes, mas nem todos os mestres concordam em relação ao sexo. Um dos alunos do profeta, Omraam Mikhael Aivanhov, ensinava que o ato sexual, tântrico, podia ser um caminho para a sabedoria elevada. Ensinei a Anton como respirar e desacelerar e perder o ego. Anton e eu entramos em êxtase, entramos em êxtase totalmente, durante umas duas semanas em cima de um tapete de ioga no estúdio. Ele ficou muito mais feliz; a sua aura ficou azul de verdade com alguns toques de roxo, e quando ele trabalhava na arte, estava suave e cantarolava num tom grave contínuo. Conversamos muito sobre o eu cobiçoso e como transcendê-lo, e fizemos um jejum de dez dias com trigo para quibe para tonificar o nosso sistema nervoso. Foi o que o profeta prescreveu. Você começa logo depois da lua cheia e termina um pouco antes da lua nova. Nas refeições, só come o trigo com água quente, nozes e um pouco de mel se quiser adoçar. Pode comer maçãs entre as refeições. Depois que comer a maçã, tem que se virar para ela e dizer: "Obrigada, maçã". Daí você enterra o talo e as sementes. Precisávamos sair para fazer isso. Recolhíamos as bitucas de cigarro e as latas e as camisinhas e deixávamos um espaço bacana para o pequeno enterro. Enquanto está fazendo jejum, você não deve ter nenhum pensamento negativo, então, enquanto recolhíamos o lixo, eu me concentrava nas estrelas e no trevo e em lagos cristalinos. Funciona mesmo. Na verdade, é bem surpreendente. Nada de sexo durante o jejum. Nós nos sentimos puros e brancos e limpos como neve fresca e luas novas, de verdade.

Durante o jejum, Anton disse que era capaz de sentir como na verdade nada tem importância pessoal, como o caminho pessoal é errado. O meu e o seu são iguais. Na verdade, não possuímos nada nesta vida, do mesmo jeito que ninguém possui a arte. Fazer arte não deve ser a respeito de nomes nem de vendas; deve conduzir a gente para algum lugar melhor no caminho à compreensão superior. Ele disse que Harry sabia disso, que ela não queria nada para si. Ela era altruísta. Ela é como uma mãe para mim, ele disse. Eu não disse a Anton que Harry era vermelha demais para uma pessoa altruísta, porque eu sabia que ele tinha que descobrir isso do jeito dele. No último dia do jejum, tomamos sopa de batata, e Anton começou a chorar, não era um choro ruidoso nem nada, só lágrimas escorrendo pelo rosto. Eu me lembro disso muito bem. Eu estava na posição de lótus, e ele estava em meio lótus, cara a cara, e a sua camisa estava desabotoada, então eu enxergava os cachinhos no peito dele, só alguns pelos castanho-claros, quase como se fossem de anjo, de verdade. O arcanjo Rafael é o anjo da cura e da compleição e da unidade, então apelei ao anjo na minha mente. A tristeza, Anton, eu disse, é por causa do eu cobiçoso. Todos buscamos coisas para satisfazer a noção de desejo que, acreditamos, poderia preencher nossas necessidades. Todos sabemos que o próximo desejo vai aparecer, e vamos correr atrás dele e assim por diante, mas quando reconhecemos o fato e o deixamos de lado, podemos ir além dele. E ele se sentiu melhor e então, depois da sopa, fomos mais alto que nunca nos domínios superiores do não eu das verdades tântricas.

Todos nós vimos quando aconteceu. Steve, Edgar e eu soubemos quando aquela senhora chegou, a da galeria — não consigo me lembrar do nome dela —, mas não faz mal; ela tinha uma expressão cobiçosa com dinheiro e muitos bloqueios em si, e Anton ficou muito nervoso. Ele mal conseguia respirar. E então, foi de mal a pior. Harry começou a aparecer muito por lá, e tinha um certo olhar. Quer dizer, os olhos dela eram capazes de prejudicar a gente. Ela era quieta, quieta mesmo, e dura, como se tivesse pedido engomado extra na lavanderia. Anton a chamava de fada madrinha, e depois Edgar começou a fazer a mesma coisa. Eu sou Cinderela. Era o que Anton dizia, mas ele estava tão tenso que nem foi engraçado, se é que você me entende. O carma ruim estava se acumulando cada vez mais. Quanto barulho! Eu tinha que meditar muito. Tinha que limpar a minha aura o tempo todo. Auras são como ímãs. Aderem a todo tipo de porcaria, e a minha estava ficando turva por causa das vibrações e das energias negativas. Eu ficava passando a mão no cabelo o tempo todo e lavando, lavando. Às vezes eu saía na rua e caminhava e deixava o vento do rio bater sobre mim e me limpar. Eu gostava de caminhar perto dos táxis aquáticos e dar uma olhada nos galpões e conferir a Estátua da Liberdade de ângulos diferentes. Ela parece tão forte e centrada. Sempre faz com que eu me sinta melhor.

Então a exposição aconteceu. A mãe e o pai de Anton compareceram, e isso me pareceu muito bacana, e eles também eram pessoas muito bacanas. Conversamos um pouco, e o pai dele disse: "Estamos muito orgulhosos". Mas Anton estava tendo um ataque. Ele bebeu muito vinho tinto e estava ficando bêbado. O chacra do pâncreas dele estava completamente fechado. Harry não apareceu. Ele ficava repetindo: "Achei que ela ia vir, apesar de ter dito que não. Não acredito que ela não está aqui". Anton estava arrastando as palavras. Ele bateu contra a parede. A multidão de gente berrava estridente e dava risada; o barulho deixou os meus braços e pernas doloridos de verdade, como se estivessem me surrando com a sua energia — bang, bang, bang. Precisei sair correndo de lá. Então fui para casa e acendi uma vela e meditei durante um tempo, daí liguei para a minha mãe e conversamos durante mais ou menos uma hora. Na ocasião ela estava bem, e a voz dela foi como uma canção de cura.

Mas as coisas com Anton na verdade não melhoraram. Vinha gente falar com ele no estúdio. Fale sobre isto e aquilo e, ah, Anton, no que estava pensando quando fez a mulher nua grande? E blá-blá-blá, mas o resto de nós não estava fazendo mais nada lá. Mesmo assim, éramos pagos. Harry e Anton ficavam cochichando, muitos cochichos baixos, tipo uma conspiração. Harry lia as resenhas para todos nós, dava risadas muito altas, com os olhos vidrados de lágrimas. Ela achava aquilo tudo tão engraçado, mas não fazia o menor sentido. Eu a sentia do outro lado da sala. Enquanto isso, Anton ia ficando cada vez mais escorregadio. Ele falava de um jeito diferente, andava de um jeito diferente. As vibrações dele ficaram completamente esquisitas. Comprou botas reluzentes, caras de verdade, e algumas camisas japonesas, e parecia achar que aquilo ia protegê-lo do que se passava no seu eu interior, que ia murchando feito um amendoinzinho duro. Fiz muita respiração, muita limpeza de aura e torci para que as coisas mudassem.

Um dia, Harry chegou enquanto eu estava lá. Ela parecia tristonha, baixa energia. Perguntei se estava tudo bem, e ela olhou para mim pela primeira vez. Quero dizer que ela realmente olhou para mim. Sorriu, e o seu rosto ficou enrugado, e percebi que ela era bem velha. Disse a ela que tinha usado conchas de abalone em pessoas para limpar o coração do pesar, que eram muito boas para acalmar e trabalhar as emoções, que poderiam ajudá-la. Ela deu tapinhas no meu ombro, mas não disse nada. Passou um tempo conversando com Anton. Daí eles começaram a brigar, e ele gritou para ela: "Esta é a minha vida!". Antes de ela sair, aproximou-se e falou comigo. Perguntou sobre onde eu tinha sido criada e por que tenho esse nome. Disse a ela que a minha mãe me deu um nome de clêmatis porque a mãe dela, a minha avó Lucy, adorava aquela trepadeira mais que qualquer outra flor. Ela pareceu gostar disso. Contei a ela que o meu pai não me quis. Ele chegou a se recusar a assinar a certidão de nascimento. É engraçado, não conto isso a todo mundo. Depende da aura da pessoa, sabe, mas naquele dia, apesar de Harry estar meio baixa na escala da energia, achei que tudo bem. Falei a respeito de eu sentir coisas que a maior parte das pessoas não consegue ver nem sentir. Antes de ir embora, ela disse uma coisa de que ainda me lembro. Não sei falar como ela falou, mas ela me disse que as pessoas dão nomes diferentes para coisas iguais, dependendo dos interesses que têm, mas as palavras também podem mudar a maneira como enxergamos as coisas. Na verdade, eu não entendo essa última parte, mas consigo entender por que Anton considerava Harry sábia. Naquele dia, ela parecia sábia e, quando tocou na minha mão, senti energias calorosas e doces emanando dela.

Anton vendeu tudo na exposição. Steve e Edgar foram embora e, depois disso, eu não vi mais Harry. Anton tirou muitas fotos de mim para uma obra de arte que disse querer fazer, mas nunca fez. De vez em quando, ele aparecia com uma caixa contendo uma historinha estranha. Ele vendeu essas também. Mas nunca o vi trabalhando nelas. Ele tinha o costume de se deitar no chão e ficar olhando para o teto. Lia alguns livros e falava de Goya, o artista espanhol do século XVI ou algo assim, e me mostrava imagens terríveis de guerra que ele tinha feito, e eu dizia: "Anton, isso não vai te ajudar". Ele falava de Harry. Dizia que tudo tinha dado errado com ela. Sentia-se como um reflexo num daqueles espelhos que deformam o reflexo. "Você não entende", ele disse. "Ela é eu. Eu sou ela." A esta altura ele estava desequilibrado de verdade, e experimentei usar pedras de granada nele, mas ele piorou, e eu expliquei que havia toxinas nele, e algumas vezes pode haver uma crise de cura, e tudo sai de uma vez, como uma explosão. Então ele começou a berrar: "Sua putinha da porra com as suas pedras e as suas energias e as suas auras. É tudo lixo. É tudo lixo, você não sabe?". Eu me lembro de cada palavra porque o que ele disse me magoou tanto, apesar de eu tentar me centrar e entender que ele estava mais magoado que eu; sinceramente, estava. Ele derrubou algumas ferramentas e chutou a parede. Deixou um amassado nela e um pedaço de gesso no formato do estado da Louisiana caiu no chão.

    Fiquei completamente paralisada e fechei os olhos. Aquilo me lembrou da minha mãe e Denny quando brigavam. Denny berrava e batia na parede, e a minha mãe chorava. Eles quebraram muitas coisas em casa. Uma vez, o nariz da minha mãe ficou sangrando por cima da camisa e no chão. Denny nos abandonou quando eu tinha dez anos, e eu fiquei contente. Daí veio Alex, e ele era muito mais tranquilo. Ele me levava à praia no domingo, mas isso foi quando eu tinha onze anos, e depois ele também foi embora. Eu costumava me apertar contra a parede no meu quarto e fechar os olhos e tentar não escutar os dois — a minha mãe e Denny, quer dizer. Depois de um tempo, começou a funcionar de verdade. Eu me condicionei para não estar presente, e não estava. Às vezes, eu era capaz de enxergar tudo de muito longe. Eu saía de mim mesma e olhava para baixo. Depois de um tempo, fica bem fácil fazer isso.

Deixe para lá. Deixe para lá. Deixe para lá, Sweet Autumn, eu costumava dizer. Flutue para fora e por cima do quarto e fique muito, muito quieta. Depois de um tempo, Denny saía — ele corria para o carro, berrando, e ia embora. Eu ia até a minha mãe e fazia um carinho na sua cabeça, e ela chorava e me abraçava um tempo. Eu tinha que cuidar dela e não permitir que os sons que ela fazia penetrassem em mim, e então dormíamos juntas na minha cama. Sabe, quando eu era criança, aprendi a esperar, por isso esperei Anton. Ele pediu desculpas. Disse que não tinha feito de propósito. Então me falou de Harry e disse que, na maior parte, era trabalho de Harry, e que ele era só o nome. Acho que eu meio sempre soube, apesar de não ter sido capaz de traduzir em palavras. Anton disse que tentou dar a Harry o dinheiro da venda de *História da arte*, para se separarem sem deixar amarras, mas ela não aceitou, e então Anton disse que ia viajar pelo mundo para buscar respostas a grandes questões.

Expliquei que já não estava me fazendo bem ficar perto dele. Isso estava me jogando para lá e para cá e me incomodava, eu simplesmente não precisava de todo aquele carma ruim. Então fui embora e não voltei mais.

Mais ou menos um ano mais tarde, fui visitar a minha amiga Emily em Red Hook, e estava caminhando perto do rio, entoando mantras para mim mesma e sentindo o vento soprar sobre mim, tão purificador, e passei pelo antigo estúdio de Anton, mas havia outro nome na porta. É assim que as energias funcionam, sabe, porque, apenas dois dias depois, recebi um cartão-postal. Eu guardei.

Querida Sweet Autumn,
Estou em Veneza, num café. Hoje de manhã, fui ao museu de arte daqui e vi alguns quadros de Giovanni Bellini. Havia uma Madona que se parecia tanto com você que precisei escrever. Ela tinha os seus olhos, o tipo de olhos que penetram na gente. Eu estou bem. Estou pensando em experimentar a Califórnia para morar. Espero que esteja tudo bem com você.

Com amor, Anton

Não voltei a ver Harry até ela estar muito doente. Foi quando ela me deu o nome de Clêmatis, mas gostava de me chamar de Clem e também de Clemmy, e às vezes de Clammy, para caçoar. Ela dizia: Clammy, querida, não é estranha a maneira como as coisas dão voltas? E eu respondia "Não, Harry, a roda fica sempre girando". E fica. A roda fica girando, dando voltas e mais voltas.

Anton Tish

(*entrevista na* Tutti Fruity, *"Só para dizer que estou aqui"*, *24 de abril de 1999*)

A primeira exposição de Anton Tish, A *história da arte ocidental*, causou sensação na Galeria Clark, em Nova York, quando foi inaugurada em setembro, anunciando uma nova voz ousada no mundo da arte. O garoto de vinte e quatro anos meio nerd e com um lado oculto místico caiu na boca do povo. Toby Bruner se encontrou com ele em seu estúdio em Red Hook, no Brooklyn, para descobrir para onde ele vai depois daqui.

TB: Então, o que acontece depois que você se transforma em uma propriedade tão famosa?
AT: Estou pensando em fotografia. Sabe como é, uma versão pós-Warhol do ícone. Mas não com ícones, se é que você me entende, só gente comum. Tem uma outra variação em que estou trabalhando. Eu me interessei por maneirismo. Bronzino é o meu preferido, e fico pensando que tem alguma coisa no trabalho dele que vai me ajudar a enquadrar minha nova direção.
TB: Legal. E as caixas de histórias? Ouvi dizer que você não está conseguindo atender à demanda.

AT: Posso fazer mais algumas. Não sei. A exposição foi meio que uma coisa única, acho. Limpei o passado de meu sistema, sabe, e agora estou pronto para um novo caminho conceitual. Talvez demore um tempo para eu me decidir, mas, para mim, tudo bem. Quando o conceito estiver bem amarrado em minha cabeça, vou poder seguir em frente. Ando lendo muito, pensando...

TB: O que você está lendo, cara?

AT: Um livro chamado *Enigma quântico: A física encontra a consciência*. É a maior loucura, meu. Quer dizer, os caras dizem que, quando você olha para algo, isso cria o que você vê. Isso é quântico, e se conecta ao cérebro e à consciência. Falam que é apavorante, e é. Na verdade, me assusta. Fico olhando para as coisas e me perguntando o que estou vendo.

TB: Que pesado, mas foi isso que fez você estar onde está, certo?

AT: É, é o que me dizem.

Fique ligado para o próximo capítulo apavorante de Anton Tish, fenômeno do mundo da arte que virou quântico!

Rachel Briefman
(*declaração por escrito*)

No domingo, dia 28 de fevereiro de 1999, Harry me falou a respeito de Anton Tish. Eu me lembro da data porque, depois que ela saiu, anotei os detalhes do diálogo no meu diário. Editei estas anotações de valor incalculável aqui.

Apesar de o clima estar frio e cinzento, eu tinha acendido a lareira, e estávamos bem aquecidas. Harry estava enrolada num suéter roxo tricotado à mão e tinha tirado os sapatos para poder apoiar os pés nas almofadas do sofá. Ray tinha viajado para fazer uma apresentação numa conferência em Washington, e nós duas estávamos sozinhas com Otto, o nosso yorkie, que era um bichinho tão nervoso que o veterinário tinha receitado Prozac para ele, remédio que não surtiu absolutamente efeito nenhum até onde podíamos perceber, mas que nos dava a sensação confortável de que ele estava sendo "tratado". Sem educação e repetidas vezes, Otto ficava cheirando a virilha de Harry enquanto estávamos acomodadas na sala, e isso fez com que Harry fizesse a piada de que Otto, que tinha este nome por causa de Otto Rank, estava apenas fazendo mais pesquisa no seu "objeto animal de estimação, trauma de nascimento".

Antes daquela tarde, eu não sabia nada sobre a exposição na Galeria Clark nem sobre o seu sucesso. Apesar de eu frequentar com regularidade exposições de museu, não acompanho arte contemporânea de perto, e muitas grandes batalhas são travadas e muitos estandartes são levantados nesse mundo insular sem que eu fique sabendo. Harry, no entanto, tinha chegado armada com resenhas e fotografias, por isso pude ver a mulher ilustrada dela, além das caixas que eram, segundo ela, a "verdadeira" obra, a parte que contava.

Uma vez que compreendi exatamente o que Harry tinha feito, perguntei de que adiantava dar crédito a alguém que não merecia. Por quê? Harry insistiu, teimosa, que o jogo de enganação estava sendo feito por um motivo. Não era simplesmente um truque de prestidigitação; a mágica tinha que se desdobrar lentamente e no fim ser transformada numa fábula que pudesse ser contada e recontada em nome de um motivo mais elevado. Em algum momento que ainda não tinha sido definido até então, ela iria sair das sombras para expor e humilhar "todos eles".

A humilhação *deles* não me parecia um motivo elevado, e eu lhe disse isso, mas ela retrucou que essa só era uma pequena, ainda que inevitável, parte do plano. Harry falava *deles* havia muito tempo. *Eles* a perseguiam ou ignoravam havia anos, mas algum dia *eles* iam se arrepender. Depois que os pais dela morreram, seguidos por Felix, aquele monólito de forças adversas pareceu crescer em vez de diminuir. Um inimigo com rosto masculino, não feminino, espantou para longe pessoas como Harry, como se fossem moscas. Ela tinha fantasiado a respeito da sua vingança durante anos, e agora a hora tinha chegado — mais ou menos. Que importância tinha se um *eles* amorfo havia celebrado a obra dela quando apareceu na forma de um *corpo de vinte e quatro anos com um pau*, tomando emprestadas as palavras de Harry? O que os entusiastas realmente enxergavam, perguntei, o trabalho dela ou apenas Anton, o retrato do artista como um jovem gostosão? Quanta gente realmente olhava para a arte? E se olhavam, será que conseguiam enxergar algo nela? Como é que as pessoas de fato a julgavam? Como o meu interesse era mais na direção literária, mencionei a Harry que *Murphy*, de Beckett, tinha sido rejeitado quarenta e três vezes e chamei a sua atenção para as diversas histórias de jornalistas literários datilografando manuscritos de romances celebrados, enviando-os para editores e recebendo cartas padronizadas de rejeição (ou coisa pior) em troca. Sem a aura da grandiosidade, sem o selo da cultura elevada, do modismo ou da celebridade, o que sobrava? O que era gosto? Será que já existiu uma obra de arte que não ficou carregada de expectativa e preconceitos do espectador ou leitor ou ouvinte, por mais culta e refinada que seja?

Harry e eu concordamos que nunca existiu. Ela disse que a sua ideia não era apenas expor aqueles que caíssem na sua armadilha, mas investigar a dinâmica complexa da percepção em si, como todos criamos o que vemos, para forçar as pessoas a examinar os seus próprios modos de olhar, e para desmantelar as suas ideias presunçosas preconcebidas.

Depois da investida nas ambiguidades da visão, Harry ficou em silêncio, como costumava ficar, com os olhos grandes fixos nas suas narrativas internas. Eu a cutuquei para me dizer o que estava pensando, e ela deu início a mais um discurso. Todos somos espelhos e câmeras de eco uns dos outros. O que realmente acontece entre as pessoas? Na esquizofrenia, as pessoas perdem os limites. Por quê? Porque eu conhecia bem Harry, compreendia que isso não era uma digressão, mas um dispositivo circular para chegar até uma confissão mais pessoal. Finalmente, eu disse: "O que você realmente está tentando me dizer, Harry?".

Depois de cerca de mais um minuto sem falar, Harry se inclinou para perto de mim, tocou no meu braço e confessou que, durante a aventura, Anton tinha ficado um pouco louco. No começo, tinha sido divertido, ela disse, uma piada grandiosa que os dois iam aplicar nos tipos superficiais e vaidosos do mundo da arte, que eram capaz de fazer ou destruir reputações, que sabiam tanto sobre tão pouco. Harry e Anton tinham resolvido tudo entre si. Ela o instalou num estúdio, lhe ofereceu a renda de qualquer venda e lhe deu um curso-relâmpago sobre a arte ocidental, um resumo idiossincrático sobre o que realmente importava desde os gregos, de acordo com Harriet Burden. Na aula de Harry, Duccio di Buoninsegna, o mestre de Siena, tem mais espaço que Michelangelo, e a perfeição de Raphael é relegada a uma nota de rodapé. Isto estava muito bem para Anton, claro, que não sabia quase nada, para começo de conversa. Enquanto trabalhavam na Vênus, Anton começou a ligar para Harry a qualquer hora do dia ou da noite para fazer perguntas a respeito da obra: por que mesmo tem um grafite no cotovelo dela? Fale sobre Davi e a Revolução Francesa de novo. Pode repetir quem é Emil Nolde? Em pouco tempo, ela disse, as respostas e os comentários dela passaram a ser os dele. Ninguém é dono da verdade. Será que nos lembramos das fontes das nossas próprias ideias, das nossas próprias palavras? Elas têm que vir de algum lugar, não é mesmo? Anton lia os livros e ensaios que Harry lhe dava, assistia aos filmes que ela recomendava e digeria as opiniões dela com avidez.

Apesar de ele ter ficado doente de ansiedade antes da exposição e quase ter desabado na vernissage, acalmou-se depois do sucesso. Além de ter se sentido massageado pelos elogios dos seus admiradores (como tantos de nós nos sentimos), também ficou achando que merecia toda aquela aclamação, independentemente de ele ter de fato executado as obras ou não. Sua majestade, o bebê, aquela criancinha que se acredita o centro do mundo, ainda vive em algum lugar dentro de nós. Harry começou a observar pequenas alterações na dicção de Anton quando ele falava sobre o projeto, principalmente o seu uso de pronomes. Ele dizia *nós* e *nosso* repetidas vezes. Ele começou a se lembrar de ideias que não eram dele como se fossem. Anton, ela disse, ficou meio convencido de que a arte pertencia a ele. Ele sabia que eu é que tinha feito, mas não sabia ao mesmo tempo. Ele me disse: "Eu sou o seu espelho".

Harry reconheceu que tinha incentivado a ideia de que ela e ele eram colaboradores de verdade. Ela tinha elevado o seu status para atraí-lo à pegadinha. Como pseudônimo dela, Anton tinha exercido papel vital no palco que ela tinha armado para uma única espectadora: ela mesma. Afinal de contas, os frequentadores das galerias não sabiam nada sobre a força atrás da cena. Anton era o performer. Mas será que Anton fazia o papel de Harry — ou será que era Harry a fazer o papel de Anton? Ela disse que, sem ele, não poderia haver a Vênus gigante, que o rapaz indefeso tinha dado o pontapé inicial da ideia — novato de uma ignorância chocante faz piadas sofisticadas sobre história da arte. Mas, daí, quem de fato acredita ser de uma ignorância chocante? Menos que qualquer outro, aquele que tem uma ignorância chocante. E o menino tinha aprendido muito durante a sua tutelagem com Harry. Não pude deixar de pensar que a história deles era uma reconfiguração interessante do mito de Pigmalião com os gêneros sexuais invertidos. Anton era criação de Harry, produzida, pelo menos em certo grau, devido ao seu desencantamento com o mundo dos homens e os seus preconceitos intratáveis contra as mulheres. No mito grego, Pigmalião fica tão decepcionado com o sexo oposto que despeja todo o seu amor sobre a sua escultura perfeita, a estátua de marfim Galateia, a quem só é concedida a vida bem no fim da história. O menino bonito de Harry teve o infortúnio de ser feito de osso e músculo e pele desde o início.

Quando a glória da exposição arrefeceu e os jornalistas sumiram, o pobre Anton começou a se esfarrapar. Ele queria voltar a fazer a sua própria arte, mas o que tinha parecido vital e vivo para ele antes se tornou plano e chato. Tudo que ele tocava murchava nas suas mãos. Ele meditou e jejuou e leu, mas nada disso lhe fez nenhum bem. No passado, ele tinha acreditado em si mesmo, e agora não acreditava. Era tudo culpa de Harry.

Ela me disse que, da última vez que o viu, Anton tocou a campainha da sua casa às duas da manhã, e que, quando ela abriu, ele entrou cambaleando, bêbado e irritado. A sua vida como artista tinha terminado, ele declarou, e aquilo o enjoava. "Você tem que falar comigo!", ele berrou com ela. "Você tem que falar comigo." Foi aí que Harry teve a estranha sensação de estar escutando a si mesma berrando com Felix. Por acaso ela não tinha dito a ele várias vezes: "Você tem que falar comigo?".

Os dois conversaram na mesa da cozinha de Harry depois que ela o fez beber três copos de água. No começo, o garoto estava choroso e com o rosto vermelho, mas então ficou frio.

A posição de Harry era de que Anton sempre soube qual era o acordo, que ela não o enganara nem trapaceara; que, juntos, eles tinham feito experiências com uma hipótese sobre a importância da persona do artista em relação à obra exibida, e que tinham sido bem-sucedidos. Anton tinha sido bem pago e ganhou uma base no mundo da arte, para o caso de resolver continuar fazendo arte.

Anton concordou que sabia qual era o plano desde o início, que ele também tinha se interessado pela ideia, mas que não podia se esperar dele que compreendesse o que significaria de repente se ver como um artista concorrido, até "meio que famoso". Ele tinha posado para um anúncio de tênis com vários outros novos artistas promissores. Tinha sido entrevistado pela *Bomb* e pela *Black Book*, tinha sido abordado para que fizesse comentários em outras exposições. Ele tinha sido convidado para inúmeras festas, tinha ido para a cama com garotas que antes nem teriam olhado para ele. E, disse a Harry, ele era bom nisso.

"Bom em quê?", ela tinha soltado. "Em ir para a cama com garotas? Do que você está falando?"

"De tudo", ele berrou para ela. "Esta coisa toda. Eles me desejavam. Você acha que iam ter desejado você? Por acaso este não é o motivo de tudo? Sem mim, nada disto jamais teria acontecido."

Harry estremeceu quando relatou a conversa para mim. Anton tinha razão, ela disse. Ele queria me magoar com a verdade, e conseguiu. E ele continuou falando e falando, ela disse, dizendo a ela que a arte teria tido pouco efeito sem ele, que a imagem dele era o que contava, um garoto que estava com tudo e que fazia muitas referências a isto e aquilo. "Eles não sabiam do que eu estava falando!", ele tinha berrado para ela. Tinha sido tão fácil, soltar os nomes das obras de arte que ele tinha aprendido com Harry, mas os jornalistas não se importavam. E, ele prosseguiu, a ironia era que o único artista que realmente importava em tudo isto era Andy Warhol, que tinha entendido tudo sobre o fascínio com a celebridade o tempo todo. "E Warhol era o único artista sobre quem eu realmente sabia alguma coisa antes de você aparecer. É engraçado, muito, muito engraçado. Você não entende? Todo o seu estudo, toda a sua bobajada esotérica não vale nada lá fora, vale menos que nada!"

"Foi isso que ele disse para mim, Rachel. Eu estava lá sentada, velha e gorda com o meu robe de banho, olhando para ele, e fez sentido. Mesmo bêbado e no meio da noite, ele estava bem. Afinal de contas, eu o tinha escolhido. Não que ele fosse bonito exatamente, mas ele tinha um élan; ele corporificava uma ideia."

Anton essencialmente tinha contado a Harry a história que ela vinha contando a si mesma o tempo todo, mas em vez de se sentir vingada, ela se sentiu magoada e confusa. "O que você quer, então? Você tem tudo, não tem? Por que vir aqui e exigir falar comigo?" Mas Anton, parecia, não tinha tudo que queria. Ele estava arrasado. Não conseguia mais trabalhar. Estava no caminho de uma descoberta grandiosa antes de conhecer Harry. Tinha sentido a sua importância. Ele estava cheio de ideias, fantasias e pensamentos. Ele estava pronto para criar as suas obras pós-Warhol. Só precisava de mais um pouco de tempo e teria explodido no seu próprio estrelato solo.

Harry olhou para mim e esfregou o queixo. "Perguntei a ele por que então simplesmente não fazia isso." Ele não podia, porque ela tinha se metido no caminho; as suas ideias tinham se intrometido nas dele. Ele já não se reconhecia mais. Quem ele era? Ele a viu quando se olhou no espelho. Ele tinha tentado lhe dar o dinheiro das vendas, não tinha? Mas agora ele compreendia que era ele que "a tinha feito". Ele contribuíra enormemente para "a coisa toda". Celebridade não é o que você faz; é ser visto. É fazer a cena. Ele tinha mais que merecido sua comissão, porque era o garoto que havia "vendido os bens", mas, "em algum ponto do caminho", Anton disse, ele tinha perdido a "pureza".

O uso que ele fez da palavra *pureza* tinha feito com que Harry caísse numa gargalhada convulsiva. Aparentemente, ela tinha repetido aquilo inúmeras vezes. Ela me disse que Anton tinha sido modesto em relação aos seus próprios dons quando ela o conheceu. Tinha falado de arte comercial para pagar as contas enquanto trabalhava nos seus próprios "projetos". Ela nunca o ouvira falar nem de estrelato nem de pureza.

Harry pareceu muito triste quando me contou isto. "Eu criei um monstro."

Mas, sentada com Anton na cozinha, ela tinha ficado irritada, furiosa. Ela lhe disse que ele tinha reescrito o passado completamente, que ele parecia ter esquecido que ela tinha feito as obras de arte, que as caixas tinham saído do corpo dela, depois de anos de trabalho e ideias. A vontade dela era estapeá-lo. Este garoto, este menininho, que passou um ano lhe fazendo perguntas, de quem ela tinha sido mentora e a quem pagara, esta criança tinha se transformado num canalha presunçoso, iludido e cheio de pompa. E então Harry chorou no meu ombro. Eu a abracei durante um tempo e perguntei o que ela ia fazer. Harry disse que a experiência não tinha funcionado muito bem porque ela não sabia dizer o que tinha acontecido. Talvez ninguém tivesse se importado com as caixas. Talvez as caixas só tivessem vendido porque Anton Tish supostamente as fizera. Era cedo demais para alegar que o trabalho era dela. Os anúncios, o bochicho, o rosto de Anton eram uma cortina de fumaça. Ela ia ter que esperar. Ela ia ter que tentar de novo. Teria outra ideia. Eu disse a Harry que ela devia pensar duas vezes antes de repetir a experiência. O preço psicológico era caro demais. Se Anton estava certo ou errado era menos importante que o fato de que tanto ele quanto ela tinham sofrido com o projeto. Eu também arrisquei dizer que o problema de Harry podia ser que ela tinha dificuldade em assumir o seu trabalho, que talvez ela sentisse que não merecia reconhecimento. Ela me disse, ríspida, para não "fazer psicanálise nela" e então, arrependida no mesmo instante, implorou para que eu a perdoasse.

Quando perguntei como tinha terminado a noite com Anton ela disse que, apesar de ele ter se agarrado com persistência à ideia de que tinha sido vital para o "sucesso" deles, admitiu, tristonho, que ela tinha transformado a maneira dele de pensar sobre a arte. Ele não tinha escolha além de tirar umas férias e tramar o seu próximo passo. Ele iria ficar com o dinheiro porque merecia, e passaria um tempo viajando, iria ver o mundo, pensar e ler.

E então um sorriso maroto substituiu a expressão antes angustiada de Harry. Anton, ela disse, tinha adotado modos altamente românticos para a sua despedida, tanto que ela foi obrigada a se levantar do sofá e demonstrar.

"Nunca mais vou vê-la!"

(Frase acompanhada de Harry fazendo um gesto amplo com o braço de um melodrama de palco de cerca de 1895, nem um pouco plausível num rapaz cem anos depois, mas eu sorri mesmo assim.)

"Eu vou embora, para longe, para o Himalaia, para o Saara, para Paris, para Timbuktu, mas primeiro vou passar no Queens para pegar as minhas coisas no depósito."

(As costas da mão direita de Harry vão até a testa quando ela inclina a cabeça para cima, batendo as pálpebras. Ela solta um suspiro ruidoso. Deixa a mão cair, vira-se para mim, abre os braços.)

"Vou redescobrir a minha pureza perdida, a minha autenticidade."

(Harry corre pela sala, erguendo almofadas e folheando uma revista numa busca ansiosa. Cai na gargalhada.)

"Espero que você não tenha dado risada na cara dele", eu lhe disse, e ela respondeu que tinha permitido que ele saboreasse o seu momento de cinema ou seja lá o que aquilo tivesse sido. Na despedida, os dois tinham se comportado bem. Depois fiquei sabendo que Anton não partiu imediatamente para o Himalaia, mas ficou por lá vários meses antes de desaparecer.

Mas então Harry retomou à sua fúria. Ela tinha ficado tão irritada com Anton, disse, que poderia tê-lo espancado ou o torrado só com um sopro.

Esta era uma referência a Bodley, o amigo imaginário de Harry que soltava fogo pela boca, que eu conhecia havia anos.

Ela ficou em silêncio durante um tempo, e então se lançou a um preâmbulo hesitante: "Não sei se devo contar a você. Não, posso te contar. Talvez eu não deva. Vou contar. Existe algo em mim, algo que eu não entendo. Eu senti quando quis matar Anton. Não estou brincando. Eu o odiei quando ele estava lá sentado no meu apartamento. Eu estava com medo de mim mesma. O que é isso? É antigo, Rachel. É igual a uma lembrança em mim, mas não é. Eu sinto, e tem vindo à tona. Com o dr. F., quer dizer. Tem uma coisa horrível dentro de mim".

Pensei no vômito de Harry. O corpo também pode ter ideias, pode usar metáforas.

E então, com as mãos agarradas aos meus pulsos, ela disse que cada vez mais era assombrada por uma sensação de que havia uma história escondida em algum lugar dentro dela, algo que ela não era capaz de articular porque não sabia o que era, não sabia se era real ou imaginário. "Fico assustada de morrer, Rachel. É só medo, um medo frio e congelado sem imagem, sem figuras, sem palavras. É assim que as pessoas criam falsas lembranças, a partir de medos e desejos, pensamentos idílicos feios que as infectam feito um vírus."

O rosto de Harry estava pálido.

Falei então sobre fantasia, que está no cerne do meu trabalho com os pacientes, mas às vezes é difícil separar o mundo interno do mundo externo, e o lugar onde eles se encontram ou se dividem sempre foi um negócio confuso para a psicanálise, desde o início. Nós as inventamos, eu disse a Harry, as pessoas que amamos e que odiamos. Projetamos os nossos sentimentos em outras pessoas, mas sempre existe uma dinâmica que cria essas invenções. As fantasias são feitas entre pessoas, e as ideias sobre essas pessoas vivem dentro de nós.

"Sim", ela respondeu, "e mesmo depois que morrem, continuam aqui. Sou feita dos mortos."

Eu nunca tinha ouvido ninguém falar nestes termos: sou feita dos mortos.

Mais de dez anos depois, ainda sou capaz de ver Harry na sala da minha casa, fazendo o seu esquete sobre Anton, os gestos de paródia do seu protegido-pseudônimo de fachada. O tempo engrossou o acontecido, deu a ele significado adicional por causa dos eventos que se seguiram, principalmente a relação dela com Rune. E agora, enquanto me lembro dos gestos dela na minha sala e o seu rosto sorridente, eu me sinto assombrada. Os seus movimentos melodramáticos não pertencem ao jovem herói que dá adeus à amante (ou mãe) antes de partir para a aventura. São os gestos femininos afetados da heroína, a criatura que estrelou peças e filmes mudos incontáveis, a queridinha de cabelo dourado de peito arfante e lábios de botão de rosa, defendendo-se contra o vilão malicioso e bigodudo que ameaça a sua virtude. Naquele dia no meu apartamento, Harry representou Anton como uma menina, o que em si era uma forma de vingança.

Ela projetou nele seu eu de menina vulnerável, a criança que, desconfio, tinha regressado no seu trabalho com Adam Fertig. Ela me disse que só sentia medo — sem figuras nem palavras. Mas ela já tinha criado figuras e imagens daquela emoção nas suas caixas. Não há dúvida de que Anton era peão de Harry. Ela quis um recipiente masculino vazio para encher de arte, mas Anton não era oco. Ele era uma pessoa, e era ele que tinha vivido a adulação, que tinha sido festejado e cortejado, não Harry. Ele tinha ido até ela e reclamado os seus direitos como performer ágil, outro tipo de artista, claro, mas um artista de todo modo. E acho que Harry o invejava e detestava pela sua destreza. Ela tinha sido ingênua. Ela tinha imaginado que podia tomar emprestado o casco de um homem para a sua vingança, mas seres humanos não são disfarces. Apesar de Anton ter se deixado prender na rede das fantasias de Harry, ela, por sua vez, tinha descoberto que o seu protegido tinha os próprios sonhos.

    Todos os pensamentos de vingança nascem da dor da impotência. *Eu sofro* se transforma em *você vai sofrer*. E não vamos mentir: a vingança é revigorante. Ela nos concentra e nos revigora, e esmaga o pesar porque volta a emoção para o lado de fora. Com o pesar, nós nos despedaçamos. Com a vingança, nós nos tornamos uma unidade na forma de uma arma única, apontada para um só alvo. Por mais destrutivo que seja em longo prazo, tem uma serventia durante um tempo.

    Eu contei a Harry uma história naquela tarde porque parecia, de algum modo, relevante. Certa vez tive uma paciente que sofreu um ataque brutal quando tinha onze anos. O homem a atacou quando ela ia a pé para casa depois de visitar uma amiga no Upper West Side. Não foi assalto; ele pulou para cima dela com uma faca, cortou o seu pescoço e a deixou sangrando na calçada. Ela quase morreu. A minha paciente relatou que não tinha sentimentos de vingança contra quem a atacou. Mas, anos depois, quando um namorado a abandonou, não conseguia parar de fantasiar a respeito do ex-amante. Ela criou acidentes de carro e de esqui, quedas terríveis, doenças e explosões repentinas, e ele sobreviveu a tudo, mas desfigurado e paralisado. Neste estado aleijado, ele inevitavelmente seria levado a reconhecer que ela era o grande amor da sua vida, que sem ela nada que ele fizesse teria sentido. Depois de um tempo, as imagens do corpo dilacerado e ensanguentado dele começaram a se intrometer nos pensamentos dela de maneira repentina e sem aviso. Ela tinha surtos de despersonalização, durante os quais deixava mensagens cruéis na secretária eletrônica do homem: *Espero que você seja atropelado no caminho do trabalho para casa*. Ela amedrontou a si mesma. Passamos várias sessões desempacotando os significados das fantasias compulsivas.

A única coisa que Harry disse foi: "Ela deve ter ficado com uma cicatriz".

Sim, eu disse, eu tinha visto a cicatriz da minha paciente: uma linha limpa e terrível que tinha se transformado numa dobra na pele do seu pescoço.

Naquela noite, eu sonhei que estava num corredor comprido e vazio, e vi Harry agachada no chão. Caminhei na direção dela e reparei num corte fino e fundo no seu pescoço. Comecei a ficar preocupada de que a cabeça dela fosse cair e agarrei o seu pescoço para manter a cabeça no lugar. Aos meus pés estava um pedaço de madeira de construção com alguns pregos espetados. Eu devo ter largado Harry, porque a recolhi. Um par de olhos verdes pequeninos piscou e uma boca vermelha começou a se mover com rapidez, como se estivesse tentando falar comigo. Não ouvi nada, mas fui tomada por um sentimento de pena. O sol da janela brilhou direto nos meus olhos, me cegando, e então eu acordei.

Existem muitas maneiras de desembaraçar e interpretar as condensações bizarras e os deslocamentos dos sonhos. A cicatriz da minha paciente voltou no pescoço cortado de Harry. Eu devo ter tido medo de que uma de nós fosse "perder a cabeça". Claro, o sonho é mais a respeito de mim que de Harry, apesar de que o pedaço de madeira meio vivo talvez fosse uma imagem do trabalho de Harry, que expressava partes profundas de si mesma que eram difíceis de articular de outras maneiras. Não tenho certeza. Atendo pessoas quase todos os dias, e as escuto. Às vezes, com pacientes específicos, fico preocupada de na verdade não escutá-los. Todos estão tentando encontrar sentido nas suas histórias, afinal de contas, da mesma maneira que Harry; Harry, que tinha me dito acreditar que havia algo "terrível" escondido dentro dela.

Phineas Q. Eldridge
(*declaração por escrito*)

Oscar Wilde certa vez disse: "O homem é menos ele mesmo quando fala da sua pessoa. Dê-lhe uma máscara e ele lhe dirá a verdade". Eu representei a máscara de Harriet Burden durante um curto período, e não me arrependo nem por um segundo. De trás do meu eu míope, mulato e bicha, ela foi capaz de contar uma verdade. No mundo gay, o disfarce tem uma longa história que nunca foi simples, então, quando Harry me pediu para ser a sua fachada, parecia que eu só estava dando mais um nó numa corda velha. Sou um artista performático e sei que o meu rosto no palco com frequência é capaz de ser mais intimista e mais honesto que aquele que uso nas coxias. Mas também já tive duas identidades fora do palco. Em 1995, me esgueirei para fora da minha primeira persona, aquela com que nasci, para me tornar o meu segundo eu: Phineas Q. Eldridge. A pessoa que precedeu P. Q. E., John Whittier, era um bom garoto, bem-comportado, ainda que um pouco sonhador, gentil com os animais, as meninas e os pobres (nesta ordem), assustava-se com facilidade e, para usar a palavra da minha mãe, era "delicado". Tive a minha primeira convulsão quando estava com quatro anos de idade e a última aos treze. Os médicos disseram que eu as "superei". Elas pertenciam ao meu corpo anterior, mais baixinho, pré-púbere, aquele do qual todos nos desfazemos, junto com jaquetas e calças e camisas pequenas que antes serviam direitinho. Os tremores aconteciam principalmente à noite, e não com frequência, mas os cheiros e as sensações de formigamento e de coceira que eu às vezes sentia e os movimentos involuntários no rosto e a baba e o branco dos olhos e o xixi na cama todas as noites durante anos certamente deram forma à minha educação sentimental.

Quando penso naquela criança quatro-olhos, de raças misturadas, epilética, dançando tango com a irmã mais nova, Letty, na sala de recreação de uma casa de dois andares de classe média nos arredores de Richmond, Virgínia, não acho nada surpreendente o fato de ela ter se voltado a Deus mesmo antes de a sua mãe ter se tornado uma cristã renascida. Na escola, eu era um pária que nunca superou a convulsão de corpo todo que aconteceu ao lado do escorregador do parquinho, no terceiro ano, mas na igreja eu brilhava, um anjinho piedoso com uma aflição sagrada. Não é verdade que são Paulo, o pai do cristianismo em si, caiu na estrada de Damasco com um ataque igualzinho aos que eu às vezes sofria? Harry ficou fascinada por John, delicado, magricela, com sardas no rosto, com a mãe negra e o pai branco, que lia muitos livros, assistia a filmes na TV e inventara o seu próprio mundo chamado Baal-Tamar, um nome retirado da Bíblia (Juízes), mas que, na sua primeira encarnação, parecia uma cidade cenográfica de Hollywood. Em Baal-Tamar, vilões muitíssimo bem vestidos com poderes sobrenaturais se metiam com um herói angelical, o meu alter ego, Levolor (que recebeu este nome por causa da empresa de persianas para janelas, porque Levolor tem um ritmo tão agradável). Eu passava muito tempo nesse país imaginário, assim como Harry tinha passado muito tempo dentro da sua própria mente com um companheiro imaginário e um carregamento completo de ansiedades. Ela, no entanto, foi criada sem Deus.

Era doloroso sentir Deus de olho em mim a cada minuto, julgando os meus pensamentos secretos e anseios desordenados enquanto eu estava deitado na cama, sonhando que era Levolor, que tinha começado a cantar e a dançar e que morava numa mansão enorme e cor-de-rosa, de filme, com dez empregados. Fãs vinham às centenas de milhares para me assistir uivando canções e sacudindo as penas do rabo, deslizando pelo palco, batendo e arrastando os pés. Eu costumava fechar os olhos e escutar a multidão trovejar a sua adoração, e então, porque era uma fantasia egoísta e profana, eu mudava de direção, transformando Levolor num personagem de Jesus que andava por Tinsel Town tocando os doentes, fazendo os mortos levantarem e por magia multiplicando bolachas de água e sal e sopa para pessoas tragicamente pobres vestidas com andrajos e sapatos com buracos na sola. Esta fantasia também tinha os seus problemas, porque não era correto se sentir bem demais em relação a ser bom, e eu sabia que me sentia horrivelmente bem com a minha bondade.

A religião da mamãe arrefeceu consideravelmente, e ela é suave demais para algum dia chegar a se tornar uma cristã carismática hipócrita, mas houve um tempo em que ela se dedicava ao seu culto com muito zelo. Os meus pais se separaram quando eu tinha três anos e Letty tinha um. Nós ficávamos com papai nos fins de semana. As minhas primeiras lembranças são de me acomodar em cima dos ombros dele e olhar lá para baixo, para a grama, um coelho chamado Buster que morava numa gaiola no quintal dos fundos do papai, o relógio prateado reluzente que ele me deixava usar no braço e panquecas numa travessa azul que eram diferentes das da mamãe. Eu me lembro de que a sua casa tinha um cheiro esquisito, e eu costumava temer a ideia de que ele ia pegar a bola de futebol americano e sugerir um joguinho. Quando a bola vinha voando na direção da minha cabeça, eu me desviava dela antes de me dar conta do que estava fazendo. A bola dura e rodopiante me assustava. Mais tarde, eu me condicionei a permanecer ereto e me esforçava muito para pegar aquela coisa desgraçada e correr feito louco. Eu costumava rezar a Deus para me ajudar a ser bem-sucedido nas tentativas de agradar ao meu pai, de me tornar o menino de verdade coordenado e dedicado que ele queria. Eu era uma decepção para ele, sem dúvida. Não tinha sido feito à imagem dele, mas também acho que o assustava um pouco, ou talvez a epilepsia o assustasse, ou então a ideia de que algo poderia acontecer comigo quando mamãe não estivesse por perto. Ele nunca me dava bronca nem me cobrava em relação à minha inabilidade atlética. Eu apenas sentia que ele teria preferido um outro tipo de menino. E, no entanto, quando Letty e eu passávamos a noite com papai, ele costumava entrar no quarto, sentar-se ao meu lado e ficar me olhando enquanto eu fingia dormir. Ele devia saber que eu estava acordado, mas nunca deixava transparecer que sabia, e só ficava lá sentado, observando.

Então, um dia, na primavera depois que fiz oito anos, o meu pai teve um aneurisma cerebral. O balão estourou, e ele morreu sozinho num sofá. Estava com trinta e um anos de idade. Apesar de mamãe não o querer mais como marido, a morte dele pareceu paralisá-la por um tempo, até que a religião pentecostal da sua juventude se apresentou para preencher o espaço vazio que papai tinha criado. Mudamos de igreja.

Mergulharam mamãe na piscina batismal e, depois disso, ela se encheu com o Espírito Santo. "Todos ficaram cheios do Espírito Santo e começaram a falar noutras línguas, conforme o Espírito os capacitava." Atos 2,4. Eu sei que, para quem é de fora, essas coisas recaem nas regiões remotas da religiosidade excêntrica, mas eu adorava os hinos e os "Améns" e "digam a eles, irmãos e irmãs" durante a pregação, e as línguas estrangeiras e as interpretações e os testemunhos. Letty e eu gostávamos de brincar de igreja em casa porque podíamos pular e correr de um lado para o outro feito animais selvagens, berrando coisas sem sentido. Só posso dizer que as pessoas que de repente eram atingidas pelo Espírito Santo e caíam de joelhos ou desabavam no chão e começavam a falar não estavam fingindo, apesar de eu duvidar da irmã Eleanor de vez em quando, que sempre parecia enlevada demais, e a língua que saía dela parecia de leve com latim mal falado.

Eu rezava cada vez com mais força e ficava me perguntando por que Deus tinha feito aquilo, levado o meu pai embora, e por que a minha mãe o mandara embora antes de ele morrer, e se a tristeza dele tinha alguma coisa a ver com a sua bolha na cabeça, porque ele tinha parecido triste, principalmente quando se sentava ao lado da minha cama — uma tristeza pesada passava dele para mim e se assentava no meu peito como culpa. Mamãe usou a palavra *incompatível*. De algum modo, eles não tinham se encaixado. Depois da morte do papai, Baal-Tamar se tornou mais elaborado, mais violento e mais secreto. A escravidão surgiu como tema. Levolor liderou exércitos contra o príncipe Hadar para libertar os escravos, que eram uma combinação de americanos negros e israelitas, e eu comecei a traçar planos de batalha numa geografia imaginária. Quando fecho os olhos, ainda sou capaz de enxergar o lago Ashtarot e o rio Jeshmoth e a cadeia de montanhas que batizei de Mizlah. Depois de um tempo, o populacho de Baal-Tamar descobriu o sexo e se dedicou a ele com abandono bíblico. Os seguidores de Hadar costumavam ficar nus e dançavam ao som de música enlouquecida para incitar Levolor, que se divertia muito observando, enquanto resistia com nobreza aos avanços dele. Era inevitável que o meu herói se entregasse à tentação, aos doces solavancos e fortes esfregadelas embaixo do cobertor com uma toalhinha de banho e à culpa de Deus e à maravilha úmida e à poesia daquilo tudo.

Acho que foram as histórias de Baal-Tamar que seduziram Harry. O mundo imaginário desapareceu mais ou menos na mesma época que as minhas convulsões, assim como o Deus que tudo vê dos hebreus, mas guardei um sentimento terno pelas pessoas que falam em línguas estrangeiras e por mamãe, que nunca me deu as costas, apesar do fato de eu me entregar a uma loucura secular e nunca mais voltar ao rebanho. Quando cheguei ao alojamento, Harry estava cuidando dos seus próprios personagens, um grupo de figuras estofadas — frias, mais ou menos frias, mornas e quentes. Eu passei a gostar dos "metamorfos" dela (como Harry os chamava), apesar de um bom número entre eles ter machucados ou deformações. Retiro o que disse. Os metamorfos feridos eram aqueles de que eu mais gostava, os que tinham braços e pernas faltando, que tinham aparelhos ortopédicos e tipoias, corcundas ou vermelhões pintados. Não pareciam reais, mas passavam a sensação de serem mais humanos que muitos seres humanos que conheço, e Harry era gentil com as suas criaturas feitas em casa. Às vezes fazia com que falassem para a pequena Aven, que na época só tinha quatro anos e costumava visitar a "vovó" nos finais de semana e deixar marcas molhadas nas obras de arte com tantos beijos.

    O meu caminho até o alojamento de Red Hook foi cheio de voltas. Depois da faculdade, eu me desloquei para Nova York junto com legiões de colegas aspirantes para me tornar ator e acabei como garçom. "Olá, o meu nome é John Whittier. Vou servir a sua mesa hoje à noite." Essa foi a época dos pratos quebrados, dos clientes sem educação, das audições, dos retornos, das rejeições, de mais rejeições, e de alguns papéis mirrados para um negro esbelto e com sardas que é capaz de fazer todo e qualquer sotaque sob encomenda. Audições são uma coisa. Audições para papéis em peças e filmes que são tão mal escritos, de concepção tão pobre que dá indigestão na gente, são outra. Resolvi escrever o meu próprio material e me tornei um artista performático, Phineas Q. Eldridge, e um bem pobre, creio. Eu tinha levado o pé na bunda do meu amado, Julius, e tinha sido rebaixado do semiesplendor de um apartamento do Chelsea para o sofá do meu amigo Dieter (uma espécie de sarjeta, como fui descobrir, com papéis de chiclete, palitos de dente, bolas de poeira e moedinhas entre as almofadas).

Foi Ethan Lord que chegou para me salvar. A minha performance na Pink Lagoon tinha saído na *The Neo-Situationist Bugle*, provavelmente a publicação mais obscura de toda a Nova York, mas Ethan e o seu amigo Lenny cultivavam apresentações como as minhas por motivos que apenas poucas pessoas nos departamentos de graduação universitária compreendem. Eles não aprovavam o capitalismo. Isto foi muito antes da crise de 2008, e fazer compras ainda era o passatempo nacional. Claro, os dois subversivos não apreciavam os prazeres *psicológicos* que uma torradeira novinha em folha ou a sensação de um cachecol de cashmere com algumas gotas de colônia extremamente cara podem oferecer. Eles eram garotos rigorosos, rigorosamente de segunda mão, de brechó, de lojas de caridade. Era uma questão de princípio, mas também de perversidade, algo que vem com mais facilidade a pessoas ricas do que ao restante de nós. Ethan tinha dinheiro de herança. Lennie não tinha, mas compreendi que os pais dele lhe enviavam cheques todo mês.

Apesar do fato de os garotos serem heterossexuais, eram defensores da "teoria das bichas" que não era apenas a favor dos homossexuais e para eles, mas podia ser aplicada a todo tipo de pessoa e coisa. A questão era "dobrar as categorias". Eu era completamente a favor disso tudo, é claro, e eles formavam uma dupla sincera e tocante. Lenny me lembrava um anarquista da década de 30 com os seus óculos de aro redondo de ferro, e Ethan, com os olhos grandes e o cabelo escuro encaracolado, parecia estar escondendo um senso de humor em algum lugar, apesar de eu não saber bem onde. Quando eu o conheci, ele me falou sobre como a minha performance "incorporava distúrbios da normalidade". Eram distúrbios retirados diretamente da minha própria vida. Eu representava versões dos meus pais, que chamava de Hester e Lester, e representava Letty como Hetty, quando era uma menininha incontrolável e na sua versão adulta e séria de engenheira que não aprovava o fato de eu ter roubado a história da nossa família para o teatro, e representava o meu eu de menino de alma velha, epilético e a irmã Eleanor sob o domínio das suas línguas estrangeiras, mas sempre com distância cômica, e fazia isso com figurino, cortado no meio, preto e branco, homem e mulher — mas os garotos tinham razão: no final da apresentação, todas as distinções claras entre uma coisa e a outra tinham virado uma bichice.

Ethan queria que eu conhecesse a mãe dele: salvadora dos despossuídos do universo. Cheguei pré-aprovado porque tecnicamente era sem-teto e porque a *Bugle* tinha transformado H/ Lester numa "construção teórica", e isto tinha impressionado os nove leitores do folheto, entre os quais a própria Harry. Alguns dias antes de eu conhecer a sra. Burden, aconteceu um bafafá no alojamento de Red Hook. Uma das despossuídas de Harry, chamada Linda Lee, cuja "arte" envolvia cortar o corpo e tirar fotos do estrago, cortou-se demais no corredor da ala dos artistas residentes e foi levada às pressas ao Hospital Metodista, onde foi costurada, despachada para um hospital psiquiátrico por uma semana e depois mandada para a casa da mãe em Montclair. Aparentemente, Harry não tinha compreendido que os impulsos artísticos da moça envolviam sangue de verdade. Ethan podia ter a cabeça nas nuvens, mas, como ele falou, os "impulsos caridosos" da sua mãe "tinham que ser controlados antes que um desastre se abatesse duas vezes". Ele também me disse que "bastava uma pessoa insana no local" — uma referência ao Barômetro, a quem vim a conhecer e tolerar.

Em resumo, foi assim que assumi o papel de mestre de cerimônias do alojamento de Red Hook. Harry não andava prestando atenção. Eu disse a ela que não podia acolher qualquer lixo que chegasse mendigando à porta. Isto não era um berço para turistas pobres, malucos, devassas e drogados, era? Precisávamos de tipos artísticos genuínos que passassem um tempo lá e ajudassem um pouco na casa. O Barômetro já estava enraizado, e Harry era ligada no homem, que ela acreditava ser inofensivo, e era, praticamente, tirando o fato de que não tomava banho. Foi Maisie quem o convenceu de que o preço a pagar pelas suas instalações era uma imersão semanal na banheira com uma barra de sabonete. Maisie era mais ou menos especialista em gente louca, já que depois foi fazer um filme chamado *Clima corporal*, que ganhou um prêmio num festival de cinema. Também descobri que a chave Medeco da porta de entrada tinha sido copiada por uma infinidade de garotos perdidos que iam e vinham durante a noite. Troquei a fechadura.

Ocupei o espaço de Linda Lee, internada, e, depois de pendurar um cartaz de NÃO HÁ QUARTOS DISPONÍVEIS, dei início ao processo de inscrição informal para artistas necessitados. Cheguei à conclusão de que havia espaço para três artistas morarem e trabalharem no prédio além de Harry, e como o Barômetro e eu já estávamos lá, tínhamos lugar para mais um residente. Decidimos por Eve, uma personagem espalhafatosa nascida e criada no Idaho, de vinte e cinco anos e costureira ferrenha. Ela se mudou com a sua Singer e costurou um circo de obras de arte que Harry e eu consideramos adorável. Eve não ficou muito tempo. Em seguida veio Ulysses, escultor da tradição minimalista, e depois Delia, que trabalhava exclusivamente com instalações de sapatos velhos (a minha preferida).

Criei regras e regulamentações mínimas — nada de deixar lixo no local; barulho excessivo depois das onze da noite estritamente proibido; objetos de amor bem-vindos, mas absolutamente nenhum negócio sexual travado no recinto (já não é mais problema, mas, como proibição, nos garantiu algumas risadas); presença exigida uma vez a cada dois meses para mostrar e discutir obras finalizadas ou em andamento. Contratamos uma equipe de limpeza semanal para dar um jeito nos dois andares do prédio, dividimos alguns serviços domésticos, e o alojamento passou a ser civilizado.

Mas você quer saber como aconteceu, a história entre Harry e eu. Bom, não aconteceu rápido. Foi se esgueirando até nós.

Nós alugávamos filmes aos domingos à tarde, na maioria produções antigas que Harry nunca tinha assistido: extravagâncias de Busby Berkeley pelo seu visual caleidoscópico: *Belezas em revista*, *Cavadores de ouro*, *Rua 42*; um pouco de Rogers e Astaire; e os antigos filmes feitos apenas para audiências negras: *Uma cabana no céu* e *Look-Out Sister*, e *Harlem Is Heaven* com Jangler — Bojangles, Robson, nascido luterano em Richmond, estado da Virgínia, o "Tudo é Excelente", a "Nuvem negra de Alegria", que dançava na ponta dos pés, com ritmos precisos, tons perfeitos — e *Tempestade de ritmo* com Robinson mais uma vez, uma espécie de versão falsa da sua vida com Fats Waller, Cab Calloway, Lena Horne, os irmãos Nicholas ai-meu-deus-não--acredito-como-dançam-bem. Comecei a ter aulas de sapateado aos quatro anos e era capaz de impressionar Harry com alguns passos de ponta e calcanhar e deslizadas, mas nunca tive talento de verdade. Lester faz uma ponta de sapateado na minha apresentação, e quase sempre fica muito boa. Harry chamava o filme de domingo de nosso "momento aconchegante", e ela gostava de vestir o que chamava de "roupas macias" ou "quase pijamas" para a ocasião e fazia pipoca. Então nos estirávamos e ficávamos largados na frente da TV. Nem sempre estávamos sozinhos. Outros membros do alojamento se juntavam a nós de vez em quando. Bruno, Eve ou o Barômetro, que entrava e saía ou levava o seu bloco de desenho para o sofá e desenhava.

Não lembro exatamente quando o nosso projeto foi gestado, mas, num sábado, visitei o estúdio de Harry e notei que ela tinha pintado SUFOCO em letras enormes na parede. "Estou pensando nisso como tema", ela disse. Então mudou de assunto, ou pelo menos foi o que pensei na ocasião. Agora acredito que era o mesmo assunto, não uma transição, porque era uma história sobre o pai dela. Harry me falou sobre a sua primeira exposição em Nova York, quando estava com trinta e poucos anos. Os pais dela tinham ido à abertura. A mãe foi um amor e ficou orgulhosa e a encheu de elogios. O pai ficou em silêncio, mas então, um pouco antes de sair, disse a ela: "Não se parece com muita coisa que existe por aí, não é mesmo?".

Perguntei o que aquilo significava. Ela disse que, na verdade, não sabia. Perguntei como ela respondeu, e Harry disse: "Não falei nada".

Ele a calou.

O homem não era um tipo qualquer de caipira sem sofisticação; ele conhecia arte. Tinha uma queda por Frank Stella, ela me contou. Eu falei a Harry: "Foi bem frio, você não acha? Quer dizer, é algo frio para se dizer à própria filha".

"É o que o dr. F. diz."

Falei para ela que não era necessário um diploma de médico para ver a frieza como frieza.

Harry parecia que ia começar a chorar.

Fingi estar arrependido, mas não estava.

Harry me contou muitas histórias sobre o homem, e a minha opinião a respeito do assunto é que o pai dela, quando estava entre os vivos, tinha um problema tanto com quem Harry era quanto com o que ela fazia. Ser e Fazer — os grandes temas. O trabalho de Harry era quente — não estou falando de ser eletricamente aquecido —, quero dizer que era passional e sexualizado e assustador. O pai dela era um cuzão contido que gostava de sistemas limpinhos, fechados: o mundo num pote. O que ele ia achar das coisas dela? Não teria gostado, independentemente de quem tivesse feito. Ainda assim, eu não culpava Harry por tentar. Por acaso eu não tinha passado a porcaria inteira da minha vida inventando histórias a respeito do meu pai heroico, amando-o e odiando-o? E quando Daryl apareceu para cortejar mamãe com os seus grandes sorrisos e sapatos lustrosos, por acaso eu não desejei que ele desaparecesse ou morresse ali mesmo?

Demos início à nossa colaboração porque Harry queria um frontão fálico. Eu disse a ela que devia pensar duas vezes antes de pegar um negro efeminado, mas Harry não se deixou deter pelo meu status como membro não de uma, mas de duas minorias. Ela queria cenas de sufocação, disse, que fossem metafóricas, não travesseiros por cima do rosto, mas um teatro de salas em que o espectador tivesse que entrar, e queria que eu ajudasse a construí-lo. Por acaso eu não tinha passado a maior parte da vida sendo um veado? Por acaso não tinha mudado de nome em 1995 para celebrar o meu segundo eu? Por acaso eu não sabia o que significava ser sufocado antes disso, com ou sem línguas pentecostais? Por acaso nós não vivíamos num país que é pervertido pelo racismo? Por acaso eu não era um negro, apesar de não ser muito mais escuro que Harry? As pessoas continuavam me chamando de "negro", não é mesmo? O que o tom da pele tinha a ver com isso? A mãe dela era judia, por isso ela era judia. Ela sabia algo sobre antissemitismo. O par protestante de avós tinha contraído aquela gripe. E o que dizer do sexismo? Quantos anos fazia que as mulheres podiam votar? Nem cem anos! Por acaso eu não representava um homem e uma mulher, um homem branco e uma mulher negra num corpo só? (Harry se encantava com Hester e Lester, principalmente Hester, a cônjuge choramingona e reclamona de Lester, uma pessoa não muito falante.) Por acaso não nos entendíamos? Por acaso não éramos parecidos em muitos aspectos? (A identificação de Harry comigo pode parecer um ultraje para algumas pessoas, mas era sincera.) Ela não aceitava muito bem as maneiras convencionais de dividir o mundo — preto/branco, homem/mulher, gay/hétero, anormal/normal —, nenhuma dessas fronteiras a convencia. Estas eram imposições, categorias de definição incapazes de reconhecer a confusão que nós somos, nós, os seres humanos. "Reducionismo!" Ela tinha o costume de gritar isto de vez em quando. O filho a tinha puxado. Nenhum dos dois gostava do que via no mundo lá fora — ideias recebidas eram para peões e caipiras — e, no entanto, havia tensão entre eles — a palavra certa é *atrito*. Maisie era a pacificadora, a queridinha brandindo uma bandeira branca.

De volta ao trabalho *As salas de sufocação*: tenho orgulho do que dei a elas, os meus próprios desvios e voltas, mas foi obra de Harry. Foi ideia dela que o visitante devesse encolher cada vez que abrisse uma porta e entrasse numa sala nova. As salas eram quase idênticas, a mesma mesa com aparência sombria e as duas cadeiras com assento de vinil, as mesmas louças de café da manhã dispostas na mesa, o mesmo papel de parede feito com a caligrafia de Harry e a minha e alguns rabiscos (aqui, tive rédea solta para incluir todas as minhas mensagens secretas), e as mesmas duas metáforas em cada sala. No início da jornada, a mobília está de acordo com um adulto de tamanho médio — decidimos por um e setenta —, mas, a cada sala consecutiva, a mesa e as cadeiras, as xícaras e os pratos e as tigelas e as colheres, a escrita na parede, tudo ia ficando bem maior, de modo que, quando se chegava à sétima sala, a escala da mobília tinha transformado o visitante num bebê. Os metamorfos macios e estofados também cresciam, e iam ficando progressivamente mais quentes. A sétima sala parecia uma sauna finlandesa. Depois de uma discussão, decidimos que a única janela dividida em cada sala devia ser um espelho — ficava mais claustrofóbico assim.

E depois havia "a caixa". Diferentemente de todos os outros objetos nas salas, a caixa não crescia; permanecia do mesmo tamanho. Harry encontrou um baú surrado com tampa e fechadura e mandou fazer mais seis em algum fabricante do Brooklyn. Ela foi meticulosa feito o diabo com aquilo e mandou de volta cinco vezes antes de ficar satisfeita com o "aflitivo".

Eu fui o garoto esperto por trás das mudanças de cor. Achei que a paleta de cada sala e os seus dois personagens deviam ficar cada vez um pouco mais escuros — passando de branco cremoso a caramelo crepuscular. E resolvemos envelhecer as salas. Cada uma devia parecer um pouco mais velha e desgastada que a anterior, com os móveis um pouco mais surrados, de modo que orquestramos manchas, e arranhamos e rasgamos o papel de parede até que na última sala você se encontra numa cozinha imunda, escura e caindo aos pedaços. O tempo também tinha que atingir as criaturas, então Harry fez rugas na testa delas, fez o maxilar cair e fez dobras no pescoço.

Nós nos divertimos muito como equipe de demolição. Eu me lembro da rotina com carinho. "Dê aqui a faca, P., meu velho amigo", ela dizia. Eu fazia uma mesura educada para ela e entregava a arma. Ela retribuía a mesura e então empalava o assento de vinil de uma das cadeiras grandes. Eu lhe dava os parabéns: "Muito bem, H., minha amiguinha querida". E ela dizia: "Sua vez. Um toque de terra, P., meu camarada, deve dar conta". E eu sujava uma parede ou mesa com um pouco de lama que tínhamos preparado. Harry e eu coestrelávamos o nosso pró-

prio showzinho, uma dupla de comédia, P. e H. Nós nos divertíamos com pH, o símbolo da nossa união e camaradagem.
   pH: medida da acidez ou alcalinidade de uma solução. Nós gostávamos de dizer que pendíamos para o ácido. pH = –log [H⁺]: a medida logarítmica da concentração de íons de hidrogênio de acordo com a definição do bioquímico dinamarquês Søren Sørensen. Muitas piadas de "log" se seguiram, inclusive que era a abreviação para o que produzíamos: logorreia. Nós éramos as duas metades do Ph no Ph.D.: *philosophiae* e D de *Daddy*, papai, e de *dead*, morto. Inventávamos outras abreviações na hora: *prurient hiccoughs* — soluços-tosse purulentos, deixe a sua imaginação correr solta —; *peeping harlot*, prostituta bisbilhoteira; *potted harridan*, megera em vaso; *puckish hard-on*, ereção marota; *peevish huckster*, mascate rabugento etc. etc. etc. Às vezes, trabalhávamos fantasiados, como dois homens, duas mulheres, como um homem e uma mulher ou invertido. O poeta gordo tirou uma foto de nós dois fantasiados, mas acho que ele não gostou. Ele gostava da senhora amiga dele como a senhora amiga dele. Bruno tem um lado machão. Ainda assim, Harry e eu formávamos o casal invertido perfeito. O Grande Harry e a pequenina eu.
   Um dia, enquanto trabalhávamos nas salas, ela largou a chave de fenda que segurava e olhou para mim com o rosto sério. "Sabe, P., meu querido", ela disse. "Eu gosto de brincar com você. Sinto que encontrei o verdadeiro companheiro de brincadeiras que eu queria ter há tantos anos, quando era criança, não imaginário, mas real. Na verdade, eu nunca tive ninguém até Rachel aparecer. Você é como se o amigo com quem eu sonhava naquela época tivesse ganhado vida."
   Eu não sou do tipo meloso, por isso rebati com uma caçoada e uma piada, e ela deu risada. Mas, sozinho na cama, eu me lembrei das palavras dela, e me lembrei de Devereaux Lewis, com a

mão na minha cabeça e o joelho nas minhas costas, enfiando o meu rosto na terra, resmungando *veado, maricas, bicha*. E Letty, com os olhos grandes e cheios de lágrimas, olhando fixo para mim depois disso. Eu devia ter esmagado a cabeça dele, mas era nobre e medroso demais. E depois eu me vi deitado na cama, me masturbando com os garotos de sonho da minha cabeça, e a culpa de Deus, e a solidão. A história de Harry tinha sido outra, não homossexual, apenas uma garota solitária. Ela gostava da mãe dela e eu ainda gostava da minha — apesar dos conflitos. Pelo menos, ela tinha conhecido o pai. O meu era um homem de fantasia, um enfileirado de fatos que eu embaralhava como se fossem cartas. Menino branco órfão aos dez; sob tutela do Estado; se deu bem, estudou contabilidade na faculdade; apaixonou-se por mamãe, estudante de enfermagem ambiciosa, casou-se, divorciou-se, morreu.

 A caixa tinha que abrir, abrir bem devagar, um pouco mais em cada sala. Descobrimos mais tarde que o grosso dos nossos visitantes nem percebeu a mudança até mais ou menos a quarta sala. Harry sabia que devia haver um corpo lá dentro, um ser tentando sair. A "emergência" tinha humor, mas era humor negro. Chamávamos o ser de "coisa" e de "o demônio" e de "a criança faminta". Harry desenhava e desenhava, tentando encontrar o rosto, o corpo, o visual daquilo. Os metamorfos eram grandes, tinham aparência abobalhada, eram coisas empelotadas que ficavam sentadas às suas mesas em todas as sete salas com apenas mudanças menores na postura, mas o boneco menor, de acordo com Harry, tinha que vir de "outro plano de existência". Cera. Ela se decidiu por cera de abelha. Disse que se inspirou em diversas fontes — as esculturas anatômicas de cera bizarras do Museu La Specola na Florença do século XVIII, com os seus corpos esfolados e abertos que exibiam sistemas e órgãos, o *sacro monte* acima de Varallo com as suas figuras realistas e imagens de pergaminhos fantasmas japoneses. Como ela não queria que a pessoa se parecesse com algum tipo de alienígena de um filme de ficção científica da década de 50, o modelo foi ficando cada vez mais realista: magro, de uma transparência sinistra (com a sugestão de fígado, coração, estômago e intestinos), hermafrodita (pequenos seios em desenvolvimento e pênis ainda não desenvolvido), cabelo humano crespo e ruivo. A criatura é estranhamente bonita, e quando você a vê na sétima sala, fora da caixa, em pé numa banqueta para olhar pela janela, ou melhor, no espelho, é impossível não se sentir tocado de algum modo. Os metamorfos grandes de verdade (a esta altura) finalmente notaram que o personagem saiu e viraram a cabeça para olhar para ele.

O que isso significa? Foi o que me perguntaram quando as salas foram expostas. Significa o que você sente, eu respondi, qualquer coisa que você sentir. Significa aquilo que você acha que significa. Eu fui críptico. Vesti uma máscara, não literalmente, mas uma das minhas máscaras de ator, um personagem. Foi um ótimo papel porque me misturava a Harry. Eu até incorporei alguns dos gestos dela para a minha apresentação no *theatrum mundi*. Quando Harry começava a ser filosófica, ela agitava as mãos e às vezes fechava o punho direito e socava o ar para dar força ao que estava dizendo. Com alguns gestos tomados emprestados de Harry, um sotaque modificado, menos da Virgínia, e um eu no geral mais masculino, P. Q. Eldridge irrompeu no mundo da arte.

Harry sabia criar bochicho. Ela sabia aonde ir e para onde me mandar. Ela me apresentou às pessoas certas em festas de "arte", donos de galeria e colecionadores e críticos que eu encantava e com quem conversava, e transformei as conexões dela em minhas. Não é um mundo "legal", mas, bom, nenhum mundo é. Conheci alguns artistas com quem falo até hoje, pessoas que se tornaram amigas, mas no geral aquela cena me fez pensar que o francês Honoré de Balzac tinha acertado: era a comédia humana encardida. Ilusão sobre ilusão sobre ilusão. Era tudo só nomes e dinheiro, dinheiro e nomes, mais dinheiro e mais nomes.

Conheci Oswald Case, hoje autor do sensacionalista thriller da vida real *Martírio pela arte*, em diversas vernissages, um anão, um coitado, não realmente uma pessoa de estatura pequena fora do comum, mas tinha no máximo um metro e sessenta, eu diria. Cheio de si. Gravata-borboleta. Cada vez que eu o via, ele me falava de Yale, Yale isto e Yale aquilo. E astros de cinema. Steve Martin. Ele conhecia Steve Martin; que olho ele tem, com certeza. "Ele tem um Hopper, sabia?" *Não, eu não sabia.* "O preço? Milhões." (Eu me esqueci de quantos milhões.)

"Sim, o meu marido e eu colecionamos há anos", uma mulher com um terninho Chanel me disse. "Acabamos de comprar um Kara Walker." (A ideia aqui: fale ao artista negro sobre outro artista negro.) "O trabalho dela é tãããão forte, você não acha?" "Sim", eu respondi, "acho." "Nós somos ecléticos, sabe", ela disse antes de voltar a cabeça para um conhecido do outro lado do salão e chamá-lo, "David, querido! Dê licença, vi um amigo, foi muuuito bom falar com você."

E foi assim. Eu me divertia e me entediava. Para Harry, era mais complicado.

Era verdade que não queriam Harry como artista. Comecei a ver isso de perto. Ela estava passada, se é que algum dia não esteve. Ela era a viúva de Felix Lord. Tudo ia contra ela, mas Harry também espantava as pessoas. Ela sabia demais, ela lia demais, era alta demais, detestava quase tudo que era escrito a respeito de arte e corrigia os erros das pessoas. Harry disse que, antes, ela não corrigia as pessoas. Durante anos, só ficou lá parada, em silêncio, ouvindo todo mundo bagunçar referências e datas e nomes de artistas, mas àquela altura ela não aguentava mais. Disse que tinha recebido licença do dr. F., uma figura que comecei a achar que era um homem invisível por trás de Harry.

Ela creditava a permissão ao homem invisível. Ela agora se permitia dizer aquilo que antes tinha suprimido: "Acho que está falando de tal e tal", ela dizia, e as pessoas inevitavelmente olhavam para ela com aquela cara de "e-quem-é-você-mesmo?". Algumas retrucavam, dizendo que ela estava errada — e então a batalha começava. Harry tinha parado de recuar.

Mas, de todo modo, o status de Harriet Burden se elevou, não como artista, mas como participante do jogo de "quem é alguém e quem não é ninguém" de Nova York. Ela tinha se escondido de "tudo isso" desde a morte de Felix Lord, tinha deixado de lado os quens e quês, os duques e duquesas da grana, as pessoas que se achavam importantes com o seu pretenso bom gosto. Mas agora ela estava de volta, não como a "hostess por casamento" de Felix Lord (frase de Harry), mas por si só. Os quens e quês gostavam de Harry como promoter, gostavam dela como defensora rica de artistas jovens e talentosos, e como colecionadora. (Ninguém sabia que a sua primeira "descoberta", Anton Tish, tinha fugido. Achavam que estava trabalhando com afinco em mais uma exposição.) Harry fez o seu papel. Vestiu a sua própria máscara e, uma vez que estava instalada, foi melhorando no papel, com mais confiança. Isso combinava com ela. Aliás, ficou mais verdadeira. "Achei aquele artigo uma porcaria completa", ela disse a uma mulher que tinha marcado o seu exemplar da *Art Assembly* com muito cuidado, com Post-its. E começou a comprar arte, na maior parte de artistas mulheres. É brilhante, ela disse a respeito de uma tela de Margaret Bowland, e está baratíssima.

"Chapéus, Harry", eu disse a ela num domingo à tarde no alojamento.

"Chapéus?"

"É disso que você precisa." Eu disse a ela que devia sempre fazer a sua entrada com um chapéu. Ela resmungou perante esta sugestão como algo pretensioso demais, absurdo demais, mas daí eu lhe trouxe um, um fedora amarronzado, e ela ficou *wunderbar*, como Dieter gosta de dizer, e assim a assinatura de H. B. nasceu. Ela passou a gostar do acessório de cabeça. "Cobre a minha mente nada atrativa", ela dizia; "todas as ideias desagradáveis sobre as quais ninguém quer me escutar falar."

Mas, sabe, Harry tinha liberdade para fazer comentários sobre o seu próprio trabalho como se pertencesse a mim, e ela sabia exatamente o que dizer. Ela não estava se adiantando, afinal de contas. Estava falando em nome de P. Q. Eldridge, aquele artista performático "altamente interessante" que tinha estendido o seu trabalho a outra mídia. "Ele representa histórias misteriosas", ela dizia, sorrindo, "elaborações visuais do seu trabalho como performer." E ela ficava incitando Ethan. "Você devia ler o artigo a respeito da atuação de Phinny na *The Neo-Situationist Bugle* — a construção cultural de raça e gênero sexual e a ambiguidade como a subversão máxima, fascinante."

Com o passar do tempo, fomos fazendo mais obras, algumas delas verdadeiras colaborações. Desenhamos salas menores com figuras bem pequenininhas e algumas um pouco maiores. Nenhuma delas contava histórias claras. Eram todas tão embaçadas quanto sonhos. Pensei numa chamada *Armas e decotes* para uma sala de noventa centímetros por um metro e vinte centímetros. Usamos partes e pedaços de imagens de kung fu, cultura negra explorada pelos brancos e filmes antigos de faroeste. Adicionamos algumas imagens de filmes cor-de-rosa japoneses e fotos de Russ Meyer para cobrir as paredes, o chão e o teto. Branco ou preto ou amarelo, peitos, bunda e armas de fogo alimentam os filmes. BANG, BANG, ESTOCADA, CORTA, BUM, BATE. Reduzi as figuras à sua essência — revólveres atirando, armas automáticas aninhadas como bebês em braços masculinos com bíceps musculosos, o decote de Elizabeth Taylor em *Cleópatra*, mas também os peitos ou as bundas construídas das atrizes-modelos. Alguns fragmentos foram cortados tão pequenos que se tornaram abstratos. Deitadas no chão deste burlesco de sexo e violência estão as suas criancinhas de pele escura, vestindo pijama de pezinho, ambas segurando a virilha num gesto de proteção. (Me fez pensar em mim e Letty.)

A *casa da atadura* foi outra colaboração. Pegamos uma casa pequena e torta com mobília horrível que Harry tinha construído e coberto com gaze branca cortada, por dentro e por fora, mas através do material só dá para ver as paredes e o piso e as manchas no telhado e marcas que lembram hematomas, arranhões, feridas e cicatrizes. No começo, pusemos algumas pessoinhas *farblondzhet* dentro, mas logo tiramos. Tinha que ficar vazia.

Inúmeros coquetéis e vernissages mais tarde, conseguimos uma exposição na Galeria Alex Begley. Quando *As salas de sufocação* foram exibidas, foram lidas através de mim — P. Q. Eldridge estava explorando a identidade na sua arte. Meninos brancos, os Anton Tishes do mundo, não têm necessidade de explorar a sua identidade, é claro. O que há para explorar? Eles são uma entidade universal neutra, os humanos sem hífen. Eu era basicamente só hífen.

Mas havia uma leitura mais profunda. A exposição foi montada na primavera depois de Nova York ter sido atacada, e o pequeno mutante que saía da caixa tinha a aparência melancólica de um sobrevivente avariado ou de um novo ser que nascia dos destroços. Não fazia diferença o fato de a obra ter sido terminada muito antes do Onze de Setembro. O calor crescente nas salas contribuía para a interpretação, a última sala, quente, parecia pressagiosa. Ao mesmo tempo, a minha estreia foi um acidente insignificante das torres que caíram. Houve uns poucos artigos, na maior parte positivos, mas a exposição foi provavelmente ainda mais marginal do que poderia ter sido. Quando as salas foram de fato reconhecidas, era tarde demais para Harry.

Mas, na época, ela assistiu a tudo. Ela me disse que Anton a chamara de fada madrinha, e era a minha também, suponho. Ela ficava num canto de chapéu e assistia ao espetáculo que tinha criado se desdobrar à sua frente. Uma mulher branca e meio judia tornou-se um artista homem, negro e gay que recebeu certa notoriedade, causando um pouco de bochicho entre gente negra e/ou gay ou ambas, mas também entre gente branca e heterossexual. Sem esse último grupo, o resultado seria voltar para o gueto, um gueto de arte, mas gueto mesmo assim. Eu não abri mão da minha peça como H/Lester, mas parei de trabalhar cinco dias por semana e diminuí para três. O público da apresentação crescera porque tipos do mundo da arte tinham começado a aparecer para ver as brigas, danças e duelos da dupla. É tudo uma feira de vaidades.

Ninguém percebeu na época, mas Harry e eu tínhamos registrado a nossa história completa no papel de parede de *As salas de sufocação*. Misturamos a narrativa de P. Q. como máscara de Harry com escrita automática, garranchos, rabiscos e alguns efeitos de palimpsestos — escrever por cima do que tínhamos escrito —, mas está tudo lá. Passou anos sem ser lido. *Phineas Q. Eldridge na verdade é Harriet Burden* estava escrito nas paredes em vários lugares. P. Q. E. = H. B. Harry descreveu o fenômeno como "cegueira intencional". Ela lia muitos trabalhos acadêmicos de ciência, mas o significado era simples: as pessoas não veem coisas que estão bem na frente dos seus olhos a não ser que prestem atenção a elas. É assim que a mágica funciona — truques de prestidigitação, por exemplo. Harry estava pronta para dizer ao mundo, mas ninguém estava pronto para a sua confissão.

Uma vez, ouvi quando ela chorou para Bruno. Estavam no quarto dela, mas os soluços eram altos. Então veio a voz cochichada dele para dizer que estava tudo bem. Bruno não gostava nem um pouco do experimento. Eles travaram embates verbais a respeito dele. Mas eu discordava. Na época, eu não era especialista em arte, e não sou hoje, mas defendo o nosso ato, se é assim que deseja chamá-lo. Para ser vista de fato, Harry tinha que ser invisível. É Harry se arrastando para fora daquela caixa — com a pele fina, parte menina/parte menino, pequena(o) Harriet-Harry. Eu sabia disso. É um autorretrato.

Por que algumas obras de arte criam tanto bochicho é um enigma. Primeiro a ideia se dissemina feito um resfriado e depois as pessoas veem dinheiro nela. A ideia de "o meu é maior que o seu" vai longe entre colecionadores nesse mundo, talvez em todos os mundos. Nunca cheguei a conhecer Rune — aquele artista de um nome só —, que concordou em ser o terceiro pseudônimo de Harry. A primeira vez que vi o gatinho glamoroso do mundo da arte foi na Galeria Reim. Acho que foi onde Harry cruzou com ele pela primeira vez também, apesar de ter ouvido várias versões do primeiro encontro deles, e posso estar errado. Eu tinha lido sobre ele na coluna social do *Post*, sabia que tinha feito muito sucesso, mas as únicas obras que vi foram as cruzes. Ele produziu uma depois da outra. Elas se assemelhavam ao logotipo da Cruz Vermelha, mas eram de várias cores, em acrílico liso. Uma amarela tinha sido vendida por uma fábula porque ele tinha feito só uma. Pode dizer o que quiser sobre algo tão simples, construir ou demolir, mas Rune promoveu o símbolo cristão como ícone pop, como outra commodity valiosa no mercado de arte. A congregação na minha cidade da Igreja Pentecostal do calvário poderia ter gritado que era blasfêmia, mas é improvável que tenham chegado a ouvir falar das pinturas de Rune. Fama é um termo relativo.

Rune tinha *aquilo*. Seja lá o que for, é algo que dá para sentir num salão, uma vertente animal, um movimento de caráter levemente sexual, mas não era sexo pessoal. Ele não estava seduzindo ninguém. Estava seduzindo todo mundo, e há uma grande diferença. Eu sou um estudante de apresentação pessoal, e é tremendamente importante parecer descuidado, se não indiferente à opinião dos outros. O menor toque de desespero é feio, e isso deve ser evitado a todo custo. A tristeza suga energia na pessoa que a sente e em todos aqueles que são forçados a olhar para ela, e daí somos todos sugados para a lama. O desejo funciona melhor quando é direcionado a um lindo vazio — os meninos e as meninas para dentro de quem jogamos todas as nossas esperanças ridículas de felicidade. De muitas maneiras, Rune era o terceiro candidato perfeito para Harry. Ele chegou com a aura pronta, aquela qualidade misteriosa que contagia os nossos olhos de modo que não somos mais capazes de distinguir o que enxergamos. Será que o imperador está nu ou eu sou tolo? Algumas pessoas detestavam o trabalho de Rune e outras adoravam, mas ninguém negava o seu poder de chamar atenção. Não sei como Harry o convenceu a se transformar em fachada. Ele tinha tudo que é necessário para o sucesso, um apartamento do tamanho de um palácio na Greenwich Street, uma casa nos Hamptons e legiões de mulheres correndo maratonas atrás dele. Talvez ele estivesse entediado. Talvez algo tivesse acontecido com ele depois do Onze de Setembro que o fez querer ter o que Harry tinha — a sua paixão, a sua seriedade, a sua capacidade de alegria. Não sei.

Tenho uma lembrança clara de Harry e Rune, as cabeças juntas na galeria, conversando. Eram mais ou menos da mesma altura. Eu o examinei de trás — cabelo louro curto, ombros e parte superior das costas grandes, quadril fino e posterior pequeno, duro e levemente achatado, pernas compridas usando jeans, botas pretas com salto. E quando dei a volta para ver o rosto dele, reparei que tinha algumas rugas em volta dos olhos, já não era tão jovem, mas era bonito, fotogênico. Estava com uma mulher jovem e bonita. Os dois se pareciam mais com astros de cinema do que a aparência que os astros de cinema têm quando você de fato os vê. Ela tinha aquele brilho lustroso que vem de saber que todo mundo passa o tempo todo olhando para você, fazendo pose para uma câmera que não está presente.

Sobre o que tinham conversado? No táxi de volta para o alojamento, Harry disse que o grande assunto entre os dois tinha sido Bill Wechsler. Harry adorava o trabalho de Wechsler. Ela o considerava uma influência, apesar de ele ter nascido depois dela. Ele tinha morrido de repente alguns meses antes. Eu me lembro de que ela pegou a minha mão no táxi e a beijou várias vezes num ataque de afeição repentina, dizendo: "Meu querido, meu querido Phinny". Então, depois que chegamos em casa, ficamos matando tempo com um conhaque, ficando bêbados. Harry confidenciou que tinha achado as cruzes de Rune um tédio, mas gostava de alguns trabalhos anteriores dele, as telas de cirurgia plástica, que eram genuinamente arrepiantes. Talvez ela fosse comprar uma — um bom investimento. Se não valorizasse, ela sempre poderia desistir e vender para algum colecionador faminto que estivesse ávido pelo nome.

Depois de ser carinhosa comigo no táxi, Harry ficou irritadiça, nervosa e amarga. Ela tinha bebido demais, e eu senti a pena de si mesma crescendo enquanto ia desfilando os nomes de artistas mulheres que tinham sido suprimidas, desprezadas ou esquecidas. Ela levantou do sofá de um pulo e ficou andando pela sala com passos pesados de um lado para o outro. Artemisia Gentileschi, tratada com desprezo pela posteridade, com o seu melhor trabalho atribuído ao pai. Judith Leyster, admirada no seu tempo, depois apagada. O seu trabalho entregue a Frans Hals. Toda a reputação de Camille Claudel engolida por Rodin. O grande erro de Dora Maar: ela transou com Picasso, fato que se sobrepôs às suas fotografias surrealistas brilhantes. Pais, professores e amantes *sufocam* a reputação das mulheres. São destas três que eu me lembro. Harry tinha um estoque infinito. "Com as mulheres", Harry dizia, "tudo é sempre pessoal, amor e sujeira, com quem elas transam." E um dos temas preferidos de Harry, mulheres tratadas como crianças por críticos paternais, que se referem a elas pelo primeiro nome: Artemisia, Judith, Camille, Dora.

Cruzei as pernas, olhei torto para Harry e comecei a assobiar. Não foi a primeira vez que adotei esta abordagem. "Não sou o inimigo", eu disse. "Está lembrada de mim, o sr. Feminista Phineas Q., o seu amigo e aliado, homem negro e gay ou homem gay e negro com ancestrais *escravos*, por isso o sobrenome original, Whittier? Talvez se lembre de que as pessoas negras eram ao mesmo tempo feminilizadas e infantilizadas pelo racismo, corpos escuros e continentes escuros, querida criança. Homens de setenta anos eram chamados de *meninos* por *senhoras* de vinte anos."

Harry se sentou. Um assobio, junto com alguns dardos verbais cáusticos, costumava fazer com que ela se detivesse. Ela me lançou aquele olhar de quem diz "ai, Phinny, eu me exaltei e estou envergonhada, mas continuo apegada à minha opinião com unhas e dentes". Bem mais tarde, revisitei a noite e detectei outras ironias. Se Harry sabia que a história da arte tinha repetidas vezes enterrado a reputação de mulheres artistas ao atribuir o seu trabalho ao pai, ao marido ou ao mentor, então devia saber que tomar emprestado um grande nome como Rune poderia feri-la no fim. E, no entanto, Harry não deu atenção ao fato de que ela tinha o status de colecionadora em círculos em que dinheiro e celebridade se misturavam, círculos brancos com um raro rosto negro ou moreno. Eu sei porque tinha sido aquele rosto.

Rune era inteligente, e era talentoso, mas duvido que alguém seja de fato capaz de separar talento de reputação quando a questão realmente é essa. A celebridade executa o seu próprio milagre e, depois de um tempo, ilumina a arte. Tenho curiosidade sobre a morte do homem, mas desconfio que ele seja uma dessas pessoas que jamais fosse capaz de sentir o suficiente e, com o passar do tempo, foi se lançando a extremos cada vez maiores para conseguir extrair alguma emoção da vida. Eu realmente não sei o que aconteceu entre ele e Harry. Sei que ela gostava dele. Sei que ele a fascinava. Mas eu já tinha me apaixonado por Marcelo e me mudado na época em que tudo deu errado. Toda a fofoca, toda a mentira e o posicionamento se acumulando feito fumaça ao redor da história toda me deixou amargo. Havia dor demais para ser distribuída.

Uma pequena obra de cirurgia plástica apareceu no alojamento alguns meses depois. A maior parte da "coleção" que Felix Lord tinha acumulado estava guardada, mas ela mandou pendurar a tela de Rune na parede do andar de cima, e todos nós pudemos assistir ao filminho do artista: *O novo eu*. Começava com diversas versões de anúncios de "antes e depois", incluindo os desenhos antigos de um fracote magricela na praia transformado num homem cheio de músculos. Vimos gordos, flácidos, empelotados e caídos metamorfoseados em magros, durinhos, lisos e firmes. Rune, no entanto, também incluiu o "durante" — filmes de cirurgia facial com gaze empapada de sangue, facas cortando bochechas, pele solta aberta, além de vislumbres de um vídeo institucional em que uma fileira de médicos em treinamento se curvava por cima de cabeças decepadas de cadáveres. O filme tinha ar de videoclipe, mas transcorria em silêncio, com cortes rápidos, edições espertas que sobrepunham algumas coisas nojentas e outras adoráveis. Depois de uns cinco minutos, as transformações se tornavam fantásticas, uma jornada visual de ficção científica com partes animadas de corpos bonitos moldados, retocados, robóticos. O próprio Rune aparecia várias vezes em fotos estáticas breves, close-ups e tomadas longas, algumas lisonjeiras, outras não.

Eu gostei.

Quando Ethan assistiu, ele disse à mãe que o trabalho era um efeito colateral da cultura da celebridade. Ele chamou de "vida na terceira pessoa", uma frase de que eu gostei. Ele disse que é isso que as pessoas querem, perder as suas entranhas e se tornar superfície pura. Disse a Harry que ela tinha desperdiçado dinheiro. Ela podia ter mandado um cheque para os sem-teto. (Sempre era possível dar dinheiro para os sem-teto ou para o ambiente ou para a pesquisa de doenças.) Harry defendeu Rune. Ethan disse que o filme era uma merda apelativa para a classe dos idiotas. Não ergueu a voz, mas argumentou sem descanso. Ele me lembrou do meu herói Levolor, aquele cruzado adolescente piedoso, chacoalhando no alto do seu cavalo. O tipo de puritanismo de Ethan tinha tons de direita, mas isso não servia para suavizá-lo nem um pouco. Harry balbuciou que tudo bem os dois discordarem, mas a voz dela tinha ficado rouca. Ela estendeu as mãos com dedos longos para ele, mas hesitou quando se aproximaram dos seus ombros. Ele deu um passo para trás e soltou: "Felix teria detestado".

Harry estremeceu. Então fechou os olhos, respirou fundo e de maneira ruidosa pelo nariz, e a sua boca se esticou, reta, pronta para as lágrimas que não vieram. Ela assentiu enquanto tentava manter o rosto impassível. Levou os dedos à boca e simplesmente continuou assentindo. Eu queria sumir numa nuvem de fumaça cor de púrpura. Ethan parecia paralisado. Diga algo, eu pensei, vamos lá, diga alguma coisa. Ele estava sem palavras, mas ficou vermelho até as orelhas, e os seus olhos tinham perdido o foco. Ethan foi embora pouco depois, e Harry se isolou no estúdio. A cena tinha me deixado triste, e eu sabia que iria partir em pouco tempo. O alojamento era transitório, um esconderijo temporário, uma das curvas estranhas numa vida estranha.

Há mais uma história que eu preciso contar. Houve vezes em que pensei comigo mesmo: Phinny, você deve ter sonhado, mas não sonhei. Certa noite, cheguei em casa do clube. Eram umas cinco da manhã, talvez um pouco mais tarde. A noite estava fria e, antes de entrar, fiquei parado à beira do rio e olhei para a lua fina com algumas nuvens ralas por cima. Quando entrei no corredor, imediatamente percebi que algo estava errado. Ouvi um som de vômito, um grito, depois estalos e baques altos. A acústica era estranha naquele prédio, e descobrir de onde vinham os barulhos não era fácil. Fui dar uma olhada no Barômetro, mas ele estava no saco de dormir. Ladrões são silenciosos, pensei. Ouvi alguém engolindo em seco, mais sons de engasgo. Estão vindo do estúdio de Harry, pensei. Corri até a porta, abri e, do outro lado do salão, a pouco mais de vinte metros de distância, vi Harry ajoelhada no chão. Estava com um cutelo na mão fechada com força e destruía um dos seus metamorfos. Não sei dizer qual deles. O enorme espaço estava escuro, a não ser por uma única luz que brilhava sobre ela. Ela não me escutou, porque gemia cada vez que enfiava a faca no corpo acolchoado. Havia fragmentos de madeira estilhaçada ao redor dela, e achei que tinha despedaçado uma das suas salinhas ou caixas.

    Fechei a porta da maneira mais silenciosa possível e fui para o meu quarto na ponta dos pés. Tenho certeza de que há montes de artistas ao longo dos séculos que chutaram, espancaram e reduziram a pó as suas próprias obras em desespero e frustração — não era crime nenhum. Mas olhar para ela pela porta me assustou. Eu disse a mim mesmo que era um molengão — ah, Phinny, tão sensível. A figura não era uma pessoa. Não passava de um boneco estofado. Não sentia dor. Isso tudo era verdade. A polícia não ia aparecer e fazer uma prisão por assassinato de metamorfo. Depois, percebi que, apesar de tudo isso, o que me assustou tinha sido real. A fúria de Harry tinha sido real.

Um alfabeto para vários significados de arte e geração

ETHAN LORD

1. Artista A gera obra de arte B. Uma ideia que é parte do corpo de A se torna uma coisa que é B. B não é idêntico a A. B nem se parece com A. Qual é a relação entre A e B?
2. A não é igual a B, mas B seria impossível sem A, portanto B depende de A para a sua existência, enquanto ao mesmo tempo B é diferente de A. Se A desaparecer, B não desaparece necessariamente. O objeto B pode viver mais que o corpo de A.
3. C é o terceiro elemento. C é o corpo que observa B. C não é responsável por B e sabe que A é o criador de B. Quando C olha para B, C não vê A. A não está presente como corpo, mas como uma ideia que é parte do corpo de C. C pode usar A como palavra para descrever B. A se tornou um dos signos para designar B. A continua sendo A, um corpo, mas A também é uma etiqueta verbal que pertence tanto a A quanto a C. B não pode usar signos.

4. O que acontece quando A faz B, mas A desaparece tanto como corpo e signo de B? Em vez de A, D se apega a B. C observa B criado por A, mas a ideia de D substituiu A. Será que B mudou? Mudou, sim. B mudou porque a ideia no corpo de C quando observa B agora é D, e não A. D não é igual a A. Eles são dois corpos diferentes, e são dois símbolos diferentes. Se os corpos de D e A já não estão mais presentes, B, a coisa que não pode usar símbolos, não muda. No entanto, o significado de B só vive no corpo de C, o terceiro elemento. Sem C, B em si não tem importância. C agora compreende B por meio do signo de D, tudo que sobra de D depois que o corpo de D deixa de existir.
5. D não é o gerador de B, mas isso deixa de ter importância. A se perdeu. O corpo de A se foi, e A não circula como signo coletivo para B. Onde está a ideia que estava no corpo de A que criou B? Será que está em B? Será que C é capaz de observar a ideia que no passado esteve no corpo de A que criou B? Será que está em B? Será que C é capaz de observar a ideia que no passado esteve no corpo de A no objeto B? Será que a ideia de A pode ser encontrada em algum lugar de B, apesar de C não saber que A esteve presente e acreditar em D?
6. O valor de B também é uma ideia, uma ideia que se transforma num número. Depois de observar a coisa, C quer possuir B. Um número é atribuído a B, e esses números dependem do nome conectado à sua gênese, que é D. D = $. C compra B porque a ideia de D reforça a ideia de C, não a respeito de B ou D, mas de C. B é agora uma coisa circulante, que também inspira ideias a respeito de C e D, mas que no passado foi uma ideia dentro do corpo de A, agora reduzido a um pó fino que foi enfiado numa caixa e enterrado no solo.
7. Havia muitas ideias que faziam parte do corpo de A quando estava vivo, mas não começavam com A. Eram parte de

outros corpos — um número grande demais para ser listado. Estavam em outros corpos vivos que A conhecia e estavam em signos que tinham sido inscritos por corpos vivos que tinham deixado de viver gerações antes de A nascer: E, F, G, H, I, J, K, L, M, N, O, P, Q, R, S, T, U, V, W, X, Y, Z. Se A não tivesse outras ideias no corpo que era A, B não iria existir. B agora circula como um objeto conhecido como B de D. A está embaixo da terra. A é o signo da AUSÊNCIA.

Harriet Burden
Caderno B

15 DE JANEIRO DE 2000

Autoexame resulta em confabulação

Confabulação é a falsificação de memória episódica em clara consciência, geralmente em associação com amnésia, em outras palavras, paramnésias relacionadas como acontecimentos verdadeiros.[16]

---

[16] Uma definição-padrão de confabulação em neurologia. Alguns pacientes com lesões cerebrais preenchem lacunas na memória com histórias e explicações criadas de maneira inconsciente. Burden estende a confabulação além da patologia para o caráter de metamorfose da memória de modo geral. No Caderno U, Burden escreve longamente a respeito do mito de que a memória é fixa. Ela cita William James no capítulo 11 de *Psychology* (1896), de autoria dele: "Uma 'ideia' de existência permanente que faz sua entrada perante as luzes da ribalta da consciência em intervalos periódicos é uma entidade tão mitológica quanto o Valete de Espadas". Ela cita Henri Bergson de memória, chamando-o de "o inimigo de toda divisão, limiar e categoria estática", além de diversas teses de neurociência. "A demonstração da vulnerabilidade da memória quando está em estado ativo reforça a ideia de que as memórias, reorganiza-

* * *

Mas os neurologistas estão errados; todos nós confabulamos, com ou sem lesões cerebrais.

Fico imaginando se estou só explicando as coisas agora, lembrando a minha vida toda errada. Olho para o dr. F. Tento lembrar. Não consigo me lembrar. Tanta coisa desapareceu do passado ou parece alterada para mim agora. Lembrar é como sonhar, a menos que tenha sido ontem. De todo modo, sonhos também são memórias, memórias alucinantes. E o médico é ele mesmo e outros ao mesmo tempo.

Quando você não se lembra, repete.

Mas, na realidade, eu não saberia que possuo uma ideia verdadeira se não pudesse, pela memória, ligar a evidência presente àquela do instante escoado e, pelo confronto da fala, minha evidência à do outro, de forma que a evidência spinoziana pressupõe aquela da recordação e da percepção.[17]

Não há nada além disso — percepção e memória. Mas é tudo esfarrapado.

---

das em função de novas experiências, passam por um processo de reconsolidação." S. J. Sara, "Retrieval and Reconsolidation: Toward a Neurobiology of Remembering", *Neurobiology of Learning and Memory Journal* 7, 2000, p. 81.
[17] Maurice Merleau-Ponty, *Fenomenologia da percepção*, trad. Carlos Alberto Ribeiro de Moura (São Paulo: Martins Fontes, 1994), p. 70.

Por que você sempre anda com a cabeça baixa?
Elsie Feingold me disse isso ao telefone.
Eu não sabia que andava com a cabeça baixa.
Por que sempre diz que sente muito? Sinto muito isto, sinto muito aquilo. Por que faz isso? É tão irritante. Você é tão irritante. É por isso que as outras crianças não gostam de você, Harriet. Estou dizendo isso como amiga.

Isto aconteceu. Palavras bem próximas a estas foram proferidas. Constrição do pulmão. Dor na região das costelas. Eu me lembro de que tinha levado o telefone para o meu quarto e estava deitada no chão, perto da porta. Não digo nada. Escuto. Uma ladainha de crimes — as minhas roupas, o meu cabelo. Uso palavras grandes em número excessivo. Sempre respondo na aula, Harriet puxa-saco. Como amiga...

Precisa ficar quieta. O seu pai está lendo. Eu sou tão quieta e tão boa. Eu mal respiro.

O que está fazendo aí, Harriet?
Estou cheirando os livros, mãe.
Ela está dando risada, soltando os seus sons estridentes e tilintantes. Ela se inclina e me dá um beijo. Será que ela me dá um beijo? Eu me vejo pequena. Memória de observador.

Será que eu me lembro disto ou é porque a minha mãe me contou? A risada dela era um bálsamo, sempre, mas esta pode ser a sua história da pequena Harriet cheirando os livros do pai, e ela dá risada quando me conta. Eu tinha quatro anos. Eu posso ter roubado a historinha dela e lhe dado uma imagem, uma memória que é minha por procuração. Vejo o escritório com a escrivaninha grande e sinto o cheiro do cachimbo. Por que todos os professores de filosofia fumavam cachimbo? Uma afetação. Os alunos dele também, todos rapazes, fumavam cachimbo, absolutamente todos eles. Todos os alunos de pós-graduação deixavam a barba crescer e fumavam cachimbo no sétimo andar do prédio da Filosofia. Os Analíticos. Frege. A lógica está à solta.[18]

Felix está parado à porta. Está olhando através de mim mais uma vez, como se eu não estivesse ali. O bilhete para o Gato Felix do casal de Berlim está no meu bolso. Eu o carrego comigo há uma semana. Ensaiando o que dizer, decorando, tão simples.

Antes que você saia, eu digo, gostaria de lhe devolver isto, um bilhete de amigos. Estava no seu terno azul, aquele que você usou na vernissage na semana passada.

Vejo a surpresa no rosto dele, vejo o acanhamento dele, não vergonha. Ele ficou negligente, petulante a respeito daquilo tudo.

---

[18] Gottlob Frege (1848-1925), matemático, lógico e filósofo alemão que marcou decisivamente a lógica matemática moderna e os primórdios da filosofia analítica, especialmente Bertrand Russell e Wittgenstein (*Tractatus*). "A lógica está à solta" provavelmente se refere à contenda de Frege de que a lógica é uma realidade objetiva, não criada pela mente humana. De acordo com Frege, a lógica lida com um mundo de objetos ideais, não físicos, mas estes objetos ideais têm tanta objetividade quanto coisas físicas. No Caderno H, Burden mapeia sua leitura de Husserl, que foi influenciado por Frege. Burden escreve: "A mente é inescapável. Como a lógica pode estar flutuando em alguma realidade ideal além do corpo humano e além da intersubjetividade humana? E, no entanto, as ideias se movem entre nós, não como objetos físicos, mas como pronunciamentos e símbolos".

Ele pega o bilhete e enfia no bolso.
Mas, sabe, ele diz, não tem nada a ver com você, meu amor.
Não tem nada a ver com o meu amor por você.

Estou apagada.

O dr. F. diz: Não sei se você compreendeu o quanto estava irritada.
Não, eu não entendi o quanto estava irritada.

Ontem à noite. Disto eu me lembro, não lembro? Sim, ainda está claro, as partes estão bastante claras, apesar de haver periferias nunca vistas. Vozes demais para distinguir qualquer voz única a não ser de vez em quando — um guincho ou chiado de soprano. A multidão na sala bem iluminada, as pinturas — tão poucas —, mas alguns pedaços de corpos enevoados, calcinha, cinta-liga, frascos de esmalte e perfume. Levemente interessante. O artista sorrindo. O sorriso dele é rígido, mas quem pode culpá-lo? Ensaio longo e cheio de voltas, citando aquele bufão Virilio.[19] Phinny me abraçou pela cintura. Sou capaz de sentir a

---

[19] Paul Virilio (1932-), teórico cultural, crítico e urbanista francês, escreveu extensivamente a respeito da tecnologia. Ele argumenta que a vida moderna é acometida por uma aceleração infinita e que a velocidade e a luz agora deslocaram o espaço e o tempo. Ele com frequência foi citado como pensador apocalíptico. Burden obviamente não simpatiza com os pontos de vista dele. No Caderno X, que aparentemente foi usado como terreno de despejo para pensamentos aleatórios, Burden escreve: "O homem não é nada menos que histérico, no sentido teatral. Ele conquistou seguidores entre rapazes apalermados e igualmente histéricos ao empurrar meias verdades em nome de seus fins lógicos, porém radicais. Ele é a encarnação teórica do pânico".

mão dele. Eu me lembro, sim, desse gesto caloroso, dessa pequena gentileza. Naquele instante, fiquei preocupada com a recusa de Bruno de nos acompanhar. Talvez seja a mão de Phinny que me faz pensar em Bruno, o meu amante maltratado. Estou de volta à vida sob as mãos dele, a sua voz trovejante, as suas piadas, mas ele disse: Eu odeio toda aquela merda do mundo da arte. É pior que o mundo da poesia, que já é bem ruim, mas não há dinheiro nos poemas. Só ego.

Phinny e eu: PH. Juntos, fazemos um som de F, como em "phoda-se".

Ontem à noite de novo. James Rukeyser ouviu dizer que estou ampliando a coleção de Felix. Agora está interessado em mim. Ah, sim, de repente sou detentora de um charme luminoso. A esposa de Felix tem a arte de Felix e o dinheiro de Felix. Talvez ele me atraia para uma compra. Pode mostrar as verdinhas. É isso que ele quer dizer quando sorri. Estou usando a minha boina de veludo azul. A minha afetação, que não é um cachimbo, oferta de Phinny. James me dá o seu cartão. Tenho um flash de memória — o papel duro na mão esquerda, o meu polegar visível por cima do nome. O cartão de visitas é bege com letras pretas. Miriam Bush se junta a nós. "Faz anos que não a vejo, Harriet! Nossa, mas o que você anda fazendo? Alguém falou de você. Quem foi mesmo? Ainda está fazendo aquelas casinhas?" James parece confuso: casinhas? Ele não sabe que eu já fiz arte. Quando Phinny e eu saímos, jogo o cartão fora. Vejo-o na sarjeta, com as letras invisíveis, apenas um pequeno retângulo vagamente realçado pela iluminação da rua enquanto a chuva congelante cai.

* * *

Tenho dez anos na lembrança. Será que tenho dez? Talvez tenha onze. Na verdade, já não posso me sentir com dez ou onze agora, posso? Não. Mas estou dentro desta memória; estou dentro do meu corpo. Caminhei da Riverside Drive ao prédio da Filosofia num sábado para fazer uma surpresa ao meu pai. Por que fiz isso? O que deu em mim? Um capricho vazio? Um plano? Não, só estou caminhando no ar da primavera e decido ir até lá. O dia está ensolarado depois da chuva. Sol sobre poças. Isso parece certo, e me vem à cabeça que estou tão perto do escritório do meu pai, e atravesso as portas e subo pelo elevador. Mas estou nervosa, sim, alguma ansiedade está atrelada a esta decisão ousada. Já estive no escritório antes, quando ele passou rapidamente para pegar alguns papéis, enquanto eu esperava com a minha mãe. Há um cheiro no corredor cinzento, um cheiro seco como de borracha de apagar; nunca é barulhento, silencioso a não ser por um murmúrio, barulhos brancos, suponho, e vozes baixas aqui e ali, como se fossem sons do trabalho mental, de pensamentos. Bato na porta. Ele deve dizer *Entre,* mas disto eu na verdade não me lembro. Eu o vejo à minha frente na escrivaninha e a janela atrás dele. A luz é embaçada; o vidro está sujo. A cabeça dele está abaixada. Ele ergue os olhos. "Harriet, o que está fazendo aqui? Não devia estar aqui."

Não tem nada a ver com você.

"Harriet, você não devia estar aqui." A menina de dez ou onze anos está perplexa. Sinto muito. Será que eu digo sinto muito? Acho que sim. Mas isto é crucial. Qual é o tom da voz dele? Irritado? Duvido. Rígido? Confuso? Talvez confuso, mas não consigo me lembrar disto com precisão. O que lembro é a respiração presa, a pontada, a vergonha. Por que vergonha? Isto eu sei. Estou profundamente envergonhada. Na memória ele não diz mais nada. Baixa os olhos para os papéis à sua frente, e eu saio. Mas será que isto é possível? Talvez ele tenha me acompanhado até a porta, mas nos redemoinhos mutantes da lembrança, esses passos com o meu pai até a porta desapareceram. Talvez tenha dado tapinhas no meu ombro. Ele às vezes dava tapinhas no meu ombro.

E às vezes eu também escutava um toque de suavidade musical na voz dele. Eu aprendi a procurá-lo — uma rachadura no tom que erguia uma vogal a outro registro, não totalmente controlado. E algo se rompia por um instante, como se ele tivesse me visto, a sua filha, vista e amada.

A minha mãe está deitada na cama. Seguro a mão dela e olho as veias protuberantes sem prestar atenção — o mais pálido dos verdes. Eu não teria lembrado se não tivesse dito a mim mesma: *As veias dela através da pele são do mais pálido dos verdes*. Palavras consolidam memórias. Emoção consolida memórias. Algo aconteceu com a minha mãe depois da morte do meu pai, e ela está contando agora, contando a sua vida, contando para mim que o meu pai não queria o bebê. Quando ela lhe disse que estava grávida, ele ficou sem falar com ela durante duas semanas. Sinto a cãibra da emoção, mas não quero que ela pare. Depois que eu nasci, quero saber, daí ficou tudo bem? Demorou um pouco, a minha mãe responde, antes de ele se acostumar com você. *Seu pai amava você, é claro.*

* * *

Hume não foi capaz de encontrar nada a que se agarrar, nada de self no amontoado de percepções que se transformam em memórias. Identidade imperfeita.

Ele não me queria.

Mas isto é bobagem, Harriet, não é bobagem? Quantos homens não desejaram os seus filhos por nascer? Milhões. Quantas mulheres, aliás? E quantos passam a desejá-los quando a coisinha chega, sai, é real? Milhões. E, no entanto, demorou um tempo, ela disse, e há aquela sensação, como se eu tivesse levado um chute, como se tudo tivesse ficado claro, como se uma porta tivesse se aberto para uma verdade. E eu olho dentro da sala, e lá está a coisa que nasceu. Há algo de errado com ela. Conte os dedos dos pés.

Mas eu primeiro pediria para você observar que eu não atribuo beleza, feiura, ordem ou confusão à Natureza. É apenas com respeito à nossa imaginação que as coisas podem ser consideradas bonitas ou feias, bem-ordenadas ou confusas.[20]

Mas imaginações se misturam, professor. Imaginações se fundem. Quando olho para você, vejo a mim mesma no seu rosto, e o que vejo está deformado ou faltando.

---

[20] De uma carta datada de 20 de novembro de 1665, de Baruch [Bendictus] Spinoza (1632-67) a seu amigo Henry Oldenburg. Spinoza, *The Letters*, trad. para o inglês de Samuel Shirley (Indianapolis: Hackett, 1995), p. 192.

* * *

Mas nada aconteceu, não é mesmo?

Não há uma história, nenhuma resposta perfeita ao problema de H. B. Até mais ou menos a idade de três ou quatro anos, todos nós estamos escondidos atrás de nuvens de amnésia. Os sentimentos voltam, mas não sabemos o que significam.

Talvez eu desejasse algo em vez de nada — um arroubo de paixão para me fazer acreditar que eu realmente estava à disposição dele, não ausente. E então o golpe se ergue de profundezas imaginárias. Quando não há nada, os fantasmas sobem para preencher o vazio. Não é verdade que de nada não sai nada. Sempre há algo. Subo na banqueta e olho para a rua. Fique ao meu lado, Bodley. Aqui, tem lugar para você também. Eu amo você, Bodley. Você é o meu melhor amigo. Sopre agora, Bodley, sopre fogo.

A sua ordem é a minha confusão selvagem, pai. Não sou capaz de caminhar entre as fileiras altas de cerca viva e achar a saída. Não saí do labirinto. Retesada. Estou tentando respirar, mas não consigo. Mal estou respirando.

Os seus padrões não faziam sentido para mim, pai, ou melhor, o sentido que faziam era superficial. Formulações ajeitadinhas para organizar a bagunça. Li os seus trabalhos, e agora sinto muito, sinto muito por uma vida passada sobre verdadeiro e falso, por mais esbelta e elegante que a lógica fosse.

* * *

O "especialista" surge em algum lugar — seu zelo, sua seriedade, sua fúria, sua superestimação do canto em que ele se acomoda e gira — suas costas recurvadas, todo especialista tem as costas recurvadas. Todo livro acadêmico também espelha uma alma que ficou encurvada.[21]

Felix vai trabalhar. Felix vai para casa. Felix toma um avião e voa para longe. Felix vende e Felix compra, mas devia ter me contado sobre a sua vida secreta, Felix, sobre as suas vidas secretas, a caça. De fato tinha algo a ver comigo. Você estava errado, Felix. Mas queria os seus bebês, não queria? Queria. Era mais fácil amar a eles que a mim. Maisie correndo até a porta, pulando para cima e para baixo de pijama, arfando de animação. Ele está aqui. Ele está aqui. Papai! Papai! Pais elusivos. Como nós os amamos.

Estou amamentando Ethan, o narizinho macio dele está amassado contra o meu peito. Ele faz uma pausa. Um filete de leite escorre dos cantos da sua boca, e ele olha ao redor confuso, pisca, respira fazendo barulho e volta a mamar. Maisie, curiosa, observa, empurra a cabeça contra o meu ombro, choraminga para mim. Será que a minha Maisie é preguiçosa? Quer se aninhar embaixo do meu braço, Maisie, sua preguiçosinha? Quero, mamãe. E fico com os dois, um pendurado num mamilo e a outra encaixada na caverna formada pela minha axila e o meu cotovelo — um corpo triplo. Um corpo esvaziado de três. Can-

---

[21] Friedrich Nietzsche, A gaia ciência, seção 366.

sada como estou, sei que isto é alegria. Digo a mim mesma: Isto é alegria. Não se esqueça. E eu não me esqueço.

Terminar aí. Com os bebês. Isso é bom para a mente sonolenta que ficou preguiçosa com a escrita.

Amanhã tem trabalho, e tem Bruno à noite. Eu o chamo de Reabilitador, porque ele adora o corpo grande do seu amor grande. Ele gosta de me ver esparramada na cama. Harry, uma Vênus nua e envelhecida que nenhum pintor barroco teria escolhido, mas aqui estou eu, babando em cima do meu próprio mergulhador-bomba, Bruno, o Urso. Não tão jovem, o meu Romeu, um velho chato como nenhum outro, com um barrigão, também, e sem pelos na maior parte das pernas e a pele bem lisa, para a sua surpresa! Ele não é jovem! O que aconteceu? Ele se preocupa com o fluxo de sêmen, um pouco baixo, o fluxo, comparado com o tempo que ficou para trás. Até parece que ele andou com um vulcão ali durante anos, homem convencido. Mas cara a cara e pentelho a pentelho, ou cara a pentelho e pentelho a cara, ou por cima e por baixo ou dedos dentro de orifícios delicados aqui e ali, Deus (por que conclamamos o sobrenatural em momentos assim?), Deus, mal posso esperar para derrubar aquele gordo e beijar a bunda redonda dele.

E brigamos e rosnamos também.

H: Termine o poema ou jogue na privada!

B: Mexa essa sua bunda gorda e exponha o seu próprio trabalho, sua covarde!

* * *

Mas estou apaixonada, não é uma loucura? Agora, para realmente acabar aqui. Eu sou querida, querida. Aos seus olhos, homem Bruno, eu brilho (bom, pelo menos parte do tempo). Durma agora, durma, como o bardo diz, durma, o bálsamo das mentes feridas.

18 DE JANEIRO DE 2000

Maisie relatou hoje que Aven tem um amigo imaginário que mora na garganta dela. A pessoa é conhecida como Rabanete e está causando alvoroço na residência. Maisie começou a se dirigir a Rabanete, e isso significa que Aven passa muito tempo com a boca aberta, assim a mãe pode confrontar o insurgente de forma direta. Eu tenho total solidariedade porque Bodley passou anos comigo, e eu me lembro dele com muito amor, mas Maisie está preocupada que Rabanete tenha surgido por motivos psicológicos obscuros — a criança sob estresse no maternal. Estão mostrando a ela letras e números dos quais ela não quer nem saber. Ela acaba de receber óculos, outra preocupação (para a mãe, creio, mais que para Aven). Eu disse a Maisie que estes amigos, seja lá onde estejam alojados, dentro ou fora, geralmente são úteis e servem a algum motivo útil. A minha própria mãe foi muito bondosa em relação a Bodley. Ela dispunha um lugar para ele na mesa e conversava educadamente com ele (quando ele não estava se comportando mal).

Já no que diz respeito à tramoia, parece estar funcionando. Phineas foi convidado para uma exposição de *As salas de sufoca-*

ção na Begley na primavera do ano que vem. Tive um momento de aleluia em relação à minha sensibilidade extravagante, em relação a exibir o meu homem Phinny. Mas daí uma pontinha de tristeza, pensamentos para baixo logo depois. Comecei a imaginar se eu podia exibir obras como Anônimo. Isso talvez seja impossível. Não há visão ordenada sem contexto, parece. A arte não tem permissão para chegar espontaneamente sem autor. Bruno diz que transformar os meus pseudônimos em peças móveis num jogo filosófico sobre percepção é apenas um disfarce para a minha insegurança. Sou duplamente mascarada. Phinny discorda. Ele tem andado comigo para todos os lados, um acompanhante incógnito, por assim dizer. Diz que já viu isso várias vezes. Ele já viu que o que eu digo pouco importa; a minha inteligência é descontada. Papo furado e tagarelice. Se eu lançasse *As salas de sufocação*, os grandões iriam recuar no mesmo instante.

A obra teria outra aparência.

Será que de repente ia parecer coisa de mulher?

Insisto que esta é uma questão de urgência.

Com frequência me pergunto como Josephine Cornell teria parecido às pessoas. Papo furado e tagarelice, pretensão e sentimentalismo? Mole?

Não seria a mesma coisa, com certeza, que Joseph.

Quando se trata de um homem gay, passa a ser ainda uma outra coisa, certo?

Phinny diz que sim e que não. Ele menciona Ethan; é uma coisa de bicha, ele diz, mas tem um toque macho e feérico, alto e baixo, de algum modo importante.

Será que é?

Digo-lhe que gosto de ser bicha com ele, um par de bichas.

Eve, com os seus saltos altos e os seus suéteres decotados e os seus corseletes usados do lado de fora e as suas engenhocas inúteis feitas de vestidos velhos, está alheia ao ônus do seu sexo.

Bom, ela é jovem. Ela sabe sobre mim e P. Q. Tinha que saber, porque mora aqui.

Há dois dias, enquanto fazíamos hora antes de ir dormir, Phinny chegou a gritar com o grande B. "Você não entende? O que ela faz não importa! Eles veem a viúva ou veem o dinheiro dela. Ficam cegos com o que acham que veem!"

O estudo Goldberg, 1968. Estudantes mulheres avaliaram um ensaio idêntico de maneira mais negativa quando um nome feminino estava atribuído a ele do que quando era um nome masculino. Os mesmos resultados foram encontrados quando se apresentou às estudantes uma obra de arte visual. Estudo Goldberg revisitado, 1983. Estudantes homens e mulheres avaliaram o ensaio com um nome feminino de maneira mais negativa que aquele com um nome masculino. E a coisa anda assim, mas há uma mudança com o progresso do estudo na década de 1990. Quando credenciais de especialista são atribuídas a um nome de mulher, o preconceito desaparece. Para artistas, expertise é fama. Sexo e cor não desaparecem; deixam de fazer diferença.[22]

Bruno não quer participar de estudos sobre preconceito nem de pesquisa psicológica. Eu não sou apenas mais uma dama. Sou a sua própria e brilhante Harry. Dê uma chance aos canalhas. Eles vão se redimir. Estranhamente, a confiança dele no fato de que

---

[22] Philip A. Goldberg, "Are Women Prejudiced Against Women?", *Transactions* 5, 1968, pp. 28-30. O estudo foi replicado em 1983 por Michelle A. Paludi e William D. Bauer, usando sujeitos masculinos e também femininos. "What's in an Author Name?" *Sex Roles* 9, n. 3, pp. 387-90. Para estudos posteriores, veja Virginia Valian, *Why So Slow? The Advancement of Women* (Cambridge, MA: MIT Press, 1998).

Phinny e eu estamos errados me deixa feliz, e a insistência de Phinny de que eu estou certa me deixa infeliz. Sou perversa.

(Phinny também está pensando em si mesmo. O olhar feio do preconceito lhe é familiar demais.)

Às vezes, penso em Anton com tristeza.

Tem mais uma coisa. Conheci Rune. Não sei dizer por quê, mas não mencionei o nosso encontro a Bruno. Era a vernissage de alguma obra boba — balões, rostos. Que homem bem lindo. Ungido, alardeado, exibindo os seus louros. Vaidoso, acho, provavelmente muito vaidoso, mas por acaso não somos todos? E daí talvez atribuamos mais vaidade às pessoas bonitas que às comuns, e talvez isso não seja justo. Conversamos sobre memória. Mnemosine é a mãe das Musas. Cícero. Um pensamento levou ao seguinte. Foi quase como se ele me conhecesse, uma daquelas conexões misteriosas. E a memória das máquinas? Isto o fascina, inteligência artificial, mas, eu digo, chegaram a muitos becos sem saída. Eu falei a ele sobre Thomas Metzinger.[23] Olhei para o trabalho de Rune mais uma vez — rostos sendo operados, abas de pele. Tenho um catálogo. Superfícies novas, ele ia dizendo, transformadas pela cirurgia, mas também tecnologia biônica para novos membros que respondem ao sistema nervoso, computadores como mentes próprias estendidas. Tudo verdade. Mas o que isso significa? Ele me

---

[23] Filósofo alemão, nascido em 1958, cujo trabalho integra filosofia e neurobiologia. Burden fez anotações extensas sobre um livro editado por Metzinger, *The Neural Coordinates of Consciousness* (Cambridge, MA: MIT Press, 1995).

falou de memória externa — uma ideia estranha. Para ele, o frenesi da documentação, fotos, filmes, as segundas vidas na internet, as guerras e os jogos simulados. Observei que essa autoconsciência não é nova. Mas a tecnologia é, ele insistiu. Disse: "Quero que a minha arte seja estas questões". Nós não concordamos, mas talvez esse seja o prazer, a troca sagaz, o conflito com um parceiro que vale a pena. Recomendei-lhe teses e livros, e ele anotou tudo. Leia Varela e Manturana, eu disse.[24] Ele falou que ia ler. Conversamos a respeito de Wechsler. Em relação a ele, concordamos. *O's Journey*. Quando nos despedimos, o seu aperto de mão foi exato, nem mole nem firme demais. Quando o e-mail dele chegou, fiquei agitada de tanta esperança, pelo fim do exílio na minha própria mente, por alguém que vai me compreender, alguém que vai *enxergar* o que eu sei e travar um diálogo comigo a respeito disso. Será que é tão ridículo assim? Será que não é possível?

Reconhecimento. Dr. F. Não é disso que falamos? Da minha ganância por reconhecimento. Um a um. Cara a cara. Você e eu. Quero que você me *enxergue*.

Bruno me escuta, mas nem sempre sabe do que estou falando. Ninguém parece saber do que estou falando.

Há um ano, assisti a um trecho do diário-filme dele — o homem, Rune (que já tinha sido Rune Larsen), executando tare-

---

[24] Humbert R. Manturana (1928-) e seu aluno Francisco Varela (1946-2001), neurobiólogos e filósofos chilenos que escreveram em conjunto *Autopoiesis and Cognition: The Realization of the Living* (Dordrecht, Holanda: D. Reidel, 1972), livro que Burden menciona repetidas vezes em seus escritos. No Caderno P, ela faz uma citação do livro: "Sistemas vivos são unidades de interações; eles existem em um ambiente. Do ponto de vista puramente biológico, não podem ser compreendidos independentemente dessa parte do ambiente com a qual interagem; o nicho, nem o nicho pode ser definido independentemente do sistema vivo que o especifica" (9). Esta posição incorporada, incrustada-no-ambiente, surge em oposição às teorias computacionais da mente.

fas cotidianas, escovando os dentes, passando fio dental, deitado no sofá, lendo, sentado na frente do computador, e então acariciando o cabelo de uma ruiva, a cabeça dela apoiada no ombro dele numa cama grande e amarfanhada. E pensei comigo mesma, isto é o que nunca vemos porque estamos dentro, não fora, e a maior parte de nós não se lembra de acontecimentos habituais a não ser como uma imagem borrada de rotina. Será por isso que ele quer este filme? A data aparece na tela, e há um filme para cada dia. O filme não cobre o dia todo. Não é o dorminhoco nem o Empire State Building de Warhol, mas documenta um acontecimento, quase sempre menor, a cada dia.

Será que me lembro se tomei a minha vitamina hoje de manhã ou se escovei os dentes? Será que foi hoje de manhã ou ontem de manhã ou anteontem?

O carinho no cabelo pode permanecer dentro de Rune e da moça como uma memória, mas o mais provável é que seja a partir da perspectiva interna de cada um deles, cada "eu" — só que às vezes lembramos como observadores. É uma espécie de memória falsa. Eu me lembro da tarde em que acariciei os seus cachos vez após outra, quando nos apaixonamos. Eu me lembro de ficar deitada com você na cama, sentindo os seus dedos no meu cabelo enquanto me acariciava durante minutos a fio e de como aquilo foi gostoso, e me lembro do sol que batia no quarto, e me lembro do nosso amor. O que é a memória do amor? Será que de fato nos lembramos da sensação? Não. Sabemos que existiu, mas o desejo maníaco não está presente na memória. Do que nos lembramos exatamente? As sensações não são reproduzidas. E, no entanto, há alusão a um tom ou cor emocional, algo sem peso ou pesado, prazeroso ou desagradável, e sou capaz de trazer isso à tona. Eu me lembro de estar deitada na cama com Felix. Mas será que é uma vez ou várias vezes fundidas desde o início do nosso amor envolvente, quando eu ansiava pelo toque dele? Sei que segurava a sua cabeça às vezes quando transávamos. Sei que às vezes levava os meus lábios à orelha dele depois e sussurrava palavras há muito esquecidas, provavelmente palavras idiotas. Mas será que eu me lembro de uma vez única, de uma ocasião apenas? Sim, no Regina, em Paris, com as camas desconfortáveis que precisamos juntar. Cinco estrelas e aquelas camas. Acho que eu me lembro da linha de luz entre as cortinas pesadas quando me sentei em cima dele, para a frente e para trás. Faz muito tempo.

Também me lembro da frieza, as costas dele viradas para mim. A distância entre nós, os olhos dele mortos para mim. Eu me lembro disto: num jantar. Onde foi? A piada cáustica sobre casamento, não o nosso, é claro, mas a instituição em geral. Quais foram as palavras dele? Não consigo lembrar. Lembro que tomei um susto, olhei para ele. Na mente, enxergo um prato com borda dourada. Ele virou a cabeça. Agora, com a memória, volta a dor, talvez não tão aguda, mas a dor vem com uma lembrança tão vaga que quase desapareceu — houve uma piada, um prato, um olhar e uma dor lancinante. Será que a dor é mais duradoura que a alegria na memória?

Qual foi o idiota que disse que o passado estava morto? O passado não está morto. Os seus fantasmas nos possuem. Eles me possuem. Eles me tolhem, mas não sei se os espectros podem ser debandados. Talvez eu me consulte com Rabanete. Talvez ela tenha algum bom conselho para mim. Eu simplesmente vou ter que continuar trabalhando — o estúdio está a toda com as obras inéditas, a infinidade de monstruosidades feitas por alguém chamada Harriet Burden. Talvez, quando a revelação chegar, as escamas proverbiais caiam dos olhos deles. Talvez, quando eu estiver morta, algum crítico de arte itinerante visite o prédio onde os bens estão armazenados e olhe, olhe de verdade, porque a pessoa (eu) finalmente não vai mais estar presente. Sim, assentindo com a cabeça num gesto sábio, o meu crítico imaginário vai ficar olhando fixo durante um longo tempo e então proferir: Aqui tem algo, algo bom. Resgatada do esquecimento como Judith Leyster.[25] Mas, bom, e se for tudo uma porcaria mesmo assim, apesar dos meus preciosos pseudônimos — aqueles que eles desejam, em vez de mim, não eu. Vou fazer sessenta anos. Maisie falou que vai dar uma festa de aniversário, e eu disse que sim, mas só para as pessoas queridas — nada de convidar amigos de amigos. Phinny quer sair para comprar um vestido para eu usar quando dobrar a esquina de mais uma década, algo "encantador", ele diz.

Felix em sonhos. Outro Felix — odioso. Ele nunca foi odioso em vida — frio, fechado, mas não odioso. Por que ele vem?

Mas, hoje à noite, sentada aqui à minha escrivaninha, olhando para o rio — para o inverno, para a noite, para a cidade brilhante —, sinto um pesar que não tem um objeto que eu seja capaz de identificar, não é Felix nem o meu pai nem a minha mãe. Agora mesmo me bateu forte a dor pesarosa, mas por quê? Será que simplesmente há tão menos coisa à minha frente do que ficou para trás? Será pela criança chamada Harriet que caminhava de cabeça baixa? Será pela velha em que estou me

---

[25] Judith Leyster (1609-60), pintora barroca holandesa, integrante da Corporação Haarlem de São Lucas, celebrada em seu tempo, mas esquecida depois de sua morte. Como o trabalho dela era semelhante ao de Frans Hals, muitos de seus quadros foram atribuídos a ele. Em 1893, o Louvre comprou aquilo que se acreditava ser um Hals, mas que acabou se revelando como sendo da autoria de Leyster. A descoberta ajudou a restaurar a reputação artística de Leyster.

transformando? Será porque a fúria da ambição não foi eliminada a tapas, pelo menos por enquanto? Será pelos fantasmas que deixaram os seus rastros dentro de mim?

Sim, Harry, são os fantasmas. Mas será que nomes também são fantasmas, sem substância? Será que você queria ver o seu nome em luminosos, na marquise? Vaidade das vaidades. As letras que lhe foram designadas ao nascer, designação da sua paternidade. Luzes paternais? Era isso que você queria? Mas por quê, Harry? O seu pai não queria que o fardo nascesse, o seu pequeno fardo que choramingava, mas você estava lá.

Ele se redimiu.

Será, Harry? Será mesmo? Não a seu contento, eu diria. Por acaso ele não preferia Felix? Por acaso até a sua mãe não favorecia Felix? Por acaso não lhe disse: Não deve ser tão dura com Felix? Por acaso não o festejou, não o protegeu?

Sim, mas ela me amava.

Sim, amava. Mas e o seu trabalho?

Ela não compreendia o meu trabalho.

Está chegando, Harry, a raiva cega, fervilhante e insana que vem se acumulando e se acumulando desde que você entrou de cabeça baixa e nem percebeu. Você já não sente muito, velha garota, nem tem vergonha de bater na porta. Não é vergonha nenhuma bater, Harry. Você está se erguendo contra os patriarcas e os seus lacaios, e você, Harry, você é a imagem do medo deles. Medeia, louca de vingança. Aquele pequeno monstro se arrastou para fora da caixa, não é mesmo? Ainda não está nem perto de ser adulto, nem perto de ser adulto. Depois de Phinny, haverá mais um. Haverá três, igualzinho aos contos de fadas. Três máscaras de tons e semblantes diferentes, para que a história tenha a sua forma perfeita. Três máscaras, três desejos, sempre três. E a história terá dentes ensanguentados.

Bruno Kleinfeld
(*declaração por escrito*)

Se nos acomodamos da maneira como duas pessoas antiquadas devem se acomodar na sua meia-para-terceira-idade, com a bunda enorme num par de poltronas reclináveis, os pés apoiados em pufes, resmungando: Você pôs o lixo para fora, querido? Lembrou de comprar leite? Não, isso não aconteceu. O velho tempo nos ferrou. Ele arrancou a minha dama de mim antes que pudéssemos nos tornar os velhos gordos e senis que merecíamos ser juntos, desdentados, apertando os olhos por causa da catarata, estendendo a mão para tocar na carne velha e flácida no meio da noite. Mas, Bruno, você tem devaneios românticos. Harry não era de se assentar, e vai saber se teria se assentado, se acomodado com o seu urso. Ela já tinha passado por aquilo, já tinha feito aquilo, no tempo antes de Bruno. O marido — mas que palavra estranha —, o marido sempre volta, feito fumaça na sala, fazendo o ar entre nós feder. Felix Lord e o seu dinheiro e a sua arte e a sua vida sexual continuavam queimando como um cigarro esquecido numa daquelas porcarias de cinzeiros de cristal que Harry tinha por todos os lados, da sua antiga vida arrogante no Upper East Side. Meu Deus, eu detestava aquele bicho-papão alquebrado que se recusava a descansar, da maneira como as pessoas mortas decentes e normais fazem. Ele a assombrava. Não estou brincando. Os meus verbos não são casuais. Eu sou um poeta, falido, mas ainda assim um bardo tagarela, contando histórias daquela época tranquila de Harry não há muito tempo e não muito distante. Eu sou Bruno Kleinfeld declamando para quem quiser ouvir que Felix Lord vinha a ela em sonhos, meio morto e meio vivo, um vampiro com as presas fincadas no pescoço dela, e a minha amada acordava suada e em pânico, com os olhos examinando o quarto em busca dele, não porque ela o quisesse de volta, mas porque queria ter certeza de que ele estava morto e não mais presente.

    Maisie e Ethan, peço desculpas, mas o papai de vocês não dava a mínima para a sua mãe. Por acaso ele brigou por ela? Não, não brigou. De onde veio isso — a mania de Harry por pseudônimos —, senão dele? Quantas mulheres artistas Felix Lord exibiu? Três? E ao longo de quantos anos? Harry observou, e Harry aprendeu. Ela aprendeu que o seu próprio homem ambicioso genial da arte não iria erguer nem um dedo pela arte dela e que só os garotões da arte conseguem satisfação. "Ele não podia me ajudar, você não percebe?", Harry costumava choramingar. "Claro que podia", era como eu retrucava, urrando. Depois de um tempo, aquela injustiça toda, a infelicidade doente e triste de ser ignorada partiu o coração dela ao meio e a deixou demente de raiva. Eu queria que ela continuasse lutando, mas Harry resolveu sair pela porta dos fundos e mandar outra pessoa entrar pela da frente.

    Ela era uma mulher forte, a minha Harry, mas não era uma mulher fácil. O poema, o projeto dos projetos, o formigueiro que se transformou em montanha, a coisa que eu escalava eternamente e nunca superava, o meu caro trabalho de grandes versos, aquele com proporções dignas de Whitman, a minha própria Comédia Americana, que Harry tinha abraçado forte durante o primeiro ano da nossa paixão como a minha busca nobre, transformou-se num ogro quando ela entendeu que não ia chegar a lugar nenhum. O poema se tornou um duende maldoso que transformou a querida da minha vida numa megera, uma bruxa chorosa, berrona e reclamona que lançava adagas em chamas em cima de mim e do poema. "É tão neurótico! Você reescreveu quinhentas vezes. Qual é o seu problema? Você tem tanto medo. Acha que o seu pau vai ressecar se não for Dante, pelo amor de Deus?"

Não, não era fácil amar Harry e o poema. Eu saía de fininho depois de um confronto relativo ao projeto interminável e voltava para o buraco do outro lado da rua para lamber as minhas feridas por cima do linóleo manchado, e depois voltava me arrastando, como o cachorro que eu era, para a cama dela e os seus braços musculosos que me seguravam com mais força que qualquer outra mulher que eu conheci. Eu não podia dizer isso na época, mas a velha garota estava certa a respeito do poema. Ele tinha me levado para um bosque escuro, sim, e nunca iria me conduzir ao Paraíso, mas abrir mão dele significava abrir mão de mim, eu mesmo e eu em si, como o Bruno Kleinfeld de dez anos de idade costumava dizer quando admirava a sua cara no espelho depois de um jogo, revivendo uma grande tacada que tinha feito a bola passar por cima da cerca.

Eu não podia dizer a Harry, guerreira feminista, que era muito pior para um homem, pior para um homem falhar, perder o gingado no andar quando sentia a força ser sugada das suas entranhas, o fogo masculino que fazia com que ele continuasse subindo a ladeira. Milênios tinham empilhado expectativas, pedra a pedra, tijolo a tijolo, palavra a palavra, até que as pedras, tijolos e palavras pesassem tanto que o anti-herói esperançoso não conseguia mais sair de baixo delas — não era capaz de enxergar como entrar numa única linha que possa chamar de sua, e ele estrebuchava sob as toneladas, implorando por misericórdia.

Apesar dos seus medos relativos ao lado externo, Harry tinha liberdade interna. Ela acreditava na sua potência e fúria, e forçava a sua arte para fora como recém-nascidos molhados e ensanguentados. Quando eu morrer eles vão ver só, ela costumava gralhar. A última piada será minha. Quando eu lhe disse que ela me lembrava uma mulher de De Kooning, uma daquelas mãezonas assustadoras com aquela boca maliciosa, ela sorriu com prazer e esfregou as mãos. Ela escondeu *The Heathcliff* de mim até terminar. A figura tinha uma cabeça enorme jogada para trás, uma boca aberta e uma gaiola de passarinho meio esmagada entre as mãos gigantescas. Na gaiola, havia pedaços de renda rasgada, um livro com os poemas de Shelley, pedaços de papel rabiscado e uma meia-calça branca rasgada que pendia feito uma língua entre as barras. No começo, a coisa foi como um chute no estômago, só força, mas, de perto, a pessoa, se é que era uma pessoa, tinha cortes e talhos no corpo e nos peitos caídos de bronze mosqueado.

"Heathcliff era um homem, Harry. Isto é uma mulher."

Os olhos de Harry se acenderam quando ela respondeu: "Ele é mais eu do que eu".

Catherine diz isso. A primeira e mais louca Catherine no grande romance, suculento e diabólico que é *O morro dos ventos uivantes*. O cérebro de Harry funcionava quente e rápido. Eu conhecia o livro e a sua prosa ramificada sensual, um antigo favorito meu, um tijolo literário, com certeza. Mas Harry devorava outros tratados e tratos e obras obscuras de que eu nunca tinha ouvido falar. Ela lia e lia, além de fazer a sua arte, e havia dias em que eu dizia, "Harry, não sei que diabos você está tagarelando agora". A mulher estava afundada até o queixo na neurociência da percepção e, por algum motivo, aquelas teses ilegíveis, com os seus resumos e discussões, justificavam a sua segunda vida como trapaceira. Eldridge a incentivou também, mas não foi responsável pelo embuste. Apesar de eu ter sido contrário à obra *As salas de sufocação* e à ideia de Harry como um fulano gay (que ela achava hilário e eu achava bobo), agora posso ver que os danos não duraram. Eldridge explicou tudo. Eu nunca conheci aquele garoto fracote Tish, mas parece que ele não valia o anagrama *shit* — merda. Fugiu para o Tibete. Não, foi Rune, em conluio com o fantasma de Lord, que criou a confusão. Eu culpo os dois. A história não é simples e não foi esclarecida, mas eu gostaria de oferecer as minhas memórias, algumas anuviadas, outras claras.

Quando Harry e eu nos tornamos próximos, unidos, um casal de verdade (no grau que é possível com uma mulher letrada e inflexível), passei a ver cada vez mais a menina vulnerável que existia dentro dela. Os pesadelos eram ruins, mas ela também soluçava ou tinha ataques de fúria à noite, principalmente depois de se consultar com o psiquiatra. "Por que você faz esta porcaria?", perguntei-lhe. "Ele só deixa você agitada. De que adianta?" Mas quando eu a levava de carro até o imbecil para uma "sessão", ela só sacudia a cabeça e sorria, com as lágrimas ainda escorrendo. "Você tem ciúme do médico. Isso é legal da sua parte, Bruno. É legal mesmo." Eu não tinha ciúme. Não gostava de vê-la aborrecida, mas ela sabia que eu também não via muita serventia na psicanálise. O meu amigo Jerry Weiner ficou empacado durante trinta anos com um médico qualquer na Central Park West e, até onde eu sei, Jerry continuou sendo o mesmo canalha mesquinho e maldoso de sempre. Eu gostava de Rachel, mas Rachel seria capaz de alegrar o necrotério se tivesse escolhido trabalhar como legista. Rachel era assim.

A época em que Rune apareceu na vida de Harry é um mistério para mim, mas, numa tarde de maio de 2001 — eu sei porque foi a primavera antes de as torres caírem, e o dia estava quente com as plantas brotando, e eu estava próximo do fim do semestre na ULI —, deparei com os dois no sofá de Harry, fofocando feito duas adolescentes, bebendo chardonnay, comendo amendoins. Harry fez as apresentações, e Rune, com os dentes clareados, reluzentes feito um ovo, disse: "Ah, o poeta". Não gostei do jeito que ele falou aquilo. Ah, o poeta. Não gostei do *ah*, não gostei do jeito como a voz dele foi sumindo com o *poeta*, não gostei dos dentes clareados nem da fivela do seu cinto nem da camisa apertada idiota que ele estava usando nem das botas gastas nem do jeito que ele estendia o braço por cima das costas do sofá nem do jeito que falava sobre os seus "filmes". Não gostei daquele homem desde o início. Quando ele finalmente saiu sacudindo a bunda pela porta, eu me senti aliviado.

Eu me lembro de que Harry me acusou de "olhar feio". Eu respondi que não olhei feio, mas que ela estava "toda coquete", e isso não combinava com ela, uma mulher madura fazendo gracinha e dando risadinha que nem uma garotinha. Nós passamos um tempo retrucando um com o outro a respeito de semântica — *olhar feio, coquete e gracinha* — e daí ela me olhou lá de cima, das alturas imperiosas do Reino de Harry, tão fria e grandiosa quanto era capaz de ser, e anunciou que não precisava da minha aprovação. Ela não iria acomodar os meus caprichos. Ela tinha saído do caminho vezes demais, muito obrigada, andando sempre na ponta dos pés na sua antiga vida, como um criado esperando migalhas caírem. (Este autorretrato da Nossa Senhora dos Casacos me soou como nada menos que uma asneira.) Eu disse a ela que Rune parecia uma porra de um gigolô. Toda altiva, enunciando em parágrafos completos e bem formados, a Rainha prosseguiu — ele era um rei dominante do mercado de arte, certamente eu sabia, e ele simplesmente *adorava* o trabalho dela. Ela tinha lhe mostrado o lugar todo, do jeito que só mostrava para amigos, amigos altamente selecionados que sabiam que ela não fazia exposições, que sabiam que ela não queria mais saber de marchands nem de galerias nem de "tudo aquilo". Eu disse que talvez ele adorasse o dinheiro dela, estava farejando uma venda, e os fogos de artifício dispararam, crack, bum. Dinheiro e mercadorias. A colônia de Felix Lord fedendo acima da terra.

Depois que as fagulhas de fogo soltado pela boca foram abafadas entre nós, perguntei se ela não tinha achado que ele era um pouco seboso e lustroso. O sr. Superficial Rune tinha dominado o discurso da arte, não tinha? Sim, tinha, Harry admitiu, mas abanou os braços. Ele tinha montes de dinheiro, e *ideias*: sr. Memória, sr. Inteligência Artificial, sr. Computador. O rosto da minha Harry ficou todo ensolarado e aquecido com os pensamentos sublimes de Rune. Será que robôs podem ter consciência? Será que pensar é processar informação? Eles tinham debatido a máquina de Turing e o teste de Turing. "Ele está completamente errado, Bruno, mas é divertido discutir, você não percebe?" E a arte? Eu pesquisei sobre ele. Achei que se parecia com uma porcaria de um modelo masculino com o seu abdome de tanquinho, os bíceps saltados, filmes com ele coçando a bunda, cutucando o nariz. A quem quer enganar? Eu disse isso a Harry, e ela falou: "Mas ele está *brincando*, Bruno".

Quem começou a ideia de que todas as vidas deviam ser registradas para a posteridade? Será que foi aquele lunático do Rousseau? Olhe, eu sou um mentiroso, um trapaceiro, um masoquista. Olhe, estou jogando os meus filhos num orfanato! O homem se abriu todo com cortes para todo mundo ver. Tenho uma fraqueza por Jean-Jacques, é verdade, o herói do mimimi. No final da vida, Allen Ginsberg era acompanhado por uma equipe de filmagem a todo lugar que ia. Self como mito, self como filme, ele falava em tom monótono para a câmera sem parar, mas pelo menos escreveu alguns bons poemas. O meu herói Walt também era bem bom com a autopromoção. Ele emplastrou as palavras de Emerson em *Folhas de relva*, palavras que roubou de uma carta *particular*. Whitman não era ninguém, e Emerson, uma *eminence grise*. As palavras de Emerson: "Eu o saúdo no início de uma grande carreira". O livro recebeu duas resenhas anônimas escritas pelo próprio jovem Walt: "Finalmente, um bardo americano!". Talvez devêssemos nos sentir agradecidos por ele não ter tido acesso à internet. Consigo visualizar agora: *Participe: Whitmania!* E por que não eu? O site de Bruno Kleinfeld: um anti-herói desconhecido batucando as teclas da sua máquina de escrever Olivetti para quem?

Quem era Rune, com nome de batismo Rune Larsen? Mas que diabo, nem quero saber. O que ela viu nele? Uma noite, na cama, deitado de barriga para cima, olhando para o teto, soltei uma pergunta. Será que ela ansiava por ossos mais jovens? Harry se fez de desentendida. "O quê? Do que você está falando?" "Dele", eu respondi, "Ele, o astro da arte." A explosão de riso dela quase me fez sair voando para o outro lado do quarto. Ela o adorava pelo seu dom, pelo seu talento para a manipulação, pela sua personalidade. Ele tinha conquistado a sua glória com sanha e arrogância e ímpeto. Isto a fascinava. O ego gigante de Rune tinha propriedades contagiosas, e havia algo mais nele também. Talvez Harry o tivesse aliciado desde o início. Mas talvez, quando dava risada no sofá com aquele psicopata, os dois já fossem conspiradores. Ela escondeu a tramoia de mim porque sabia que eu não iria aprovar. Eu não acompanhava as idas e vindas dela. Harry era rígida. Nada mais de sra. Boazinha. Chega de ceder a um Marido ou a qualquer Homem. Agora ela estava livre, e o Grande Urso não ia interferir. Eu recebi o recado. Os dias pertenciam a ela. As noites eram nossas — drinques no Sunny's, jantar na casa dela, um DVD —, mas nada de nos acomodar. Os residentes malucos iam e vinham. O Barômetro com os seus cartazes de clima, "Aborrecimentos úmidos se formando dos circulares infernais", Eve com as suas roupas bizarras, Eldridge experimentando truques novos para o seu espetáculo.

Não sei bem se Harry realmente tinha gostado da coisa que comprou de Rune — a tela de vídeo com rostos cortados em pedacinhos e remontados mais uma vez, um emaranhado em filme de glamour e entranhas. Era um múltiplo — e isso significa "não tão caro". Certa tarde, parei na frente da tela e fiz um esforço honesto. "Vou ser justo", eu disse, "e não vou me encher de preconceito só porque o artista é um cuzão. T.S. Eliot não era nenhum modelo de perfeição, certo? Será que essas caras despedaçadas e essas bochechas fatiadas são boas? Será que estou interessado? Será que eu me importo?" Para ser sincero, aquela coisa maldita me deixou perplexo. Eu disse a Harry que fez com que eu me sentisse solitário, e ela deu risada, mas daí disse que também fazia com que ela se sentisse solitária. "Não é sobre comunhão", ela disse. Na época, eu não sabia que Rune estava pronto para ser a última fachada dela. Na cabeça de Harry, Rune era o veículo *numero uno*. Se conseguisse captar o poder estelar dele, ela poderia provar como a máquina funcionava, como as ideias de grandeza criam a grandeza e, depois que tivesse triunfado, o grande desmascaramento iria se dar! Harriet Burden, mulher por mérito próprio.

E então nós dois, Harry e Bruno, brigamos e depois fizemos as pazes nos nossos domínios em Red Hook, um grandioso, o outro insignificante, mas cada domicílio confiável à sua própria maneira. Ao nosso redor, a cidade zunia e berrava, e as buzinas de navio tocavam, e as nuvens se moviam lá em cima. Chovia e trovejava e depois clareava, e as estações mudavam. Mas todos os dias o sol se erguia, e o sol se punha, e quando saímos de casa, a rua estava lá, e a picape de Harry estava lá, e o horizonte de Manhattan estava lá. E daí a cidade de Nova York foi atingida de fora. De céu azul a fumaça em minutos — ouvimos o segundo avião, baixo e ruidoso, e vimos quando se abateu. Vimos de novo na televisão. Eu tentei entender, mas não consegui. Eu sabia e não sabia. Depois de descobrirmos que Maisie tinha pegado Aven do jardim da infância na Little Red School House da 6th Avenue no West Village, que Oscar não tinha que ir ao Brooklyn naquele dia, que Ethan estava no seu apartamento em Williamsburg, que a minha filha Cleo, única Kleinfeld que morava em Nova York, estava de fato no seu escritório no Brill Building em Midtown, que Phinny e Eve e o Barômetro ainda nem tinham começado o dia, observamos pela janela enquanto o vento carregava a poeira adoentada e os destroços para cima de Red Hook. Fechamos as janelas para nos proteger do fedor inenarrável e passamos boa parte do começo da tarde cuidando do Barômetro. As ilusões cosmológicas do homem batiam e saltavam para lá e para cá com o clima comum. A fumaça, as explosões, os papéis caindo, o plástico pulverizado e a carne o deixaram num estado de falar bobagem sem parar e fazer gestos rígidos, de máquina. Com o cabelo e a barba selvagem, a camiseta suja do Grateful Dead e a calça cáqui rasgada que cobria as suas pernas ossudas e arqueadas, ele discursava de modo mecânico sobre a "subliminaridade rugidora dos humores transportáveis e os seus patriotas tempestuosos combustíveis num rompante de relação sexual divina com os arcanjos de Deus" (trecho da fita de P. Q. E. A linguagem do Barômetro é impossível de lembrar). Eu rezei. Rezei para que ele calasse a boca. A carnificina não significava nada para o Insano. Assassinato em massa não o afetava. Estava perdido nas próprias fantasias de poder de controle, que o dia tinha explodido ou confirmado (não sei bem qual). Ulysses apareceu com um Zanax, que finalmente conseguimos convencê-lo a tomar. Pusemos o maluco para dormir.

Brigada do Corpo de Bombeiros 101. Todos os sete homens que atenderam ao chamado morreram.

Dias depois, eu me lembro de Harry à janela. Ela fazia um som grave que vinha do peito, não da boca. Então ela disse: "Os seres humanos são os únicos animais que matam por ideias".

Quando penso naquele tempo, percebo que ninguém que eu conheço ansiou por vingança. Durante um período de semanas, pareceu para mim que quase todos os nova-iorquinos que ainda estavam vivos se transformaram em santos. Conversávamos com desconhecidos no metrô e perguntávamos: "Está tudo bem com você?", querendo dizer: "Você perdeu alguém?". Doamos pás, roupas, lanternas. Fizemos fila para doar sangue, apesar de o sangue ter se revelado inútil. Ou você tinha morrido, ou vivido. Rune pegou uma câmera e filmou em estilo de guerrilha. A área foi toda isolada com cordões, mas ele deve ter passado de soslaio pelos policiais. Eu sei que ele telefonou para Harry. Ela demonstrou em voz alta a sua preocupação pela cobiça por fotos que ele tinha. Será que os doentes mentais ficaram mais doentes depois do Onze de Setembro? Deve haver algum relatório desgraçado a respeito disso em algum lugar.

A maior parte dos nova-iorquinos se comportou como anjo, mas os eruditos, os comentaristas e os jornalistas tagarelaram as suas penas, abanaram os seus clichês e brandiram os seus chavões. E, nos anos que se seguiram, Bush e os seus lacaios erigiram uma mentira depois da outra a respeito dos cadáveres incinerados em Lower Manhattan. A bondade coletiva imanente não pode durar. Regredimos às nossas reclamações e sarcasmos, mas também ao nosso eu intermitentemente bondoso e solidário e, como um dia depois do outro se passou e correu sem uma explosão no metrô, um desabamento de ponte ou um derretimento de arranha-céu, fomos ninados de volta àquilo que Warren G. Harding chamou de "normalidade", código para apenas-a-porcaria-cotidiana-normal-que-a-vida-oferece, muito obrigado: desânimo no trabalho, casos de adultério, brigas de família, todo tipo de neurose, asma, úlceras estomacais, reumatismos e refluxo de ácido.

Quando Harry me disse, pouco depois dos ataques, que Rune tinha concordado em fazer as vezes do último ator na grande tramoia em três partes dela, eu explodi com um enorme mas-por-que-diabos-ele-iria-querer-fazer-uma-coisa--dessas? O raciocínio de Harry foi confundido pelos seus desejos, mas isso tinha várias ramificações. O subterfúgio era bem do gosto de Rune, um estratagema que o atraiu porque, se tudo corresse como planejado, ele poderia se transformar no maior pregador de peças de todos no mundo da arte. Ele iria expor os críticos (alguns dos quais ele esperava arrastar e esquartejar) como palhaços. Esta era a vulnerabilidade do homem, Harry defendeu. Havia quem o chamasse de trapaceiro, de alcoviteiro. Além disso, o mercado o assustava. Para cima um dia, para baixo no outro. Rune não queria que acontecesse com ele a mesma coisa que aconteceu com Sandro Chia, despejado no mercado pela Saatchi para nunca mais se recuperar. Rune vivia como um paxá, comprazia a si mesmo; ele precisava de manutenção. Ele virava a mesa para quem lhe dizia não. Quando caçoassem do seu mais recente trabalho, ele poderia pôr Harry na linha de frente para confundi-los. Mas ela também afirmava que tinha ajustado as ideias do grande Rune, refeito o seu mundo interior, e que o acontecimento pavoroso na cidade tinha explodido o enredo dele. A coisa não se deu assim. No fim, o simplório Bruno sabia mais que a Grande Dama da ironia.

O que uma mulher deseja? O que Harry queria? Ela não queria ser Rune. Ela não queria vender as suas obras por milhões de dólares. Ela sabia que o mundo da arte era na maior parte um buraco fedorento de *poseurs* vaidosos que compravam nomes para lavar dinheiro. "Eu quero ser compreendida", ela choramingava para mim. O seu jogo era impetuoso, um conto de fadas filosófico. Ah, Harry tinha explicações, justificativas, argumentos. Mas, eu pergunto, em que mundo esta compreensão iria se dar? No reino mágico de Harry, onde os cidadãos se recostavam para ler poesia e ciência e discutir percepção? É um mundo cruel, velha garota, eu costumava dizer a ela. "Olhe só para o que aconteceu com a poesia! Tornou-se antiquada, fofa e 'acessível'." Harry queria que a sua história de pseudônimos fosse lida por iletrados. Obsessão era o que ela tinha, e obsessão é uma máquina que raspa e bate e assovia hora após hora, dia após dia, mês após mês, ano após ano. Ela detestava o meu poema. Eu odiava o conto de fadas dela. Ela construiu para Rune uma *magnum opus*, um labirinto da sua própria dança de pesar, e ele o roubou. Quando ela me disse que Rune não iria levar a cabo o plano dela, estava deitada no chão do estúdio olhando para uma mulher grande e gorda com fórceps e um sino de vaca que ela tinha pendurado no teto. Edgar e dois outros assistentes, Ursula e Carlos, tinham ido para casa. Eram mais ou menos seis da tarde. Ela tinha me ligado alguns minutos antes. "Venha para cá, Brune. Aconteceu uma coisa." A voz dela, magoada e trêmula. Harry não olhou para mim nenhuma vez enquanto a história se despejava para fora dela, palavra por palavra, devagar, de modo deliberado. Só a sua boca se movia. O resto de Harry tinha se transformado em pedra.

Rune tinha mostrado a ela um vídeo de si mesmo com Felix Lord. Não era nada, ela ficou repetindo, absolutamente nada, só os dois sentados num sofá numa sala indefinida, que ela nunca tinha visto, sem dizer nem uma palavra um ao outro, trinta, quarenta segundos de silêncio e um sorriso trocado entre os dois. O marido morto tinha voltado com tudo em filme. "Por que você não me disse que conhecia Felix?", Harry perguntou a Rune. E ele respondeu: "Faz diferença?"

"Faz diferença, Bruno?"

Pode apostar que faz, eu respondi. É a maior sacanagem. Eu disse a ela que tinha vontade de pegar o meu taco de beisebol e moer os miolos dele.

E Harry disse: "Isto não é um desenho animado, Bruno".

Tanta coisa já desapareceu, das nossas conversas, quero dizer. As noites que passamos deitados murmurando madrugada afora, nós dois, a minha grande e calorosa Harry e eu, o meu bichinho de estimação, a minha paz de espírito, tudo perdido, não sobrou nem uma palavra, mas *Isto não é um desenho animado, Bruno* está gravado nos sulcos do meu cérebro para sempre. Tenho lembrança perfeita deste diálogo. Então fiquei quieto, tão mudo quanto um homem que tivesse perdido a laringe. Ela fez com que eu me sentisse como se fosse algum idiota com uma fantasia de gorila, balançando às cegas porque não consegue enxergar pelos buracos dos olhos.

Quando perguntei a Harry o que aquilo significava, ela disse que não sabia. Rune se negava a falar. "Ele disse que só faz parte do jogo."

Perguntei: "Que jogo? Que jogo?". Eu a pressionei. Eu a pressionei muito. "Chantagem?"

Harry ficou olhando para o teto e sacudiu a cabeça. Disse que achava que Rune estava fazendo um joguinho psicológico com ela e que o canalha faria tudo para vencer. Ela disse que ele queria infiltrar uma ideia no cérebro dela, que ele era amante de Lord, talvez, ou que sabia tudo a respeito dela por intermédio de Felix antes de eles se conhecerem, algo, qualquer coisa. Uma vez que existe um segredo, Harry disse, dá para encher o buraco com desconfiança. Quando estava vivo, Felix tinha segredos. Harry travou o maxilar e os seus olhos se apertaram. Ela não olhou para mim. "Ele vai dizer que *Por baixo* é dele. Mas é tarde demais", ela falou. "Ele não vai se safar."

O túmulo de Lord nunca ficava tranquilo. Eu queria sacudir Harry, forçá-la a acabar com aquilo. Agora era a chance dela de parar a roda-gigante, de saltar fora. Eu iria ajudar. Bruno, o herói e protetor dela, iria salvá-la de si mesma. Vamos embora, eu disse. Vamos sair daqui.

Harry sacudiu a cabeça.

Eu disse a ela que a amava. Eu amo você até o alto dos céus, eu disse. Eu amo você. Está ouvindo?

Ela me ouviu. "Eu também amo você", ela disse. Não estava pensando em mim.

Bruno, altivo nos seus sentimentos nobres, o sr. Resgate: eu só precisava de uma cabine telefônica onde pudesse vestir a minha fantasia. Já não existem mais cabines telefônicas, seu velho.

Eu lembro que o sol fazia retângulos de luz no piso de madeira. Eu me lembro do rosto triste de Harry, me lembro das palavras que surgiram para ser citadas naquele palimpsesto na minha cabeça. Vieram do livro de Rute, da versão King James, as palavras de uma mulher que ia atrás de outra mulher e se recusava a virar para trás.

Aonde fores irei, eu disse a Harry. *Onde morreres morrerei, e ali serei sepultado.*

Harry deu um sorriso trêmulo. "Que bacana, Bruno", ela disse.

Senti como se fosse um chute na barriga.

Oswald Case
(*declaração por escrito*)

Rune nunca abriu mão da ironia. Essa foi a sua vitória. Apesar dos lamentos de nada-nunca-mais-vai-ser-igual e as mãos se esfregando e a grandiosa busca pela alma americana que ocorreu na sequência do Onze de Setembro, se você se pergunta se o mundo da arte foi alterado de maneira permanente por aquele dia, a resposta é um não retumbante. Depois que tudo já foi feito e dito, três mil mortos nas fileiras de Downtown não passam de um espirro no mercado, uma convulsão momentânea de consciência. Sim, os artistas se lamentaram sobre a falta de significado e sobre um recomeço, mas, poucos meses depois, a vida voltou a ser *comme d'habitude*. *Mea culpa*. Eu sou o autor de "A ironia morreu no Ground Zero", publicada na *The Gothamite* na semana do dia 23 de setembro. Deixe-me dizer da seguinte maneira: quando eu bani a ironia, uma das formas de pensamento mais necessárias de todas, fui sincero. Lower Manhattan era um cemitério recém-cavado, e achei que eu tinha sido refeito como monsieur Sincère. Além do mais, de lá para cá reconheci o meu erro. Isso é mais do que pode se dizer a respeito de diversos dos meus estimados colegas que despejaram as suas ambições literárias frustradas em textos ruins de chorar. Eles se esqueceram do lema da nossa nobre profissão: hoje presente, amanhã, não. A minha oferenda ao momento do fim da ironia não foi nem de longe tão sentimental quanto a maior parte do lixo que foi publicado depois do Onze de Setembro. Quantas vezes li: "Quem poderia ter imaginado isso?". Todo roteirista com dois neurônios em Hollywood já tinha imaginado aquilo. Rune acertou. Ele sabia que o espetáculo seria usado, explorado, reescrito de mil maneiras diferentes, na maior parte, de mau gosto.

Quando eu o entrevistei em 2002, ele falou sobre a sua dificuldade com a catástrofe como arte. Como uma matança que já tinha sido manipulada em múltiplas narrativas poderia ser representada? Ele falou sobre a velocidade da tecnologia, sobre simulação e, finalmente, sobre estupefação. Disse que nunca a experimentara — a estupefação. Ele não tinha sentido isso antes do Onze de Setembro. Chamou aquilo de "supercondutividade emocional". Queria que fizesse parte da obra. Eu sei que Harriet Burden acreditava que tinha achado uma terceira fachada para a campanha de esta-mulher-também-pode-se-tornar-uma-artista--celebridade. A questão é: será que ela tinha de fato intervindo o suficiente para estripar Larsen do crédito pelas obras, que seriam exibidas um ano e meio mais tarde? Acho que não. Acho que ele sabia exatamente o que estava fazendo. *Por baixo* se abateu sobre o mundo da arte como um tornado. A escolha do momento foi brilhante. Ele sabia que exibir as imagens que todo mundo viu na televisão em 11 de setembro, e durante alguns dias depois, não seria aceitável, não em Nova York. Mas se você tivesse que caminhar por um labirinto e olhar para imagens em preto e branco de carros destruídos ou sapatinhos de criança cobertos de poeira, junto com aquela sequência estranha da fantasia de máscara (que eu acredito ter sido dirigida por Rune), a experiência do espectador iria crescer em intensidade. Ele usou Harriet Burden como musa. Dou a ela crédito por isso, mas misturar as imagens de fantasia com outras que eram completamente banais — Rune com uma xícara de café olhando pela janela ou neve caindo — era uma referência direta a *Banalidade*. Além disso, os movimentos robóticos dos dançarinos são Rune puro. *Por baixo* não se parece nada com aquelas obras esponjosas de Burden que estão sendo exibidas agora.

Quando eu o entrevistei, Rune tinha se transformado numa celebridade tipo *bad boy* e isso, é claro, significa que ele não era legal. Rune era complicado demais para ser um sujeito legal, mas o fato de ser legal, além de ser superestimado, é também algo muito menos atraente do que as pessoas fazem parecer. As pessoas adoram um EU grande e carnudo. Dizem que não, mas, no mundo da arte, uma personalidade acovardada e tolhida é repelente (a menos que isso tenha sido altamente cultivado como tipo), e narcisismo funciona como ímã. A personalidade do artista faz parte da venda. Picasso era um gênio, mas olhe só para a mitologia. Ele devora as pessoas no café da manhã. Tinha muitas mulheres e adorava torturá-las. Ele era o Rei da Autoconfiança, uma torre de talento envaidecida e arrogante cujos rabiscos em guardanapos valem mais do que eu vou ganhar a vida toda. Se você não seduz as pessoas, não tem a menor chance. Olhe para Schnabel com o seu pijama. Ficar se achando funciona.

Naquela primeira entrevista, Rune revelou o seu traquejo para as idas e vindas do mercado. Quando lhe perguntei a respeito da sua última exposição, ele respondeu: "A *banalidade do glamour* teve sucesso porque os colecionadores a consideraram ousada. Gostaram da referência a Hannah Arendt, apesar de nunca terem lido o livro dela. Eu também nunca li. Mas o jogo entre glamour e maldade é divertido porque a maldade supostamente não deve ser banal, mas agora o glamour é". Àquela altura, Rune já vinha registrando a si mesmo diariamente havia anos: a vida do artista quando jovem circulando pela cidade. Devo aproveitar esta oportunidade para corrigir um truísmo velho e cansado: "A beleza tem a profundidade da pele". Não tem. A beleza faz a pessoa. Um e noventa, loiro, olhos azuis e traços finos, as raízes do norte da Europa de Rune gritavam tão alto quanto os comerciais de TV que são exibidos vários decibéis acima dos programas normais. Os olhos dele eram azul-claros. Havia momentos em que eu olhava para ele e parecia que estava falando com um dos Replicantes em *Blade Runner*.

Durante um tempo, na década de 90, ele adotou trejeitos de metrossexual — colônia, manicure, musse no cabelo, esfoliantes corporais, autobronzeadores — e filmou todas essas aplicações com esmero para o seu diário. Então, parou. Transformou-se num caubói *au naturel* — jeans apertado, botas, camiseta surrada. Pouco depois da sua encarnação do faroeste, passou a aparecer em todo lugar com ternos italianos elegantes e fazia afirmações ruidosas sobre este ou aquele artista que entrava na moenda dos boatos. Ele compreendia a sua imagem, compreendia que era o seu próprio objeto, um corpo a ser esculpido no seu trabalho. "É falso", ele disse. "O diário em filme é a maior falsidade. Esse é o objetivo. Não é que eu tenha representado. Sou eu acordando. Sou eu em festas. A falsidade vem do fato de que você acredita estar vendo algo quando não está vendo nada além do que põe na imagem. A cultura da celebridade é isso. Não diz respeito a nada além do seu desejo que pode ser comprado por um certo preço. Eu sei que, se me ativer a uma certa história a respeito de mim mesmo, vou ficar chato. Olhe só para Madonna. As minhas reinvenções significam que eu não tenho visual, não tenho estilo. Eu sou sem graça, um loiro sem graça. Não criei nada novo. Isso já foi feito antes, mas adicionei algumas variações e mudanças, e as pessoas gostam. Luto de modo ativo contra qualquer vestígio de originalidade."

A posição dele era uma pilhéria, uma pilhéria esperta e complicada a respeito dos Estados Unidos como o paraíso do consumo, onde as coisas não são nem originais nem reais. Independentemente de saberem do que ele estava falando ou não, Rune fazia as pessoas ao seu redor se sentirem modernosas. As cruzes coloridas eram tão simples, deixavam as pessoas excitadas. Eram tão fáceis de decifrar quanto placas de estrada, mas também eram difíceis de decifrar. O que significavam? Modeladas no símbolo da Cruz Vermelha em várias cores, poderiam ser uma referência irônica a toda a história do cristianismo ou às cruzadas. Depois do Onze de Setembro, pareciam prescientes: conflito Oriente-Ocidente, civilizações em guerra. Ou será que eram apenas uma forma? Sim, alguns críticos o perseguiram, mas eu não reparei se os colecionadores se incomodaram. A verdadeira ironia é que o Onze de Setembro de fato o mudou. Ele sentiu que precisava de uma nova estética, pelo menos por um tempo. Talvez isto o tenha levado a Burden, uma artista tão obscura que não estava nem ultrapassada. Pessoalmente, considero o trabalho dela um pouco mais que uma bobajada neorromântica — excessivo, sentimental e vergonhoso —, um grande resmungo agonizante que me lembra um existencialismo meia boca. Ainda não consegui penetrar no suposto interesse dos "metamorfos" dela.

O politicamente correto e a política de identidade se infiltraram nas artes visuais além de todos os outros aspectos da cultura americana cosmopolita e respondem por boa parte dos aplausos que o trabalho dela recebe hoje. A pobre mulher negligenciada que não conseguia encontrar uma galeria! Coitada da Harriet Burden, tão rica quanto Creso com os seus chapéus de quinhentos dólares, a viúva de um dos marchands mais sagazes que já trabalharam em Nova York. Sinto muito por ela. Faz o meu coração bater de pena. A arte não é uma democracia, mas esta verdade nua e crua não deve ser nem mesmo sussurrada na nossa cidade irritadiça e delicada de mediocridades boazinhas, liberais, descafeinadas e cegas aos fatos. Sugerir, ainda que por um instante, que talvez existam mais homens que mulheres na arte porque os homens são artistas melhores é arriscar-se a ser torturado pela patrulha ideológica. E, no entanto, leia *Tábula rasa*, de Steven Pinker, psicólogo de distinção e profeta ousado da nova fronteira — sociobiologia baseada em genética — e então me diga que homens e mulheres são idênticos, que têm as mesmas forças, que a diferença de "gênero" é ambiental. Inúmeros estudos em neurociência determinaram que os homens se dão melhor que as mulheres em testes de habilidades visuais/espaciais e de rotação mental. Será que isto não pode estar, pelo menos em parte, relacionado à posição dominante dos homens nas artes visuais? É uma questão evolucionária. Está nas cartas. Homens são caçadores e lutadores, ativos e não passivos, gente que faz e acontece. As mulheres sempre foram aquelas que cuidam, que fornecem os cuidados às crianças. Elas tinham que ficar perto do ninho. Será que houve discriminação e preconceito contra as mulheres? Claro que sim, mas o feminismo não ajudou a causa em nada; as feministas gritaram por números e cotas e transformaram as artistas mulheres em ferramentas políticas. As boas não querem ter nada a ver com o feminismo. Harriet Burden é a última moda numa tradição venerável: a mulher vitimada por um mundo "falocêntrico" que pisoteou a grandeza dela.

Ainda assim, Rune estava em busca de uma maneira de sacudir o seu trabalho — adicionar um elemento retrógrado a ele, introduzir algo do passado, um pouco de nostalgia da vanguarda, do expressionismo, da arte antes da acomodação à fantasia de consumo máxima trazida por Warhol — o mundo antes da sopa Campbell. Penso que tenha encontrado isso em Burden. Ela não o encontrou. Ele a encontrou. Mais tarde, foi o que ele me disse.

A mulher estava bem posicionada, e ele tinha conhecido o marido dela. Só para deixar registrado, Rune não era gay. As mulheres se jogavam em cima do sujeito. Elas se ofereciam para ele. Elas se esfregavam nele, como que sem querer. Elas faziam biquinho e ficavam falando com ele com expressão boba e atordoada no rosto. Mulheres jovens e bonitas e não-tão-jovens-nem-tão-bonitas nunca se cansavam dele. Eu me lembro de um jogo de sinuca que Rune e eu jogamos juntos em Downtown. Depois, tomamos uma cerveja no bar. Uma gostosa na casa dos vinte anos, gostosa de verdade (desculpe se faço algumas penas delicadas se eriçarem com esta gíria leve para "mulher linda"), com cabelo escuro e camisa justa amarrada na cintura, de modo que o umbigo com uma argolinha dourada aparecia de leve, aproximou-se e se sentou na banqueta ao lado dele. Ela não falou nada. Ele não falou nada. Ele não pagou um drinque para ela. *Niente.* Ele se virou para mim e disse: "Boa noite, Ozzie". Observei enquanto saíam do bar juntos e viravam à direita na esquina.

Para fazer o perfil de Rune, eu precisava dos fatos. O pessoal da *The Gothamite* é fissurado em fatos. Eles confirmam e reconfirmam os fatos. A piada em toda esta verificação de fatos fastidiosa é que você tem o direito de humilhar qualquer pessoa, desde que a data de nascimento, o local de nascimento e todos os números conectados ao sujeito estejam exatos. E pode citar mentirosos descarados, desde que faça as citações corretamente. Isso deixa o texto redondo: um pouco de positivo, um pouco de negativo. Gostamos de reportagens equilibradas. Mas o equilíbrio é importantíssimo nas coisas sérias. Política é uma coisa séria. Denúncia é coisa séria, e deve conter texto à altura. Zonas de guerra exigem que todo o humor e/ou ironia seja suspenso e renunciado. As artes não são sérias, não nos Estados Unidos da América. Não envolvem vida ou morte. Nós não somos franceses. Em resenhas de arte, se você escreve o nome do fulano certo, pode escrever aquilo que bem entender. Pode mandar quantas cartas de ódio quiser a qualquer cuzão cheio de pompa na forma de uma resenha e ainda construir a sua reputação no processo. Estou ofendendo? *Excusez-moi.*

H. L. Mencken certa vez escreveu que, se um crítico "se dedica a defender as trivialidades transientes de modo ruidoso", ganha respeito. As trivialidades contemporâneas são despejadas em cima dos homens brancos, incentivam a diversidade e destroem o cânone; ou, ao contrário, desfraldam a bandeira do cânone e das virtudes artísticas antiquadas. Claro que Mencken escreveu na época em que faculdade significava letramento. Já não significa mais. Eu poderia entreter o leitor durante horas com histórias dos nossos estagiários, recém-saídos das universidades de ponta do país, que não sabem a diferença entre *como* e *tal*, que não sabem conjugar verbos irregulares, cujos erros de enunciação me dão arrepios, mas da boca semiletrada deles sai uma trivialidade transiente de "pensamento correto" atrás da outra. Como posso ansiar pelo futuro se estas pessoas que nem sabem escrever com letra cursiva tomaram conta do mundo?

Nas artes visuais, Clement Greenberg foi um ditador de sucesso enquanto o seu reinado durou, mas aquele mundo está acabado. E, no entanto, quanto mais textos eram gerados em torno de um artista, melhor, principalmente se os argumentos relativos à grandiosidade do artista em questão soassem adequadamente abstrusos. Mas eu não estava resenhando Rune. Para o perfil e depois para o meu livro, eu precisava da história de vida dele. Os fatos são os seguintes: nasceu em Clinton, estado do Iowa, em 1965, filho de Hiram e Sharon Larsen. Uma irmã mais nova: Kirsten. Pai, dono de uma oficina mecânica. Mãe, costureira. Descrito por vizinhos como "um menino tranquilo, educado". Frequenta a escola de ensino médio Clinton. Em 1980, vence a primeira feira de ciências. Em 1981, a mãe comete suicídio usando medicação para dormir. Em 1982, é preso pela polícia local por vandalismo (decapitação de um anão de jardim no quintal de um vizinho). Frequenta a Faculdade Beloit durante um ano, com bolsa de estudo. Transfere-se para a Universidade do Minnesota. Faz cursos de engenharia e estudos de mídia. Larga os estudos depois de seis semestres. Histórico escolar errático. Vai de carona até Nova York. Em 1987, participa como extra do filme *Escravos da cidade*. No mesmo ano, começa a namorar Rena Dewitt, autora do livro *Escravos da cidade*, que adquire fama breve. Dewitt, filha do *grande* Percy Dewitt, herdeira de uma fortuna da indústria farmacêutica, apresenta o novo namorado aos prazeres que o dinheiro proporciona — festas nos Hamptons, vida noturna e o mundo da arte. Em 1988, inicia o autodocumentário. Em 1989, declara-se como um artista de um nome só — Rune — no seu *Diário*, amputando o sobrenome com muita cerimônia ao erguer uma folha de papel e cortar *Larsen* fora com uma tesoura. Em 1991, estreia numa exposição coletiva na Escola Pública 1: *Só um cara normal* [anotação 1556 no diário], filme de Rune pintado de azul, à la Franz Klein, narrando o seu dia a um pequeno robô que assente, balançando a cabeça para cima e para baixo. Considerado pelo *New York Times* como destaque da exposição. Fica amigo da modelo Luisa Fontana e costuma ser visto com ela. O fim de Luisa é trágico. Ela salta do décimo primeiro andar do seu prédio na East Sixty-Seventh Street em abril. A morte triste de uma moça bonita recebe uma grande reportagem no *New York Post*. Rune é mencionado como integrante do seu círculo de amigos.

(Nenhuma fonte de renda conhecida entre 1986 e 1992.) Em 1992, *Terminar uma relação é difícil* [anotação 1825 no diário] é exibido na galeria Zeit. Dois filmes passam simultaneamente: 1) Documentário sobre a separação histriônica de Rune e Dewitt num enorme apartamento glamoroso em Central Park

West, de propriedade de Dewitt. Considerável habilidade atlética demonstrada pelos dois na arte de lançar sapatos. 2) Versão "cibernética" animada de dois personagens fazendo gestos idênticos. Atrai a atenção da imprensa. William Burridge repara. Rune troca a Galeria Zeit pela Burridge. Vários artigos hipócritas publicados por jornalistas reclamando de invasão de privacidade. Não é isso que *nós* fazemos? Rune afirma que Dewitt sabia da câmera e que ambas as versões são "simulações". Dewitt afirma ter se esquecido de que havia uma câmera. Em outubro de 1995, Hiram Larsen morre na casa da família em Clinton devido a ferimentos na cabeça causados por uma queda na escada que levava à sua oficina no porão. Rune comparece ao enterro no Iowa. Em novembro de 1995, William Burridge tenta entrar em contato com Rune em Williamsburg, para onde tinha se mudado com Katy Hale, mas sem sucesso. Termina com ela depois de dois meses, fica com India Anand. Nenhuma gravação em filme, vídeo ou mídia digital. A autobiografia para até 1996, quando Rune ressurge em Nova York. Sem endereço fixo até novembro.

Em outubro de 1997, exposição de enorme sucesso, *A banalidade do glamour*, na Galeria Burridge, usando tecnologia de metamorfose facial para alterar os seus traços aos poucos numa sequência em vídeo dele mesmo acordando, caminhando pelas ruas e comparecendo a um vernissage à noite com uma camiseta em que se lê *Homem Artificial*. Filmes simultâneos de pacientes de cirurgia plástica (tanto cosmética quanto de reconstrução) passando pela faca, misturados a imagens de mãos, braços e pernas de prótese e robóticas, além de crucifixos e cruzes. Tijolos dispostos em diversos pontos na galeria com inscrições simples: *Arte, Artificial, Homem-Arte, Arte-Homem, Homenarte, Artehomen, Cruz, Cruzes* e *Crucifixo*. Negócio ligeiro em tijolos. A *Art Assembly* publica o artigo "Rune: Construção do não eu". Exposições em Colônia e em Tóquio. Exposição das cruzes em setembro de 1999. A cruz amarela é vendida por três milhões. "No céu", alguém escreveu, "todas as pessoas interessantes estão ausentes." Rune certamente foi uma pessoa interessante. A cada jornalista ele contava uma história diferente a respeito do período em que se ausentou, não uma narrativa vaga ou geral, mas relatos altamente específicos, que cada repórter engolia todinho. Uma sinopse:

1. Deixou Nova York com o coração partido depois do seu caso com Dewitt e se mudou para Newfane, no Vermont, onde viveu com outro nome, Peter Granger, e executou vários trabalhos de carpintaria para se sustentar.
2. Fugiu para Berkeley e, depois de perder o emprego de atendente na livraria Cody's, acabou se tornando sem-teto e viveu entre um grupo de mendigos andarilhos em San Francisco.
3. Morou no carro durante aqueles meses, indo de um lugar a outro, pegando trabalho onde aparecia, mas nunca passou mais de três semanas em nenhum lugar.

Ninguém com quem falei em Newfane chegou a ouvir falar de Peter Granger. O pessoal da Cody's não sabia nada a respeito de Rune, e a história da vida na estrada não podia ser verificada de jeito nenhum.

Rune me ofereceu uma quarta versão. Depois do fiasco com Rena Dewitt e a morte do pai, não se sentiu deprimido, mas sim extasiado. "Nada que eu fazia estava errado", ele disse. "Eu estava tão para cima, nunca caminhava; eu me elevava. A sensação era para lá de boa. Era êxtase. Gastei dinheiro. Eu transei, às vezes com cinco mulheres num dia. Eu dancei, cantei e bati punheta. Eu tive visões, cara. Nada de drogas, apenas miragens malucas de animais vermelhos grandes e mulheres com dentes de cachorro. Fiquei cagando de medo. Uma das minhas parceiras de sexo, que por acaso era psiquiatra, me levou à Emergência Psiquiátrica no Hospital Nova York depois que tínhamos trepado. Bom, trepado e brigado. Imagine só, num minuto você está arfando em cima de uma psiquiatra gostosa e, quando se dá conta, está trancado numa ala de internação."

Apesar de eu tentar confirmar esta história, a lei da privacidade dos pacientes psiquiátricos do estado de Nova York me segurou a cada curva. A minha tendência é ficar com o número quatro, não por eu ter sido o recipiente desta explicação, mas porque é bizarra e, depois de ter adentrado a meia-idade com solidez, já ouvi coisas suficientes do mundo para saber que muitas vezes a verdade parece inventada e o inventado soa como verdade. Pelo menos é plausível que Larsen tenha tido algum tipo de crise, apesar de não ter sido confirmado.

Ao fazer pesquisa para o meu livro depois da morte de Rune, compreendi que a irmã dele, Kirsten, sabia onde o irmão tinha passado boa parte daquele período não registrado da sua vida. Kirsten Larsen é técnica craniofacial em Minneapolis. Ela faz próteses faciais para pacientes de câncer e outros que perderam o nariz, as orelhas, as bochechas, o queixo, o maxilar etc. Apesar de ser reconhecidamente difícil imaginar isso como uma vocação de vida, durante as nossas conversas por telefone, ela falou do trabalho como uma profissão nobre, estendendo-se de maneira grandiloquente a respeito dos desafios de executar a probóscide exata em "materiais biocompatíveis" para o homem que perdeu a dele, e admitiu com alegria que o seu trabalho teve alguma influência em *A banalidade do glamour*. Mas ela se mostrou muito mais reticente no caso do desaparecimento do irmão e falou em linhas gerais da necessidade dele de "se encontrar". Rune quis a solidão. Ela não estava "em posição de dizer" etc. Quando perguntei diretamente sobre uma possível doença mental, ela respondeu bem baixinho: "Acho que ele tinha que ser louco para morrer daquele jeito, não acha? Isso é tudo que eu vou dizer". "E a morte do seu pai? Foi muito difícil para ele?" Um longo silêncio se instalou. Eu esperei com paciência. Então, ouvi fungadas. Baixei a voz e adotei o tom de consolo que aperfeiçoei com o passar do tempo: não tinha sido minha intenção aborrecê-la. O acidente do pai deles deve ter sido um choque, um choque terrível. Soluços na outra ponta da linha. "Foi ele que o encontrou. Não entende como isso foi terrível? Ele encontrou o nosso pai morto." E então, irritada, ela disse: "Os mortos merecem um pouco de respeito. Não entende? O meu pai, Rune, a minha mãe. Estão todos mortos. Mas precisam ser respeitados".

A reportagem investigativa pode ser cansativa, e é preciso se acostumar às intrusões que são necessárias para um artigo. Eu tinha me adaptado aos rostos cobertos de lágrimas e às vozes embargadas fazia muito tempo, mas aqui estava uma mulher que não queria falar, e eu gostei dela por isso. Vivemos num mundo em que as pessoas, desesperadas pela atenção da mídia, costumam vender a alma para aparecer na TV. A simples menção da minha revista faz olhos brilharem e línguas se soltarem, mas, na medida em que as ironias vão se empilhando, uma por cima da outra, devo dizer que Rune tinha tesão por atenção. Eu disse isso a Kirsten. "Não acha que o seu irmão iria querer que um livro fosse escrito sobre ele? Não é verdade que o seu último gesto foi para a arte e a tecnologia? Acredito que ele tenha deixado claro que a sua morte foi uma afirmação estética, e que foi assim que ele escolheu fazer."

Antes de desligar o telefone, Kirsten Larsen disse: "Acho que o senhor não entende nada".

Rena Dewitt divulgou uma declaração para articular o seu "choque e tristeza" depois da morte de Rune, e então desapareceu atrás do muro legal que inevitavelmente rodeia bilhões de dólares.

Mas tenho horas de conversas gravadas com Katy e India, que fornecem minúcias a respeito dos gostos e desgostos do seu amante mútuo, as suas histórias de infância, os seus hábitos alimentares — o verdadeiro Rune, aliás. Houve certa concordância. Ele lia muito, principalmente ficção científica, histórias em quadrinhos, biografias de artistas. Adorava Nietzsche e gostava de citar Marinetti, o futurista italiano, que chutava o saco de qualquer sentimentalismo. Todos os detalhes são revelados no meu livro, mas para ficar só no cerne de uma longa história: os relatos a respeito da vida pessoal dele não se encaixam. Inúmeras entrevistas com amigos e conhecidos revelaram não uma pessoa, mas várias. Ele amava a mãe. Chamava-a de "vaca fria". As suas relações com a mãe eram "conturbadas". Era distante do pai, que costumava bater nele. Admirava o pai, mas o considerava um pouco "simplório e convencional". Tinha experimentado vários alucinógenos na faculdade. Nunca tinha tocado em drogas pesadas, mas tinha alucinações espontâneas. Posso confirmar que gostava de uísque. Certa noite, quando saímos, ele me abraçou pelos ombros depois de quatro drinques e disse: "Sabe por que eu gosto de você, Ozzie, meu velho?". Depois que eu, obediente, respondi: "Não, Rune, por quê?". "Porque nós entendemos. O mundo é uma merda."

Esta pode ser considerada uma afirmação filosófica, suponho. Ambos éramos ateus convictos, mas o que me fascinava naquele homem era que comigo ele também mudava de um dia para o outro. Ele falava muito de "lapidar a imagem" e a "autoapresentação", da sua necessidade de "traçar um plano de jogo". Mas daí ele confessava um desejo de fazer arte capaz de "abrir as pessoas a faca" e "sacudi-las com força". De acordo com Katy, ele chorava com regularidade por causa de artigos de jornal a respeito de crianças mortas e/ou vítimas de violência, dava dinheiro a várias organizações que cuidavam de animais e professava o vegetarianismo. Pode ter sido uma fase. Comigo, ele comia carne.

Rune era um fabulista. Ele se reinventou vez após outra e de modo incessante, até o fim. Neste sentido, era um homem do nosso tempo, uma criatura da mídia e das realidades virtuais, um avatar caminhando sobre a terra, um ser digitalizado. Ninguém o conhecia. O seu comentário a respeito de sua autobiografia ser "falsa" é ao mesmo tempo profundo e superficial. E esse é o ponto. Não pode haver profundidade no nosso mundo, nem personalidade, nem história verdadeira, apenas imagens sem substância projetadas em qualquer lugar e em todo lugar de modo instantâneo. Logo teremos aparelhos de comunicação implantados diretamente no cérebro. As diferenças entre realidade e imagem já estão desaparecendo. As pessoas vivem nas suas telas. A mídia social está substituindo a vida social.

Vi Harriet Burden com Rune uma vez, na casa dele, pouco depois de *Por baixo* ter sido montada. Eu gostava de me referir ao armazém convertido de Rune como "Versalhes sobre o Hudson". O elevador comportava vinte pessoas. Os cômodos eram de um tamanho estupendo, com sofás monumentais e poltronas superestofadas cobertas de brocados, sedas e veludos em cores brilhantes, cheios de luz. "Eu queria que parecesse um filme de Hitchcock, uma extravagância tecnicolor", ele explicou. Imagens gigantescas do seu próprio filme estavam penduradas em todo lugar. A namorada dele na época, Fanny qualquer-coisa (ex-modelo da Victoria's Secret), entrava e saía usando botas Ugg e shortinho jeans. "Preciso de uma assadeira para os brownies, Rune."

Algum tempo depois, a viúva de Felix Lord foi conduzida até a sala por algum lacaio que tinha atendido à porta, e ali, em contraste duro à leve e adorável Fanny, postava-se a enorme Harriet, uma presença estridente antes mesmo de abrir a boca. Eu sabia que ela andava comprando e vendendo arte, a tinha visto em alguns vernissages, mas não havia falado com ela desde o dia em que a conhecera no estúdio de Tish. Ela me cumprimentou com firmeza, sentou-se e passou um tempo sem dizer nada. Rune e eu conversávamos sobre inteligência artificial, um interesse que compartilhávamos, quando ela nos interrompeu com um comentário grosseiro, dizendo que os pesquisadores de inteligência artificial nem conseguiam fazer um robô que caminhasse igual a um ser humano, pelo amor de Deus. Então começou a discorrer sobre consciência, como se fosse algum tipo de especialista, e então mencionei *Por baixo*. Ela classificou o trabalho como uma grande mudança depois das cruzes. Fui educado. Entrei na dela. Disse que o interessante era a oscilação no trabalho de Rune — o movimento de uma posição à outra —, mas que o trabalho dele era sempre a respeito de corpos, tecnologia e simulação, desta vez em modo desastre.

Ela nos interrompeu. "Não vejo como *Por baixo* possa ser sobre tecnologia."

Mencionei a dança dos robôs.

"Por que você acha que aquelas figuras são robôs?"

Rune ficou do meu lado. Os dançarinos tinham movimentos robóticos, ele disse, claro, alinhados ao seu trabalho anterior. A maior parte das resenhas, ele disse, tinha descrito assim.

Eu simplesmente ecoei o comentário, dizendo que era óbvio para todo mundo.

Isso a espevitou. A voz dela subiu uma oitava. Ela perguntou quem era "todo mundo", disse que eu estava cego pelo contexto, assim como os outros tolos, ou algo com este efeito. Ela me acusou de fracassos múltiplos como jornalista, mas não me lembro da maior parte deles. Fiquei com vergonha por ela, de verdade, e não iria humilhá-la com uma resposta. Isso a irritou ainda mais. Mulheres que recorrem a choramingas sempre surtiram um efeito arrepiante em mim. O meu casamento confessadamente breve acabou porque fiquei alérgico à voz da minha mulher. Desde então, só me relaciono com mulheres que mantêm o tom grave e melodioso. A tirada de Harriet durou sete, talvez dez minutos. Rune tentou acalmá-la: "Harry, Harry, não é importante. Relaxe. Vamos lá". O aborrecimento terminou quando ela vestiu o casaco e o chapéu num movimento esvoaçante e executou a sua saída grandiosa.

Eu não fiquei com a impressão de que os dois eram colaboradores. Ficou óbvio que Rune dava as cartas. Perguntei-lhe qual era o problema dela, e ele disse que ela era supersensível, um pouco instável, mas era amiga dele. Gostaria de observar aqui que ele a defendeu: "As pessoas não compreendem Harry, mas ela é altamente inteligente. Ela empaca na sua própria visão, mais nada. Eu a admiro por isso".

Depois que Harriet saiu, Rune e eu passamos para o sentido do dinheiro, o eterno assunto americano. Ele nunca tinha visto dinheiro de verdade antes de vir para Nova York. A cidade onde ele nasceu, Clinton, no Iowa, tinha rolado nas glórias da riqueza da madeira na segunda metade do século XIX, mas quando as florestas foram exauridas por volta de 1900, a riqueza morreu com as árvores. Ele tinha sido criado com as mansões mofadas e os parques em frangalhos deixados pelos milionários mortos havia muito tempo, mas em Nova York essas riquezas tinham renascido no corpo de Rena Dewitt. "A alma dela era feita de dinheiro", ele disse. A minha própria iniciação tinha acontecido em Yale, onde presenciei em primeira mão os preconceitos de classe casuais, a sua facilidade e presunção, os gramados e os quadros e as mansões que estavam à espreita por trás do sorriso simpático, mas distante. Claro que precisamos dos ricos. Sempre foi assim: para olhar com cobiça e invejar e imitar. Eles são o nosso espetáculo e a nossa alegria, porque na cabeça de cada americano há o pensamento: *Eu poderia ser ele*. (*Eu poderia sê-lo*, apesar de ser gramaticalmente correto, já não espreita no nosso coração coletivo, não mais.) Os ricos constituem a nossa mitologia, afinal de contas, o nosso conto de fadas, o nosso hino ao sucesso: o homem que se fez, o barão ladrão, dente por dente, individualismo ferrenho, os bonzinhos chegam por último, carregue a sua arma e ande a bordo da sua própria limusine, duas gostosas de pernas compridas com peito turbinado a caminho da estreia e, quando sai do carro, flashes espocando ao seu redor. Ainda existe dinheiro antigo por aí, silencioso e oculto e sorrateiro, mas ele já não atrai a imaginação do público como antes. O registro social, a elite social, as debutantes — ainda existem, mas há cada vez menos histórias da Filadélfia no nosso mundo de Twitter e Facebook.

Rune e Rena — um par reluzente. "Rune, o Rústico", ele brincava, "aprendeu rápido." Ele aprendeu porque nos Estados Unidos ainda existe um pouquinhozinho de verdade no mito. Cabeleireiros milionários se associam a herdeiras. Mercadores caubóis, de repente endinheirados, entram saltitantes pelas portas do baile de gala do Metropolitan Museum. As atrizes, antes as amantes sustentadas pelo sr. Dinheiro Antigo à espreita nas coxias, agora são a realeza por direito próprio. O artista recém-forjado compra lofts e casas a torto e a direito. Eu já vi isso tudo. Pode acreditar. Eles sobem. Eles descem. Eles levantam voo e desabam. Eu não sou a consciência de ninguém, mas sou o homem que observa os fiascos e a cobiça e os comprimidos e a bebida e as temporadas nas clínicas de desintoxicação. E ainda tenho emprego. Ainda estou no meu apartamento confortável, e sou convidado para jantar algumas vezes por semana por pessoas que contam. Tenho dois smokings. Ninguém se lembra do Réptil, mas as técnicas que eu usava na época continuam valendo, e tenho algo que não pode ser fingido: perspicácia. É um bem em baixa oferta.

A arte do diálogo vem definhando de modo contínuo, até não haver quase nenhuma arte de sobra, mas faço o que posso para ressuscitá-la. E compreendo o poder do elogio, que deve sempre se embasar numa verdade. Eu disse a Rune naquele dia que as evasivas dele eram fascinantes, que ele prendia o meu interesse, não só por eu admirar o seu trabalho, mas porque ele corporificava contradições que eu mesmo sentia. Sinto-me continuamente dividido entre admiração e desprezo pelo circo de vaidade e de estupidez que testemunho todos os dias e sobre o qual escrevo com zelo. Admiro o vigor impiedoso dos alpinistas, mas com frequência lamento a sua falta de estilo. Sinto o chamado do futuro, a revolução da era digital, mas tenho saudades do esmero literário do passado, de um toque de romance e cortesia.

Ele desdenhou do meu comentário, mas então fez uma espécie de confissão longa em forma de divagação, que eu gravei. Eu não ia usar. Simplesmente apertei o botão pelo bolso do paletó e, apesar de o som não ser perfeito, peguei boa parte. Ele sempre quis sair de Clinton e atribuía este desejo de fugir à mãe. Não era surpresa nenhuma para quem conhecera o filho: a mãe tinha sido uma beldade, a rainha do baile da escola e depois Miss Iowa Dairy Farm. Sim, ainda na juventude não tão distante de Rune, tais tradições permaneceram no Meio-Oeste. A mulher tinha alimentado os seus próprios delírios de Bovary concentrados principalmente em Chicago, que não deram em nada. Ela adorava música da Motown e costumava dançar enlouquecida ao som das Supremes, batendo, ralando e arfando com os dois filhos até os três darem tanta risada que a lateral do corpo doía, na sala, onde ela guardava as fotografias enquadradas da corte do baile da escola — ela no centro, sorrindo ao lado do rei —, além de várias ampliações de vinte e oito por trinta e três dela mesma com todo o aparato de Miss Dairy Farm, com uma faixa que cruzava o peito e uma coroa dourada na cabeça. "Aquele foi o glamour dela, o seu momento", ele disse, "todos olhando para ela." Parece que ela nunca se desapegou do momento, para incômodo do marido. Ela contava as histórias do seu triunfo incessantemente. "Coitada da minha mãe", Rune disse. "Ela costumava se arrumar toda para ninguém e ficava rodopiando pela casa. Agora acho que ela era louca, maluca, de internar." E daí havia dias em que ela não saía da cama. Ficava deitada inerte, de camisola, olhando para o teto, com um copo de vodca ao lado, disfarçado como se fosse Coca-Cola. "Ou ela chorava." Irmão e irmã tentavam animar a mãe desfalecida, mas nada funcionava.

Não, não era um retrato charmoso de família. A mulher se matou com uma combinação letal de soníferos e álcool. Foi provavelmente intencional, mas Rune não falou a respeito da morte dela de fato, como tinha acontecido exatamente, e eu não perguntei. Ele bateu nas coxas como se fossem dois bongôs durante a maior parte da narrativa, com os olhos não em mim, mas na luminária ao lado da sua cadeira. A certa altura, ele entrou na história da gata, e parou de batucar. Na época, ele tinha oito anos.

A sra. Sharon Larsen, órfã de ascendência nórdica — daí o nome dos seus dois rebentos —, andava dando comida para uma gata selvagem ou quase selvagem contra a vontade do marido, uma gatinha listrada magricela que aparecia para comer no fim da tarde. Depois de um tempo, a gata se acomodou na casa, mas os três conspiradores da família sempre punham o felino para fora antes de o patriarca voltar, apesar de o homem ter adquirido o hábito de ficar farejando o animal e reclamar com amargor do "fedor de gato". "Nada de gato! Eu disse que não quero saber de gato!" E então, numa tarde fatídica, a intrometida deu à luz no cesto de roupa suja da família, em cima de uma das camisas paternas, uma camisa de trabalho cinza com o nome da empresa, Hiram's, bordado no bolso. Uma batalha doméstica que levou ao ato que Rune então descreveu. O pai pegou a ninhada de corpinhos minúsculos, rosados e cegos com guardanapos de papel e os afogou num balde na garagem, enquanto a mãe berrava "Não!" e as crianças se encolhiam à porta. Quando o sr. Larsen regressou à lavanderia para agarrar a gatinha e expulsá-la para sempre da residência, a sra. Larsen se ajoelhou ao lado do balde da cena do crime e recolheu os corpos, enquanto urrava: "Eu odeio você! Seu monstro!". Os vizinhos chamaram a polícia. A esta altura, o sr. Larsen tinha se arrependido do massacre e tinha pedido desculpas à esposa, mas a sra. Larsen nem quis saber. Os policiais conseguiram assustá-la para que se calasse, mas não haveria reconciliação entre o casal, apesar de o sr. Larsen, de acordo com o filho, ter implorado e se rebaixado e, a certa altura, ajoelhado de arrependimento. De manhã, as crianças encontraram os restos mortais dos gatos no chão da garagem. O adjetivo descritivo de Rune para o pobre cadáver foi "nojento". Kirsten orquestrou um enterro adequado no jardim, completo com orações, mas o irmão dela não participou. "Decidi", Rune disse, "naquele exato momento, olhando para aquelas merdinhas ressecadas e nojentas, que eu não ia mais ser eu."

Quando lhe perguntei o que quis dizer, ele falou que soube que não fazia parte daquela gente, e nunca faria. Não iriam voltar a vê-lo. Perguntei se ele tinha fugido de casa. Não, não foi isso que ele quis dizer, mas sim que poderiam enxergar alguém, mas não ele. "Eu podia lhes dar Rune Dois, Rune Três ou Rune Quatro, mas nunca Rune Um. Eles não sabiam diferenciar. Desde que eu não os incomodasse, que diferença fazia?" Ele disse que a gata sempre voltava para procurar os filhotes, miando na frente da porta. Ele costumava sair e conversar com ela, e lhe dava algo para comer. A mãe, parecia, tinha perdido todo o interesse pela antiga causa. "Ela se tornou a minha gata", Rune disse. "Mandei castrar com o dinheiro que roubei da bolsa de Sharon. Ela nunca reparou que o dinheiro tinha sumido ou, se reparou, provavelmente achou que tinha gastado na bebida que acreditava esconder com tanto cuidado. Eu nunca deixava a minha gata entrar em casa. Eu saía para ficar com ela."

Rune sorriu para mim. O adjetivo mais fácil para aquela expressão facial entre muitos dos meus amigos seria *de esfinge*, mas eu me esforço muito para manter a minha prosa isenta de clichês frouxos, não que alguém de fato note nesta nossa era iletrada. O sorriso do homem era ilegível. Incluí o drama da gata da família em *Martírio pela arte* porque admirei a ideia de Runes numerados, independentemente de ele ter inventado aquilo para mim ali na hora ou não. A ideia capturou a sua estética e o anseio por eus virtuais: um, dois, três, quatro e quem sabe mais outro.

O Barômetro
*(trecho da conversa gravada por
Phineas Q. Eldridge, 5 de outubro de 2001)*

PQE: Como você se interessou pelo clima?
B: É de Deus. Começo e fim. Ele é, eu proclamo, todo o clima, o homem do tempo de tudo e da totalidade, do tudo está bem quando acaba bem. Pressões do vento montam no seu ser estourado de começos e fins. Você compreende que ele é um totalitarista, mas também um hotelitarista, que acolhe a humanidade, leva ela para a pousada, mas daí explode ela toda. A canção diz: "Faça o homem explodir, ó me dê um tempo, e me dê alguma rima e explosão, faça explodir, faça explodir o homem". Faça explodir aquele cabecinha dura insignificante, homem, homem e o seu tipo, em fitas e migalhas. Como ele faz isso? É uma grande questão secreta do Potentado, o Amoral, o Pulverizador e Misericordiador, o Papai do Ceuzão Azul que sonha nas nossas telas. Foi isso que aconteceu com o World e o Trade, as Torres do Poder. Deus teve um pesadelo, sabe, e aí ele ficou viral em todas as TVs e computadores e também na cabeça de todos os nerds ligados na rede. Cabeça divina, as tempestades da cabeça de deus sobre a terra, a sua maldição sobre as nossas coisas, mas

não coisas que podemos entender ou exigir ou devolver ou tomar pela mão. Sou abençoado com bolas internas de sorvete e depois grito por causa dessas questões, essas questões barométricas que não são questões, mas resultados de vento para bom, tempo bom, que devia ser bom, mas que com frequência não é bom, no sentido em que a vida não é boa. Tudo é registrado, tremores e cócegas e agitos, altos e baixos nos meus órgãos e na minha cabeça, na massa cinzenta lá em cima com gráficos e aquela agulhinha balançando, sabe, também está lá. A minha cabeça tem conexão direta com a cabeça de deus, duas cabeças, e pode ser demais, demais mesmo para mim, e alguns dias eu não consigo gerenciar o gerenciamento das ataduras necessárias, são demasiadas, quando a terra e o ar estão chorando fora e dentro da minha cabeça...

PQE: Você mora com Harry já faz um bom tempo. Ouvi dizer que você diz que quer ir embora, mas acaba ficando.

B: As razões são demoníacas.

PQE: Demoníacas?

B: O anjo mau que vem às vezes na hora escura, esgueirando-se ao redor das coisas de Harry, no mundo dela dos metamorfos e dos trocados. O Barômetro é capaz de senti-lo, os seus agouros. Eu fico como a barreira, a agulha acelera quando ele está aqui. Sei lutar luta livre. Eu fazia parte do time. Eu vou lutar. Jacó lutou contra ele. O tendão da coxa de Jacó encolheu.

PQE: Sim, eles lutaram a noite toda. Eu sempre achei isso muito homoerótico. Mas você não está falando de Bruno, está?

B: Bruno não é um anjo. Você não tem olhos? É cego, cego e desapiedado? Ele vem quando você não está aqui, Phineas. Ele se esconde atrás dos prédios e das latas de lixo. Ele fica com as asas dobradas, grandes, horrorosas, asas cobertas de veias. Ele caiu, sabe, caiu do céu para aqui embaixo, para nos manter por baixo, para construir a nossa ruína, mas nada quebrou quando ele caiu, e agora ele vaga pelo meio de madeira e lixo, sobre colina e vale até o palácio onde Longitude se encontra com Latitude, sabe, não sabe, ele caiu, o Arqui-Inimigo. Se ele tocar em você, você queima e resseca. Olhe aqui no meu braço.

PQE: Está dizendo que o anjo deixou essa marca vermelha em você?

B: Um dedo de fogo de sina irada. Ele falou: "Não diga nem uma palavra, seu louco da porra. Nem uma palavra".

PQE: Ele disse isso? Não é muito angelical.

B: Ele disse isso, e então deu meia-volta e caminhou pelo corredor, arrastando as asas feito penas de pavão atrás de si.

Maisie Lord
(*transcrição editada*)

Mamãe teve que dizer a mim e a Ethan que Phinny era a fachada dela, porque percebeu que, no momento em que víssemos As *salas de sufocação*, iríamos saber que ela era responsável por aquilo. As silhuetas empelotadas, o aquecimento nas salas: ninguém além da mamãe fazia arte assim. Ela simplesmente soltou: "Maisie, Phinny vai expor o meu trabalho para mim". Quando fiquei olhando boquiaberta para ela e perguntei se tinha ficado completamente maluca, ela ficou com aquela expressão enrugada de quem sabe tudo no rosto, que sempre me avisa de que uma grande explicação está por vir, e começou a contar uma história sobre James Tiptree, o escritor de ficção científica. De acordo com mamãe, pelo menos durante dez anos, ninguém viu Tiptree pessoalmente, nem o editor dele. A sua identidade causou muita especulação, e havia algumas pessoas que achavam que, escondida atrás do pseudônimo, podia haver uma mulher, não um homem. Robert Silverberg, outro escritor de ficção científica, fez uma introdução para um livro de contos de Tiptree. Ele pesou a questão do gênero sexual e argumentou que, da mesma maneira que nenhum homem poderia ter escrito os romances de Jane Austen, nenhuma mulher poderia ter produzido as histórias de Ernest Hemingway ou James Tiptree. Mamãe adorava esta parte do drama de Tiptree porque a crença de Silverberg na masculinidade inegável do escritor revelou-se equivocada. Quando a verdadeira pessoa saiu de trás do pseudônimo, o machão Tiptree revelou-se ser Alice Bradley Sheldon.

Mas mamãe batia na tecla de que nada era simples. Depois de ter inventado Tiptree e antes de se revelar como Alice Sheldon, a escritora assumiu uma outra personagem, uma mulher que ela batizou de Raccoona Sheldon, cujo trabalho foi rejeitado por diversos editores e considerado inferior ao de Tiptree. A escritora que tinha sido elogiada como um homem capaz de escrever ficção científica feminista agora também tinha uma máscara feminina. Mamãe disse que o nome bizarro Raccoona certamente tinha sido inspirado, pelo menos em nível subliminar, pelas máscaras que os guaxinins — ou *raccoon*, em inglês — não usam, mas simplesmente têm — aquelas que lhes são dadas pela natureza. Esse é o título do meu terceiro filme, aquele em que estou trabalhando agora a respeito da minha mãe: *A máscara natural*. A revelação de que James Tiptree e Raccoona Sheldon eram dois lados da mesma pessoa não fez com que a vida fosse mais simples para Alice Sheldon. Apesar de algumas mulheres que tinham feito amizade com Tiptree por carta (entre elas Ursula Le Guin) receberem a recém-revelada Alice Sheldon de modo caloroso, diversos homens que escreviam para ela sumiram de maneira abrupta da sua vida.

Mamãe me contou a história toda com olhos brilhantes. Estávamos sentadas uma na frente da outra à mesa da cozinha, e ela se inclinou na minha direção, erguendo o indicador de vez em quando para dar ênfase às suas afirmações. O que a interessava não era simplesmente substituir o nome de um homem pelo de uma mulher. Isso era uma chatice. Não, ela observou que Le Guin sempre tinha desconfiado de que Raccoona e Tiptree eram dois autores que vinham da mesma fonte, mas numa carta a Alice, escreveu que preferia Tiptree a Raccoona: "Acho que Raccoona tem menos controle e, portanto, menos perspicácia e menos força".

Le Guin, mamãe disse, tinha compreendido algo profundo. "Quando se assume um personagem masculino, algo acontece."

Quando lhe perguntei o que era, ela se recostou na cadeira, abanou o braço e sorriu. "Você pode ser o pai."

Como filha dela, eu não gostava de ouvir mamãe falar sobre ser o pai. Eu senti um puxão visceral por baixo das costelas, mas comecei a dar risada e disse algo do tipo: "Ai, mãe, vamos lá, não está falando sério". Mas mamãe estava falando sério. Ela me disse que, em 1987, Tiptree atirou no marido e depois se matou. Mamãe disse que Sheldon não conseguiu viver sem seu homem — não o marido dela, obviamente, mas o homem dentro dela — e acreditava que tinha sido por isso que ela explodira com violência.

Eu reconto a história de Tiptree no meu filme. Alice, que era conhecida como Alli pelos amigos, certa vez disse: "A minha biografia é ambissexual". Harriet Burden, conhecida como Harry pelos amigos, poderia ter dito a mesma coisa. Não acabou ali. Mamãe sabia que me falar sobre os seus pseudônimos me perturbava porque o pai dela e o meu pai de algum modo se misturavam naquilo. Suponho que todos nós colocamos as pessoas e as coisas no seu lugar, bem delineadas em preto, mas o mundo simplesmente não é assim.

Conversamos sobre Aven durante um tempo e sobre a morte de Rabanete, que se afogou num copo de suco de laranja. A minha filha tinha ficado tão despreocupada com a morte da companheira ruidosa e difícil, mas também jovial, que morava na garganta dela que cheguei a ficar preocupada. Mamãe deu risada e disse que amigos imaginários não precisavam de enterro. Eles voltavam para "o lugar de onde tinham vindo", e nós duas demos risada.

E então cobrimos o território de Ethan. Mamãe e eu sempre fazíamos isso. Ele era a nossa obsessão compartilhada, o filho e irmão que não conseguíamos entender muito bem, por isso sempre precisávamos conversar sobre ele. Ethan tinha acabado de publicar o seu primeiro conto numa revista literária, e mamãe estava orgulhosa. "O guarda-chuva" é uma história curiosa sobre um homem que constrói uma relação erótica com o seu guarda-chuva listrado. Sempre que chove, ele estremece de excitação com a perspectiva de abrir o guarda-chuva, e precisa se esforçar muito para resistir a apertar a molinha nos dias ensolarados, apesar de passar muito tempo admirando a sua beleza enquanto está apoiado de modo casual de lado, no seu suporte. Assim como o meu irmão, o herói da história tem regras a respeito de como se comportar. Na rua, em dias chuvosos, embaixo do seu guarda-chuva, ele não quer que ninguém veja que, na verdade, treme de alegria. A todos por quem ele passa ou encontra, o guarda-chuva deve ser apenas uma coisa — uma ferramenta para se proteger da chuva. E então um dia, depois que o deixou na chapelaria com o seu casaco num restaurante e fez a sua refeição, a mulher que cuida das peças pegou o casaco certo, mas o guarda-chuva errado. Uma busca se segue, mas o guarda-chuva listrado não é encontrado, e o herói sem nome de Ethan fica arrasado, apesar de manter um semblante falso para o gerente obsequioso, que pede muitas desculpas pelo erro. Ele sai à rua com o guarda-chuva errado, que joga fora numa lata de lixo, e segue para casa sob um dilúvio, ficando cada vez mais molhado e cada vez com mais frio. A última frase, que usava o pronome feminino pela primeira vez, é: "E ninguém entenderia que ela era insubstituível".

Mamãe achou a história melhor que qualquer outra coisa que Ethan tivesse escrito antes, menos pretensiosa, e eu concordei, apesar de que se excitar com um guarda-chuva de gênero feminino me parecesse mais uma esquisitice no catálogo de esquisitices que, juntas, formavam o meu irmão. Eu sempre tinha tido inveja do fato de Ethan ser especial. Sempre era preciso lidar com ele com muito cuidado, o nosso menino excêntrico com os seus movimentos rígidos. Ele costumava me lembrar Pinóquio (antes de se tornar menino, é claro). E ficava tão frustrado com coisinhas idiotas e dava chiliques. Socava o chão, berrava, chutava. Mamãe o segurava com força nos braços e simplesmente o deixava chorar. Sempre me diziam para "fazer concessões" às "peculiaridades" dele. Olhei bem para mamãe e disse que eu também queria peculiaridades. Eu queria ter o tratamento especial de menino-gênio de Ethan, mas eu era a velha, boa e normal Maisie, sem nenhum osso especial no corpo. Eu me lembro de mamãe ficar chocada por eu ter sido tão explícita. Ela se debruçou por cima da mesa, pegou a minha mão e disse: "Maisie!".

Suponho que eu tenha me mostrado rabugenta. Também suponho que a confissão da mamãe tenha aberto a porta para mais confissão, e que eu tinha uma necessidade perversa de receber alguma atenção para mim. Reiterei que tudo sempre tinha sido sobre Ethan, reuniões extras com as suas professoras, longas conversas com ele no quarto antes que conseguisse ir dormir, o seu "remédio" especial que não era remédio coisa nenhuma, mas uma misturinha de chocolate, açúcar e leite, e que às vezes ela nem mandava que ele escovasse os dentes depois. Mamãe se afundou na cadeira com olhos arregalados e disse: "Mande ver, pode falar tudo". E eu falei. Fiquei falando por um bom tempo, mas o meu "mandar ver" atingiu o auge com uma história que ainda me dói quando lembro.

Ethan estava doente. Ele sempre ficava doente com dor de ouvido, uma depois da outra, e mamãe tinha feito uma cama para ele no sofá da sala. Ela passou a noite toda com ele. Eu não estava conseguindo dormir e saí da cama para ir procurá-la. Eu me lembro de olhar para Ethan e os seus ouvidos idiotas e, em vez de sussurrar, falei bem alto, na verdade talvez tenha berrado, e ele acordou.

"E você ficou tão brava", eu disse, "você me disse para 'crescer e parar com esta bobagem'." Eu falei a frase chorando para mamãe. A velha emoção voltou com tudo, como se eu tivesse sete anos mais uma vez e fiquei toda quente de tristeza e com uma sensação de cruzada com a injustiça daquilo tudo.

"Você me mandou embora", eu gritei para ela. "Você me mandou embora!"

Mamãe olhou para mim com tristeza. O seu rosto se enrugou com aquela expressão de compaixão pesarosa que eu conhecia tão bem, mas também havia um sorrisinho nos seus lábios, e ela abriu os braços e disse: "Venha aqui, Maisie".

E eu dei a volta na mesa e mamãe me puxou para o colo dela, e me abraçou com os seus braços compridos. Fechei os olhos e desabei em cima dela, com o rosto pressionado contra o seu pescoço. Ela me abraçou firme. Ela me segurou bem firme e me balançou para a frente e para trás durante muito tempo, vários minutos, pelo menos e, enquanto me balançava, acariciava o meu cabelo e sussurrava no meu ouvido: "Deus, como eu amo você". A sensação de aperto que eu sentia por baixo das costelas relaxou completamente e, durante o tempo que fiquei sentada no colo dela, esqueci que tinha crescido. Até esqueci que eu mesma tinha uma filha, e certamente esqueci que eu tinha um irmão. Ela era capaz de fazer isso, mamãe era capaz. Quando você menos esperava, ela fazia algum tipo de mágica. É mágica comum, com certeza, mas há muita gente que não sabe usar.

A noite do vernissage da mamãe e de Phinny — mamãe nos bastidores e Phinny sob os holofotes — chegou com clima de ventania de arrancar o chapéu. A cidade estava de luto, e todo mundo ainda estava sobressaltado. Um barulho repentino, um avião lá em cima, um trem de metrô empacado fazia com que todos nós ficássemos paralisados por um instante, mas depois seguíamos em frente. Deixei Oscar e Aven em casa e peguei um táxi até o Chelsea. Bruno não foi, porque estava bravo com mamãe por causa dos pseudônimos. Rachel compareceu, mas não ficou lá por muito tempo. Eu me lembro dela especificamente dando beijos em mamãe e em Phinny e lhes dando os parabéns. Ethan apareceu com uma mulher negra muito alta, bonita, muito magra, com óculos estreitos. Acontece que ela era um ou outro tipo de princesa, que estava fazendo doutorado em biologia molecular, mas a minha primeira impressão foi de que, se qualquer pessoa pudesse se parecer com um guarda-chuva, era ela; fechado, naturalmente.

Sempre reparo como as pessoas que vão a vernissages parecem se importar pouco com as obras. Algumas mal olham. Outras param na frente de uma peça e ficam olhando para ela durante um tempo, mas sem expressão no rosto — vazio. Quando as pessoas saíam das *Salas*, estavam suando e tinham uma expressão levemente contorcida no rosto — um sorriso de desconforto. Fiquei com a sensação de que elas todas se lembraram do que era voltar a ser criança, de ter que olhar para as pessoas grandes, e que essa não era a melhor das sensações. Eu gostei principalmente de tudo que estava escrito nas paredes, porque fazia com que eu sentisse que tinha entrado num livro, não literalmente caminhando sobre as páginas, mas como se eu de fato estivesse me movendo no espaço entre as palavras e imagens que a gente cria na cabeça quando lê. Também experimentei pequenas baforadas de memória se erguendo e então sumindo, um pedaço meio conhecido de algum lugar ou pensamento antigo, geralmente um pouco dolorido, flutuando na minha cabeça por um instante e então sumindo.

Mamãe ficou parada feito uma sentinela encostada numa parede, com os braços cruzados. Eu me lembro de que ela estava usando um terninho cinza elegante com um lenço verde, com os olhos apertados de concentração. A gente ficava pensando que ela devia ter odiado dar aquilo tudo para Phinny — que também estava vestido de cinza, um terno elegante cinza carvão com gravata vermelha, e estava charmoso e todo extrovertido e contando piadas como sempre. Deu certo porque Phinny adorava mamãe. Eles eram camaradas de armas. Ele acreditava na revelação posterior, no dia do troco, na vingança. Ela era o "par" dele naquela noite, e ele a acompanhou por toda a exposição e fez o papel de novo artista na cena.

Ainda assim, na realidade as pessoas não souberam como interpretar o trabalho na ocasião. Afinal, Phinny mais ou menos tinha aparecido do nada. A questão era como interpretar aquilo. O meu pai tinha sido um jogador antes de o capítulo heroico da arte americana se fechar. Ele teve um vislumbre da "era romântica dos caubóis" com os garotos glamorosos, trágicos e bêbados. Mamãe adorava De Kooning. "Entre todos os garotões", ela gostava de dizer, "o que eu mais gosto é De Kooning", mas tudo deu certo para aqueles artistas. Uma histeria contagiosa alimentou a fama e a glória deles. "Grande, mau e brutal", mamãe disse. "Todo mundo adorava." Mas até De Kooning foi jogado de lado quando o clima mudou, quando a pop art e o frio-e-ousado subiu ao palco.

Não havia atmosfera nem para Phinny nem para mamãe, nenhuma cultura da arte para se erguer e ungir a máscara. Rune era quem estava em posição de fazer sucesso, de enquadrar os dons da mamãe e vendê-los ao público. Tenho pena de Anton

Tish, seja lá onde ele estiver. O agito ao redor dele deve ter feito com que se sentisse uma fraude. De acordo com mamãe, ele havia alimentado uma certa noção de autenticidade e sentira que a tinham roubado dele. Com Rune, foi diferente. Duvido que ele tenha se incomodado com ideias de originalidade. De todo modo, é muitíssimo difícil saber se algo é original de verdade. Uma coisa original estaria tão fora dos padrões que não seríamos capazes de reconhecê-la, não é mesmo?

    Rune chegou ao vernissage tarde, espalhando o seu pó de glamour ao redor de si. Eu senti aquilo. Todo mundo sentiu — aquela combinação de sr. Bonitão e sr. Famoso. Eu só o vira uma vez, no estúdio da mamãe, cerca de um ano antes, e ele tinha me impressionado, apesar de mal termos trocado uma palavra, a não ser "prazer em conhecer". Eu tinha entrado no estúdio com Aven e peguei mamãe olhando para Rune, que estava no alto de uma escada, examinando uma escultura pendurada no teto. Ao descer, tinha se balançado na escada, que segurou com uma mão, e depois pulou no chão e pousou com muita suavidade. De algum modo, ele tinha feito parecer que não estava se exibindo, e eu me peguei sorrindo a contragosto. Aven ficou maravilhada e quis fazer o truque ela mesma, mas nós a convencemos de que era perigoso demais. Eu não tinha me esquecido nem do sorriso nem do aperto de mão de Rune, e quando entramos na exposição, não pude deixar de olhar para ele. Fiquei surpresa quando ele se apressou até mim e me deu beijinhos duplos de fato — lábios tocaram a carne — e ele se plantou na minha frente como se eu fosse a pessoa que ele mais queria ver no salão todo.

    Rune flertou comigo. Ele olhou fixo para mim, e isso é um tipo de flerte. Eu contei a ele sobre o filme que estava fazendo a respeito do Barômetro e sobre como eu tinha encontrado o irmão e o pai dele e descoberto que a sua mãe havia morrido.

Expliquei que os psiquiatras já não prestavam muita atenção ao que os pacientes diziam, mas que eu tinha ficado fascinada com a linguagem e a cosmologia do Barômetro. Conversamos sobre várias câmeras e sobre como planos abertos e close-ups criam significados e sobre como era difícil fazer filmes em preto e branco hoje em dia. Rune adorava cinema e era divertido conversar com ele. Não consigo me lembrar exatamente do que ele disse para mim ou como chegamos a mamãe, mas ele mencionou algo a respeito de como devia ter sido difícil para mamãe ficar conhecida por ser esposa de Felix Lord, e que ele realmente gostava do trabalho dela, e lhe contei uma história de que agora me arrependo. Mamãe tinha cruzado com um conhecido na Park Avenue, um homem que negociava desenhos dos antigos mestres. Os dois tinham entrado num lugar na Madison Avenue para tomar uma xícara de chá e pôr o assunto em dia. No decorrer da conversa, mamãe tinha mencionado que estava relendo Panofsky com muito interesse. E Larry disse, como quem não quer nada: "Ah, sim, Felix apresentou tudo isso a você, não foi? Ele adorava uma boa teoria". Mamãe lhe disse que o meu pai nunca tinha lido nem uma palavra de Panofsky, que qualquer coisa que ele soubesse sobre o seu trabalho tinha vindo dela. Ficou lívida. Expliquei a Rune que isso provavelmente tinha acontecido vezes demais, e que ela não aguentava mais. Ainda assim, eu disse a ele, gostaria que ela relaxasse, que deixasse para lá. Apesar de não ter falado muito, Rune me escutou com uma expressão gentil e de compreensão no rosto.

A certa altura, saímos da galeria e nos sentamos nos degraus e conversamos mais. Ele fechou as mãos em concha para acender um cigarro e fumou. Ficou balançando os joelhos enquanto inalava e exalava. O vento soprava. Eu não tinha intenção de levar o nosso flerte a lugar nenhum, mas, ainda assim, foi agradável. Ele achava que eu ficava bem de azul-marinho. Ele aprovou. Eu fiquei lisonjeada, um pouquinho nervosa e, portanto, loquaz. A ansiedade me faz falar mais, não menos. Rune examinou a palma da minha mão e inventou um futuro cômico para mim com quatro maridos e muitas aventuras numa vida muito longa e, quando segurou a minha mão, traçou as linhas com o indicador. Em seguida disse que também lia narizes, e tocou no meu. Então mencionou o meu pai. Ele queria saber como tinha sido ser criança na minha casa, com todas aquelas pinturas ao redor, ver os "deuses" ir e vir.

Eu disse a ele que crianças não pensam nisso — seja lá o que isso for. Rune me disse que tinha conhecido "um pouco" o meu pai havia muito tempo, quando tinha chegado a Nova York. "Você tem os olhos dele." Eu tenho mesmo os olhos do meu pai e, de algum modo, ouvir isso de repente fez com que eu ficasse com pena de mim mesma. Senti que estava olhando para mim mesma de fora. Coitadinha, está cansada, pensei. E então percebi que fazia anos que eu estava cansada. Eu estava tentando fazer um filme. Aven tinha seis anos, era uma criança maluca e exigente, que levava tudo a sério demais. Oscar estava se sentindo negligenciado por mim. Mamãe estava perdida no seu próprio mundo de metamorfos, fenomenologia e pseudônimos, e o meu querido pai, que certamente teria me ajudado a fazer com que a situação toda melhorasse, estava morto. Um soluço involuntário escapou de mim.

"Você idolatrava o seu pai, não?" Rune me olhou bem nos olhos. Eu disse a ele que *idolatria* não era a palavra certa, mas não tinha sido tanto a palavra, e sim a entonação, que me deixara sem jeito. Ele sorriu. "Eu sempre tive a sensação de que Felix era um homem que sabia o que queria." Não sei por quê, mas me senti um pouco preocupada. Então, ele completou: "Ele tinha ótimo olho". Isto não significava nada. Era o que todo mundo dizia, mas eu me sentia levemente incomodada. Eu estava usando um cachecol, e Rune pegou a ponta e começou a brincar com a franja. Ele disse que tinha um suvenir daquela época que carregava consigo. Enfiou a mão no bolso e tirou dali uma chave. Estendeu para mim na palma da mão.

Eu me lembro de olhar para ela, confusa. Perguntei-lhe para que servia. Ele disse que era a chave de um lugar que não existia mais. Perguntei o que tinha a ver com o meu pai, e ele respondeu: "Você não sabe, Maisie?". Eu não sabia, e fiquei incomodada. Eu me levantei para sair, mas ele continuava segurando o meu cachecol e, quando me afastei dele, o pano se apertou ao redor do meu pescoço. Exigi que ele soltasse, mas ele me puxou para baixo, na direção dele, de modo que o meu rosto ficou apenas a centímetros do dele, e Rune abriu um amplo sorriso. Eu o empurrei para longe, e ele ergueu as mãos no ar, com uma expressão de surpresa no rosto, como se tudo tivesse sido uma piada inocente. Ele me acusou de ser "sensível". Ele só estava "brincando". Mas eu fiquei abalada, e ele percebeu. Como depois eu desejei ter sido capaz de esconder o meu temor, rir da cara dele, fazer alguma observação cortante, mas não fui.

Nunca mencionei isto para ninguém. Estou contando agora pela primeira vez, e me debati com o fato de que algo tão pequeno possa parecer tão grande. Afinal de contas, o que tinha acontecido? Ele tinha me mostrado uma chave que poderia ser uma chave velha qualquer para uma porta velha qualquer, e daí tinha dado a entender que eu devia saber a respeito dela. Ele tinha agarrado o meu cachecol para me impedir de sair. Ao mesmo tempo, tinha me seduzido, e eu me senti atraída por ele, mais atraída do que me sentia por um homem havia anos. Eu tinha permitido que ele me tocasse, deixei que brincasse com o meu cachecol. Eu tinha dado risada das piadas dele e tagarelado sobre o meu projeto. Mas, no instante que ele mencionou o meu pai, a conversa se retorceu num formato diferente. De repente, tinha se enchido de insinuações, como se o homem tivesse compartilhado uma história com o meu pai, e o clima mudou. Não, o *meu* clima mudou. Ele tinha permanecido inabalado. Mas eu me senti humilhada, como se tudo que tinha se passado antes tivesse sido um prelúdio àquele momento sutil de crueldade, um joguinho com as minhas dúvidas, dúvidas que ele parecia saber que eu tinha, dúvidas sobre as quais eu não podia falar, não apenas porque elas me assustavam, mas porque eu não sabia o que eram. Eu não sabia do que eu tinha medo.

Eu na verdade não sei bem dizer o que aconteceu entre nós. Seja lá o que tenha sido, parecia ser tanto a respeito do meu pai e da minha mãe quanto de mim. Sempre criamos teorias a respeito de como o mundo funciona e por que as pessoas agem do jeito que agem. Inventamos motivos para elas, como se fosse possível para nós sabermos, mas, com mais frequência estas explicações são como cenários de teatro de papelão capengas que sobrepomos à realidade porque são mais simples e oferecem menos distração em relação ao que de fato está ali. Acho que me tornei cineasta de documentários para tentar obter uma visão mais verdadeira. Não é que um filme não possa mentir nem distorcer nem ser usado para fins vis, é que, às vezes, a câmera extrai do rosto e dos corpos dos seus entrevistados aquilo que eles não dizem em voz alta. Eu tinha dezesseis anos quando assisti pela primeira vez *A dor e a piedade*, de Marcel Ophüls, e, depois disso, não consegui parar de pensar sobre a expressividade das mãos das pessoas quando controlam o rosto. Várias vezes me perguntei o que eu poderia ter visto em Rune se tivesse uma câmera. Talvez, nada. Afinal de contas, ele era especialista em filmar a si mesmo.

Naquela noite, fiquei deitada na cama ao lado de Oscar, que roncava, e me lembrei de Rune dizendo: "Você não sabe, Maisie?". Tinha parecido uma acusação. Será que eu sabia alguma coisa? E então me lembrei das chaves do meu pai, as chaves estranhas que ele tinha recolhido naquela manhã quando eu era apenas uma menina. Eu me lembrei de estar no cemitério Green-Wood com o anjo branco glamoroso num túmulo próximo ao do meu pai, bem simples, e então me lembrei de visitar mamãe alguns meses depois de papai morrer. Eu ia lá sempre, e o porteiro me deixava subir sem interfonar. Quando toquei a campainha no corredor, mamãe não veio atender à porta, apesar de saber que era eu. A porta estava aberta, então entrei, e ouvi som de vômito do banheiro de hóspedes no corredor que saía da sala de jantar. Corri na direção do som e encontrei mamãe dobrada ao meio, com os braços cruzados por cima do peito. O vômito disparava da boca dela feito um míssil, não dentro da privada, mas no assento e no chão. Havia lágrimas nos seus olhos, e a peguei pelo braço. Ela disse: "Não, não, está tudo bem. Me deixe". Mas outra onda se abateu, e fiquei chocada de ver a força do vômito que convulsionava o corpo dela. Eu a segurei pela cintura e mantive a testa dela perto da privada. Na minha infância, quando eu vomitava, mamãe sempre segurava a minha testa para me reconfortar. "Não consigo segurar, Maisie." Ela estava arfando. "Há algo de errado comigo. Não consigo segurar. Sinto muito. Sinto muito."

Limpei a boca dela com uma toalhinha, levei-a até a outra ponta do apartamento e a acomodei na cama. Ela se deitou. Então eu a deixei sozinha, voltei para o banheiro e limpei o vômito com um rolo enorme de toalhas de papel, que fui jogando uma depois da outra num saco de lixo. Eu me lembro do cheiro pungente que me fez prender a respiração, a meleca líquida amarela com pedacinhos coloridos de comida. Eu também me lembro de ter usado um pouco de água sanitária, que deixou marcas brancas no meu jeans. Eu me esforcei muito para garantir que nenhum vestígio sobrasse no chão nem na parede atrás da privada. Quando avancei em silêncio pelo corredor na direção do quarto, ouvi o barulho da mamãe chorando. Ela não chorava, pelo menos não na minha frente. Ela não tinha chorado no enterro do papai nem no dos meus avós. Os soluços dela eram estranhos, de algum modo inumanos. Ela parecia um cachorro que solta latidos estrangulados e uiva quando tenta falar, e então veio um berro longo e rouco que me fez ficar paralisada no corredor, um uivo estendido de agonia. Senti o meu rosto se contorcer ao me apoiar na parede do lado de fora do quarto dos meus pais, escutando mamãe. Eu queria ir até ela, mas tinha medo de olhar para ela, medo do seu sentimento. Esperei. Esperei até o pior passar. Quando fui até ela, estava calma. Mais uma vez, pediu desculpas. Eu disse a ela que não tinha nada de que se desculpar.

Há noites em que eu não consigo dormir, e fico deitada, acordada, pensando em A *máscara natural*, que significa que estou pensando sobre mamãe e a história dela, e em como contá-la no filme. Não quero que fique muito certinha e limpinha. Não quero explicar toda a confusão. Ela teria detestado isso. Olhei muitas vezes para o meu filme sobre ela apenas um ano antes da sua morte. Ela está sentada no estúdio ao lado da Caixa de Empatia, falando com a câmera. Em certo momento, fala diretamente comigo. Ela diz o meu nome e, quando o escuto, sempre sinto uma palpitação dentro de mim.

"Nós vivemos dentro das nossas categorias, Maisie, e acreditamos nelas, mas elas geralmente se embaralham. É este embaralhado que me interessa. A bagunça."

Patrick Donan
(*resenha de* As salas de sufocação, Art Beats, Nova York, 27 de março de 2002)

"Eu adoro calor, você não?" Phineas Q. Eldridge sorri quando fala de sua instalação na Galeria Alex Begley. Sua primeira exposição individual consiste de sete cozinhas fechadas, conectadas ao estilo de estrada de ferro por portas. Cada sala é um pouco mais quente do que a anterior, e isso significa que o visitante deve estar preparado para suar. O artista performático de Downtown, conhecido por seus monólogos que rompem as definições de gênero sexual e raça no Pink Lagoon, passou para as artes visuais. Cada cozinha de *As salas de sufocação* apresenta duas figuras grandes estofadas, uma cômoda e um personagem de cera arrepiante que poderia ter surgido de outra galáxia. Teatro é parte e pacote da arte de instalação, mas Eldridge trouxe sua experiência de palco abertamente para esta série de cômodos.

De acordo com Eldridge, a peça não tem mensagem. E, no entanto, é difícil não pensar nas guerras da cultura americana ao passar por essas cozinhas sobrenaturais. A pessoa intersexo sinistra que se ergue dos sete baús fala diretamente à comunidade GLS. A caixa (talvez de maneira um pouco óbvia demais) também é "o armário". Eldridge saiu dele em 1995 e explora identidades gay e racial em seu trabalho desde que se lançou como parte da cena de cabaré underground.

    E os dois humanos superdimensionados e estofados? Seriam os "valores da família" da direita branca dos Estados Unidos? Eldridge não se compromete. Distorcendo Susan Sontag, ele diz: "A interpretação é perigosa".

    Depois do Onze de Setembro, muita arte simplesmente parece irrelevante, mas a atmosfera claustrofóbica e a degradação e destruição gradual das sete salas se refere ao isolamento presunçoso da maior parte dos americanos, que estavam presos em seus próprios sonhos materialistas até serem obrigados a sair de sua complacência devido ao choque terrível dos acontecimentos de setembro do ano passado. Alex Begley oferece sua própria versão da sufocação. "Esta instalação tem impacto genuíno. Refere-se à nossa situação agora."

Zachary Dortmund
(*resenha de* As salas de sufocação, Art Assembly, 30 de março de 2001)

O interesse da instalação *As salas de sufocação*, de Phineas Q. Eldridge, na Alex Begley, encontra-se na subversão da estética limpa associada com o modernismo de vanguarda, além do consumismo pop fácil dos Young British Artists. Seu convite ao espectador, no entanto, permanece privativo. Diferentemente da prática de um artista como Tiravanija, cujas obras abertas convidam à interação do tipo "faça você mesmo", você penetra nas salas fechadas de Eldridge. Isto não é arte de relação total, para citar Nicolas Bourriaud. Não é altermoderno. Ainda assim, os ambientes reais sucessivos podem ter uma força que acaba sendo mais subversiva do que o relacionalismo que acomoda, defendido por Bourriaud. A figura transgênero que reaparece em cada sala alude à subjetividade mecânica delirante de Guattari, uma autotecnologia do desejo e um corpo sem órgãos, que ecoa a vida de Eldridge como homossexual que se apresenta no palco. O caos da última sala tem mordacidade política genuína.

Harriet Burden
Caderno K

19 DE ABRIL DE 2001

    Ele é inteligente, não como Felix era inteligente. Felix sabia deixar os colecionadores animados, sabia lisonjeá-los, sabia fazê-los imaginar que na verdade tinham sido eles a realmente ver e entender a obra de arte à sua frente. Este homem quer todos os olhos sobre ele o tempo todo. Ele filma a si mesmo todos os dias, como se a câmera lhe dissesse que está vivo. Ele gostaria de ser um mágico daqueles que escapam de correntes — isso, acima de tudo, acho. Desafiar a natureza ou parecer desafiar os limites da natureza.
    Eu só quero trabalhar e executar o meu plano.
    E, no entanto, eu gosto dele. Ele tem um jeito de andar que parece quase não ter peso. Tenho a sensação de que ele vai querer brincar, porque a manipulação das aparências o anima. Para ele, o prazer é quase sexual, uma forma de excitação, sim, de intumescência que sobe. Isto eu sou capaz de sentir. Não é a Harriet idosa que o atrai, mas a minha conversa. Ele não é Anton, a minha máscara verde, nem Phinny, a azul. Phinny e eu éramos um o outro

ou o suficiente um do outro para seguir em ritmo compassado, um dueto, dois assobiadores numa aventura ou desventura, P & H. Mas Phinny vai me abandonar. Ele se apaixonou pelo argentino, e dá para ver que os faróis se acenderam nos seus olhos. Como vou sentir saudade dele. Foi fácil para nós nos misturarmos. Rune, um nome feito de pedra, totalmente outro pseudônimo: cinza.

Ele tem um tique. Passa a língua nos dentes da frente, como se estivesse conferindo para ver se tem comida. Quero representar Rune. Quero descobrir as obras que são obras dele, mas que eu vou fazer. Rune será o meu Johannes, o Sedutor: uma máscara terrível, sorrateira, brilhante. Os comentadores de Kierkegaard deixaram passar o coração do ogro. Eles suprimiram o prazer sadista.

Descasque a cebola de personagens, de uma à próxima, entrando cada vez mais no livro.

Ouça isto, Harry. Você se lembra de quando leu pela primeira vez. A frase aparece bem perto do fim do primeiro volume. Você ainda está na parte I. Sacudiu você com força. Lembra? Ele era o seu próprio ser, não era? Não Cordelia.

Não, isso é mentira. Coitada da Cordelia. Mas essa *coitada* é o algo que a gente cospe, rejeita, tosse para fora, vomita. Nem sempre, nem sempre, mas a sedução está completa, a dele de você. Não como mulher, mas como homem. Eu sou Johannes. O leitor que Johannes seduz se torna Johannes — em parte. Há o nó. Olhe para o nó. É tão enfadonho, tão familiar, tão injusto ser tratada como mulher primeiro, sempre mulher. Eu me rebelo. Por que a mulherice primeiro? Por que este traço primeiro? Inescapável.

O dr. F. reparou que eu estava usando saia. Ele sabe. É apenas a segunda vez em todos estes anos, ele disse. É algo digno de nota. Era uma demonstração de vulnerabilidade. Aquelas que usam saia são vulneráveis. Esta é a história das mulheres de saia.

Mulheres caem, desabam dos céus, uma atrás da outra, caindo e caindo mais uma vez. Abra as pernas, amada, e vou empurrá-la pelo penhasco para a sua morte. Vagina como campo de batalha. Vagina como ruína. Mas ele nunca diz: Deixe-me entrar. Esse é o golpe. O único poder que ela tem é não deixar que ele entre. Vou cruzar as pernas com força.

Cruze as pernas, Cordelia.

O Sedutor escreve: "Tudo é uma metáfora. Eu mesmo sou um mito a respeito de mim mesmo, afinal não é um mito que eu apresso a este encontro? Quem eu sou é irrelevante; tudo que é finito e temporal é esquecido; apenas o eterno permanece, o poder do anseio erótico, é beatitude".

O Sedutor só vive na página. Ele é uma fantasia de A, que é uma fantasia de Eremita, o editor de *Ou isso ou aquilo*, que por sua vez é uma fantasia de Søren Kierkegaard, há muito tempo morto e animado pelas suas páginas.

Por acaso A não fica estarrecido com a sua própria invenção estética?[26]

---

[26] Burden compara o papel que ela deseja que Rune represente ao uso de Johannes por Kierkegaard. Johannes era o pseudônimo do autor em "Diário de um sedutor", a última seção de *Ou isso ou aquilo, Parte I*. No diário, Johannes escreve a respeito da sedução de Cordelia, que ele executa com habilidade tão consumada que ela própria imagina estar indo atrás dele. A *Parte I* é uma "cebola" de pseudonímia. O editor, Victor Eremita, escreve o prefácio para a *Parte I*. A é o personagem que ocupa o ponto de vista estético no primeiro volume e se declara o editor de "Diário de um sedutor", mas não seu autor. Acompanhando Eremita, Burden compreende que Johannes é criação fictícia de A, o pseudônimo de um pseudônimo, uma "metáfora" e um "mito" que representa uma posição de reflexão extremamente estética. A fica horrorizado com sua própria criação. No prefácio, Eremita escreve: "Realmente parece que o próprio A ficou com medo de sua ficção, que, assim como um sonho perturbado, continuou fazendo com que ele se sentisse pouco à vontade, também no relato" (Kierkegaard, *Writings*, vol. II, p. 9).

Somos todos mitos para nós mesmos.
Johannes vai comer Cordelia.
E então vai abandoná-la.
S. K. amava Regina, e ele a largou. Ele não a ferrou literalmente, parece. Deixou a virgindade dela para outro, mas a feriu até a carne.[27]

"Não lhe darei adeus", escreve Johannes, "nada é mais repulsivo do que as lágrimas e súplicas femininas que alteram tudo e, no entanto, são essencialmente sem sentido. Eu a amava de fato. Mas a partir de agora ela não pode mais ocupar minha alma. Se eu fosse um deus, faria por ela o que Netuno fez pela ninfa: *iria transformá-la em homem*."

Lá estão elas, as quatro últimas palavras: a lâmina de barbear.

Vou me transformar em homem por meio de Rune.

Será que vou me transformar em Johannes?

Mas Johannes não era Søren. Ele não era A. Não, não era. Sabemos que S. K. acreditava nas lágrimas das mulheres e nas súplicas e nas orações das mulheres. E eu não sou Rune. E, no entanto, e no entanto, e no entanto, sou ele em algum outro

---

[27] Kierkegaard conheceu Regina Olsen em 1837, quando ele tinha vinte e quatro anos e ela, catorze. Eles noivaram em 1840, mas, um ano depois, ele rompeu o noivado e deixou Regina desesperada, de acordo com os relatos existentes. Kierkegaard escreve: "Então, não havia nada mais para eu fazer além de me aventurar ao extremo, para lhe dar apoio, se possível, por meio de uma enganação, fazendo de tudo para afastá-la de mim, para restaurar seu orgulho". Citado em Joakim Garff, *Søren Kierkegaard: A Biography*, trad. para o inglês de Bruce H. Kirmmse (Princeton: Princeton University Press, 2005), p. 186. Apesar de ele repetidamente declarar amor por ela em seus diários, a razão do recuo em sua promessa tem sido assunto de especulação acadêmica sem fim. Mesmo fascinado por Kierkegaard, Burden considerou as relações de S. K. com Regina como "perversas". No Caderno K, ela escreve: "Regina ocupa o espaço remoto que é designado a todos os objetos amorosos femininos e musas. Pobre Regina! Pobre Cordelia! Eu viro as mesas!".

lugar, na fantasmagoria. Deixe-me sussurrar no seu ouvido. Deixe-me sussurrar que o homem da fantasia com o chicote dialético é Søren também. Uma trapaceira. Vou pegar emprestado um eu trapaceiro.

Olhe para mim, um Prometeu. Eu mesma sou um mito a respeito de mim mesma. Quem eu sou não tem nada a ver com isso.

Harriet Burden
Caderno A

4 DE MAIO DE 2001

    Bruno está escrevendo um livro de memórias. Não posso demonstrar que estou muito feliz com isso. Ele só está matando tempo, diz, divertindo-se um pouco. Está valsando. É isso que ele deveria ter feito desde o início, que FDP teimoso, valsar, divertir-se um pouco em vez de sangrar aqueles versos para o milênio. Mas eu não devo me comprazer nem me envaidecer, ou ele pode parar só por despeito. Caro Urso, o que você fez com todos aqueles anos da sua vida? Eu quero que você transforme esse homem cáustico, meigo, obstinado num livro. Invente-o, querido, se for necessário. Ele está aí.
    Uma passagem que ele leu para mim sobre sorvete no calçadão em Coney Island, sobre a sua mãe afastando a mão depois de ele tentar pegá-la — o chocolate frio tinha lhe escorrido na palma da mão. Tão minúsculo, este momento, mas tomado como um tapa, parece reverberar ao longo de muitos anos. O que as pessoas dizem? Uma mulher difícil. Ela era uma mulher

difícil. Cabeças sacudindo por causa de mulheres difíceis. Somos todas mulheres difíceis. Será que a mãe de Bruno era mais difícil? Não, mas ela era a mãe de Bruno. Neste momento, esta palavra *difícil* parece loucura para mim, uma grafia insana de uma palavra que já não reconheço mais.

Aven me disse que Julie falou: "Não vou mais ser sua amiga". A boca de Aven se estendeu num bico. "Mas daí", ela disse, "você não vai acreditar. No dia seguinte, ela esqueceu!" Aven não esquece. Ela é uma de nós.

A minha mãe toca no meu corpo como uma melodia. A voz dela retorna, velha e rouca, já que ela pensa através do tempo. "Ele me amava mais no fim." E quando lhe pergunto o que quer dizer, ela responde: "Mais do que ele amava no começo. Eu o amava. Eu pus o seu pai num pedestal, mas ele fugiu de mim".

E vejo o meu pai fugindo com passos largos sobre colinas e vales.

Ele a castigou com silêncio.

"Eu raramente conseguia dizer uma palavra num jantar com amigos, sabe? Eu levava a comida e tirava a mesa e escutava, mas quando eu começava a falar, ele me cortava. Uma vez, depois de um jantar, mencionei a questão. Disse que tinha ficado mal com aquilo, que me magoou. Ele não respondeu, mas, na vez seguinte que oferecemos um jantar, ele não disse nada, nem uma palavra."

"Isso foi cruel", eu disse a mamãe.

O dr. F agora já ouviu tudo. Eu lembro a minha mãe.

"Não esqueça", mamãe disse no hospital. "Você é judia."

"Não vou esquecer, mãe."

O quarto do hospital é feio. Mamãe está se recuperando de septicemia. A enfermeira de Trinidad olha para mim. "Estávamos com medo de que ela fosse nos abandonar na noite passada, mas ela é forte." Mamãe tinha vagado pelos corredores do hospital, alucinando de febre. Estava de volta a Indianápolis, na casa antiga, ou melhor, em partes dela, subindo a escada em casa, procurando o quarto dela. "Mas não consegui encontrar. Abria uma porta atrás da outra, Harriet."

E penso comigo mesma que o meu pai queria o seu próprio tipo, não eu. O tipo natural dele. Não, Harry, o sexo não é um tipo natural na filosofia.[28] Peixe. Ave. Um bezerro de duas cabeças.

Quem eles teriam sido, imagino, os irmãos que nunca foram formados?

"O que eu devo vestir?", ela pergunta.

"Vestir, mãe?"

Ela está irritada, olha ao redor. "Para o jantar dos professores. Onde estão as minhas pérolas? Vou precisar das minhas pérolas. Não acho que esse suéter cai bem em você, Harriet."

E eu queria ter podido sorrir. Esfreguei os pés dela porque estavam frios. Três pares de meias e continuavam frios.

Estou vendo o East River, as ondas cinzentas, e a luz, e dentro do quarto, o remédio intravenoso pendurado, e o esparadrapo no braço manchado da mamãe, a manga do seu penhoar lilás puxada para cima.

Não morra ainda, penso.

O tempo é espesso no presente, uma distensão, não uma série de pontos, tempo subjetivo, quer dizer, o nosso tempo

---

[28] O *tipo natural* foi introduzido por John Stuart Mill em 1895. *Philosophy of Scientific Method*, org. de Ernest Nagel (Nova York: Hafner, 1950), pp. 303-4. O termo implica que existem agrupamentos na natureza que independem de categorias humanas. Há um debate considerável na filosofia analítica em relação à existência ou não dos tipos naturais, e a questão de se o sexo é ou não um tipo natural faz parte desse debate.

interno. Passamos o tempo todo retendo e projetando, antecipando a próxima nota na melodia, relembrando a frase toda enquanto escutamos.[29]

Eu me lembro do meu umbigo protuberante na minha barriga grande e dura, a pele bem esticada no meu último mês — os puxões e empurrões estranhos da vida lá dentro. Os meus pés rosados e inchados, apoiados num pufe à minha frente. Felix com a orelha apertada contra a barriga. Ei, carinha, ei chiquitinha. Era Maisie. Sim, acho que era Maisie.

---

[29] Burden está parafraseando Husserl. O filósofo discute escutar música como exemplo primário da experiência subjetiva do tempo, que inclui mais do que aquilo que está imediatamente presente. Também inclui sucessão e duração. *The Phenomenology of Internal Time Consciousness* (Bloomington: Indiana University Press, 1966).

Harriet Burden
Caderno M

Vou construir uma mulher-casa. Ela vai ter uma parte de dentro e outra de fora, para que se possa entrar e sair dela. Estou desenhando a mulher, desenhando e pensando sobre a sua forma. Ela deve ser grande, e deve ser uma mulher difícil, mas não pode ser um horror natural nem uma criatura de fantasia com vagina dentada. Ela não pode ser um monstro nem uma madona de Picasso ou de De Kooning. Não tem e/ou para esta mulher. Não, ela tem que ser verdadeira. Ela tem que ter uma cabeça tão importante quanto o rabo. E haverá personagens dentro daquela cabeça, homenzinhos e mulherzinhas, todos empenhados em tarefas diversas. Que escrevam e cantem e toquem instrumentos e dancem e leiam discursos muito longos que nos fazem todos dormir. Que ela seja a minha Lady Contemplação em homenagem a Margaret Cavendish, duquesa de Newcastle, aquela monstruosidade do século XVII: mulher intelectual. Autora de peças, romances, poemas, cartas, filosofia natural e ficção utópica, *O mundo em chamas*. Vou chamar a minha mulher de *O mundo em chamas*, em homenagem à duquesa. Anticartesiana, em longo prazo antiatomista, anti-Hobbes, defensora da realeza exilada na França, mas era monista e materialista linha-dura que não deixou, não conseguiu deixar Deus totalmente de fora. As ideias dela se superpõem às de Leibniz. Será que o meu pai conhecia Cavendish e a sua conexão com o herói dele?

Mad Madge foi uma vergonha, um furúnculo vistoso no rosto da natureza. Ela se expôs demais. Uma vez, recebeu permissão para visitar a Royal Society para observar experiências, em 1666, a duquesa em toda a sua glória excêntrica foi registrada com esmero por Samuel Pepys, que registrava tudo. Ele afirmou que ela era uma "mulher louca, convencida, ridícula". Foi fácil. Continua sendo fácil. Você simplesmente se recusa a responder à mulher. Não trava diálogo. Deixa as palavras ou as imagens dela morrerem. Vira o rosto para o outro lado. Séculos se passam. O ano em que a primeira mulher foi admitida à Royal Society? 1945.

A duquesa às vezes vestia roupas de homem, coletes e chapéus cavalheirescos. Ela inclinava a cabeça em vez de fazer mesura. Era uma surpresa sem barba, uma confusão de papéis. Ela se apresentava como uma máscara. Tiro o meu chapéu cavalheiresco para você, duquesa. Que as suas plumas se agitem.[30]

Existem *cross-dressers* aos montes em Cavendish. De que outra maneira uma dama pode galopar para o mundo? De que outra maneira pode se fazer ouvir? Ela precisa se transformar em homem, ou precisa abandonar este mundo ou deixar o seu

---

[30] Na ocasião da visita de Cavendish à Sociedade Real, John Evelyn, um diarista do período e amigo de Samuel Pepys, compôs uma balada: "*God bless us!/ When I first did see her:/ She looked so like a Cavalier,/ But that she had no beard*" (Deus nos abençoe!/ Quando a vi pela primeira vez:/ Parecia tanto com um Cavalheiro,/ Mas o fato é que não tinha barba). Citado em Emma L. E. Rees, *Margaret Cavendish: Gender, Genre, Exile* (Manchester: Manchester University Press, 2003), p. 13.

corpo, o seu corpo nascido com maldade, e brilhar em chamas. A duquesa é uma sonhadora. Os seus personagens brandem palavras contraditórias como estandartes. Ela não consegue decidir. A polifonia é o único caminho da compreensão. Polifonia hermafrodita. "Que mente nobre é capaz de sofrer uma servidão básica sem paixões rebeldes?", perguntou Lady Ward. Mas as damas sempre vencem nos seus mundos. Por meio de casamento, beleza, discussão e fantasia desejosa sórdida. O sr. Cortejador fica estupefato com a lucidez e o sentimento da mulher. Ele renasce no mesmo instante.

Não é isso que eu quero? Olhe para o meu trabalho. Olhe e veja.

Como viver? Uma vida no mundo ou um mundo na cabeça? Ser vista e reconhecida do lado de fora ou se esconder e pensar do lado de dentro? Ator ou eremita? Qual dos dois? Ela queria ambos — estar do lado de fora e do de dentro, refletir e dar o salto. Ela era acanhada de doer e sofria de melancolia, que fazia os seus passos gingados se arrastarem. Ela se gabava. Ela adorava o marido. Alguns sábios a chamaram de gênio.

Eu sou uma Arruaça. Uma Ópera. Uma Ameaça! Eu sou Mad Madge, a Chapeleira Maluca Harriet, uma anomalia hedionda que mora no Hotel dos Corações Partidos perto do bar Sunny's à beira do rio no Brooklyn, com pessoas saídas diretamente dos quadrinhos do jornal. Bruno diz que há gente no bairro que me chama de Bruxa. Eu aceito, então, o encantamento da magia e o poder da noite, que é procriador, fértil, úmido. Não é aí que mora o medo deles? Não são as mulheres que dão à luz? Nós não forçamos para o mundo aqueles bebês que berram, nós não os amamentamos e cantamos para eles? Não somos nós que fazemos e acontecemos nas gerações?

O minúsculo Gulliver em Brobdingnag ergue os olhos para a enfermeira gigante que dá de mamar para um bebê. "Nenhuma visão me enojava tanto quanto o peito monstruoso dela. O seu tamanho é alarmante, e cada imperfeição da pele, visível." Um amálgama à la Swift de microscópio e misoginia. Mas não é verdade que todo bebê é um anão no seio?

Mamãe disse: "Ele fugiu de mim".

Eu quero pegar fogo e ribombar e trovejar.
Eu quero me esconder e chorar e me agarrar à minha mãe.
Mas todos nós queremos isso.

Harriet Burden
Caderno T

24 DE MAIO DE 2001

Fizemos o pacto, ou pelo menos acho que fizemos. Ele olhou nos meus olhos e disse que seria divertido.

Comprei um múltiplo de Rune — uma obra em vídeo. O *novo eu*. Estou curiosa para ver como vai resistir ao tempo.

O apartamento dele: cheio de canos à mostra, um esplendor barroco. Eu não tive coragem de perguntar se as borlas douradas eram uma gozação ou não, mas ele é inteligente demais para *não* saber. Ele se regozija em contradições e acha que todo mundo entra na dele; e isto é paradoxalmente encantador porque é infantil. Olhe para os meus brinquedos. Eles não são legais? Ele foi percorrendo todos os cômodos para me mostrar, enquanto o braço disparava na direção de cada objeto, mas não parou para examinar nem um único troféu: "Vaso do Camboja, 2000 a.C., foto de Diane Arbus — ela se matou em 71 —, os sapatos que Marlene Dietrich usou em *Marrocos*". Quando uma menina com cabelo joãozinho de repente apareceu a uma porta, ele agitou o braço e vociferou "Jeannie"; depois disso, sorriu para mim para se assegurar de que eu entendi que era uma piada. Uma "assistente", de uma equipe de "ajudantes" que andavam por ali, na maior parte moças com ar competente, segurando telefones.

Fotos de robôs num display heroico, tiradas em diversos laboratórios por todos os Estados Unidos e em Genebra, mas também "filmebôs", máquinas imaginárias, uma foto de Hal de *2001: Uma odisseia no espaço* e Woody Allen como o garçom robótico em *O dorminhoco*. Pode me dar a incompetência de Woody Allen a qualquer momento, eu disse, mas Rune não sorriu.

Ele tem ideias, mas elas são embaralhadas. Ele nunca leu uma única página dos livros que eu recomendei. Mas um demônio chamado Singularidade o possuíra, a prole grandiosa de um tal de Verne Vinge, professor de matemática e autor de ficção científica, que em 1993 previu uma mudança de tempo monumental e revolucionária, o momento em que nós, pobres mortais, vamos criar inteligência de máquina maior que a nossa. Os nossos aparelhos tecnológicos vão disparar à nossa frente, e um mundo pós-humano e pós-biológico vai surgir. Vamos todos ser híbridos de máquinas orgânicas. Vamos fazer o "upload" de nós mesmos e vamos nos tornar imortais, apesar de o truque continuar nos escapando. Vinge, um tecno-Frankenstein, escreve: "Grandes redes de computador podem 'acordar' como uma entidade inteligente sobre-humana".[31]

---

[31] Vernor Vinge apresentou suas visões sobre a Singularidade no simpósio Vision-21, patrocinado pela NASA, em 30-31 de março de 1993. Para uma revi-

* * *

Acordar?

Resmunguei e bufei e sacudi o indicador, mas Rune me diz, com expressão impassível, que isso vai acontecer até 2030. Como eu adoraria fazer uma aposta, mas já vou estar morta. Harriet Burden será pó, ossos moídos em cinzas. Será que Rune realmente acredita nisso? Será que ele realmente abarcou este artigo de fé embasado num modelo teórico falso: a teoria computacional da mente?[32] Os meninos nos laboratórios e alguns dos seus companheiros em filosofia analítica andam se ajoelhando em obediência à máquina sagrada que processa informação em velocidade cada vez maior, que joga bem xadrez, mas traduz de uma língua à outra tão mal que dói, e que não sente absolutamente nada. Por acaso você não sabe que há outras pessoas escrevendo sobre mudança de paradigma, que o processamento de informação como modelo para o funcionamento do cérebro é falho em muitos níveis? Rune quer acreditar. É uma forma de salvação.

---

são da discussão em curso, veja "The Singularity: Ongoing Debate, Part II", em *Journal of Consciousness Studies 19*, 2012, n. 7-8.

[32] A teoria computacional da mente (ou *computational theory of mind* — CTM) apresenta a ideia de que a mente funciona igual a um computador, por meio de manipulação de símbolos com base em regras. Hilary Putnam, "Brains and Behavior" (1961), em *Readings in Philosophy of Psychology*, vol. 1, org. de Ned Block (Cambridge, Mass.: Harvard University Press, 1980), pp. 24-36, e Jerry Fodor, *The Language of Thought* (Nova York: Thomas Cromwell, 1975). No Caderno T, Burden critica os cientistas e filósofos que adotaram o modelo, porque não levam em conta "o cérebro como um órgão úmido do corpo todo" e "deixam de fora o conhecimento emocional orientador". Ela também chama a CTM de "forma sorrateira de dualismo cartesiano" e cita a crítica da teoria de Hubert Dreyfus em *What Computers Still Can't Do* (Cambridge, MA: MIT, 1992).

* * *

A Singularidade é ao mesmo tempo uma fuga e uma fantasia de nascimento. Eu disse a ele: um sonho de Zeus que evita o corpo orgânico no todo. Criaturas novinhas em folha saídas diretamente da cabeça dos homens. Pronto! A mãe e a sua vagina do mal desaparecem.

Observei que as cruzes dele são símbolos de fertilidade.
Não sei o quanto do que eu digo é absorvido. A surdez é parte do ser dele. E isso o ajuda, ajuda a se afirmar como jovem Homem Maravilha.

Mas tem algo por baixo, e é pessoal. Ele está tentando saltar para fora da sua biografia. Talvez seja aqui que nós nos sobrepomos. Eu também gostaria de saltar para fora da minha história.

Hoje, depois da minha tirada sobre TCM e as suas falhas fatais, ele me contou uma história sobre a mãe, já morta e enterrada. Enxergo a mulher na minha cabeça usando baby-doll e andando de um lado para o outro com chinelinhos de salto com penugem na ponta. Ele não incluiu uma descrição do que ela vestia, mas, a partir das suas histórias, eu inventei uma criatura vaidosa, perturbada e patética. Eu a imaginei como a mãe sedutora, a amada maluca e assustadora do menininho, uma mulher que varia entre apego lacrimoso e fúria esmagadora. Ela é um clichê, uma confusão feminina de um filme da década de 50, uma daquelas vagabundas em tecnicolor, bêbada e desalinhada com muito decote. Somos todos culpados pelos tipos. Mas a história é sombria e, da maneira como ele a conta, os seus olhos ficam frios e vazios. A mãe triste e louca de Rune acolhe uma gata de rua e dá comida para ela. Um dia, a gata grávida dá à luz na cesta de roupa suja da família, uma cama quente, macia e fedorenta. Mas a mãe dele fica perturbada quando descobre os gatinhos e choraminga: Nada de bebês, nada de bebês. Ela afoga os gatinhos recém-nascidos num balde na garagem com Rune e a irmã observando.

O pai era passivo. Eu também o vejo, sentado numa poltrona, um rosto comprido, pálido e acuado. Eu seria capaz de desenhá-lo. De onde vêm essas imagens?

"Ficarei feliz em ser você", ele disse, "ou melhor, feliz em ser você como eu ou eu como você." Ele se equilibrou sobre as mãos e caminhou pelo piso, apenas alguns passos, mas eu fiquei impressionada. Enquanto observava, tive um momento de ausência, uma sensação de me perder e olhar para o mundo como se tivesse acabado de ser criado, ali e naquele momento, com toda a sua estranheza. Isso costumava me acontecer quando eu era criança. Eu descobria os narizes de uma vez só e me via fascinada — narinas, por exemplo, algumas com pelos, claros e flexíveis ou duros e pretos. O que eram aqueles dois buracos num rosto de diversas aberturas? Alguns apertados e estreitos — meras fendas que escondiam o canal que levava ao desconhecido; outros ainda abertos ou redondos ou grandes e escancarados ou inflamados e úmidos de muco.

Talvez fosse a postura de cabeça para baixo dele que trouxe a ideia. Eu costumava sonhar em virar o meu quarto e caminhar no teto. Quando lhe contei isso, ele ficou olhando fixo para mim. Kirsten e eu costumávamos fazer isso, ele disse. Kirsten é a irmã dele.

Harriet Burden
Caderno O. O Quinto Círculo (descoberto por Maisie Lord em 20 de junho de 2012)

5 DE JUNHO DE 2001

Em Nantucket sozinha, e estou com saudades de Bruno. Ele está com as suas "meninas". A cautelosa Jenny, a grávida Liza (do primeiro neto dele) e a adorável Cleo. Elas mantêm distância da amante do pai, e percebi há algumas semanas que não me incomodo. Elas não precisam gostar de mim. Maisie e Oscar e Aven vão vir para cá na semana que vem. Talvez Ethan venha. O meu filho: o sr. Talvez. Eu anseio por sinais de afeição do meu menino fechado. Imagino um ótimo abraço demorado, um arroubo repentino de amor e admiração por mim, a mamãe dele, mas ele não é assim. Não posso refazer Ethan. Assim como eu, ele lê. Ele lê o tempo todo, e anda lendo mulheres ultimamente, Simone Weil, Susan Langer, Frances Yates. Esperança para a terra. Mas ele é severo, um vingador dos oprimidos, um inimigo do sistema. Venda a casa de Nantucket! Venda as obras de arte! Desvie e espalhe os fundos para redistribuição. Ethan Lord usando túnica e cinzas. Há dias em que ele me lembra um padre jesuíta fazendo os seus exercícios espirituais sem parar, como purificação. E eu tropeço e caio, impura e culpada. Por misericórdia, hoje ao telefone, ele saiu dos trilhos e perguntou se eu tinha lido A *poética do devaneio*, de Bachelard, e eu citei um trecho: "Então mundos assumem outros significados, como se tivessem o direito de ser jovens". E Ethan deu risada e disse: Mas eu acho que é necessário ser velho para saber isso. E eu recebi a risada como amor.

O pequeno Ethan entra marchando em casa depois de um dia no jardim de infância. Vejo-o carregar uma pilha de quebra-cabeças para dentro do armário, acender a luz, sentar e fechar a porta atrás de si. Eu sei o que ele está fazendo. Ele começa um, termina e começa o seguinte. Depois de meia hora, bato de leve na porta e o chamo com a minha voz de desenho animado: Alguma notícia de dentro do armário? Doze, ele entoa em resposta para mim, ou catorze, ou quinze.

Felix fala na escuridão do quarto: "Você acha que o menino é normal?".

Sim, sim, sim, eu respondo. É só que o padrão mental dele é diferente.

Muitos tons de Felix na casa: tanto carinhos quanto tapas. As botas de borracha dele estão no corredor, e eu conjuro o seu fantasma indo para a praia sob a chuva de congelar, e me lembro de como ficava excitada de ver o Felix dos ternos e das gravatas usando um suéter velho e jeans; aqui em Nantucket ele era quase outro homem quando não estava ao telefone. Hoje eu toquei nas pedras que ainda estão empilhadas na tigela larga e rasa de cristal na penteadeira, um pouco empoeiradas. Ele as juntou uma a uma, ao longo dos anos. Gostava de cobri-las com água para realçar a cor. No ano passado, eu nem reparei nelas, nem pensei nelas. Neste ano, sou toda sentimentos magoados ao olhar para as pedras. Eu me lembro de jogar uma revista em cima dele e da sua expressão de surpresa. Preste atenção, eu berrei. Já é hora de você prestar atenção. A colagem de fotografias na cozinha: Ethan e peixe — o menino apavorado de seis anos ergue uma anchova pequena. Maisie, toda radiante, no colo do pai, o lábio superior um pouco úmido de terra e catarro. Felix está virado para ela, reflexivo, suave, com os cantos da boca erguidos. Esta casa. Estou chafurdando nas ruínas do que já foi.

Rune chega amanhã. Seria bobagem minha esconder a visita de Bruno, por isso não escondi. Um fim de semana estendido. De quinta a domingo. Conversa sobre o projeto. Eu quero examiná-lo melhor. Ele é a pessoa certa para o papel, mas preciso descobrir qual é a obra.

Lembre-se: Straight Wharf amanhã para peixe-espada, patê de anchova, aquelas torradinhas.

Ando assistindo a O *diário*. Parece que nunca acaba. Há coisas demais para ver. A saciação visual do demais.

Um momento em que parei o filme: um lacaio filma Rune numa festa. Isso significa que há duas câmeras. Uma aparente. Uma invisível. Rune está sorrindo, gesticulando. Os olhos dele se apertam com interesse enquanto passa um papo numa mulher com cabelo magenta e óculos verdes estreitos. Ele dá risada, uma gargalhada, acena para se despedir e se vira para a câmera não vista. Mas no rosto dele não há sinal da animação que acaba de se passar. A transição é violenta demais. As nossas sensações costumam se estender por alguns segundos, de todo modo. Fico me perguntando o que há por baixo da simpatia dele.

QUINTA-FEIRA, 7 DE JUNHO DE 2001

Fui buscá-lo no aeroporto às 13h30, e o seu sorriso aberto e o aceno amplo fizeram com que eu me sentisse culpada no mesmo instante por causa das coisas que tinha pensado sobre ele ontem à noite. Ele fez piada com a minha caminhonete, a minha querida lata-velha, mas ela nunca para de funcionar.

Elogios à casa — uma casa de praia de verdade, não uma mansão pré-fabricada, não um lugar de veraneio exagerado como alguns dos pavores que existem nos Hamptons. Mostrei o estúdio a ele. Mostrei algumas das minhas pessoinhas do coro de *Em chamas*. Todas as bocas estão abertas, cantando.

Comemos o peixe-espada com *relish* e tomamos vinho. Ficamos apreciando a vista da praia e do capim alto que crescia ali perto e balançava ao vento contra o céu noturno, em tom azul cobalto — saído direto do tubo. Apenas alguns momentos de estranhamento quando pensei: o que ele está fazendo aqui? O que eu estou fazendo? Talvez eu seja a cientista louca.

Observei Rune se mover. Observei a sua graça em silêncio. Isto é útil no mundo — graça. A sua mão esquerda (percebi hoje que ele é canhoto) se move rápido e com a palma aberta para dar ênfase, e o discurso jorra dele, não rápido demais, e com pouca emoção. A sua voz é grave e acalentadora, e ele sorri apenas em longos intervalos, mas quando sorri, parece que estou sendo recompensada. Ele é curioso e leu todo tipo de livro, mas não seduz com o que diz. Ele seduz com a sua crença no seu próprio poder de sedução.

Depois do jantar, nós nos acomodamos nos dois sofás vermelhos da sala. Ele fumou, e eu inalei o cheiro de cigarros, um odor que me lembra o meu casamento. Eu aprendi que não há debate de ideias com Rune, que não adianta fazer uma afirmação racional entre nós. Ele é um homem de coisas indiscriminadas e esporádicas, de citações perspicazes, datas lembradas, combinações improváveis e conclusões ilógicas. Abril de 1938: oito dias depois de a Áustria votar em prol do Anschluss alemão, o Super-Homem apareceu pela primeira vez no palco americano. O marquês de Sade, ele me informou, nasceu no dia 2 de junho de 1740. Logo no dia seguinte, 3 de junho, o rei Frederico, o Grande da Prússia, subiu ao trono e, como um dos seus primeiros decretos, aboliu a tortura. Não me surpreendo com o fato de Rune ter interesse em Sade, coisa que está na moda, em desejo como repetição, em corpos como máquinas, na extensão triste do homem do mecanismo do Iluminismo à sexualidade. Você se considera libertino?, perguntei. Ele disse que não, apenas uma máquina de processamento de informação com entradas e saídas ligadas a um forte ímpeto sexual. Ele citou Nietzsche: "O homem é algo a ser superado". (Ele é licencioso e rápido com Nietzsche.)

Num piscar de olhos, ele passou a J. G. Ballard e à exposição que o homem fez em 1970 de carros batidos no New Arts Lab. Melhor que Duchamp, melhor que Warhol, ele disse. *Crashed Cars* é a exposição de arte por excelência. O livro *Crash*, de Ballard, alardeado como "o novo sublime", uma explosão erótica de metal e de vidro e de desmembramento. Porém, mais que as glórias do amassado, Ballard foi um adivinho, um precursor, um arauto do que ainda estava por vir. Não é verdade que os museus tinham se transformado em palácios da Disney, bem como ele tinha previsto? Por acaso o oráculo não tinha dito: "Cedo ou tarde, tudo se transforma em televisão"?[33] Por acaso ele não tinha dito: "Na era pós-Warhol um único gesto como descruzar as pernas terá mais significado que todas as páginas em *Guerra e paz*"?[34] Quando eu me perguntei o que esta última afir-

---

[33] J. G. Ballard, *The Day of Creation* (Nova York: W.W. Norton, 1987), p. 64.
[34] Id., *The Atrocity Exhibition* (London: Fourth Estate, 1990), p. 27.

mação queria dizer, Rune disse: Mas não é óbvio? Eu respondi: De jeito nenhum, mas ele já tinha passado para Philip K. Dick e tudo que diz respeito a Phildickian, e ia dizendo como o adorava também, mais um grande xamã da nossa era, nascido em 1928, morto em 1982, ainda jovem, com apenas cinquenta e quatro anos — um maníaco semirreligioso paranoico, viciado, casado cinco vezes, alucinado, mas, ah, tão maravilhoso. Por acaso Dick não tinha dito: "Todo mundo sabe que a lógica aristotélica de valor duplo é toda fodida"?

Perguntei a ele se Dick tinha defendido uma lógica de valor triplo. A lógica booliana também tem dois valores, eu disse, essencial à computação. Valor triplo inclui verdadeiro, falso e o desconhecido ou ambíguo. Será que era isso que ele tinha proposto? Será que estava pensando em algo maior? Sobre a teoria da incompletude de Gödel? Será que ele realmente a compreende?[35]

Rune está acostumado a impressionar as pessoas com afirmações assim, mas desacostumado a defendê-las. Apesar da sua ignorância, ele apenas sorri, estende a mão aberta e diz que sou séria demais.

---

[35] A famosa citação a respeito da lógica aristotélica é de um personagem no romance VALIS, de Dick, não de Dick em si. Em seus cadernos, Burden volta com frequência ao que chama de "os limites da lógica". Sua tentativa de envolver Rune em uma discussão de diversas formas de lógica falha. A lógica booleana, que recebeu este nome devido ao matemático George Boole, do século XIX, é um sistema algébrico e binário em que todos os valores podem ser reduzidos a verdadeiro ou falso, uma lógica fundamental ao projeto de equipamento de computador. Sistemas de lógica de três valores paraconsistentes são projetados para reter formas de lógica tradicional, mas também para tolerar inconsistências: "o desconhecido ou o ambíguo". Em 1931, o teorema da incompletude de Kurt Gödel demonstrou que qualquer sistema de matemática ou lógica não pode ser ao mesmo tempo consistente e completo porque deve depender de suposições não comprovadas que estão fora do sistema.

E se eu fosse assim? E se eu simplesmente deixasse as contradições de lado? Seria agradável fazer o papel de herói blasé, cheio de si mesmo, colecionando olhares de admiração dos meio burros e dos mal concebidos.

Vejo o meu pai na cabeça. A sua lógica, pai, era sobre a consistência das relações, não sobre o lamaçal da chamada vida de verdade. Era lógica contida. Esse era o problema dela. As suas propostas verdadeiras e falsas funcionam perfeitamente na sua própria esfera hermética.

É um erro aplicar lógica à vida humana como um todo, pensar que a lógica vai "acordar" máquinas.

Mas então Rune relata que, no passado, havia dois Dick, Philip K. e a sua irmã gêmea Jane Charlotte, que morreu quando tinha seis semanas, e o fantasma da menininha assombrou a escrita do irmão. Philip K., parece, culpava a mãe pela morte de Jane. O útero fétido matou a sua irmã? Ele tinha estado lá com ela, afinal de contas. Será que a mãe a negligenciara por ele? Infelizmente, não fiquei sabendo dos detalhes. Rune estava com a corda toda.

A menina pequena morta nos levou a espelhos e duplos e fantasmas que nunca nos abandonam, e à velha história a respeito dos dois sexos como metades separadas de um ser inteiro. Ele me falou sobre a irmã, Kirsten, a quem sempre tinha contado os seus segredos. Eles tinham inventado um código quando eram pequenos para mandar mensagens um ao outro, que os pais não eram capazes de ler, e chamaram o código de Runsten. Tinham construído um forte de caixas e restos de madeira e, dentro do forte, tinham dissecado o corpo de um filhote de passarinho morto. E eu falei a respeito dos abortos espontâneos da mamãe e que eu sempre me perguntei se o meu pai não queria um menino. Talvez um dos que tinham morrido tivesse sido menino.

Mais tarde, ele discorreu sobre artistas de quem eu nunca tinha ouvido falar, e eu compreendi que ele tinha conhecimento enciclopédico do agora — do que está exposto nas galerias do Chelsea neste minuto. Foi impressionante, mas, depois de um tempo, a minha mente trocou as palavras dele pelas minhas próprias, silenciosas, aquelas que pensam ter o direito de ser jovens e sair por aí à procura de novos significados, e eu o interrompi a certa altura para mencionar o nosso trabalho. Eu disse que o projeto teria que disfarçar a linha da sutura, a incisão entre a arte dele e a minha. Eu precisava saber mais sobre ele. Era uma questão de se tornar.

De se tornar eu?

Não, eu respondi a ele, consciência dupla. Você e eu juntos. Espero que você me conduza a algo diferente. A minha voz se ergueu. Que me conduza à tontura do exílio.

O rosto dele ficou morto, vazio, como eu o tinha visto no filme. Sem resposta.

Com o seu nome no meu trabalho, eu disse, vai *ser* diferente. A arte vive apenas na sua percepção. Você é o último dos três, e é o auge. Eu era capaz de escutar a paixão que estalava na minha voz. Alterei o meu tom para o de deliberação calma.

Ele gostou da ideia de fazer algo rápido, mas as minhas ideias pareciam antiquadas, um pouco cafonas para ele. Vivemos numa era de liberdade de gênero pós-feminista, de transexualidade. Quem se importa com o que é o quê? Há muitas mulheres na arte agora. Onde está a batalha?

Não, eu disse a ele, é mais que sexo. É uma experiência, uma história toda que estou criando. Dois já foram, falta um. Depois disso, eu me aposento do jogo. Vamos encontrar um projeto, eu disse. Não era verdade que o trabalho dele A *banalidade do glamour* se concentrava principalmente no rosto e no corpo das mulheres? Ele certamente sabia que as mulheres enfrentam pressões que os homens não enfrentam. Eu tinha sofrido com a crueldade da cultura da beleza. Eu sabia do que estava falando.

Ele deu um sorriso suave e disse: Harry, você tem o seu próprio estilo, a sua própria elegância, a sua própria feminilidade. Ele quis ser gentil, mas eu fervi — punhos fechados, a fúria subindo. Ele tinha me oferecido condescendência, compensação. Não se esqueça, Harry, você também conta, ele dizia, apesar de ter uma aparência engraçada. Eu me irritei com ele e rosnei: Mas essa não é a questão. A questão é a armadilha, a sufocação. Eu virei a cara.

Nenhuma vergonha da parte dele. "Você quer me vestir para uma exposição." Foi uma boa expressão, "me vestir".

Eu disse a ele que sim, que era exatamente isso, só que ao "vesti-lo" talvez eu encontrasse algo mais em mim mesma. Era isto que eu estava tentando explicar.

Ele passou a língua nos dentes e perguntou o que esse algo mais podia ser.

Eu não sei. Eu não sei. Eu não sei.

Pouca conversa depois disso. Estou cansada agora, muito cansada.

Amanhã as máscaras aparecem.

SEXTA-FEIRA, 8 DE JUNHO DE 2001

Eu me escondi o dia inteiro sem falar com ele. Eu o notificara a respeito das regras da casa: ele tinha que providenciar o seu próprio café da manhã e almoço. Eu o observei através da janela do estúdio, indo para a praia com um livro na mão, vi quando se abaixou e tirou a areia do calcanhar e depois acendeu um cigarro. Já desenterrei alguns cinzeiros de Felix para Rune.

Fiquei pensando nos vídeos de cirurgia dele enquanto trabalhava numa cabeça para uma escultura. As mutilações controladas me fizeram pensar nos acidentes de carro adorados dele — uma estética sanguinolenta.

Rostos. O rosto. Local de identidade. Aquilo que o mundo vê. O meu rosto antigo.

O que aconteceu hoje no estúdio, Harry? Pense bem.

Harry, você estava preocupada. Você estava ansiosa. Seja sincera. Quando você desembrulhou as máscaras, estava um pouco amedrontada, não estava? Mas por quê?

Porque não tinha certeza se ele ia entrar no jogo. Será que era isso?

Mas quando ele as viu, o seu rosto de homem e o seu rosto de mulher, quando ele viu as suas máscaras de rosto, ele sorriu, e então passou o dedo na de mulher e a pegou e pôs o rosto em cima do dele.

Ele a tirou e a examinou. As duas são tão vazias, ele disse.

Eu as fiz vazias.

Como máscaras de nô, ele disse, e eu falei, um pouco como máscaras de nô, mas leves e flexíveis. A diferença entre as duas é muito sutil, no queixo.

Eu quero usá-las, eu disse, como parte da experiência do nosso trabalho juntos. Vamos mudar de sexo e fazer uma brincadeira, uma brincadeira teatral. Vai ser divertido, eu disse. Está disposto a isso?

Existem regras?, ele perguntou.

Nenhuma regra, respondi. Ele iria encontrar uma mulher, e eu iria encontrar um homem.

Ele queria filmar com uma câmera fixa. Ele poderia montá-la bem rápido. Iria adicionar isso ao Diário.

Falta de ar no seu peito, Harry. Batimentos cardíacos acelerados, uma sensação de perigo. Por quê? Ficou com medo do olho daquela máquina? Será que eu não vou ficar bem? Será que vou parecer ridícula? Insisti para que ele me desse uma cópia. Ele concordou. Mas tem mais coisa, Harry. Examine a si mesma. Não estava com medo de abrir uma porta que depois não ia poder fechar?

É quase meia-noite, mas preciso escrever isto agora, se não vou perder o imediatismo, perder a força, porque, seja lá o que estiver naquele filme desgraçado, não são as minhas entranhas, não são as minhas percepções, não é a magia da transformação.

No começo, o movimento é lento. Estávamos sem jeito, bobos. Eu disse a ele que eu era John. Ele detestou John. Por que John? Um nome tão sem graça. Precisei explicar que eu tinha interpretado John quando era menina. As aventuras de John. Capitão John no navio num furacão, o soldado John matando nazistas, John nas cavernas. Eu não disse que alternava entre ser John e ser Mary, Mary que era salva por John, Mary tão fraca e delicada, que adorava ser salva. Concordei em abrir mão de John. Nome besta, tudo bem. Assim que Rune vestiu a máscara, começou a tremer e caminhar com passinhos curtos e girar os ombros para cima e para baixo. Eu disse a ele com rispidez que ele era uma mulher, não uma drag queen. Nenhuma mulher se mexe daquele jeito, pelo amor de Deus, e ele disparou em resposta: Quer apostar? Mas parou com a paródia ridícula depois de alguns minutos. Ele me disse que era Ruina.

Um nome maluco, eu disse, mas Ruina é meio engraçado. Uma mulher arruinada. A coitada arruinada Ruina/Rune.

A máscara muda tudo.

Muda muito mais do que eu tinha imaginado quando começamos a brincadeira.

Rune começou a desaparecer.

Olhei para aquele rosto vazio com a sua boca macia, cor-de-rosa e sem expressão, as sobrancelhas arqueadas, e o queixo fino com o elástico grosso que a segurava no lugar por cima das orelhas dele. Rune ergueu a voz a um tom mais agudo e falou com mais suavidade. Disse que gostava de desenhar. Então olhou para o colo e para cima mais uma vez. Os seus olhos, através dos buracos, fixaram-se nos meus por um instante antes de ele desviar o olhar. Preciso tentar explicar isto a mim mesma. Por que esta série de movimentos parecia um golpe na minha cabeça? Ele estava fazendo um personagem, não estava? Respirei fundo. Embaixo da máscara, senti a pele ficar quente. Máscaras não se movem, mas quando olhei para ele/ela, foi como se eu tivesse visto os lábios imóveis tremerem, como se na ação dele de olhar para baixo, para cima e para longe, ele tivesse capturado algo feminino, e achei aquilo terrível.

Richard, eu disse, Richard Brickman. O nome apareceu na minha boca, e eu o proferi. Olhando para ele agora, escrito na página, estou sorrindo. Richard, como em Coração de Leão, como em Terceiro, como Tricky Dick, canalhas e cuzões, mais canalhas que safados. O que reside num nome? A escolha é hilária. E *bricks* — tijolos? Preciso entrar neste mérito? Duro, é claro. Estável, é claro. Os três porquinhos, é claro. Lembre-se, Harry, de quem é a casa que fica em pé? E ele soprou e soprou e soprou, mas não conseguiu derrubar a casa. E o *man* — homem — em Brickman? Harry, você é o sr. Superdeterminado em pessoa.[36]

---

[36] "Superdeterminação: O fato de que formações do inconsciente (sintomas, sonhos etc.) podem ser atribuídas a uma pluralidade de fatores determinantes." J. Laplanche e J.-B. Pontalis, *The Language of Psychoanalysis*, trad. para o inglês de Donald Nicholson-Smith (Nova York: Norton, 1973), p. 292. Burden sugere que o fato de ela ter deparado repentinamente com o nome Brickman se deriva de múltiplas origens inconscientes.

Mas ele veio, Richard Brickman veio, chegando como se fosse um vento soprado dos pulmões azuis da velha Harry para o espaço cor de púrpura entre ele e Ruina, aquela menina rosadinha que ia encolhendo. Ela tinha uma história. Ela tinha sonhos, grandes, pequenos, ridículos; sonhos de grandeza. Rune a estava inventando para mim, para Richard. Ela não era artista, não, apenas uma ilustradora. As suas ambições grandiosas eram desenhar e pintar para livros infantis. Onde ele tinha encontrado esta criatura acanhada e esperançosa? Eu me pergunto agora, mas na hora não me perguntei. Na mãe, na irmã? Eu estava muito envolvida com Richard e Ruina, no milagre da conversa deles.

Eu me sentei na frente da máscara, Ruina, com a luz brilhante do sol da tarde atrás dela. O vermelho desbotado do algodão do sofá nas costas dela, observei enquanto brincava com uma almofada no colo. A minha postura mudou. Sentei com as pernas abertas e me inclinei para a frente, com os cotovelos nos joelhos. Mas você sabe desenhar?, eu quis saber. Você sabe desenhar?

Ela não queria se gabar, sabe, mas sabia desenhar um pouco, e estava melhorando, e torcia para ter uma chance, quem sabe fosse apresentada a alguém. Quem sabe eu pudesse ajudar. A cabeça mascarada ia para cima e para baixo e para a frente e para trás. Ela estava em movimento, a nossa Ruina, uma cabeça agitada de hesitação e de riso nervoso. Era tão difícil para ela pedir. Ela não gostava de fazer isso, e uma nota aguda nova de súplica penetrou na sua voz.

Enquanto ela tentava me agradar e suspirava, comecei a achá-la desprezível. Componha-se. Se quer algo, peça de maneira direta.

E então, de um jeito horrível, Ruina começou a sussurrar. Eu mal conseguia escutar. Será que estava pedindo um favor? A cabeça dela caiu para a frente e ela falou tão baixinho, sem mal abrir a boca, que as palavras correram juntas num murmúrio de sons.

Fale mais alto! Eu, Richard, estava dizendo a ela para falar mais alto. Eu não gritei. Ordenei a ela que falasse com clareza para que eu pudesse escutar. De que adiantava uma conversa com uma pessoa que não podia ser entendida, que não conseguia proferir uma frase inteira sem balbuciar? Não iríamos chegar a lugar nenhum assim.

Ela choramingou. O som do choramingo dela fez com que eu fechasse os olhos, fez com que eu me contorcesse. Você me enoja. Parece um cachorro que foi chutado. Quem disse isso? Richard disse, canalha cruel que ele é.

Altos protestos de Ruína se seguiram. Ela de repente ganha vida. À sua maneira fraca, ela revida. A sua voz sobe a novos registros, sons de dor, altos e ensurdecedores. Isso é maldade. Você é um homem mau, horrível. Uma choradeira se segue.

Eu não sou mau. Eu sou razoável. Ouça o que eu digo. Só estou falando de maneira racional. Você, por outro lado, está agindo feito uma criança histérica. Peço que pare agora mesmo, imediatamente.

Ruína está chorando. Ela leva a almofada ao rosto mascarado. Imagino que a máscara se move. Vejo os cantos da sua boca se moverem para baixo e sinto a testa se franzindo. Sinto-me revigorada pela minha ira. Richard se levanta e caminha até o sofá em três passos largos. Ele a agarra pelos ombros e começa a sacudir. Ela está mole feito uma boneca de pano. Ergo a mão para dar um tapa forte nela. A cabeça mascarada está jogada para trás, e Rune dá risada. A risada me irrita. A risada cria uma tempestade dentro de mim. Tiro as mãos dos ombros de Rune, soltou um barulho, um resmungo oco. A brincadeira acabou.

Tiramos as máscaras.

Eu me sinto abalada, um pouco chocada. Rune tem uma atitude jovial. Ele repete esta frase: Temos tudo em filme.

Mas Richard e Ruina me desestabilizaram. Eu disse isso a ele enquanto soltava os elásticos das lagostas no vapor. Por que tinha ido naquela direção? Quem tinha conduzido? Por que ele tinha feito Ruina tão chorona? É essa a ideia que ele tem do que as mulheres são? Eu queria conversar sobre o assunto, mas ele disse que eu sempre queria interpretar tudo, e já bastava. Tinha sido divertido, não tinha? E eu me senti ao mesmo tempo estranhamente aliviada pelo humor dele e todavia perturbada. A nossa conspiração, ele disse, era interessante, interessante pra caramba, e ele com toda a certeza, diabos, não iria abandoná-la por enquanto.

Ele falou sobre um amigo artista que tinha se enforcado no ano passado. Uma mulher que ele amava o abandonara.

Deve ser terrível para ela, eu disse.

E ele disse que algumas mortes são mais bonitas que outras.

Eu disse que não achava a morte bonita, a não ser talvez a morte perfeita, morrer durante o sono com cem anos.

Meu Deus, mas que chatice, ele disse.

Preciso refletir sobre isso agora. Encontrar algum distanciamento. Harry está tentando entender o que aconteceu.

SÁBADO, 9 DE JUNHO

Liguei para Rachel hoje de manhã. Conversamos durante quase uma hora. Eu queria contar a ela sobre Richard Brickman, mas algo me deteve: vergonha. Tenho vergonha tanto de Richard quanto de Ruina.

Puseram um cateter na artéria de Ray.

Afinal, quem você é, Harry, uma covarde? Quem se incomoda com este pequeno acontecimento teatral? Por acaso o mundo não se delicia com atores, principalmente aqueles que se forçam a extremos, que passam fome em busca de autenticidade, que se enfurecem e rangem os dentes e se transformam em pacientes dementes ou idiotas eruditos ou psicopatas tarados e canibais? Por acaso não somos seres maleáveis feitos de massinha, que podem ser puxados e apertados e reconfigurados? Não é verdade que toda arte compartilha esta extensão com as outras? Qual é o problema? Isto não foi quase nada, absolutamente nenhuma violência — só um pouco de sacudidas de ombros —, um pouco de raiva, uma risada. Por que se preocupar?

Porque Brickman estava presente, totalmente formado. Quem é aquele homem?

E, no entanto, leve isto em consideração também: ele pode ter sido a avenida para o projeto. Não fui eu quem disse: a tontura do exílio? Exílio no outro.

Eu também liguei para Bruno. (Nunca vou contar a ele sobre as máscaras.)

Cleo é a sua salvação, mas eu já sabia disso. Jenny o alfineta. Liza é taciturna, mas muito mais doce com o seu velho pai. Ele me diz, num momento típico de hipérbole crescente, que estragou a paternidade, e eu faço tsc-tsc para o comentário, porque não é verdade. Elas querem vê-lo, afinal de contas. Deixam os maridos para ficar com o papai. E Liza deixou que ele sentisse os movimentos do menino fetal por baixo da sua pele, o seu primeiro neto, e ele fica se perguntando por que esta criança que ainda vai nascer é muito mais emocionante para ele do que foi da primeira vez. E eu lhe digo que ele tinha medo na época, e agora não tem mais. Ele não vai precisar cuidar dele, e damos risada, e ele logo faz alguns comentários sobre o meu clitóris, "sempre em alerta", ele diz, e como a sua língua tem saudade dele, do clitóris, e solto alguns gemidos falsos ao telefone, e ele se delicia. A risada é o resultado. Ele me pergunta sobre o meu gigolô, o garotão bonitinho e seboso, mas o tom dele não é cruel, por isso eu engulo. Digo a ele que o projeto está indo bem e que é "interessante", tomando emprestada a palavra de Rune. Sim, é interessante. E daí mal podemos esperar para voltar a nos ver, e ele espera que Francis, o marido advogado de Liza, a quem eu nunca fui apresentada, não insista em chamar o bebê de Brandon — tão mariquinhas, tão sem estofo. Como Bruno poderia tolerar um neto chamado Brandon? Ele tem planos de escrever aqui na ilha. Não mencionamos o poema desgraçado. Ele sabe o que eu penso — escreva as memórias!

Não foi fácil trabalhar hoje com a ansiedade retumbante por baixo das costelas.
Às quatro, eu o encontrei deitado no sofá, lendo um livro sobre Houdini. Ele o abanou no ar e despejou os fatos — o pai do homem tinha sido rabino em Appleton, Wisconsin; Houdini amava a mulher, Bess. Vinte anos antes de Kafka publicar a sua *Metamorfose*, os dois Houdini, marido e mulher, trocavam de lugar num baú trancado, num número que chamaram de *Metamorfose*. (A palavra em alemão é *Verwandlung*, mas Rune vive inteiramente em inglês.) O mestre da mágica era capaz de regurgitar pequenas chaves à vontade, deslocar e recolocar os ombros à vontade e tinha aprendido a segurar a respiração por três minutos com o treino numa banheira superdimensionada. Rune disse que ele também estava treinando prender a respiração, e quando perguntei a ele por quê, ele disse que tinha os seus próprios projetos.

Ele queria brincar de novo, trocar de máscara. Eu vou ser Richard, ele disse. Pensei comigo mesma, isso é impossível, você não pode ser Richard, você não o conhece, mas não falei nada. Eu disse: Não, outra hora. Eu não estava a fim. Conversamos mais um pouco, mas só papo furado, e então ele disse: Acho que Ruina devia poder se vingar do canalha, você não acha? Eu devo ter ficado com uma expressão confusa. Se mantivermos a brincadeira, ele disse, ela vai ter que revidar, não vai? Eu precisava pensar a respeito. Compreendi que eu tinha me extirpado da continuação da história por temor.

Rune achou que a sequência filmada poderia ser usada fora do Diário. Vamos pôr numa peça, ele disse, quem sabe na sua peça para mim. Eu senti que ele me observava. Tentei parecer blasé. Mas, e se ficar ruim? perguntei. Ele já tinha assistido várias vezes e queria ver numa tela maior. Ele poderia conectar a câmera à televisão.

Assistimos aos alienígenas mascarados em silêncio. Reparei que eu tinha esquecido trechos extensos no nosso diálogo e que a brincadeira tinha durado mais do que eu pensava. Como espectadora, vi imediatamente que, sem as máscaras, a interação teria perdido a força. Do jeito como foi, fiquei sobressaltada com o diálogo insípido. O autoritário Richard e a temerosa Ruina eram tipos extraídos diretamente do melodrama ou da novela de televisão, mas os seus rostos imóveis e artificiais — as minhas criações vazias — davam ênfase ao caráter arquetípico do embate deles, e os seus gestos assumiam uma qualidade de *páthos*.

Pathosformel?[37]

---

[37] O historiador da arte Aby Warburg (1866-1929) desenvolveu o termo *Pathosformel* para descrever a fórmula emotiva das representações visuais. Para Warburg, as obras de arte eram carregadas de energias psíquicas exprimidas em linguagem gestual. Veja *The Renewal of Pagan Antiquity: Contributions to the*

Senhor e escravo presos em uma competição por reconhecimento?[38]
Interpretação de papéis enlouquecida?
Paródia cultural escrita em letras maiúsculas?
Será que esta exibição na TV mostrava uma visão objetiva? Reparei que o meu suéter verde tinha perdido a forma e pendia solto sobre os meus seios consideráveis, que, por baixo da máscara de homem, o meu queixo agora flácido caía sobre um pescoço sem pomo de adão, e que o meu cabelo flutuava ao redor do rosto falso num halo crespo, mas, de algum modo, estes detalhes físicos não deixavam Richard feminino. Foram suplantados pela máscara e os seus movimentos decisivos. E apesar do bíceps torneado, dos ombros largos e do peito chato de Rune, a sua Ruina tremelicante, enrolada numa bolinha e chorando no fim, parece bem feminina. Performatividade.[39] Os detalhes específicos da sala, com a lareira, o grande caramujo em cima dela e a gravura de Calder na parede eram engolidos pela emoção crua que se passava entre os dois personagens. Será que era fingimento? Assistimos outra vez.

Rune se inclinou para a frente. Fixou os cotovelos nos joelhos, com o queixo apoiado nas mãos — o seu corpo tenso de

---

Cultural History of the European Renaissance, de Warburg, trad. para o inglês de David Britt (Los Angeles, CA: Getty Research Institute, 1999).
[38] Burden se refere ao capítulo senhor/escravo em *Fenomenologia da mente*, de Hegel, em que o filósofo argumenta que a consciência de si mesmo só pode ser atingida por meio de uma batalha agonística com o outro.
[39] Judith Butler cunhou o termo *performatividade*: "O gênero se comprova como performance, isto é, ao constituir uma identidade que supostamente deve ser. Neste sentido, o gênero é sempre um feito, mas não um feito executado pelo sujeito que, pode-se dizer, tem existência anterior ao ato". Em *Gender Trouble: Feminism and the Subversion of Identity* (Nova York: Routledge, 1990), p. 25.

concentração. O que ele tinha visto?, perguntei. Acho que fomos bem, ele respondeu. Mergulhamos direto. Dá para acreditar. É tão falso, mas dá para acreditar.

Eu disse a ele para passar de novo, sem som.

Ele atendeu num gesto automático, e isso me surpreendeu um pouco. Pareceu entender. Observamos. Sem as vozes, o filme se tornou apenas máscaras e movimento. Não olhei para Rune ao meu lado no sofá, mas o senti. Talvez tenha ouvido a sua respiração. Não sei, mas ele não se mexeu, e eu também não. As duas pessoas na tela tinham sido mudadas mais uma vez. Ambas tinham falado de trás dos lábios imóveis das máscaras, mas desta vez não escutamos nada. Os rostos estáticos pareciam falar porque assentiam e erguiam as mãos, mas sem palavras, e eu observei os dois desempenharem uma dança que, em silêncio, tinha se tornado assustadoramente erótica. Os gestos de Ruina tinham um caráter de sedução que inflamava a brutalidade de Richard e o prazer que ele sentia com isso.

Senti Richard mais uma vez, senti o seu desejo de espancar a moça covarde. Sem os discursos prosaicos, a estatura do meu personagem fictício pareceu aumentar. Mas, quando os segundos finais voltaram a ser exibidos, fiquei me perguntando quem exatamente estava dando risada no fim. Será que era Rune ou Ruina? Eu tinha pensado que Rune tinha saído da personagem, que tinha rompido o quarto muro, mas agora não tinha certeza. Parecia a mim que ela, Ruina, estava dando risada dentro da brincadeira, e isso adicionava uma outra camada de fingimento ou, no mínimo, complicava o reino imaginário. Eu me senti desorientada.

Eu perguntei a ele: Quem estava dando risada?

Rune me lançou um olhar confuso.

Eu o pressionei. Perguntei mais uma vez: Quem estava dando risada? Você ou Ruina? Ele só ficou olhando para mim. Falei ríspida com ele. Eu disse: Diga para mim.

Ele se recostou no sofá e descruzou os braços. Você está sendo Richard agora?

Não, respondi, sou Harry. Eu sentia a raiva me apertar o peito e a garganta.

Tom, Dick, e... ele disse para mim.

Baixei a voz e disse que estava falando sério.

Ele brincou e disse: "A máscara me fez fazer aquilo. A máscara me fez fazer aquilo". Então ele me acusou de ser séria demais. Eu é que tinha começado, não era verdade? Brincadeiras deviam ser divertidas. Será que eu estava preocupada em saber qual de nós tinha vencido, pelo amor de Deus? Nós não tínhamos seguido um roteiro. Aquilo que saiu de nós tinha saído. Quem se importava? Onde estava o meu senso de humor?

Onde estava o seu senso de humor, Harry, aquela sensação gloriosa do ridículo? Quem era aquele homem mascarado galopando pela tela da televisão? Não era você? Dê risada alto! Não volte atrás agora, Harry. Vocês dois são parceiros na dança mascarada, e os passos não vão ter nenhum significado se forem dançados sozinhos. Por acaso você não é dupla na brincadeira? Johannes e Cordelia, John e Mary, Richard e Ruina? E por que você ficou discursando a respeito de Dora Maar para Rune se não estivesse se duplicando mais uma vez sem nem saber?

Lá estava você, Harry, no sofá vermelho ao lado de Rune, falando a respeito de quando Picasso avistou Maar num café em Paris, com os dedos abertos em cima da mesa à sua frente enquanto ia golpeando com uma faca os espaços entre eles. Quando errava o alvo, sangrava. Filé de cinco dedos. Picasso guardou as luvas dela como um troféu.

* * *

    Picasso pintou Maar como a mulher que chora, como a Espanha de luto, mas o bode gostava de fazer mulheres chorar. Na medida em que as lágrimas caíam, o pênis do bode endurecia. Mas que pequeno misógino animadinho e cheio de energia era Picasso! E você contou toda a história a Rune, sobre as fotos surrealistas de Maar, a sublime *Ubu* que ganhou um prêmio em 1936 entre elas, e as suas pinturas nem tão maravilhosas assim. Você falou a respeito de como ela desabou depois que Picasso a abandonou, a respeito da sua análise com Jacques Lacan, a respeito da cadeira horrorosa com barras de ferro e cordas peludas que Picasso embrulhou e mandou para ela como presente e a pá enferrujada que ela mandou pelo correio para ele, um jogo de presentes que faziam juntos. E depois o pacote que foi encontrado em 1983 entre as posses de Picasso: um anel-selo que ele tinha desenhado e entalhado com as letras *P D, pour Dora*. Dentro da circunferência havia uma ponta.

    O homem que desembrulhou o anel ficou horrorizado, mas, eu disse a Rune, a intenção devia ser uma alusão à brincadeira da faca de Maar, você não acha? Olhar para o anel é ver um dedo sangrando.

    Ninguém pode brincar sozinho, eu disse. Mesmo quando não há mais ninguém no recinto, deve haver um outro imaginário.

    Achei a citação de Cocteau para Rune: "Picasso é um homem e uma mulher profundamente entrelaçados. Ele é um ménage vivo. Dora é uma concubina viva com quem ele é infiel a si mesmo. Deste ménage, nascem monstros maravilhosos".

Nós somos todos um ménage, eu disse a ele.
E então Rune respondeu: Há muito tempo, alguém me disse que você era brilhante, simplesmente brilhante.
Quem?, eu perguntei, mas ele não conseguia lembrar. Foi alguém que me conhecia ou que tinha me conhecido. Deve ter sido numa festa. É verdade, ele disse. Você é.
Eu fiquei tão contente. Lisonjeada com o elogio, eu me senti propensa a ceder, maleável, feliz. Jogue uma luz brilhante sobre a pobre e velha Harry e ela se transforma em manteiga derretida.
Ficamos em silêncio então, ouvindo o barulho do mar. Vamos até a praia, eu disse. E nós fomos. A lua era só uma fenda de luz, um espaço claro reluzente no céu, por um momento coberta pelas nuvens espessas que se moviam, e erguemos os olhos para aquelas profundezas de cúmulos com os seus cinzas iluminados, e suponho que vimos a mesma coisa, porque ele soltou um assobio. Demos uma corridinha até a água e deixamos as ondas lavarem os nossos pés e sentimos quando puxaram os nossos tornozelos ao se retrair. Parecia que éramos amigos.
Só faz uma hora, mas na memória eu já mudei a paisagem. Acho isso estranho. Já não estou mais dentro de mim. Vejo nós dois de trás, parados na praia, duas silhuetas altas e indistintas ao luar comprometido. A certa altura, nós nos viramos e caminhamos pela praia e descemos pelo caminho de tábuas de madeira cinzenta que conduz à casa. Quando ele me dá boa-noite, sorri. Ele diz que o dia foi ótimo, uma frase banal, mas é isso que a gente diz, não é? O dia foi ótimo.
Então me deu beijinhos leves de ambos os lados do rosto e deu boa-noite mais uma vez.

DOMINGO, 10 DE JUNHO DE 2001

Coda:
Nesta noite, eu me refestelei na casa vazia, comi massa com montes de legumes, li Emily Dickinson. Ela está em chamas.

Mine — by the Right of the White Election!
Mine — by the Royal Seal!
Mine — by the Sign in the Scarlet prison...
Bars — cannot conceal![40]

Rune, por outro lado, é um jingle discreto que cavou uma trincheira na minha mente e toca sem parar. Ele se demora como uma canção de dúvida. Vejo o rosto bronzeado dele no jantar enquanto escuto mais uma vez o seu discurso sobre inteligência artificial, fácil e adolescente, mas vivo de algum modo: "Libido de máquina e humano". Inventei novas imagens para ele: um menino de cabelo tão loiro que é quase branco com a cabeça em livros de ficção científica. Eu o vejo construir uma máquina no quintal dos fundos da casa dele. Eu o vejo num cinema escuro, os olhos iluminados pela tela enquanto assiste a uma invasão alienígena. Ele deve ter se sentido igual a um alienígena lá no Iowa com a irmã. Vejo plantações de milho e celeiros vermelhos. Nunca estive no Iowa. Estou colorindo com números.

Ontem — acho que foi ontem — ele escreveu uma citação na areia com uma concha enquanto estávamos sentados na praia.

---

[40] Tradução livre: "Meu — pelo Direito da Eleição Branca!/ Meu — pelo Selo Real!/ Meu — pelo Símbolo na prisão Escarlate —/ Barras — não podem esconder!" (N. T.)

Era do *Manifesto Futurista* de Marinetti, 1909: "Vamos estar presentes no nascimento do centauro e devemos logo ver os anjos voarem". Quando eu disse a ele que Marinetti era louco e repulsivo, ele disse que adorava os loucos e repulsivos. Ele adorava fogo, ódio e velocidade. Existe uma beleza na violência, ele disse. Ninguém quer reconhecer, mas é verdade. Olhei para o antebraço dele, bronzeado embaixo da camisa de linho branco que estava usando, as mangas arregaçadas até os cotovelos, um boné de beisebol na cabeça. Discuti com ele. Era estética fascista, eu disse, e para ver beleza em mutilação e derramamento de sangue é preciso estar muito afastado dos envolvidos. Mas Rune aprendeu que um chute verbal ou visual ligeiro suscita reações fortes que ele então pode se recostar e apreciar. Ele cai em insurreição fácil, do tipo pelo qual ninguém paga o preço. Mas este personagem é perfeito para o meu plano. As pessoas vão se aprumar e prestar atenção.

É a coisa escura, o caroço inexplicável de uma coisa que lhe causa dúvidas reais, Harry. E a coisa escura não está em Rune, mas sim em você, não é verdade? Está em você como Richard Brickman. E Rune sabe disto. Ele é sensível às contracorrentes, assim como você. Vejo quando pega a máscara e veste. Era isso que você queria, não era? Você queria brincar. Mas há o medo da excitação ardente no meio das suas pernas nascida da brincadeira, descontrolada. O segredo: eu não sinto atração por Rune, a não ser quando eu sou Richard e ele é Ruina, mas, para brincar, é preciso assumir os dois papéis. Esta é uma confissão. Será que terei coragem de contar ao dr. F.?

Sou responsável pelo drama (ou seja lá o que tenha sido). Eu, Amante das Máscaras, criei a situação toda. Rune entrou na minha, nada mais. Ele brincou bem. Ele estava a fim, mas era o meu show, não era? Onde está a divisão entre duas invenções, Harry, os seres mascarados absurdos na tela? Você é capaz de traçar o limite? Já entregou demais? Está vulnerável? Essa é a melodia da sua dúvida.

E agora, enquanto escreve estas palavras, você vê o seu pai que ainda não é velho sentado em silêncio à cabeceira da mesa no apartamento da Riverside Drive, uma estátua sem palavras. Então vê a sua mãe velha muitos anos depois vestida com o penhoar lilás dela no hospital. Ela está lhe contando a história de como ele a castigou por querer falar. Ele a castigou ao não dizer nada, e você, Harry, solta as palavras: Isso foi cruel! Ele foi cruel! A sua mãe concorda. Foi cruel.

Disto eu tenho certeza: o parafuso deu mais uma volta.

Rachel Briefman
(*declaração por escrito*)

Confesso que houve momentos em que considerei a intensidade de Harry em relação ao seu projeto dos pseudônimos bastante exaustiva. Nos chás semanais, os olhos dela brilhavam quando relatava as suas leituras volumosas e descrevia como se encaixavam no seu plano como um todo. Ela me mostrou desenhos e gráficos, me deu livros de filosofia e trabalhos acadêmicos científicos a respeito de sistemas de espelho no cérebro e queria as minhas opiniões a respeito de tudo aquilo. De vez em quando, um livro ou artigo chamava a minha atenção, mas eu com frequência precisava dizer a ela que não tinha tempo para ler tudo. Não conheci Rune nem presenciei Harry idealizando ou construindo o projeto, mas ela o discutia com frequência comigo e se preocupava continuamente com os riscos que estava assumindo ao introduzir elementos que ele nunca tinha usado no seu trabalho antes. Eu sei que ela imaginou uma grande vitória à sua espera no fim do túnel, a redenção pelos anos em que trabalhou arduamente e foi ignorada, e reconheço que essa fantasia tinha um tom irracional, mas para quem acredita que Harry mentiu a respeito do seu trabalho com Rune, eu digo que não é possível, e aos outros que argumentaram que ela perdeu completamente o pé da realidade e já não sabia mais se estava indo ou vindo, posso dizer com firmeza, como psiquiatra, que Harry não era psicótica. Ela não estava delirando. O Barômetro, amigo dela, era psicótico e delirava. Harry não tinha mais delírios que um neurótico normal.

Aliás, ela estava determinadíssima a entender a psicologia da crença e do delírio, que, sejamos francos, é exatamente a mesma coisa. Como é que ideias mirabolantes, até impossíveis, tomam conta de populações inteiras? O mundo da arte era o laboratório de Harry — o seu microcosmo de interação humana — em que burburinho e boatos literalmente alteram a aparência de pinturas e esculturas. Mas ninguém pode provar que uma obra de arte é verdadeiramente superior a outra ou que o mercado de arte funciona na maior parte com base em noções assim tão veladas. Como Harry observou para mim repetidamente, nem existe concordância a respeito da definição de arte.

Em alguns casos, no entanto, os delírios se tornam aparentes. Tanto Harry quanto eu nos fascinávamos pelo que foi chamado de "pânico moral", surtos de terror que se espalham, geralmente dirigidos a um ou outro grupo "divergente" — judeus, homossexuais, negros, hippies e, por fim mas não finalmente, bruxas e demônios. Durante a década de 80 e início da de 90, cultos satânicos surgiram por todos os Estados Unidos, e os seus rituais horripilantes foram todos relatados com sobriedade pelos jornais. Detenções incontáveis, julgamentos, aprisionamentos e vidas destruídas resultaram desse contágio histórico. Assistentes sociais, psicoterapeutas, representantes da lei e os tribunais, todos se deixaram levar pelo pânico. No final, não havia evidência de que nenhuma acusação fosse verdadeira. Todas as condenações foram anuladas. Pegas numa epidemia de ideias viajantes, centenas de pessoas ansiavam em acreditar que a mulher ou o homem da creche, o xerife, o técnico, o vizinho da rua eram monstros que estupravam e mutilavam crianças, que bebiam o seu sangue e comiam as suas fezes no café da manhã. Lembranças horripilantes brotavam da mente de adultos e de crianças, relatos de missas de Sabá negro, de sodomia e de números incontáveis de assassinatos, mas ninguém jamais encontrou um cadáver nem marcas de tortura em ninguém. E, no entanto, as pessoas acreditavam. Há quem ainda acredite.

Pense nas histórias que floresceram e circularam depois do Onze de Setembro, que nenhum judeu morreu no World Trade Center e que o governo dos Estados Unidos tinha fabricado aquela atrocidade. Esta bobajada tem seguidores fiéis, assim como, é claro, havia a grande mentira do governo Bush em relação à mesma carnificina e ao Iraque. É fácil alegar que aqueles que se deixam levar por essas crenças são ignorantes, mas crença é uma mistura complexa de sugestão, imitação, desejo e projeção. Todos nós gostamos de acreditar que somos resistentes às palavras e às ações dos outros. Acreditamos que a imaginação *deles* não se transforma na nossa, mas estamos errados. Algumas crenças estão erradas de maneira tão patente — as proclamações da Sociedade do Mundo Plano, por exemplo — que desprezá-las é simples para a maior parte de nós. Mas muitas outras residem em território ambíguo, onde é difícil separar o que é pessoal e o que é interpessoal.

Não se pode esquecer que Harry estava reescrevendo a própria vida na psicanálise havia anos, que aquilo que ela chamava de um "texto revisionista" da sua vida que se desenvolvia com vagar tinha começado a substituir um outro anterior, "mítico". Pessoas e acontecimentos tinham assumido novo significado para ela. As suas memórias tinham mudado. Harry não tinha recuperado nenhuma lembrança duvidosa da infância, mas no dia 19 de fevereiro de 2003, apenas um mês antes de *Por baixo* ser exposta, ela me disse que, quando olhava para trás na sua vida, amplas extensões dela tinham desaparecido. Com um pouco de incentivo, era fácil para ela preencher essas lacunas como ficções. Mas por acaso a maior parte das memórias não é mesmo uma forma de ficção? Ela se lembrava do que eu tinha me esquecido, e eu me lembrava do que ela tinha se esquecido, e quando lembrávamos a mesma história, não era verdade que lembrávamos de um jeito diferente? Mas nenhuma de nós estava cometendo prevaricação. As cenas do passado eram continuamente mudadas e embaralhadas e enxergadas mais uma vez do ponto de vista do presente, só isso, e as mudanças se dão sem a nossa consciência. Harry tinha reinterpretado várias memórias. A sua vida inteira tinha uma aparência diferente.

E, Harry perguntou, onde começa? Os pensamentos, palavras, alegrias e medos de outras pessoas entram em nós e passam a ser nossos. Eles vivem em nós desde o começo. Pânico moral, a epidemia de personalidades múltiplas e a mania de memória recuperada corria à solta nos anos 80 e início dos 90 como uma onda de sugestão passada de uma pessoa à outra, uma espécie de hipnose em massa ou permissão inconsciente que se espalhava e permitia a incontáveis pessoas que de repente se tornassem muitas, uma caixa de Pandora. Terapeutas faziam relatos sobre pacientes com dúzias de personalidades. Populações inteiras abrigadas dentro de um único corpo — homens, mulheres e crianças revelando-se como alteridades. O que isso significava? E daí, quando o nome da doença foi mudado para distúrbio de identidade dissociativo e o ceticismo voltou a se afirmar, os números de pessoas diagnosticadas com a doença diminuíram para alguns casos aqui e ali. O que Harry queria saber era o seguinte: será que éramos apenas uma pessoa ou será que todos nós éramos várias? Não é verdade que atores e autores inventam personagens para se sustentar? De onde vêm essas pessoas?

Argumentei que, por mais passionais que os artistas fossem, eles conheciam a diferença entre criador e criatura, que a doença, sob qualquer nome, estava conectada a um trauma e que, sem dúvida, a epidemia tinha sido incentivada por terapeutas ávidos e geralmente mal informados.

Harry estava sentada à minha frente, os cachos do seu cabelo grisalho saíam por baixo da boina, acenou para mim com a mão direita e acabou derrubando a xícara de chá, fazendo com que o líquido marrom claro fosse absorvido pela toalha de mesa. Sim, sim, ela disse, mas não é verdade que as criaturas e as alteridades são produzidas a partir do mesmo material subliminar? Por acaso estes outros não estão dentro de nós como figuras de sonho? Ela mandou embora o nosso garçom solícito que tinha vindo correndo, jogou um guardanapo em cima da mancha e prosseguiu. Já fazia algum tempo que ela estava trabalhando com Rune e, para *Por baixo*, os dois andavam fazendo brincadeiras que registravam em filme, brincadeiras com máscaras, fantasias e objetos de cena. E quando brincavam, algumas coisas começavam a acontecer. Harry me prendeu com os olhos. Perguntei: que coisas?

O que a animava e às vezes assustava, ela respondeu, era o que Rune fazia emergir dela, e seja lá o que fosse, Harry acreditava que devia estar dentro dela havia muito tempo, mas nunca tinha tido a oportunidade de sair. Registrei as suas palavras no meu diário naquela mesma noite, ou pelo menos como eu as lembrei. *O projeto todo está quase terminado agora, Rachel. Logo a trilogia dos meus personagens estará terminada.* Ela afirmou que Rune tinha sido incrustado em *Por baixo* como "possibilidade personificada". Ela tinha tomado as palavras emprestadas de Kierkegaard. Era a ideia de Rune que ela queria explorar, muito mais que Rune em si, mas a ideia dele tinha lhe dado mobilidade, tinha aberto portas dentro dela própria. A voz de

Harry ficou mais alta, e eu reparei que um homem e uma mulher na mesa ao lado tinham parado de conversar e se viraram para olhar feio para nós. Levei o indicador aos lábios para mostrar que ela devia baixar a voz, e o humor de Harry se fechou. *É isso que eu quero dizer*, ela sibilou por entre os dentes para mim. *Não seja espalhafatosa, Harry. Não cause comoção, Harry. Fique com os joelhos juntos, Harry. Não é educado, Harry.*

Irritada, eu disse a ela: Pelo amor de Deus, mas o que foi que eu fiz? Reparei que você estava falando alto demais para que a nossa conversa permanecesse privativa e enviei um sinal discreto a você. Harry se inclinou na minha direção e rosnou para mim. *É isso que estou tentando dizer para você. A coisa, a pessoa, seja o que for — é impiedosa, arrogante, barulhenta, fria, superior, cruel, indiferente e intocável. A coisa não é educada. Nunca foi educada.*

Parece encantadora mesmo, eu disse a Harry. Eu estava sorrindo, mas Harry não achou a minha caracterização engraçada. Olhou para mim com ar grave. Sugeri que personalidades diferentes fazem emergir diversos aspectos que são só nossos, e expliquei que eu com frequência me sentia ruidosa com pessoas de fala mansa ou reservada e tímida com alguém que vocifera para mim. Tudo depende da interação. Harry afirmou que estava falando de algo muito mais dramático. Ela nunca tinha sido capaz de resistir ao que chamava de "atração do outro". Quando criança, ela sempre tinha obedecido às regras. Raramente tinha sido castigada, porque não era capaz de suportar a ideia de decepcionar os pais. Nenhum dos dois foi rígido ou severo, mas, por algum motivo, ela sempre tinha se sentido errada, não certa. *Eu me esforcei tanto para me transformar no tipo certo de filha, mas nunca consegui.* Doeu em mim escutar o que ela dizia, mas eu sabia que estava ouvindo a história revisada.

Harry se inclinou para a frente com ambas as mãos em cima do guardanapo empapado. Cobri a mão direita dela com a minha e me senti agradecida por estarmos sentadas num canto e por ela estar falando agora com voz tão baixa que eu precisei chegar mais perto para escutar o que estava dizendo. Ela queria saber se eu me lembrava dos planos grandiosos que tínhamos para o futuro. *Nós duas íamos ser mulheres famosas, lembra?* Eu lembrava. Harry sorriu para mim. *Instigamos a nossa consciência. Está lembrada?* Eu lembrava. *Não serviu de nada,* Harry disse. *O que eu instiguei se revelou ser falsa consciência.* Ela tinha se tornado artista, tudo bem, mas ninguém pode ser artista quando o seu trabalho sempre fica em segundo lugar em relação a todo mundo e tudo o mais. Ela nunca tinha sido a primeira em nada. Jamais. Harry tirou a mão de baixo da minha e olhou para mim com lágrimas nos olhos.

Ressaltei a Harry que ela de fato tinha sido a primeira da classe na Hunter, ao que ela respondeu: *E isso me fez muito bem mesmo.* Os ressentimentos de Harry rolaram para fora dela. Ela tinha adorado Felix, disse, coisa que Bruno não era capaz de aceitar porque tinha ciúme do seu marido morto, mas era o amor louco que sentia por Felix que tinha feito com que fosse tão difícil para ela se opor a ele. Ele tinha feito com que ela se sentisse interessante e bonita, e ela se esforçou muito para ser o que achava que ele queria que ela fosse. *É isto que eu quero dizer, Rachel. O que nós somos? O que era Felix e o que era eu? Ele estava em mim.* Ela sempre tinha interpretado Felix de acordo com os desejos dele, tinha sempre se dobrado a ele, e não tinha sido tão difícil, porque lá no fundo ela não acreditava que deveria ser ao contrário. Por que ele deveria se curvar aos desejos dela? Quem era ela para pedir isso? *Curvar-se, curvar-se, curvar-se,* Harry disse, *sempre me curvando e oscilando, me curvando e oscilando.* Então Harry se lembrou da mãe se curvando para pegar as meias e as cuecas do pai, lembrou-se da mãe servindo o pai à mesa, lembrou-se da mãe ajoelhada no chão com uma escova de dentes para limpar o rejunte entre as lajotas, lembrou-se da sua mãe baixinha sorrindo ansiosa para o pai, para decifrar os olhos dele. Será que ele aprovava? Será que ele estava feliz? Harry disse que se pegou andando nas pontas dos pés quando passava na frente do escritório de Felix para não incomodá-lo nos dias em que ele trabalhava em casa, tinha sufocado as suas opiniões durante jantares porque Felix detestava conflito, mas ele marchava adentro no estúdio dela sem bater para fazer alguma pergunta trivial. Ele criticava um artista num jantar, e todo mundo escutava, absorto, a opinião do grande homem. Às vezes ele regurgitava as palavras da própria Harry, palavras que ela tinha dito antes naquele mesmo jantar, mas às quais ninguém escutou. Isto era verdade. Eu me lembrei de várias ocasiões em que fui testemunha sem jeito dessas repetições infelizes. Eu não disse a Harry que Felix inspirava confiança porque combinava autoridade com modos distintos, inabaláveis. Ele não precisava que as pessoas o escutassem. Harry precisava.

Durante anos, ela disse, Felix a interrompia no meio da frase e ela ficava em silêncio. As coisas simplesmente eram assim. Felix sempre tinha dito que admirava e apoiava o trabalho dela, mas tinha voado para cá e para lá devido ao seu próprio trabalho, e ligava para dizer que ia se atrasar ou que tinha mudado de voo, e Harry ficava em casa com Maisie e Ethan. Sim, sim, sim, ela disse, ela tinha empregados para ajudar, todos que quisesse, mas você não pode terceirizar a alma dos seus filhos a outros. E apesar de Maisie ter sido uma criança relativamente fácil, Ethan tinha sido difícil, hipersensível e afeito a explosões. As necessidades vorazes dele algumas vezes tinham-na engolido por completo. Ele havia se transformado num adulto adequado, ela disse. Tinha se tornado uma pessoa forte e funcional, mas e se ela não tivesse ficado com ele a noite toda, segurando a mão dele, cantando as músicas estranhas e repetitivas ao estilo de Philip Glass que, tinha descoberto, eram as únicas que o acalmavam? Harry cantou algumas notas sem abrir a boca: *blip, bang, rum, rum, rum. Drum, drum, drum. Thrum, thrum, thrum.* E a *culpa, culpa, culpa,* ela disse seca para mim, a *culpa, culpa, culpa* de que todos os problemas dele eram por causa dela. Eu sabia a maior parte disso, mas percebi que Harry precisava me contar, precisava explicar. E, ela disse, nunca tinha sentido que o dinheiro pertencia a ela. Ela não o tinha ganhado. Felix começara com dinheiro e tinha feito muito mais. Ao longo dos anos, ela havia vendido umas poucas peças da sua arte, nada mais. E as exposições que ela tinha feito. Os lábios de Harry tremeram. *Foram ignoradas ou escorraçadas.*

Eu disse a ela que isso não era bem verdade. Tinham recebido algumas boas resenhas. Tinham sim. Eu me lembro.

O rosto de Harry era uma reprovação. *Dinheiro é poder,* ela disse. *Homens com dinheiro. Homens com dinheiro fazem o mundo da arte girar. Homens com dinheiro decidem quem ganha e quem perde, o que é bom e o que é ruim.*

Ofereci o comentário de que isto estava mudando, devagar talvez, mas mudando mesmo assim, que cada vez mais mulheres estavam conseguindo o que mereciam. Eu tinha acabado de ler algo sobre isso...

A expressão de Harry ficou amarga. *Até a artista mais famosa é uma pechincha na comparação com o homem mais famoso — que comparação suja e barata. Olhe só para a divina Louise Bourgeois. O que isso lhe diz?* A voz de Harry rachou. *O dinheiro fala. Ele diz o que tem valor, o que importa. Pode ter certeza, com o diabo, que não são as mulheres.*

Ela tinha todas as respostas. Eu não retruquei. Baixei os olhos para a toalha da mesa e fiquei imaginando que horas seriam, mas estava alerta demais aos sentimentos de Harry para olhar no relógio. Talvez Harry tivesse uma ideia do que eu estava pensando, porque pediu desculpas. Disse que era egoísta e obcecada e que tinha se deixado levar e que me amava. Perguntou sobre a saúde de Ray, e eu respondi que ele estava indo bem, ainda andava de bicicleta no parque três vezes por semana com aprovação do médico e parecia determinado a se aposentar da NYU na primavera. Ele havia detestado a ideia de aposentadoria forçada, mas agora a sua atitude tinha mudado completamente. Ela até me perguntou de Otto, e eu disse que o cachorro maluco tinha completado doze anos e precisava tomar um calmante e um remédio anti-inflamatório para artrite. Harry sorriu. *Estamos todos ficando velhos*, ela disse, *cada vez mais velhos*.

Assenti. Conversamos sobre o filme de Maisie *Clima corporal*, sobre o psicanalista que estava tratando o Barômetro e sobre os antipsicóticos que o homem se recusava a tomar. Achei que poderiam ajudá-lo. Harry achou que não. Antes de nos despedirmos, Harry mencionou Felix de novo, desta vez a vida sexual dele, ou melhor, a parte que não a incluía. A bissexualidade de Felix agora já se tornou fato público. O livro *O tempo da galeria Felix Lord*, que foi publicado há apenas alguns meses (em que o autor, James Moore, trata o trabalho de Harry com grande respeito e seriedade, fico contente em dizer), discutiu o assunto abertamente. Diversos amantes de Felix se apresentaram para falar sobre ele, então, por mais secretas que as suas aventuras possam ter sido quando estava vivo, já não são mais segredo. Ainda assim, é justo dizer que a vida sexual de Felix permanece um mistério no sentido em que a história interna não tem como ser realmente conhecida. Se há algo a se ganhar ao longo dos anos trabalhando como eu trabalho, é uma ternura acachapante pelas variações do desejo humano. A excitação sexual certamente não está sob o nosso controle, apesar de a ação sobre ela talvez estar. E a noção de que vivemos na era da liberdade sexual é uma meia verdade. Tive vários pacientes cuja vergonha e sofrimento causados pelos seus pensamentos sexuais os deixaram doentes. E pode demorar muito tempo para descobrir as forças que estão por trás de uma fantasia específica, seja o desejo por meninos ou meninas ou homens e mulheres de mais idade, por magros ou gordos, se inclui ternura ou crueldade, ou se é auxiliada por todo tipo de parafernália, padrão ou idiossincrática. Não é anátema na nossa cultura expressar uma insinuação que seja de compaixão pelo homem com ímpetos de pedofilia, ou reconhecer a simples verdade de que há encontros sexuais entre adultos e crianças que não deixam cicatrizes duradouras nas últimas?

Menciono isto porque a intolerância relativa à vida sexual está em todo lugar. Não há muito tempo, uma mulher que eu só conheço um pouco fez um comentário rude a respeito de Harry depois de ler o livro sobre Felix. "Qualquer mulher que aguenta aquela merda", ela disse para mim, "tinha que ser uma idiota e tanto." Eu lhe contei que Harry tinha sido "uma amiga querida", e que ela não era "nenhuma idiota". Foi um momento constrangedor, mas a mulher não falou mais nada sobre o assunto.

No começo, eu não sabia aonde Harry queria chegar. Ela começou a rodada seguinte da nossa conversa dizendo que, às vezes, quando Felix ficava fora até muito tarde da noite, num vernissage ou num jantar com colecionadores a que ela não tinha ido, ela o escutava quando chegava em casa. Ele sempre tomava muito cuidado para não fazer barulho, mas ela ouvia os seus passos leves no corredor, de todo modo. Harry explicou que, quando as crianças eram pequenas, ela acordava com um suspiro ou chiado ou tosse, e ficava deitada na cama prestando atenção para ver se o pequeno som seria seguido por choro ou um chamado por ela. Na época, dois mundos paralelos existiam, ela disse, de sono e de despertar, cada um mantido em perfeito equilíbrio com o outro. Era como se ela vivesse em ambos os estados ao mesmo tempo, e assim, o rangido da porta se abrindo, seguido pelos passos do marido, nunca deixavam de acordá-la. Ela disse que, em algumas noites, ele vinha direto para ela, puxava a coberta e entrava na cama, sempre virado para o outro lado. Então ela o puxava para perto de si e acariciava as suas costas, coisa que ele gostava. Mas, em outras noites, particularmente naquelas em que ele voltava no meio da madrugada, ela escutava quando ele se despia no banheiro e entrava no chuveiro. E Harry ficava acordada, escutando o barulho da água correndo e dizia a si mesma: *Ele está se lavando dos outros.*

Harry não o confrontou. Ela disse que simplesmente sabia o que aquelas abluções noturnas significavam. Ele quis manter os seus mundos separados. Ele se limpava de um para entrar no outro. E, ela confidenciou, tinha pena dele. *Eu ficava lá deitada, Rachel, e pensava comigo mesma: pobre Felix. E se fosse eu? E se eu tivesse desejos que se sobrepujavam a mim? Como eu gostaria de ser tratada? Será que eu ia querer maldade e rejeição?*

Eu disse que achava que a santidade costumava ter um preço.

Harry concordou comigo. Ela disse que tinha pagado bem caro. Ele a magoara, e ela havia suprimido a raiva que tinha dele, mas uma parte dela não conseguia deixar de sentir pena dele, de todo modo. *É por isso que eu preciso da máscara fria, sabe.* Harry olhou para mim com tanta sinceridade e de um jeito tão infantil, de olhos arregalados, que eu achei a expressão dela cômica.

Máscara fria?, perguntei a ela.

É, ela respondeu, *uma máscara fria, dura, indiferente, um personagem imperioso que vai se erguer e esmagar os estúpidos. Ele se mostra quando estou com Rune.* É por isso que ela se interessava por personalidades múltiplas, porque achava que a pluralidade era humana, explicou. Ela não ficava tonta, não apagava nem perdia as pessoas dentro dela. Ela sabia perfeitamente bem que era Harry, mas tinha descoberto novas formas de si mesma, formas a que, segundo ela, a maior parte dos homens não dá valor, formas de resistência a outros. *Por que você acha*, ela disse, *que mais de noventa por cento de todos os casos relatados de personalidade múltipla aconteceram com mulheres? Curvar-se e oscilar*, Harry disse, em triunfo. *Curvar-se e oscilar. A atração do outro. As meninas aprendem*, ela disse. *As meninas aprendem a decifrar o poder, a fazer o seu próprio caminho, a entrar no jogo, a ser legais.*

Eu disse que ela estava simplificando um pouco demais, que também havia mulheres frias e imperiosas, duras e convencidas, que mal se importavam com quem estivesse no seu caminho.

Ah, Rachel, Harry disse para mim. *Você é tão razoável. Às vezes não tem vontade de berrar e gritar e de dar um soco na cara de alguém? Nunca tem vontade de soltar fogo?*

Claro que sim, eu disse a Harry. Claro que sim, mas nós temos histórias diferentes, sabe. Ela sabia. Quando saímos do restaurante, Harry pegou a minha mão. Fazia frio naquele dia quando andamos pela Madison Avenue, e ambas estávamos bem agasalhadas. Harry usava um cachecol bonito de fios azuis e verdes enrolado ao redor do pescoço várias vezes. Eu me lembro de ter admirado a peça. *Costumávamos nos dar as mãos*, ela me disse, *quando éramos meninas, você se lembra?* Eu me lembrava bem. *Costumávamos balançar o braço para a frente e para trás enquanto caminhávamos*, ela disse. *Você se lembra?* Eu me lembrava. *Agora somos duas velhas senhoras, juntas*, Harry afirmou, e eu disse a ela que falasse por si, e Harry agarrou a minha mão e começou a balançar o meu braço para a frente e para trás, e conversamos por pelo menos um quarteirão de mãos dadas e balançando os braços, e como estávamos em Nova York, ninguém olhou para nós duas vezes.

Phineas Q. Eldridge
(*declaração por escrito*)

Eu me despedi do alojamento e dos seus residentes no verão de 2002 e peguei um avião para o inverno e a crise econômica em Buenos Aires com Marcelo. Felizmente, a maior parte do dinheiro do meu amado estava em outros lugares. Harry tinha vivido o conto de fadas dela. Eu ainda ia viver o meu, na maior parte do tempo, pelo menos, na terra de Borges e da psicanálise e dos motoristas de táxi poetas. Marcelo e eu estávamos de volta a Nova York quando *Por baixo* abriu, e eu estava profundamente curioso em relação ao *grand finale* fálico de Harry. Convencer Rune deve ter sido uma tarefa e tanto, eu disse a Harry, e quando ela me falou que não tinha sido assim tão difícil, fiquei um pouco preocupado, porque realmente isso não fazia muito sentido para mim. Mas, bom, o coração humano (como metáfora do desejo, não como órgão bombeador) é uma coisa impossível de conhecer. Pensei que, talvez, depois daquelas cruzes, Rune estivesse achando que estava na hora de pregar uma enorme peça para fazer as apostas aumentarem.

Quando Marcelo e eu chegamos ao vernissage, havia multidões de tipinhos da arte na rua esperando para entrar no labirinto. Animação de *circus maximus* no ar. Entramos na fila com as moças previsíveis, bem vestidas demais, tentando se equilibrar sobre os saltos altos, e os garotos folgados, na maior parte brancos, desalinhados e com a postura curvada, ávidos para deixar bem clara a sua indiferença à moda, mas eles se entregavam com os chapéus bacanas e as camisetas, enfeitadas com caveiras e papagaios ou frases espertinhas: *Lutamos por brincadeiras muito sérias*. Estávamos parados na fila atrás de uma diva de idade avançada com óculos grossos de aro vermelho, vestida da cabeça aos pés num modelo chique de Yamamoto. Duas galerinas doces e caras, uma de preto e branco e a outra de vermelho, faziam sentinela à entrada, deixando dez pessoas passarem de cada vez para não congestionar os corredores torcidos e cheios de curvas do labirinto. "Não se preocupe, se você não conseguir sair, nós temos mapas. Basta gritar para pedir ajuda", disse a srta. Vermelha, saída direto da Geórgia. Eu nunca deixo passar um sotaque. Harry não estava à vista. Ela não quis que fôssemos com ela, e tinha me dado ordens explícitas para que não a procurasse — nervosa demais da conta.

No momento em que entramos pela porta, Marcelo e eu nos vimos fechados por ambos os lados por paredes brancas grossas que eu achei que eram plexiglas ou lucita. Harry adorava usar paredes de cor leitosa no seu trabalho, e estas tinham cerca de dois metros e meio de altura; não o suficiente para enxergar por cima, mas também não se avultavam. O que notei primeiro foi o seu caráter translúcido. Dava para distinguir as sombras de três pessoas caminhando pela passagem adjacente, na medida em que retângulos de luz tremeluzente apareciam e desapareciam por trás das silhuetas em movimento delas. O labirinto era claustrofóbico e desorientador, como os labirintos devem ser e, depois de algumas curvas erradas, eu senti aquela atmosfera idílica, alucinante e de "a vida é mesmo estranha" tomar conta, antes mesmo de perceber que estava sentindo aquilo. Lentamente, compreendi que os corredores do labirinto não eram de tamanho uniforme. A largura ficava mais estreita e depois mais larga. As paredes se estendiam e se encolhiam também, mas sempre de maneira muito, muito gradativa, nunca abrupta. Num entroncamento, consegui ficar na ponta dos pés e espiar por cima da parede. Sair de lá não foi fácil. Marcelo e eu ficávamos voltando para o que percebemos ser o mesmo canto ou a mesma curva com a mesma janela. O canto, curva ou janela parecia ser a última, mas quando continuamos a caminhar, demos de cara com um beco sem saída que não podia ser o mesmo em que tínhamos entrado minutos antes. Um beco sem saída novo significava progresso, suponho, mas as "janelas" que usávamos como pontos de referência, que tinham sido abertas nas paredes ou no piso sob os nossos pés, sempre nos enganavam. A menos que examinássemos a caixa de cada janela, com a sua coleção de objetos ou sequência de filme dentro, com muito cuidado, sempre achávamos que estávamos olhando a mesma velha caixa ou o mesmo velho filme. Claro que às vezes estávamos, e às vezes, não. Marcelo ficou balbuciando: *diabólico, diabólico*, até eu dizer a ele para enfiar a viola no saco. *Enfiar a viola no saco?* ele disse. Que interessante. *Enfiar a viola no saco?* Eu estava lhe dando aulas fortes de coloquialismo. A menos que você desacelerasse, olhasse bem para o espaço ao seu redor e observasse as mudanças nas janelas, paredes e proporções, não dava para saber se você tinha avançado naquele espaço "diabólico" ou não. Harry tinha criado com muita espertez um objeto de arte que forçava as pessoas a prestar atenção, se não, nunca conseguiriam sair daquela coisa desgraçada.

Algumas observações sobre as janelas. A primeira que vimos era uma caixa iluminada sob o piso. Quando você se agachava e olhava através do vidro, via duas máscaras cor de caramelo de rosto inteiro com grandes olhos vazios, um rolo de gaze de algodão, do tipo que se encontra em qualquer kit básico de primeiros socorros, um giz de cera preto e um pedaço de papel branco com duas linhas verticais desenhadas. Esta janela retornava ao longo do labirinto, tanto no piso quanto nas paredes, um mantra visual. Às vezes, deparávamos com uma réplica exata daquela primeira caixa, mas, em outros momentos, reparávamos em variações sutis e não tão sutis sobre o tema, que Marcelo e eu começamos a acompanhar depois que entramos no jogo: as máscaras tinham sido arrumadas perto uma da outra ou um pouco mais afastadas. O giz de cera era cinza escuro, não preto. As duas linhas no papel formavam um ângulo em vez de serem verticais. As duas linhas se cruzavam. As linhas ficavam deitadas de lado, na horizontal. A gaze tinha sido um pouco desenrolada. A gaze estava esticada com manchas marrom-ferrugem. Agora havia uma tesoura ao lado de uma das máscaras. Uma máscara tinha sido cortada na bochecha e no olho. A tesoura tinha desaparecido e o papel estava em branco.

Também havia filmes nas janelas, incrustados nas paredes, que reapareciam ao longo do labirinto sem nenhuma diferença notável, pelo menos nenhuma que fôssemos capazes de ver.

1. Rune sentado imóvel a uma mesa com uma xícara de café à frente dele enquanto olha pela janela para um céu azul sem nuvens. Assisti a este filme chato durante um tempo. O homem respira, é claro. O peito dele se expande e se contrai, as suas narinas tremem um pouco, e a certa altura ele move a mão cerca de um centímetro.
2. Uma câmera se move lentamente por vários carros incendiados e mutilados na Church Street, veículos incinerados pelo calor catastrófico. Deve ter sido filmado apenas alguns dias depois.

3. Uma câmera faz uma panorâmica na vitrine de uma loja. Através do vidro intacto, vemos fileiras de sapatos de criança emparelhados com cuidado em degraus graduados para exposição: sapatos boneca, tênis com fecho de velcro, mocassins resistentes e botas. Nem um único sapato tinha saído do lugar, mas estavam todos cobertos com a poeira clara do Onze de Setembro. Calçados para fantasmas.
4. Grandes flocos de neve caem devagar numa calçada molhada.

Eu só reparei nas rachaduras das paredes quando fazia uns vinte minutos que nos perdíamos dentro do labirinto. Eram pistas. Quanto mais perto se chegava da saída, mais rachaduras havia. Elas não eram óbvias. A textura das paredes ia mudando de maneira incremental. Rachaduras minúsculas parecidas com teias de aranha ou vasos sanguíneos rompidos começavam a macular as paredes brancas, ficando cada vez mais densas à medida que a saída se aproximava. Marcelo nem reparou nessas veiazinhas. Como se diz, estavam escondidas em plena vista.

Finalmente, havia buracos para espiar feitos em três dos becos sem saída do labirinto. Estes foram os meus favoritos. Eu adoro espiar. Talvez todos gostemos disso. Quando olhei no primeiro buraco com que nos deparamos, vi uma pequena tela de TV bem no fundo da parede, talvez a uns quarenta centímetros do meu globo ocular. Duas silhuetas minúsculas usando máscaras pretas no rosto, bonés idênticos que escondiam a cabeça, túnicas pretas soltas e calças estavam cara a cara numa sala vazia. Depois de alguns segundos, as duas começaram a valsar, um-dois-três, um-dois-três, e então entravam na cadência da dança. Era agradável, e eu dancei junto um pouco, para a vergonha de Marcelo, mas então o ritmo acelerou e ficou errado. Como um par de autômatos, os movimentos do casal ficaram rígidos e mecânicos, mas também dessincronizados um do outro. Dançavam cada vez mais rápido, dando voltas e tropeçando um no outro, até que eu fiquei tonto de observá-los, e então a figura que eu achei que era mulher — acho que é porque a outra pessoa tinha posto a mão nas costas dela — tropeçou e caiu. Com um puxão violento, o homem a fez se levantar mais uma vez, puxou o corpo dela para perto do seu e de volta para a dança, que começou a se parecer muito com uma luta. Ela se retorcia e se agitava. Ela batia nos braços dele com força e tentava se desvencilhar. Foram de encontro às cegas contra a parede, mas o homem segurava firme, e então, sem aviso, o corpo da mulher ficou mole. A cabeça dela caiu para trás, os joelhos dobraram e os braços desabaram ao lado do corpo. Então a pequena narrativa recomeçou.

Esta sequência não deve ter durado mais que uns dois minutos. Nos outros dois filmes do buraco, a sequência se repetia com exatidão, mas tinha fim diferente. Depois que a mulher desaba, o homem continuava com a sua valsa lunática, mas a parceira que antes era uma humana sólida tinha sido substituída por uma boneca de pano sem espinha. O homem sacode a boneca com força, joga fora a sua máscara e o seu boné para revelar um nada arejado, uma sra. Ninguém. Ele deixa o monte de pano cair no chão, chuta os trapos murchos e desocupados com nojo e sai de cena. No terceiro filminho, o que ficava um pouco antes da saída, a sequência se repete até este ponto, mas quando o homem sai de cena, a pilha de trapos se reconfigura por meio de algum tipo de magia do cinema e volta a se transformar na dançarina viva, que então abre os braços e começa a levitar na direção do teto, erguendo-se lentamente até que apenas os seus pés estejam visíveis no alto da tela, e então eles também desapareçem. Um final de conto de fadas.

Marcelo e eu saímos um pouco tontos da nossa caminhada. O espaço aberto da galeria depois do labirinto foi um alívio. Eu avistei Rune na multidão, vestido de maneira desleixada com jeans, camiseta e um paletó esporte, batendo papo, um comprador frio. Sempre adorei esta expressão, desde criança, porque sempre quis ser assim, e sempre fiquei me perguntando de onde veio esta ideia — uma pessoa numa loja fingindo que não gosta dos produtos, deixando o vendedor maluco? Eu disse a Marcelo que queria conferir o comprador frio, por isso nos aproximamos do astro da arte e ficamos fofocando sobre ele do nosso canto. Marcelo achou que Rune tinha um jeitão de John Wayne, e eu concordei. O pistoleiro de Wayne tinha um toque de roçar de panos, um toque feminino no andar, quadril balançando sob o coldre, com aqueles passinhos fofos dele. Rune também tinha aquilo, aquele gingado no quadril. Nós gostamos que os nossos astros de cinema sejam andróginos, independentemente de sabermos disto ou não, tanto os garotos quanto as garotas.

Procurei Harry, mas a minha querida giganta não estava no recinto. Avistamos uma atriz de um programa de TV, mas não consegui lembrar o nome dela e, depois de alguns minutos, Marcelo declarou que a festa estava mais nociva que divertida e nos retiramos. Pelo que eu pude ver, pareceu um sucesso, uma coisa importante, não a coisinha que as nossas *Salas de sufocação* tinham sido, mas preciso dizer que eu adorei aquelas salas aquecidas tanto quanto o labirinto; não, mais. Quando saímos da galeria, a fila ia até o fim do quarteirão. Marcelo e eu fomos até a Tenth Avenue para procurar um restaurante e ali, sozinha num canto, com um *trench coat* Burberry e um gorro verde, estava Harry. Depois do ritual de troca de beijinhos entre os três, eu disse a ela que o labirinto era fantástico e parabéns etc. etc., mas ela não respondeu. Estava escuro na rua, mas não tão escuro a ponto de eu não ver que ela ficou estupefata. Concluí que ela ainda não tinha visitado a exposição, e perguntei por quê. Ela sacudiu a cabeça devagar, com a testa franzida. Convidei-a para se juntar a nós, mas ela recusou. Depois que mais algumas tentativas de convencê-la foram malsucedidas, Marcelo e eu nos despedimos dela.

A despedida de Harry me incomodou a noite toda, e eu falei demais a respeito disso por cima do meu prato de cabelo de anjo, e isso perturbou Marcelo, e nós brigamos. Claro, Marcelo nunca tinha morado com Harry. Ela nunca tinha feito uma massagem nas costas *dele* durante um filme de Bette Davis. Ele nunca a tinha visto se sentar e conversar baixinho com o Barômetro a respeito dos desenhos dele para acalmá-lo quando precisava, nem quando ela dava uma olhada no homem magro à noite para se assegurar de que tinha passado Neosporin nos arranhões. E Marcelo não tinha visto Harry rodopiando pela sala com o vestido longo de xantungue violeta que eu ajudei a escolher na Bergdorf's, cantando "Zip-a-Di-Du-Dah" a plenos pulmões antes da sua festa de sessenta anos. Eu não podia culpar Marcelo pelo que ele não conhecia.

Richard Brickman
(*carta ao editor do* The Open Eye: An Interdisciplinary Journal of Art and Perception Studies, *outono de 2003*)

Ao Editor

Há dez dias, recebi uma carta de sessenta e cinco páginas que me foi entregue à moda antiga, por meio do Serviço Postal dos Estados Unidos. Por que Harriet Burden, autora da carta, intitulada "Missiva do reino do ser fictício", escolheu a mim como seu confidente, não sei bem, mas ela disse que tinha lido minha tese publicada nas páginas deste jornal e achou que meu interesse pela filosofia do self e pela dinâmica da percepção fazia de mim um bom receptor para a "revelação" dela. Depois de verificar que uma pessoa chamada Harriet Burden de fato existe, que ela é artista, que há vários anos expôs seu trabalho em Nova York e que os três artistas que aparecem nas cartas dela são de fato pessoas reais, resolvi aceitar seu convite para escrever minha própria carta sobre a carta dela nestas páginas. A "missiva" de Burden é longa demais para ser publicada na íntegra. Seu estilo, ao mesmo tempo peculiar e variado, inclui circunlóquios, tangentes rebuscadas e também frases filosóficas tersas e saltos argumentativos que a distanciam daquilo que todos os leitores-padrão passaram a esperar de um jornal acadêmico. Apesar de eu não poder concordar com as conclusões dela nem com seu modo de se exprimir (que por vezes pende para o fervoroso, exclamativo e vulgar), considero a experiência artística de Burden interessante, e acredito que os leitores do *The Open Eye* vão considerar o material amplamente relevante a suas preocupações.

Apesar de este jornal ter compromisso com ideias correntes entre diversas disciplinas, suas páginas destacaram as dificuldades que tais diálogos envolvem, porque as abordagens epistemológicas variam. A pesquisa florescente sobre percepção nas neurociências, a filosofia analítica anglo-americana, um ramo mais inortodoxo de pensamento que surgiu da fenomenologia europeia, além da teoria pós-estruturalista oferecem respostas diferentes à questão: Como enxergamos?

Estudos sobre cegueira à mudança (pessoas testadas que deixavam passar alterações gritantes em seu campo visual) e cegueira intencional (pessoas testadas que deixavam de notar uma presença intrusiva quando desempenhavam uma tarefa) sugerem que, no mínimo, há muito ao nosso redor que simplesmente não percebemos. O papel do aprendizado na percepção também foi crucial à compreensão dos esquemas visuais previsíveis, que dão certo apoio às teorias construtivistas da percepção.[41] Na maior parte do tempo, enxergamos aquilo que esperamos enxergar, é a surpresa da novidade que nos

---

[41] Burden como Brickman se refere à teoria continental pós-culturalista, que defende que a percepção das coisas no mundo é criada (construída) socialmente e mantida na tradição cultural. Se, como alguns estudos científicos recentes sugerem, a percepção humana for delineada pela expectativa, então os construcionistas, Brickman argumenta, têm certa razão.

força a nos adaptar aos esquemas. Estudos de visão e estudos de mascaramento ilustraram com mais detalhes como as percepções inconscientes são capazes de delinear e delineiam nossas atitudes, pensamentos e emoções.[42] Burden parece ter acompanhado de perto os debates sobre a percepção e tirado inspiração de diversos autores e pesquisadores, alguns desses estudos foram publicados no *The Open Eye*. Na segunda página de sua carta, ela pergunta o que acontece quando uma pessoa olha para uma obra de arte e produz as seguintes formulações sóbrias:

"Eu" e "você" nos escondemos "naquilo". Nesta visão, o sujeito e o objeto não podem ser separados com facilidade.

Se não tivéssemos experiências visuais passadas, não poderíamos encontrar sentido no mundo visível. Sem repetição, o mundo visto não faz sentido.

Cada objeto visível é um objeto emocional. Atrai ou repele. Se não faz nem um nem outro, a coisa não pode durar na mente,

---

[42] Visão cega é o nome dado a uma condição em pacientes que, apesar de lesões no córtex visual primário, retêm capacidades visuais, mas afirmam que não enxergam nada. Quando um objeto lhes é apresentado e se pede a eles que o identifiquem, estes pacientes fazem suposições corretas em nível muito elevado em relação ao acaso, e isso implica que o que lhes falta é a consciência de um objeto que registraram de maneira implícita. Veja Lawrence Weiskrantz, "Blindsight Revisited", *Current Opinion in Neurobiology* 6, 1996, pp. 215-20. Em estudos de mascaramento visual, um estímulo visual, "o alvo", se torna menos visível devido a interações com outros estímulos que são chamados de "máscaras". Por exemplo, quando um estímulo-alvo é apresentado a um espectador e então seguido imediatamente por uma máscara, o alvo se torna invisível. Ainda assim, uma pesquisa demonstrou que o conteúdo da imagem-alvo pode ter efeito subliminar sobre o sujeito. Veja Hannula et al., "Masking and Implicit Perception", *Nature Reviews Neuroscience* 6, 2005, pp. 247-55.

e não tem significado. Objetos com carga emocional permanecem vivos na memória.

Mas as forças subliminares de um submundo invisível também exercem poder sobre nós. Com mais frequência do que não, não sabemos por que sentimos o que sentimos quando olhamos para um objeto de arte.

Na carta, Harriet Burden reclama responsabilidade pela criação das obras que fizeram parte de três exposições individuais em Nova York: *A história da arte ocidental*, de Anton Tish; *As salas de sufocação*, de Phineas Q. Eldridge; e, mais recentemente, *Por baixo*, do artista conhecido como Rune. O motivo articulado dela é simples: "Eu queria ver como a recepção de minha arte mudava de acordo com o personagem de cada máscara".

Ela afirma categoricamente que, quando exibiu obras sob seu próprio nome no passado, poucos se interessaram, mas sua arte sob pseudônimo, apresentada por trás de três "máscaras masculinas vivas", despertou o interesse tanto dos marchands quanto do público, apesar de tê-lo feito em graus variados. Burden se refere a isto como o "efeito do realce masculino", e ela se apressa em dizer que isso afeta tanto o público feminino quanto o masculino:

> O público não se divide por gênero sexual. O público tem um pensamento, e esse pensamento é influenciado e seduzido por ideias. Eis aqui algo feito por uma mulher. Fede a sexo. Estou sentindo o cheiro. Todas as empreitadas intelectuais e artísticas, até as piadas, ironias e paródias, têm melhor desempenho na mente do público quando este sabe que, em algum lugar por trás da grande obra ou da grande pegadinha, é possível localizar um pinto e um par de bolas (inodoros, é claro). O pau e os pufes não precisam ser de verdade. Ah, não, a mera ideia de que existem vai bastar para levar o público à maior admiração. Aqui, recorro à bra-

guilha mental. Viva Aristófanes! Viva a vara fictícia, a varinha mágica que abre os olhos a mundos invisíveis.

O argumento reconhecidamente hiperbólico de Burden é que seu recolhimento atrás de homens não eliminou apenas o preconceito contra as mulheres, mas também que a masculinidade faz aumentar o valor do trabalho intelectual e dos objetos de arte para o público, que ela postula como uma espécie de mente coletiva indiferente — obviamente um exagero retórico.[43] Que esse preconceito existe, no entanto, parece inegável. Um experimento feito com três artistas mulheres e três homens teria permitido a comparação entre os dois grupos, mas, mesmo sob essas circunstâncias, há tantas variáveis relativas à percepção das criações de qualquer artista que aquilo que Burden chama de seu "conto de fadas construído em três atos" pode ser, em última instância, elusivo nos termos do que *realmente* significa. O mundo da arte de Nova York não pode exatamente ser imaginado como um laboratório de circunstâncias controladas. Além

---

[43] Apesar de toda a carta escrita sob pseudônimo poder ser lida como irônica, as ironias são mais e menos dispostas por todo o texto. Brickman nunca menciona Kierkegaard pelo nome, mas a referência de Burden à "multidão" na citação, supostamente na voz da própria Burden (uma comunicação direta), deve ser lida como alusão ao filósofo dinamarquês, que escreve em *The Point of View*: "[...] até pessoas de boa índole e pessoas valorosas ficam tais quais criaturas totalmente diferentes assim que se transformam na 'multidão' [...]. É necessário ver isso de perto, a insensibilidade com que pessoas outrossim bondosas agem na capacidade do público porque sua participação ou não participação parece a elas uma ninharia — uma ninharia que, com as contribuições dos muitos, transforma-se no monstro" (*Kierkegaard's Writings*, vol. XXII, p. 65). Os comentários dela a respeito de Kierkegaard e da "multidão" no Caderno K sugerem que Burden está ironizando o tom superior e autoral de Brickman quando ele fala de "exagero retórico". A linguagem de Brickman serve como contexto restrito para a vulgaridade e paixão da citação.

do mais, se as obras de arte tivessem sido idênticas em cada caso, teria sido muito mais fácil tirar uma conclusão do experimento de Burden. Aliás, já houve muitos estudos relativos à percepção de raça, gênero e também de idade, a maior parte deles, mas não todos, revela preconceitos, geralmente inconscientes, e que variam de cultura a cultura.

O comentário de Burden à sua segunda "construção fictícia", ou máscara, Phineas Q. Eldridge, toma a questão de raça e sexualidade como fatores essenciais na percepção da exposição que ela produziu para ele.

> Meus dois meninos brancos, na cama com o Outro, até onde sabemos, pelo menos, são criaturas sem impedimentos à completude total de seus personagens específicos. Em outras palavras, eles não têm identidade. Um oximoro? Não. A liberdade deles repousa precisamente nisto: não podem ser definidos pelo que não são — não homens, não heterossexuais, não brancos. E, nesta ausência de ser circunscrito, têm permissão para florescer em toda a sua especificidade. Ele cutuca o nariz. Ele é um chato, um gênio. Ele canta desafinado. Ele lê Merleau-Ponty. O trabalho dele vai viver para a posteridade. A arte que fiz para eles, para Tish e para Rune, existe aqui e agora sem nenhum adjetivo que aleija. Mas minha máscara de Phinny, gay e negro ou negro e gay, que esconde meu rosto feminino comprido, dói na pele.

A presença de uma figura hermafrodita na segunda exposição de Burden, *As salas de sufocação*, parece ter precipitado as reações dos críticos, criando o que ela chama de "a cegueira do contexto", uma externalização e redução radical da identidade de uma pessoa para estabilizar e, portanto, limitar categorias de marginalidade. Burden, rigorosa, dá crédito a suas fontes feministas — Simone de Beauvoir, Anne Fausto-Sterling, Judith Butler, Toril Moi, Elizabeth Wilson entre elas. Burden insiste na ambiguidade como posição filosófica e nega furiosamente oposições binárias rígidas, até no nível biológico da sexualidade humana, uma visão que, francamente, a situa como extremista, algo alheio à minha própria posição.[44]

A carta dá mais uma investida em relação às teorias do self. Mais uma vez, Burden parece estar ciente dos debates filosóficos e científicos sobre a natureza do self, e sua carta acompanha o leitor por um trajeto enrolado de Homero aos estoicos, passando por Vico, dando um salto adiante ao self subliminar de W. T. H. Myers, a Janet, Freud e James, à fenomenologia da consciência do tempo e intersubjetividade de Edmund Husserl e depois à pesquisa infantil contemporânea, além de descobertas da neurociência sobre o self primordial e hipóteses localistas que se concentram no hipotálamo e nas áreas cinzentas periaquedutais do cérebro, além de um estudioso finlandês, Pauli Pylkkö, que apresenta a noção de "mente aconceitual", e uma romancista e ensaísta obscura, Siri Hustvedt, cuja posição Burden chama de "alvo em movimento". Até onde sei, Burden tenta minar todos os limites conceituais, que, acredito, definem a experiência humana em si. Não posso dizer que a incursão enlouquecida dela nos aspectos mais peculiares da filosofia continental me convenceu. A mulher flerta com o irracional.[45]

---

[44] A afirmação de Brickman de que Burden é uma "extremista" ressoa com vários especialistas em sociobiologia evolucionária que assumem posição essencialista em relação à diferença sexual. Mas, em seus escritos no Caderno F, Burden não nega diferenças biológicas sexuais. Ela argumenta que além das diferenças reprodutivas óbvias entre os sexos, todas as outras diferenças, se é que existem, permanecem desconhecidas. Ela se refere ao campo fértil da epigenética e à "relação direta entre expressão genética e experiência".

[45] Este parágrafo é tão comprimido que sugere paródia. No entanto, nem as

Apesar disso, a ambição afirmada pela artista é desmanchar modos de visão convencionais, insistir em suas "personagens desagrilhoadas" como "meio de fuga". Ela sustenta com firmeza que a adoção das máscaras permitiu que tivesse mais fluidez como artista, uma capacidade de se localizar em outro ponto, de alterar seus gestos e de viver "uma duplicidade e ambiguidade libertadora". Cada máscara de artista se tornou, para Burden, uma "personalidade poetizada", uma elaboração visual de um "eu hermafrodita", que não pode ser atribuído a ela nem à máscara, mas a "uma realidade mista, criada entre as duas".

Esta declaração, claro, é puramente subjetiva, mas, bom, as artes não dizem respeito à objetividade. O *experimento* de Burden pode ser mais bem nomeado como *performance* ou *narrativa performática*. Ela considera as três exposições um trio que, juntas, compreendem uma única obra chamada *Mas-*

---

referências um tanto obscuras são fictícias. W. T. H. Myers foi pesquisador psíquico e amigo de William James, que argumentou em defesa de um "self subliminar" em sua *magnum opus, Human Personality and Its Survival of Bodily Death* (Londres: Longman's, Green & Co., 1906). Pierre Janet, neurologista e filósofo, foi contemporâneo de Sigmund Freud. Apesar do fato de sua ideia de dissociação ter permanecido influente na psiquiatria, ele tinha permanecido praticamente perdido como pensador até anos recentes. Veja *The Major Symptoms of Hysteria: Fifteen Lectures Given in the Medical School of Harvard University* (Londres: Macmillan, 1907). O self central ou primordial figura em pesquisa neurocientífica. No Caderno P, Burden faz anotações sobre *Affective Neuroscience*, de Jaak Panksepp (Oxford: Oxford University Press, 1998), pp. 309-14. Pauli Pylkkö é o autor de *The Aconceptual Mind: Heideggerian Themes in Holistic Naturalism* (Amsterdã: John Benjamins, 1998). Quais obras de Siri Hustvedt Brickman/Burden têm em mente não fica claro, apesar de, no Caderno H, ela observar que o romance *The Blindfold*, da autora, é um "travesti textual" e "um livro sinistro, à la Freud". O comentário final de Brickman a respeito da "irracionalidade" pode ser ilustrado pela própria Burden. No Caderno F, ela escreve: "Na história do Ocidente, as mulheres foram continuamente estranguladas, abafadas e sufocadas pela palavra *irracional*".

caramentos, que tem um forte componente teatral e narrativo porque ela afirma que inclui resenhas, notícias, anúncios e comentários que as exposições geraram, a que ela se refere como "as proliferações". As proliferações, às quais este ensaio supostamente pertence, projetam as personalidades fictícias e poetizadas de Burden para o diálogo mais amplo a respeito da arte e da percepção.

Richard Brickman

William Burridge
(*entrevista, 5 de dezembro de 2010*)

HESS: Sei que o senhor não dá muitas entrevistas, por isso, primeiro eu gostaria de agradecer pela sua participação neste projeto. Sei que está de saída para o aeroporto, então tentarei ser breve. Um jornalista escreveu que o senhor é um marchand que tem "o aperto de mão de Midas", e com isso quis dizer que, quando o senhor pega um artista para representar, a reputação deste artista aumenta entre os colecionadores. A sua relação com Rune começou no final da década de 90, mas eu gostaria de me concentrar na controvérsia relativa a *Por baixo*. Tenho curiosidade em saber se desconfiou em algum momento que Harriet Burden estava envolvida na criação dessa instalação.
BURRIDGE: Eu sabia que Harriet Lord colecionava Rune, e ele mencionou que ela tinha ajudado a fornecer os recursos para *Por baixo*. Felix Lord e eu éramos colegas, e eu conhecia a mulher dele superficialmente. Ela oferecia alguns ótimos jantares no apartamento deles. Eu a achava um pouco estranha e silenciosa, mas absolutamente chique, e perfeita para Felix. Sabe, quando ela era jovem, parecia uma pintura, uma das primeiras telas de Matisse

por volta de 1905 ou aquele quadro famoso de Modigliani, *Mulher com olhos azuis*. Eu sabia que ela tinha experimentado com a arte, mas a história que chegou até mim era que, depois da morte de Felix, ela teve uma crise nervosa e reapareceu alguns anos depois para dar continuidade à coleção Lord. Sei que ela vendeu um Lichtenstein e comprou várias obras de uma jovem artista, Sandra Burke, que de lá para cá cresceu bastante. Diziam que Harriet tinha olho aguçado, mas a ideia de que ela estivesse envolvida na concepção do trabalho de Rune nunca me ocorreu. Ela nem compareceu ao vernissage de *Por baixo*, apesar de ter sido convidada para a abertura e o jantar que se seguiu. É necessário lembrar que Rune era um nome na crista da onda. *A banalidade do glamour* tinha sido um enorme sucesso, e ele seguiu esse sucesso com as cruzes. Eu achei o trabalho muito inteligente. As pessoas que escreveram resenhas e os críticos adoravam o sujeito, apesar de alguns terem detonado as cruzes.

HESS: A carta ao editor no *The Open Eye* anunciou que Burden era a artista não apenas por trás de *Por baixo*, mas também de *A história da arte ocidental*, de Anton Tish, e de *As salas de sufocação*, de Phineas Q. Eldridge. Qual foi a sua reação?

BURRIDGE: Eu não tinha visto *As salas de sufocação*. Nem tinha ficado sabendo dessa exposição. A galeria está fora do circuito, por isso não recebeu muita atenção. Eu tinha visto a exposição de Tish. Achei que havia coisas demais para decolar, se é que me entende, mas foi fantástico observar aquele garoto. Recebi um e-mail de um amigo com um link para o arquivo do *Open Eye*. Eu li, e vamos encarar, aquilo não é para o leitor comum — e aqueles comentários feministas estranhos sobre sacos fedidos. Ela pareceu ser uma louca que odiava os homens. Posso pensar em várias maneiras melhores de vir a público. Aquela não é exatamente uma publicação de massa. Você chega ao fim do texto e diz: Hein? E quem diabos é Richard Brickman?

HESS: Bom, eu não consegui encontrá-lo. Existem muitos Richard Brickmans, na verdade, mas nenhum deles poderia ter escrito aquele artigo. Um Richard Brickman de fato publicou um artigo no *The Open Eye* cerca de um ano antes, um exame bastante enfadonho, mas inteligente, dos argumentos de John McDowell a respeito das estruturas conceituais da experiência humana, depois do qual ele fez um contra-argumento.

BURRIDGE: O que está dizendo?

HESS: Há razões para acreditar que Harriet Burden escreveu os dois artigos de Brickman.

BURRIDGE: Mas por quê?

HESS: Acho que ela queria que a sua revelação fosse algo mais que uma pegadinha, mas também mais que a articulação de uma posição ideológica a respeito das mulheres no mundo da arte. Ela queria que todos compreendessem como a percepção é complexa, que não há maneira objetiva de ver nada. Brickman se tornou outro personagem na obra de arte mais ampla, mais uma máscara, desta vez textual, que faz parte de uma comédia filosófica, por assim dizer.

BURRIDGE: Comédia filosófica? Mas este tal de Brickman não critica Harriet Lord? Ele não a chama de irracional? Por que ela iria querer isso?

HESS: É um tratamento irônico da própria posição dela.

BURRIDGE: Bom, preciso dizer que não compreendo. De todo modo, liguei para Rune imediatamente e perguntei logo sobre o artigo, e ele disse que não tinha nada a ver. Ele se viu numa posição desconfortável. Harriet era uma colecionadora importante, mas era desequilibrada, meio maluca, megalomaníaca.

HESS: E o senhor acreditou nele?

BURRIDGE: Bom, aquilo se encaixava à conversa que eu tinha escutado, que ela estivera doente. Rune usou a palavra *delirante*.

HESS: Mas não é verdade que Larsen tinha contado histórias conflitantes a respeito de pelo menos um período da vida dele? Acredito que o senhor tenha tentado entrar em contato com ele na época. Oswald Case, no livro dele, especula que Rune pode ter sido hospitalizado com síndrome maníaco-depressiva.

BURRIDGE: Ele desapareceu. Isso é certeza. Não acho que ninguém realmente soubesse onde ele estava. As histórias que Rune contava para os jornalistas eram parte do show dele, uma espécie de autopromoção galhofeira, fazendo mistério sobre si mesmo. Não é nada novo. Olhe só para Joseph Beuys. Deixe-me dizer da seguinte maneira. Não é que eu não consiga enxergá-lo participando de um golpe como o que Burden sugere. O fato é que eu não conseguia enxergá-lo negando o fato. Esse era exatamente o tipo de coisa que ele teria adorado fazer, então, quando ele disse que era bobagem, eu confiei na palavra dele. Aliás, eu era o marchand dele, não o seu melhor amigo. Eu gostava de representá-lo, mas nós não tínhamos conversas pessoais e profundas nem nada do tipo. Havia algo de estonteante em Rune. Ele era altamente inteligente, tinha lido muito, mas nunca fomos próximos. Só quando a *Art Lights* publicou o artigo de Eldridge que eu comecei a me perguntar. Àquela altura, Rune já tinha passado para o seu próximo ato, *Houdini Smash*, aquele que o matou.

HESS: Antes de entrarmos nesta questão, quero saber o que o senhor achou de *Por baixo*. Não achou um pouco fora de lugar entre a obra de Rune?

BURRIDGE: Escute, aquele era um sujeito que uma vez tinha atendido à porta usando vestido. Não explicou nada, só ficou falando como se fosse normal. Eu não sabia o que estava no lugar ou fora dele em relação a Rune. Os planos da obra realmente me impressionaram, apesar de eu achar que as referências ao Onze de Setembro tenham sido arriscadas. Ele tinha feito muitas fotos e filmes por lá logo depois do acontecido, mas acabou não usando a maior parte delas, à exceção da dos carros e a dos sapatos. Não estou dizendo que ele fez a instalação sozinho. Não acredito mais nisso. Tenho certeza de que Harriet teve participação. O que eu não engulo é que ela fez aquilo sozinha e ele só pôs o nome dele.

HESS: Por que não?

BURRIDGE: Harriet simplesmente nunca me pareceu alguém que pudesse dar conta de um trabalho daqueles sozinha. Eu vi as coisas esquisitas de casas de boneca que ela tinha feito bem antes, e sei que ela hoje tem seguidores, e as obras vendem, mas o trabalho dela segue uma tradição — Louise Bourgeois, Kiki Smith, Annette Messager: formas femininas arredondadas, corpos mutantes, esse tipo de coisa. *Por baixo* é um feito de engenharia duro, geométrico. Simplesmente não é o estilo dela, mas fazia sentido para Rune.

HESS: Mesmo que ele estivesse usando um vestido?

BURRIDGE: Acho que esta é uma observação astuciosa.

HESS: Não, de jeito nenhum. Só estou observando que esse tipo de raciocínio pode ser uma armadilha. Burden escreveu a respeito de Rune nos diários dela, e não há nada para sugerir que tenham sido colaboradores iguais em *Por baixo*. Ela o considerava a sua terceira máscara.

BURRIDGE: Mas isso não se resume em "disse me disse"?

HESS: O senhor desconfia que ela estivesse mentindo nos seus diários particulares? Isso não seria fora do comum?

BURRIDGE: Eu me acostumei com coisas fora do comum neste ramo. E se ela era tão inteligente como diz, inventando autores para revistas intelectuais, por que não acreditar que ela deixou para trás, bom, uma espécie de romance? Rune disse que ela estava desesperada por atenção, que era amarga e raivosa e que faria absolutamente qualquer coisa para chamar atenção. Ele também disse que ela vivia num mundo de fantasia que ela própria tinha inventado durante boa parte do tempo, então talvez inventasse coisas sem nem se dar conta. Felix certa vez me disse que a mulher se perdia na própria imaginação.

HESS: Isso podia significar muitas coisas. Há quatro outras peças sendo contestadas, que foram vendidas como sendo de Rune, mas que podem ser de Burden. Numa anotação de diário, ela escreveu que quatro obras estavam faltando no seu estúdio. É provável que tenham sido feitas na mesma época em que ela conheceu Rune e se encontrava com ele com regularidade. Apesar de ela não descrevê-las em detalhes, parecem lembrar *Por baixo*, quatro janelas pequenas que dão vista para diversos objetos e cenas.

BURRIDGE: São doze janelas no total, parte de uma série. Eu vendi todas. Doze, não quatro, e nenhuma delas estava assinada por Burden. Ela não assinava as suas obras?

HESS: Algumas peças, mas não todas, parece. A série incluía doze janelas, das quais quatro podem ter sido roubadas do estúdio de Burden e as outras oito podem ter sido obras de Rune imitando Burden.

BURRIDGE: Você está ciente de que existem horas e horas de filme de Rune trabalhando em *Por baixo* com assistentes no estúdio? Harriet aparece, mas não dá instruções. Deixe-me dizer da seguinte forma: por que ele iria precisar dela? Por que ele iria roubar dela? Não faz sentido. Ela lhe enviou uma correspondência de ódio desequilibrada, deixou mensagens de voz com berros estridentes para ele. Há uma história de que ela o atacou, sabe como é, fisicamente. A mulher não tinha a cabeça no lugar. Ela choraminga por causa de Felix naquelas fitas. Ela acusou Rune de ter um caso com o marido dela. Isso é motivo para vingança, não acha?

HESS: Parece que ninguém sabia qual era a natureza daquele relacionamento. A minha ideia é que Rune pode ter usado a sua conexão com Felix Lord contra Burden, mas isso era secundário. Se ele roubou aquelas obras, fez isso depois de perceber que *Por baixo* era o seu maior sucesso, e que o artigo no *The Open Eye*, se levado a sério, teria abalado esse triunfo. Este é um homem que morreu na frente de uma câmera no seu estúdio, afinal de con-

tas. Acho que pode ter sido um tanto difícil defendê-lo como exemplo de estabilidade mental.
BURRIDGE: Acho que ele pensou que iria sobreviver. Esse era o objetivo todo — uma distorção de Houdini. Ele queria aquilo registrado pela câmera. Esta iria ser a peça: a ressurreição dele.
HESS: Oswald Case acredita que tenha sido um suicídio espetacular.
BURRIDGE: O livro de Case é cheio de especulação e fofoca. Não estou reclamando. Ajudou a cimentar a reputação de Rune e transformá-lo em herói ou anti-herói, qualquer aspecto beneficia a obra. Mas a minha sensação é de que arriscar a morte fazia parte para ele. Mas Rune não era suicida. Ele queria ser um espetáculo. Claro que eu não fazia a menor ideia, antes do fato, de que ele havia planejado se enfiar na engenhoca arquitetônica que tinha construído, que o seu corpo fazia parte da obra de arte. A autópsia mostrou que ele tomou Klonopin. É muito difícil se matar com Klonopin, parece. Ele morreu de falência cardíaca, problema que provavelmente desconhecia. Foi mesmo muito duro para Rebecca. Ela o encontrou, coitadinha.
HESS: Sim, virou um filme agora, mas o filme não ajuda com o motivo, não é mesmo? Ele é o ator, mas não há narração. E, no entanto, por mais horrível que seja, *Houdini Smash* toma ideias emprestadas de *Por baixo*. As geometrias do labirinto foram quebradas. As paredes estão tombadas em ângulos desajeitados e parecem estar desabando. Aliás, a arquitetura lembra diversas obras de Burden que nunca foram exibidas, mas que agora foram fotografadas e catalogadas.
BURRIDGE: Está me dizendo que ela também fez *Houdini*?
HESS: Não. Não acredito que ela tenha algo a ver com isso. O motivo desta entrevista é apenas obter outra perspectiva sobre a

relação entre Burden e Rune. Mais informações podem surgir com o tempo, mas talvez não. O meu interesse não é determinar puramente os fatos — quem fez o que e quando. Se isso fosse possível, ainda assim não resolveria a questão maior. Mesmo que Rune nunca tivesse tido uma única ideia, desenhado uma linha das plantas ou erguido um dedo para a construção de *Por baixo*, acredito que Burden diria que a obra não poderia existir sem ele, que, de algum modo importante, foi criada entre ela e ele. Isso também é provavelmente verdade em relação a *Houdini*, só que foi ele quem fez.

BURRIDGE: Está dizendo que ele fez ou não fez parte de *Por baixo*? Tem que ser de um jeito ou de outro.

HESS: Acho que não. Nem que Rune não tivesse nada a ver com a sua criação, extirpá-lo de *Por baixo* e daquelas doze janelas conectadas a ela continua sendo impossível. Burden sabia que Rune estava incrustado no projeto, o que era necessário para a maneira como seria compreendido. Rune, por sua vez, foi influenciado pelo seu papel como máscara dela. Há máscaras por todos os lados em *Por baixo*, afinal de contas. Mudou o trabalho dele para sempre e, seja lá qual fosse a sua intenção com *Houdini*, não poderia ter existido sem Burden.

BURRIDGE: Está dizendo que a influência era mútua, é isso?

HESS: É, e acho que a ambição dela foi enorme. Como Brickman escreve, ela queria incluir as "proliferações" como parte de uma obra maior. Para Burden, Rune era um personagem essencial no teatro que ela chamava de *Mascaramentos*, provavelmente o mais importante, porque os dois pareciam estar envolvidos em algum tipo de superação e competição que se desdobrou de diversas maneiras. A morte dele foi um golpe para ela, e nos seus escritos fica claro que ela se sentiu implicada de algum modo.

BURRIDGE: Achei que você estivesse fazendo uma entrevista comigo.

HESS: Tem razão. Eu me deixei levar. Há mais alguma coisa que gostaria de dizer antes de precisar sair?
BURRIDGE: Sim. Diferentemente do seu caso, eu de fato conheci Harriet Lord, quer dizer, Burden. Ela era uma senhora quieta e elegante, com um certo talento, reconheço, e uma colecionadora astuta, mas me parece improvável que fosse algum tipo de mulher espalhafatosa com mente genial que tramava planos rebuscados ou que estivesse fazendo algum joguinho mental com Rune.
HESS: Mas o senhor disse antes que achava que ela poderia ter ficcionalizado os diários.
BURRIDGE: Bom, quem sabe? É uma possibilidade. Acredito que ela tenha dado alguma contribuição ao trabalho de Rune. Ela fez alguns desenhos. Isso está provado, mas ele a chamou de musa numa entrevista, sabe? A peça de Eldridge era na maior parte dela. Ele se apresentou e disse isso. Tish, bom, talvez. Mas Rune? Não, não acredito nisso. Burden teve algum pequeno papel nisso, com certeza, mas também não é possível que ela simplesmente tenha usado a reputação dele para se pôr sob os holofotes? Quer dizer, vamos encarar: como artista, ela não era ninguém. Como eu disse antes, os diários dela poderiam expressar as suas próprias versões desejosas dos acontecimentos.
HESS: Acho que ela queria que Larsen fosse um veículo para "levantá-la", como o senhor diz, mas ele não cumpriu a sua parte do acordo. Há outras pessoas que eram próximas de Burden que têm histórias para contar. Os diários dela não são a única fonte de informação. Qual foi o seu termo, *mulher espalhafatosa com mente genial?*
BURRIDGE: É essa a sua proposta, não é?
HESS: Pode depender da sua definição de *mulher espalhafatosa*, mas talvez seja. Agradeço muito pelo seu tempo.
BURRIDGE: Eu é que agradeço, e boa sorte com o livro.

Um despacho de outro lugar

ETHAN LORD

E. acorda e descobre que está deitado na sua cama de infância, no número 1185 da Park Avenue, uma cama branca estreita com a cabeceira e o pé feitos de ripas altas de madeira. Fica imaginando por que não está na North Eleventh Street. Ele sabe que já não é mais criança. Ele sabe que não mora mais neste apartamento. O seu deslocamento o deixa perplexo quando tenta se sentar, mas os lençóis e cobertas resistem a ele, como se estivessem vivos, e ele soca a roupa de cama que o estrangula várias vezes antes de conseguir se desvencilhar dela, levanta-se de um salto e desliza pelo chão, cheio de graça e sem esforço, segue pelo corredor e vai para a cozinha. E. abre o armário para pegar um filtro de café nº 2, mas não consegue encontrar. A decepção dele é aguda. Então repara em camadas de pó e grandes massas disformes de mofo soltando líquido e com esporos gigantescos brotando que tinham se formado dentro do armário. Ele fica olhando fixo para a configuração de micélio nas formas fúngicas e diz em voz alta que as linhas brancas lembram um rosto conhecido, mas que rosto? Ele bate a porta para fechar a bagunça lá dentro. Então, pela janela à extrema esquerda da sua visão periférica, ele detecta um agito. Vira-se na direção do estímulo, que imagina ser uma bandeira durante dois ou três milissegundos; então E. olha para fora e vê uma calça comprida, um paletó de terno e uma gravata suspensos no ar, na horizontal, agitando-se ao vento sem fazer barulho. Ele observa que a calça do terno aponta para o leste. O terno dói nele.

Bem rápido, E. abre a janela, recolhe o terno desencorpado nos braços e traz as vestes para dentro, o tempo todo sentindo que as roupas contêm uma pessoa invisível e que ele salvou aquele homem de ser soprado para longe pelo vento. E. sente alívio quando nina o terno nos braços, de um lado para o outro. Repara num pedaço de papel que desponta do bolso do paletó.

Quando examina mais de perto, vê que o bolso é grande, fora do comum, e que está estufado. Ele puxa para fora o papel branco comprido e lê um nome: Sophus Bugge. Então, sem nenhuma transição de que tenha consciência, E. já não se vê mais com o terno nos braços, mas olhando para ele de cima, e fica perturbado ao ver que não é mais um terno. Parece ter produzido uma franja de babados e, no geral, desenvolveu um ar frágil e diáfano que não tinha sido parte dele antes. Isso parece estranho. Ao olhar para o terno transformado, ele vai ficando cada vez mais irritado e tem certeza de que perdeu ou esqueceu algo importante. Bem quando se pergunta o que pode ser, o artigo de vestuário começa a se agitar para cima, como se houvesse um animal embaixo dele. Apavorado, E. abre a boca para gritar e acorda com o coração disparado. Está de volta ao seu apartamento em Williamsburg, na North Eleventh Street, e o sol da manhã atravessa as fendas das persianas. Os batimentos cardíacos de E. se desaceleram. Ele não se mexe, mas repassa o sonho na cabeça. Está trabalhando em material de sonho para a sua ficção. Sabe que, se agir com rapidez demais, o sonho vai evaporar. Sabe que precisa ensaiar as salas de sonho na sua mente. O verdadeiro apartamento da Park Avenue e o apartamento do sonho da Park Avenue não são idênticos, mas compartilham traços em comum.

Depois do café e um pedaço de pizza que ele encontra embalado em papel-alumínio na segunda prateleira da geladeira, E. digita a versão acima do sonho para estudá-la. Também pega o livro que estava lendo na noite anterior, *Jesuit Reports on Indian Missions in New France, 1637-53*, e encontra a seguinte passagem que sublinhou. Em 1648, o padre Paul Ragueneau escreveu: *Os hurões acreditam que nossa alma tem desejos além dos conscientes, que são tanto naturais quanto ocultos, transmitidos a nós por meio de nossos sonhos, que são sua linguagem*. E se lembra de que, antes de ir dormir, estava lendo outro relato de um padre jesuíta, que descrevia as encenações ritualísticas de narrativas de sonho dos hurões durante o dia, apresentadas de maneira que a fome da alma possa ser satisfeita. O padre relatou que um dia encontrou um homem remexendo enlouquecido no acampamento dele, jogando objetos numa busca desesperada por algum objeto específico, parecia. Quando o padre perguntou ao homem o que ele estava fazendo, respondeu que tinha matado um francês num sonho e estava à procura de algo que acalmasse a sua alma. O padre deu um casaco ao homem, dizendo a ele que pertencia a um francês já morto. A oferenda acalmou o homem, que seguiu o seu rumo. E se pergunta se esta história é a origem do seu próprio sonho com o paletó voador.

E. ISOLA OS ELEMENTOS DO SONHO PARA
PROPOR INTERPRETAÇÕES EMOCIONAIS POSSÍVEIS

Lugar: a antiga cama de E. no antigo apartamento, onde E. passou a infância e a adolescência, e que visitou durante o início da vida adulta. Domínio dos embates dos pais, quase sempre silenciosos.

Roupa de cama que estrangula: por que estrangulamento? Possível referência a uma sensação de opressão sentida por E. em casa na infância e aos ataques que E. tinha quando criança e, mais tarde, os seus pânicos, durante os quais sentia que não conseguia respirar. De vez em quando, E. ainda sente a ameaça da falta de ar e sempre carrega na carteira dois Lorazepam, só para garantir.

Filtro nº 2: ambíguo. Na vida, E. usa filtro nº 4 na máquina de café. Por que o número dois? E pensa em duplos, gêmeos, reflexos e binários de todos os tipos. Ele detesta o pensamento binário, o mundo em pares. Será que é uma referência ao pai e à mãe que moravam no número 1185 da Park Avenue? E começa a sentir o sonho nos ossos. Ele leu a respeito de estudos do sono e sobre como os pesquisadores acordam os "pesquisados" para pegar os relatos dos seus sonhos. "Sonhei com filtros de café nº 2", ele se imagina dizendo para um homem de avental branco. E então pensa consigo mesmo, café e chá, dois para o chá e você para mim. Ele se lembra de A. na noite neossituacionista com o semblante sério e a sua apresentação, "O capitalismo da tecnocultura, sua nova moeda, informação e estratégias para a resistência por meio da propaganda subversiva". Ele tinha conversado com ela durante meia hora e as palavras estavam na sua cabeça: "Gostaria de tomar um café ou um chá uma hora destas?". Mas a boca dele se recusava a se mover. Café. Chá. Dois. Os silêncios acontecem com frequência. A sua decepção consigo mesmo é aguda.

Imundície num armário como um rosto: caos, merda, material desorganizado. E reconhece que costuma se encontrar em estado de confusão calamitosa em relação a como avançar na literatura, na política, no amor. Ele escreve todos os dias, bem devagar, bem devagar. As frases se arrastam para fora dele. Experimentou a escrita automática. Experimentou acrósticos, listas, até vilanelas. Agora, narrativas de sonho. Está lendo A *vida: Modo de usar*, de Georges Perec. E quer ser Georges Perec. Ele gostaria de escrever um livro sem a letra *e* ou *a* ou *t*. Ele tentou, mas isso enlouquece, de tão difícil que é. Ainda assim, precisa de formas. Em certos dias, ele não sai do apartamento. Ele escreve e então lê e então fica confuso, e faz quadros que não têm absolutamente nenhum interesse. Talvez seja o seu próprio rosto horroroso e mofado que ele não reconhece no armário.

Terno suspenso no ar: E. tem um terno e uma gravata. A calça do terno agora está curta demais para ele. O pai de E. usava terno e gravata todos os dias para trabalhar. Ele tinha fileiras de ternos no guarda-roupa, onde E. costumava se esconder embaixo dos cintos de couro porque tinham um cheiro bom. O pai de E. estava sempre viajando. E. se escondia no armário do pai e inalava o cheiro do pai e brincava com os seus homenzinhos no piso frio de madeira. E. sempre ficava com a luz acesa. Ele detestava armários quando estava do lado de fora, por isso a sua estratégia era entrar neles. Dentro, o armário mudava. Era confortável. Às vezes, ele ficava em pé e esfregava o tecido dos ternos um pouco, não muito porque achava que iria deixar marcas ou desgastá-los com os dedos, mas detestava alguns dos materiais mais peludos e não tocava neles. Ele os chamava de inimigos do tato. E. é capaz de sentir a sua cabeça encostada na parede de trás do armário. Ele se lembra das suas sensações quentes e ruins, da sua raiva dilacerante quando pensava sobre a escola. E. se lembra de apertar a cabeça contra a barriga da mãe com o máximo de força possível para aliviar a pressão. Ela deixava que ele fizesse isso.

Conjunto de roupas suspenso no ar do lado de fora da janela da cozinha: o pai de E. sofreu um derrame na mesa da copa do número 1185 da Park Avenue, sentado à janela. Portanto, E. sonhou com a janela e o terno voando do lado de fora, sonhou com um homem sem corpo em exílio. A morte é exílio do corpo, exílio de tudo, E. pensa. Nem E. nem a sua irmã, M., estavam presentes quando o pai foi acometido pelo acidente cerebrovascular. A mãe deles estava presente. Ela foi junto na ambulância. Quando E. e M. chegaram à emergência na Sixty-Eighth Street, a emergência tinha terminado. A emergência termina ou com a morte, ou com a vida. O gato de Schrödinger não existe no mundo que E. conhece. Vida e morte não coexistem num único corpo. E. se lembra das palavras *hemorragia subaracnoídea por aneurisma*. Ele se lembra do assento de plástico bege na sala de espera e da marca de tinta em zigue-zague do lado da coxa quando se sentou nele. E. se lembra de que não queria que ninguém tocasse nele.

Voando para o leste: acordado, E. decifra os seus quebra-cabeças com facilidade. A Tailândia é um país oriental. As raízes maternas do pai de E. vêm do Oriente. As pernas apontam na direção da avó dele, na direção de Khun Ya, com as suas unhas duras bem vermelhas e o seu grande sorriso.

E. resgata roupas que parecem conter alguém, mas esse alguém não pode ser visto: o pai morto de E. não pode mais ser visto. Será que o filho quer resgatar o que sobrou do pai que corre o risco de ser soprado pelo vento para longe? O que seria isso? E. rejeitou o dinheiro do pai, a não ser por uma quantia anual modesta, mas ele sabe que é um hipócrita. Ele devia se tornar soldador e escrever à noite. E. andou pesquisando sobre aprender a soldar. Até recebeu catálogos pelo correio da Apex Technical School, mas nunca se inscreveu no treinamento. Ele é um filisteu mole e mimado que nunca vai se tornar um soldador. Será que ele realmente quer se manter apegado ao legado do pai, ao seu dinheiro, ternos, coleção de arte e todas as outras armadilhas burguesas imagináveis? E. não chorou depois que o pai morreu. Muitas vezes se perguntou por que não chorou. Ele se lembra das roupas nos seus braços no sonho e dos sentimentos de alívio, tristeza e pena que eram muito mais fortes na terra de Nod que na terra do Despertar.

Sophus Bugge no bolso do paletó: objetos se escondem em bolsos. A única coisa que se vê de fora é um volume ou um caroço. No sonho, E. não concluiu nada daquele nome, mas, acordado, lembrou-se de que Sophus Bugge tinha sido um filologista norueguês do século XIX, famoso por uma edição crítica de *Poetic Edda*, um livro de poemas heroicos e mitológicos do século XIII que E. leu anos antes porque descobriu que o livro tinha influenciado o seu autor-herói da infância, Tolkien. E o autor de *Edda*? Anônimo. Desconhecido. Sem nome. E volta a Bugge. Ele era um colecionador ávido de canções folclóricas norueguesas e foi o acadêmico que decifrou Elder Futhark. E. gosta do som de Elder Futhark. Lewis Carroll pode ter inventado essas palavras, mas elas não são de "Jaguadarte". O que Sophus tem a ver com qualquer coisa? Por que o nome de Bugge está no bolso do paletó paternal? E agora, enquanto ele escreve, a solução da charada salta-lhe à mente. Elder Futhark é uma forma de escrita rúnica: runas, rúnico, e a pessoa Rune, a fachada da mãe de E. para o seu último projeto. E. diz "Eureca" em voz alta. E. sente triunfo. Está orgulhoso demais da inteligência do seu eu dos sonhos. O labirinto da sua mãe não se chama *Por baixo*? Embaixo, por baixo, escondido no bolso de um paletó. Harriet Burden está por baixo de Rune, que estava por baixo de Sophus Bugge. Será que ele encontrou a mãe no bolso do pai?

    E. não sabe o que isto pode significar. Ele reconhece que a interpretação é sempre múltipla. Ele sabe que associações podem conduzir uma pessoa por muitos caminhos. Não pode haver uma única leitura de um sonho. Ele não se dá ao trabalho de decodificar os babados. Continua incomodado com eles, que persistem como um agente irritante. E. enxerga o material transparente e sedoso movendo-se por baixo dele, e sente nojo, como se os dois mundos de dormir e acordar tivessem se esbarrado.

Harriet Burden
Caderno D

7 DE FEVEREIRO DE 2003

Ontem à noite eu os vi chegar, um depois do outro, esperando numa longa fila na frente da galeria e do labirinto, o meu labirinto. A minha vontade era jogar a cabeça para trás e uivar: "É meu!", mas cerrei os dentes. Harry tonta, dissonante, recalcada, um fantasma do lado de fora do seu próprio vernissage. Fiquei um tempo na fila, atrás de duas bobonas saltitantes com sapatos tão altos que os joelhos delas tremiam quando andavam, e fiquei escutando enquanto as duas discorriam longamente sobre os méritos de uma coisa chamada "limpeza master", que incluía limonada e sal. *Ai meu Deus, Lindsay, dois quilos em três dias. Ai meu Deus, que coisa fantástica, ai meu Deus.*

Patrick L. me abordou para falar de um possível leilão do Klee. É só um boato, Harriet? Um leve odor de salmão defumado emanava dele. Sob a iluminação da rua, reparei numa espinha ou talvez uma irritação na sua bochecha. Já tinha passado pelo labirinto.

É ótimo. Rune é um gênio, uma porra de um gênio.
Perguntei a ele se isso não era exagero.
Você ainda não viu a exposição. Você viu A banalidade do glamour, *certo?*
Eu assenti.
Bom, isto aqui é ainda melhor. E então ele passou para Felix, minha cara-metade enterrada. Ele só conseguiu pensar em falar nisso. Ele me viu, pensou em Felix, pensou em viúva, emitiu um jorro loquaz de elogios para o marido morto. Ninguém realmente substituiu Felix, com certeza não Burridge, por mais na moda e global que ele seja e, aliás, pensando bem, o que *eu* andava fazendo ultimamente, e quem sabe *almoçar*. Com a palavra *almoçar*, Patrick L. estremeceu. Eu de repente entendi o verbo. Assenti para ele, com o queixo em movimento. Por que assentir? Eu devia sacudir a cabeça com vigor: não, não, não. Será que eu sorri? Ai, Deus, será que eu sorri? Espero que não tenha sorrido.

Enquanto conversava com Patrick L., fiquei me perguntando por que, por que eu não sou igual a eles? Por que eu sou uma forasteira? Por que eu sempre estive de fora, empurrada para fora, nunca um deles? O que será que é? Por que estou sempre espiando pela janela? Sinto falhas geológicas no meu peito, prontas para se abrir. Pensei no meu saco de pancadas no estúdio, como era gostoso bater nele vez após outra. Senti um ímpeto de socar Patrick L. Na minha cabeça, eu o vi tropeçar para trás até a parede e desabar na sarjeta.

Saí da fila e caminhei até o fim do quarteirão, e observei. Eu sabia que Rune devia estar esperando que eu chegasse, mas eu não ia entrar. Phinny e Marcelo esbarraram comigo, o querido Phinny, mas ele já não é mais exatamente o mesmo Phinny, não o meu Phinny, não o homem do alojamento, não o meu camarada que dança e canta. Ele se perdeu para mim agora. Ele queria que eu fosse jantar com eles, mas eu disse não. Não, eu disse, não. Eu acredito em não. Eu acredito num não duro, resistente, diamantino. Não e não outra vez. Não, não vou. Não e nunca e nem. Prefiro não ir. Eu me enjoei de morrer de sim. Ah, sim, eu vou. Sim, com certeza, é claro, sim, querido, sim, amorzinho. Sim, sim, sim. E ela disse sim.

E quando eles se afastaram, de mãos dadas, eu senti que ia chorar, mas não chorei. Não, nem. Não vou chorar.

Os escritores têm que escrever, e os críticos, criticar, e os resenhistas, resenhar; e os irritantes, irritar, e deve ser assim.

A minha hora chegou, e seja lá o que disserem — as maiores mediocridades —, esta não é a questão. COMO ELES VEEM é tudo que importa, e eles *não* vão me ver.

Até eu me apresentar.

25 DE FEVEREIRO DE 2003

É tão fácil para Rune brilhar. De onde vem essa espontaneidade? Ele é tão leve. Eu sou pé no chão, um Calibã para a Ariel dele. E tenho que observar os seus voos sem peso por cima da minha cabeça, enquanto fico à espreita no subsolo com pensamentos marrons que enferrujam as minhas entranhas. "Ele mesmo no seu próprio calabouço."[46] Eu, Harriet Burden, sou uma máquina de vingança e desprezo. Todo o meu corpo se agita na medida em que engulo as resenhas e notícias e comentários a respeito do golpe brilhante de Rune. A cabeça deles se vira. O homem que escreveu a resenha na *The Gothamite*, Ale-

---

[46] John Milton, "Comus, A Mask" (388).

xander Pine, não sabe que escreveu sobre mim, e não Rune. Ele não sabe que os adjetivos *muscular, rigoroso, cerebral* podem ser reclamados por mim, não por Rune. Ele não sabe, ele é uma ferramenta da minha vingança. Ninguém se regozija mais com a vingança que as mulheres, Juvenal escreveu. As mulheres se deliciam mais com a vingança, Sir Thomas Browne escreveu. A vingança é doce, principalmente para as mulheres, Lord Byron escreveu. E eu digo: Fico me perguntando por quê, meninos. Fico me perguntando por quê.

Harriet Burden
Caderno O

Venha até aqui, Rune disse ao telefone ontem. Ele tinha algo para me mostrar, parte do "nosso ato", e me deu uma pista: "A sua felicidade". E marcamos o nosso encontro para as quatro da tarde hoje, e eu sabia que estava na hora de planejar a revelação porque já tinha havido tagarelice bastante na imprensa a respeito da exposição e, sim, a revelação iria me deixar feliz. Isso foi ontem. Hoje você foi de carro até Tribeca, e você se vê agora, sorrindo ao sair do elevador, animada porque a história toda está quase no fim, e você e o seu coconspirador estão prestes a esfregar na cara deles, e você pensa com os seus botões, vou levitar como a minha dançarina mascarada, vou me erguer da terra feito uma fênix. Você realmente não ia mais aguentar muito tempo, você pensa consigo mesma, e se senta, e ele perguntou se a pista tinha levado a uma solução, e você respondeu a ele, sim, está na hora de eu me abrir em flor, de encontrar a minha felicidade. Está na hora de contar para todos. Você explicou que o artigo do *Open Eye* será publicado como carta na próxima edição, que só de pensar nisto já lhe dava um prazer delicioso, e então você agradeceu a ele. Você lhe agradeceu por fazer parte daquilo. Você lhe agradeceu por permitir que você o "vestisse". Você se inclinou para a frente e deu tapinhas na mão dele, e sorriu de novo igual a uma idiota desgraçada. Você sorriu.

E ele acendeu um cigarro e olhou para você. Ele sorriu e balançou o joelho e passou a língua nos dentes, e então inseriu um DVD na televisão. Quero que você veja isto, ele falou, e não diga que eu não lhe dei uma pista, porque dei.

Vi Felix e parei de respirar por vários segundos.
Vi Felix e Rune.
Vi os dois um ao lado do outro, num sofá, numa sala curiosamente vazia — nada na parede atrás deles.
E eu perguntei: Por quê?
Só assista, ele respondeu.
Sacudi a cabeça para a frente e para trás. Foi isso que aconteceu, então? Eu me senti chocada. E fiquei com medo. Eu não queria ver os dois, mas não era capaz de desviar o olhar. Observei os dois sentados num sofá numa sala vazia.

Assisti a Felix, que tinha sido ressuscitado em filme. Ele não usava paletó, só uma camisa cinza-clara e a gravata verde Hermès que a mãe tinha lhe dado, aquela em que ele derramou molho de salada no jantar que foi oferecido no Met, aquela que não pôde ser salva pela lavanderia, e eu me lembrei das flores na mesa e dos cartões dos lugares e do meu tédio naquela noite no museu. Que ano foi aquele?, eu perguntei a mim mesma, desesperada. Depois daquele jantar, ele não pôde voltar a usar a gravata. Eu me lembrei de que os homens que estavam dos meus lados me deram as costas para conversar com sei lá quem, e eu fiquei sozinha com o meu narrador interno imaginando por que eu estava ali. Olhei nos olhos do meu marido morto no filme e para o queixo bem barbeado dele e para o cabelo grisalho perto da testa e tentei me lembrar de quando a mãe tinha lhe dado a gravata, mas não consegui. O cabelo dele tinha um pouco de branco, porém mais tarde, mais tarde iria ficar todo branco.

Esperei, cheia de temor, que algo acontecesse, mas os dois homens não fizeram nada. Ficaram olhando fixo para a câmera e então, depois de talvez um minuto ter se passado, trocaram um sorriso e mais uma vez se viraram para a câmera.

Será que foi um sorriso íntimo?

Olhei boquiaberta para ele e perguntei: Por que você não me disse que conhecia Felix?
Felix por felicidade, ele disse, o seu Felix, a sua felicidade.

Harry, você ficou sentada na frente de Rune com a cara no chão. Não sabe como estava o seu rosto, mas não pôde disfarçar a mágoa.

Não tem nada a ver com você, amor, Felix disse. Não tem nada a ver com você.

* * *

O que está fazendo aqui, Harriet?
Não devia estar aqui.

Mas por que não me disse que conhecia Felix? Por que não me disse que conhecia Felix?

Faz diferença? Faz diferença o fato de termos sido próximos, Felix e eu?, ele perguntou. Ele falava muito de você, sabe? Ele a considerava brilhante. Ele admirava você.

Isto faz parte da brincadeira, eu disse. Não faz?

E ele disse que era a brincadeira, mais da brincadeira, e tirou uma chave do bolso. Ele a ergueu. Faz anos que não abre uma porta. É apenas uma lembrança.

Foi cruel. Ele foi cruel.

E o que você fez, Harry? Tapou a boca com a mão para esconder o que estava acontecendo com ela, e ficou olhando para o chão. Será que está correto? Sim, você se lembra de segurar a boca com a mão, para que ele não visse a sua emoção. O que você sentiu? Descrença? Não, não isso, na verdade. O corte da traição, antiga e nova. E então você baixou as mãos. O seu rosto tinha ficado imóvel. Sim, você sentia a sua imobilidade.

Eu sou atraente para você, não sou?, ele perguntou para mim. Ele se levantou. Fiquei na minha poltrona e ele pôs a mão no meu pescoço. Eu deixo você excitada, não deixo? Eu sacudi a cabeça para dizer que não.

Não, eu disse em voz alta, não.

Será que eu devo representar Felix? Nós podemos representar Richard e Felix, você não acha que seria divertido? Ou poderíamos representar Rune e Felix. Você poderia ser eu.

Não olhei para ele. Eu me recusei a olhar para ele.
Você sabe do que Felix gostava, não sabe? Você sabe o que lhe dava alegria, não sabe? Vamos lá, você tem que saber.

Eu não falei.

É tão simples, ele disse, tão, tão simples. Ele gostou de assistir.

E a minha cabeça não tinha nada dentro dela.

Como devemos fazer isso?, ele perguntou. Talvez você prefira ser Ruina? Felix observando Richard e Ruina pode ser divertido, ou Rune e Ruina, ou Rune e Richard. Podemos fingir que ele está assistindo. A sua felicidade, o seu Felix. Felix sabia a seu respeito, Harry? Ele conhecia o seu segredo? Você é Ruina, não é, Harry? Eu estava representando você, uma vagabundinha repugnante, lamurienta, insegura.

Estas são as palavras de que me lembro. Vou me lembrar delas enquanto viver. Elas serão as minhas cicatrizes.

Fiquei lá sentada em silêncio, tão imóvel quanto uma pedra. Harry, a pedra. Ele falou como tinha ido bem, *Por baixo*, como tinha sido muito melhor do que ele esperava. Estava surpreso com o sucesso, surpreso de verdade, e passou as mãos para os meus ombros e agarrou com força. Mas bom, *fale sério*, pense no que teria acontecido se o seu nome estivesse lá? Você está certa, Harry. Não teria sido nada.

E você continuou lá sentada enquanto ele pressionava as mãos nos seus ombros, e você não se desvencilhou nem fez nada para detê-lo. Você não berrou com ele nem bateu nele. E quando ele passou as mãos para a sua garganta e apertou de leve e disse que só estava brincando, onde estava a sua raiva então, Harry? Qual era o seu problema, Harry? Ele disse que estrangulamento pode ser excitante, orgásmico, desde que não se vá longe demais.

Você ficou com medo, Harry?

* * *

Sim.

E então ele soltou o seu pescoço, mas nem aí você se moveu. Ou será que se moveu?

Não.

E então ele deu um tapa em você, forte. E você se moveu?

Não.

Você parecia uma criança paralisada num banco no cantinho, uma criança que tinha sido castigada por falar fora da vez, por não levantar a mão na aula. Uma criança silenciosa, feita de pedra.

E Rune disse que ia manter o trabalho como seu. Agora é meu. É disfarce e mais disfarce, Harry, ele disse. Você tira uma máscara e encontra outra. Rune, Harry, depois Rune mais uma vez. Eu venci.

O que essas palavras significavam?

E então ele disse, as pessoas sabem, as pessoas sabem sobre a sua doença.

A minha doença?, repeti.

O seu surto mental.

E eu pensei: o meu surto? Eu tive um surto mental? Será que aquilo foi um surto mental depois que Felix morreu? Sim, provavelmente. Eu tinha contado a Rune sobre o vômito, sobre Felix, sobre o dr. F.

Tomei consciência de que estava engolindo em seco. Eu tinha que engolir fazendo barulho. Eu não me lembrava mais de como engolir sem fazer barulho.

Então a criança de pedra se ergueu sobre as pernas rígidas de pedra, inclinou-se para a frente e pegou a bolsa que pertencia à mulher alegre que tinha entrado antes pela porta. Quantos minutos antes?

Os pés mecânicos dão meia-volta.[47]

---

[47] *Complete Poems of Emily Dickinson*, p. 372. O verso é uma citação do poema que começa com "After great pain, a formal feeling comes..." (depois de muita dor, um sentimento formal vem...).

Ela encontrou o jipe na Hudson Street. O mundo lá fora lhe pareceu nervoso. Ela olhou pelas janelas do Bubby's e viu gente comendo, garfos em movimento, para cima e para baixo. Viu bocas mastigando, uma mão fechada ao redor de uma cerveja cor de âmbar em cima de uma mesa. Viu outra boca se abrir numa risada e, embaixo dela, um queixo balançou, acima dela, olhos se apertaram. Mas a sua motivação não era a deles; o seu ritmo não era o deles. Nunca tinha sido o deles, não é mesmo? Não, ela vivia em outro tempo, em outro passo. Ela dirigiu até Red Hook, seja lá quem fosse ela, e deitou-se no chão do estúdio. O Barômetro trouxe para ela o desenho de um anjo caído com enormes asas cobertas de veias. Ele disse: Você parece morta, Harry. Ela disse: Eu me sinto morta. E ele disse: Tudo bem. Não se preocupe. Acontece com todos nós às vezes, e mais tarde, horas mais tarde, ela ligou para Bruno, e quando ele chegou, ela lhe contou uma parte da história, mas não tudo. Ela teve que esconder a sua vergonha, cobrir as queimaduras que iriam se transformar em cicatrizes. Ela não podia falar sobre Ruina, aquela criança infeliz que tinha se transformado em pedra e depois caminhado pela rua com a cabeça baixa.

Maisie Lord
(*transcrição editada, 13 de junho de 2012*)

Faz só uma semana que achei um dos cadernos da mamãe escondido atrás de uma fileira de livros na casinha de Nantucket que nós chamávamos de "a casa das crianças", porque Ethan e eu dormíamos lá quando éramos pequenos. Já faz oito anos que mamãe morreu, mas poderiam ter se passado muitos anos mais sem que o caderno viesse à luz. Ethan e eu tínhamos decidido vender a casa de Nantucket, e estávamos lá sozinhos, olhando as coisas dela e decidindo o que íamos guardar e o que íamos doar, e demos muita risada e nos lembramos de ter encontrado uma gaivota morta na praia e de fingir que as pedras verdes que achávamos eram mágicas, e eu nadei todos os dias, mas Ethan não, porque ele é hidrofóbico e hoje é capaz de reconhecer isso, coitado. Ele costumava entrar no mar quando éramos crianças, e aprendeu a nadar, mas acho que sempre teve medo de se afogar, e agora não precisa mais fingir que gosta de nadar. O caderno cinza simples estava escondido atrás de A *ilha do tesouro* e *Píppi Meialonga*, e reconheci imediatamente a caligrafia extravagante da mamãe com as suas voltas grandes: "Caderno O. O quinto círculo". Ela rotulou as dezenas de cadernos que mantinha com letras. Eu tinha passado anos examinando aqueles cadernos para A *máscara natural*, que finalmente está terminado. Depois que ela morreu, encontramos centenas e centenas de páginas de escritos que enchiam um caderno após o outro. Juntos, eles formavam um verdadeiro tomo.

Eu disse a Ethan que ia ler o caderno primeiro e depois daria para ele. É engraçado, eu nunca teria tido coragem de ler quando mamãe estava viva, mas os mortos perdem a privacidade, ou pelo menos boa parte dela. A controvérsia a respeito de Rune e *Mascaramentos* há muito já se desfez, apesar de aqueles entre nós que éramos próximos da mamãe termos uma boa ideia a respeito de qual é a verdade, porque acreditamos no que ela escreveu. Depois que li o caderno, entreguei-o a Ethan e saí para uma caminhada pela Squam Road, a rua antiga que eu conhecia tão bem, sentindo-me magoada e agitada. Suponho que eu estivesse tentando encaixar as minhas mães descontínuas numa pessoa, algo que não era nada fácil. Eu tive que encaixar a vida dupla do meu pai também, e foi dolorido. A brincadeira de máscaras que mamãe e Rune fizeram em Nantucket seria transformada nas danças de *Por baixo*, e parece que o homem Richard Brickman e a moça Ruina representavam dois lados da mamãe. Todos nós temos partes fracas, e todos também temos partes dominantes e cruéis, mas acho que elas costumam ser mais misturadas do que eram em mamãe. A anotação dela a respeito da visita a Rune e a fita que ele lhe mostrou me deixaram enjoada. Eu tinha vislumbrado o lado sádico de Rune quando ele me atiçou com uma chave no vernissage de *As salas de sufocação*. Perguntei a mim mesma o que mamãe queria, qual era a sua esperança. É tão cansativo, tão humilhante, este mundo de ganhar e perder e fazer o jogo, mas ela queria fazer parte daquilo de algum modo, e Rune sabia como atingi-la, onde alojar a faca. Para ser sincera, eu tive vontade de suprimir aquela anotação, e outras também, de arrancar as páginas do caderno e queimar, mas isso teria sido estupidez. Enquanto caminhava sob o sol quente na rua empoeirada passando pelas caixas de correio tão conhecidas, eu ficava vendo uma imagem da mamãe, não como adulta, mas como a criança no seu sorriso: *Você parecia uma criança paralisada num banco no cantinho.* Essa é a imagem mental que eu ainda tenho quando penso naquele encontro terrível entre mamãe e Rune: mamãe alta e passional como uma menininha silenciosa, uma menina que tinha se transformado em pedra.

    Quando voltei da caminhada, encontrei Ethan deitado na cama de baixo do beliche com o caderno ao seu lado. Ele se virou para olhar para mim, e eu vi mamãe. Aquele momento de reconhecimento chocante durou apenas alguns segundos, mas vi mamãe no meu irmão, e então ela desapareceu com a mesma velocidade que tinha aparecido, mas me abalou um pouco. Eu me sentei ao lado de Ethan, pus a mão no braço dele e esperei para escutar o que ele tinha achado. Ele olhou para mim e disse: "Gostei do texto". Eu explodi em gargalhadas. Acho que fiquei aliviada. Eu não tinha pensado em estética, de jeito nenhum. Ethan prosseguiu e disse que admirava a maneira como a nossa mãe mudava da primeira pessoa para a segunda e para a terceira. Ela fazia parecer fácil. Eu disse ao meu irmão que o amava. Ele assentiu. Quando mando um e-mail para Ethan, sempre assino "Com amor, Maisie" ou "Com amor e beijos, Maisie" ou "Sua irmã que te ama, Maisie", e ele assina os dele com "Ethan". Sempre foi assim, e sempre vai ser assim. Estou acostumada. Ethan disse que algumas anotações do caderno tinham que ser incluídas no livro, e ele iria escanear o material e enviar a Hess imediatamente, antes que fosse tarde demais.

    Achei que deveríamos pensar a respeito do assunto com cuidado, pesar os aspectos positivos e os negativos. Eu queria saber se ele não tinha achado as anotações perturbadoras, arrepiantes para falar a verdade. Ele disse que sim, mas estávamos falando do legado da nossa mãe, do trabalho dela como artista. Este caderno, Ethan afirmou, explicava o mistério de Richard Brickman. Ele acreditava que "Harriet" iria querer que a história desse pseudônimo fosse contada. Brickman era mais um dos alter egos da nossa mãe, parte de uma narrativa maior. No fim, Ethan me convenceu de que tinha razão.

Perguntei a Ethan que pecados faziam parte do quinto círculo do *Inferno* de Dante, porque eu tinha esquecido. Os irados e rancorosos, ele disse, Cantos VII e VIII. Os irados e os rancorosos estão fadados a chafurdar na imundície e no fedor e no ar fétido do rio Estige. Ethan tem uma memória maravilhosa para livros. Ele diz que, com frequência, não sempre, mas muitas vezes, consegue enxergar a página e o número da página na cabeça e às vezes ler a passagem. Não conseguiu fazer isto desta vez, mas ele sabia que Virgílio e Dante encontram as Fúrias, que mandam chamar a Medusa para transformar Dante em pedra. Ela não faz isso, claro. Se tivesse conseguido, o poema teria acabado ali. Rune transformou mamãe em pedra, pelo menos durante um tempo. Eu o odeio por isso. Ainda o odeio, apesar de estar morto. E compreendo a raiva da mamãe, a sua ira, a sua fúria. Do lado de dentro da capa do Caderno O, encontrei as seguintes palavras: "Exala sobre Orestes teu sangrento hálito! Trata de ressecá-lo com o vapor de fogo que sai insuportável de tuas entranhas! Deve extenuá-lo até tirar-lhe o fôlego numa perseguição feroz e implacável!".

Essas palavras terríveis são de Ésquilo, *As Eumênides*, a terceira peça da *Oresteia*. Orestes matou a mãe, Clitemnestra e, na peça, o fantasma da mulher assassinada humilha as Fúrias para vingar a sua morte, para punir o matricídio.

Mamãe ainda me vem em sonhos. Agora, ela é sempre um fantasma. Nos dois ou três anos depois que ela morreu, costumava me vir como o seu antigo eu vivo, e eu corria na direção dela e, algumas vezes, ela me abraçava e me segurava, com os lábios pressionados contra o meu pescoço, e a sensação era calorosa e feliz. Mas então ela começava a recuar, e agora, quando sonho com ela, sei que é um espectro, uma pessoa morta, e não consigo alcançá-la. Ela quase sempre está falando sem parar no seu antigo estúdio em Red Hook ou fazendo gestos de mímica para mim, que não consigo entender. Faz só alguns dias, sonhei que ela tinha entrado no meu quarto em casa. Estava completamente transparente, um verdadeiro fantasma à moda antiga, e quando a chamei, ela se virou na minha direção, estendeu os braços e abriu a boca. Dava para ver até os pulmões dela, e ouvi quando respirou uma vez, e então o quarto todo estava em chamas. Eu não fiquei com medo do fogo no sonho, nem tentei falar com ela. Só fiquei lá quieta, assistindo ao quarto queimar.

Bruno Kleinfeld
(*declaração por escrito*)

O meu poema épico. O experimento grandioso de Harry. Nenhum de nós era capaz de jogar os nossos queridinhos no mar. Isolei a minha obra-prima no meu apartamento caindo aos pedaços, que mantive em nome da minha independência masculina, e peguei o manuscrito de dez quilos (guardado no armário, na prateleira em cima das três luvas de beisebol aposentadas) para retoques, revisões, cortes e adições, sem o conhecimento de Harry, que escutava com alegria o manuscrito nº 2, *Confissões de um poeta menor*, que não parava de crescer, a história mais verdadeira de Bruno Kleinfeld, um fornicador judeu mal-humorado do Bronx, cujas aventuras se assemelhavam grosseiramente às minhas, mas eram abençoadas com a lacuna que inevitavelmente ocorre entre o autoescriba do presente e os seus diversos eus de mau gosto ou galantes do passado, um abismo também conhecido como humor, ironia ou esquecimento. Parabenizo Harry por me dar um empurrão, que por sua vez serviu para soltar os meus velhos nós dos dedos para trabalhar no teclado macio da Olivetti, uma máquina herdada do meu caro velho tio Samuel

Kleinfeld em 1958. A história da minha vida, como era, parecia vir com facilidade e fluidez, uma saga de, entre outras coisas, refrigerantes com sorvete, *gefilte fish* e os peitos de Doris McKinny, que me distraíam loucamente, aos quais foram concedidas três páginas quando cheguei à puberdade, na página 101.

Não sou só eu a observar que autobiografias perdem o interesse quando o herói sai da juventude, por isso decidi dar um curto espaço à minha meia-idade: vinte e cinco páginas dedicadas a todas as minhas falências gerais como poeta, marido e pai, apresentadas em tom heroico sarcástico para aliviar o leitor do realismo ou talvez do naturalismo — seja lá como se chame aquele gênero encardido de pias enferrujadas e de miséria sincera. Depois desse ínterim truncado, cheguei às minhas três meninas crescidas, e ao integrante mais nobre de toda a minha prole seminal. O meu neto, Bran. Sim, as minhas *Confissões* têm o formato de uma ampulheta. A forma do meu tempo na terra se aperta no meio e tem postas gordas para o começo e o fim. Bran chegou invadindo a minha vida como uma coisinha feia de rosto vermelho, mas, enquanto escrevo estas palavras, ele está correndo pelo campo de beisebol e chutando uma bola de futebol e explicando os detalhes dos avatares para mim, e se tornou, devo dizer, a luz brilhante na senilidade do vovô.

Logo no dia seguinte a Harry ter deitado de barriga para cima e me contado a história da sua visita a Rune num tom de voz tão frio quanto aço no inverno, reparei que os pensamentos dela tinham se tingido, ou pelo menos sido salpicados, por paranoia. Harry sabia que tinha feito um negócio de Fausto, uma troca de matar a alma, que vinha carregada de risco desde o início. Rune, que tinha sido a grande esperança branca, se transformara em Belzebu. Harry estava preocupada que o marido morto tivesse compartilhado histórias íntimas com o seu jovem "amigo". Não é verdade que Rune parecia ter um conhecimento incomum a respeito dela desde o início? A esperteza de Rune começou a me parecer paranormal. Quando Harry proclamou em voz alta que quatro das suas obras tinham sumido do estúdio, fiquei achando que um dos assistentes havia guardado no lugar errado, embaixo de uma montanha de *ready-mades*. Entre os surtos de limpeza pesada que tinha, Harry deixava que o caos agradável reinasse no estúdio. Braços, pernas, cabeças, perucas e apliques de cabelo cobriam o chão. Pilhas de madeira, folhas de vidro, rolos de corda, arame, cabo, ferramentas e máquinas misteriosas se enfileiravam nas paredes. Num canto, Harry juntava "refugo notável", uma coleção desinteressante que ela tinha coletado nos arredores das docas, várias tranqueiras e bugigangas que tinham mofado, desbotado, despencado ou enferrujado ou estavam em estado tão esfarelado, manchado, apodrecido ou empelotado que a sua identidade anterior não estava mais presente. Continue procurando, eu disse. Talvez estejam escondidas embaixo do refugo notável.

Mas Harry culpou Rune pelas obras desaparecidas. Ela afirmou que ele tinha arrombado as diversas fechaduras e burlado o sistema de alarme para surrupiar a arte dela. De brincadeira, perguntei a Harry se não tinha confundido o anjo caído do Barômetro com Rune, um homem alto com asas que entrava e saía do alojamento voando, quando bem entendia. Simplesmente não é possível, Harry, eu disse, mas ela não acreditava em mim. Certa noite, com o rosto contorcido de infelicidade, ela sussurrou: "Ele escalou dentro de mim, Bruno. Ele viu o medo. Ele sabe mais do que eu sei". Eu detestava aquele FDP, mas sabia que ele era humano.

Harry depositou as suas esperanças na carta no *The Open Eye*. Quando for publicada, ela disse, todo mundo vai saber. Eu vou ser livre. Mas, Harry, eu disse, aquele é um jornal bocejante, hermético, abstruso. Quantas pessoas leem aquilo? Acho que Harry não tinha escolha. Ela precisava acreditar no seu triunfo iminente. Quando o periódico finalmente chegou, ela leu a carta em voz alta para mim, dando risadinhas e soltando gritinhos, mastigando as citações que pertenciam a ela, com o rosto tão quente quanto o de um daqueles metamorfos eletrificados. Eu dei bronca nela pela piada com os testículos — pufes, Harry, eu disse, fale sério. E quem é esse tal de Brickman? Ele está fazendo o trabalho dele, ela disse. É isso que importa.

Eu te disse é uma frase para cuzões, e como eu por acaso me encontro nesta categoria de modo intermitente, eu a usei com Harry quando Rune a ferrou nas páginas da *Art Assembly* numa entrevista, em que ele foi diretamente questionado a respeito da carta de Brickman no *The Open Eye*. Rune tinha coragem. Preciso dar parabéns a ele.

> Harriet Lord foi realmente ótima comigo, não apenas como colecionadora da minha arte, mas como alguém que me deu apoio de verdade. E penso nela como musa do projeto. *Por baixo* nunca poderia ter acontecido sem as longas conversas que tivemos e sem a contribuição generosa dela. O que eu não entendo é que ela parece alegar que é responsável pelo meu trabalho. Parece acreditar que realmente o criou. Eu simplesmente não consigo entender por que ela iria dizer uma coisa dessas. Sabe, ela passou por um período muito difícil depois que o marido morreu e está em tratamento psiquiátrico há anos. Gostaria de deixar registrado apenas que ela é uma senhora gentil, mas fica um pouco confusa de vez em quando, e vamos deixar assim.

Eu estava presente na cozinha quando a senhora gentil, mas um pouco confusa que estava em tratamento psiquiátrico havia anos jogou a revista ofensiva contra o suporte de panelas. Eu estava lá quando ela xingou, urrou, ficou vesga e depois cega de fúria. Cabeça baixa, braços agitados, ela atacou uma prateleira aberta, derrubando canecas, pratos e tigelas no chão, onde encontraram o seu fim espetacular em fragmentos. Depois do estrondo, eu me ajoelhei no chão com uma escova e uma pá de lixo para coletar milhares de estilhaços, enquanto Harry ficou sentada no chão, repetindo sem parar: "Vou matar ele". O fato de que o sujeito a chamara de Harriet *Lord*, não de Harriet *Burden*, tinha jogado sal extra na ferida já aberta de Harry.

E o meu refrão era: Eu te disse. Eu não conseguia me segurar. Eu tinha dito a ela. Harry compôs uma carta inflamada para a *Art Assembly* que nunca foi publicada. Ela telefonou para Rune e deu berros estridentes com a caixa de mensagens dele: mentiroso, ladrão, homem horrível, horrível, traidor. O veneno dela não o abalou. Harry entrou em contato com os pais de Anton Tish. A mãe dele lhe disse, com educação mas firmeza: "O meu filho não quer nada com a senhora". Harry contratou um investigador chamado Paille, um sujeito de rosto enevoado e personalidade lacônica com sotaque do Maine que era especializado em chantagem e extorsão. Paille encontrou a trilha do garoto num *ashram* na Índia, depois na Tailândia e por fim na Malásia, mas, depois disso, o caminho dele terminava com os registros das companhias aéreas. Paille prometeu prosseguir com a busca.

De maneira metódica e deliberada, Harry juntou cada trapo, pedacinho, farpa e grão de pó de evidência para comprovar a sua tese. Ao revirar as pilhas, folhear os papéis e caçar sinais da sua propriedade criativa, ela se deu conta — sob iluminação chuvosa, triste e cinzenta, com certeza — de como tinha tomado cuidado de esconder o seu envolvimento. Ela desencavou desenhos iniciais em cadernos de rascunho e algumas plantas no computador, mas outros desenhos e planos mais detalhados estavam em posse de Rune. Os e-mails dela para ele pareciam criptogramas, assim como os dele para ela. Nenhuma escorregadela. E os assistentes, que ela partiu do princípio que sabiam, não sabiam. Até Edgar Holloway III, antigo ajudante do estúdio, o Sexta-Feira para o Crusoé de Harry, teve que admitir que, desta vez, não tinha desconfiado de nada. A única coisa que ele sabia era que Harry tinha passado um cheque pela obra que tinha comprado de Rune, além de cheques para a produção de *Por baixo*, mas uma benfeitora não é uma criadora, e Rune lhe agradecera na imprensa pelo "apoio".

Eldridge ficou do lado dela. A *Art Lights* publicou a história do trabalho deles, mas esta página de eloquência afetou muito pouca gente na época. O experimento de Harry tinha sido estripado e esmagado, e ela xingava para reclamar. Quando as engrenagens do desespero começaram a girar, bateram e tiniram com a mesma música compulsiva. Ela tinha sido roubada. Ninguém a compreendia. Ninguém prestava atenção nela. Eram todos cabeças ocas, lacaios de um machismo aterrorizante e do culto ao falo. Rune devia ser arrastado e esquartejado, ter os olhos arrancados com colheres de grapefruit afiadas como navalhas e reduzido a geleia com uma marreta. A obra da vida dela tinha sido arruinada, o projeto ambicioso construído com tanto cuidado dos blocos do seu intelecto radiante, uma linda ironia por cima da outra — que iria provar de uma vez por todas as várias teorias que ela tinha a respeito de preconceito e percepção relativa ao gênero sexual e Deus-sabe-mais-o-quê explodiu na cara dela.

Implorei para que ela desistisse. Faça uma exposição com o seu trabalho agora, eu disse. Leve à cooperativa aqui em Red Hook. Esqueça os pseudônimos e os fingimentos, as suas ironias e filosofias. Quem se incomoda com o mundo incestuoso da arte, cheio de lacaios e gente falsa? Mas Harry não podia desistir. Ela estava se afogando, mas se agarrava com firmeza àquele pedacinho quebrado de mastro que boiava no oceano que chamamos de justiça. Não existe justiça, é claro, ou existe muito pouca, e contar com ela como uma jangada salvadora é um grande erro.

    Eu queria aninhá-la nos braços. Eu queria enviá-la àqueles lugares doces e elevados que já tínhamos visitado umas duzentas vezes, mas ela me repeliu. Ela latiu, rosnou e sibilou. Não sou o bandido, eu disse a ela, mas, de algum modo, foi nisso que me transformei. Numa noite, ela estava sentada na cama grande, feroz na sua dor, e me deu a maior bronca. Quem era eu para dizer qualquer coisa a ela? Eu tinha me destruído, não tinha? Eu tinha tudo — as minhas bolsas de Whitman, o meu pau, os poderosos do meu lado — e havia jogado tudo fora. Ela, por outro lado, tinha lutado, trabalhado e trabalhado e trabalhado feito louca, e agora havia sido traída. Eu era ridículo, covarde, um sanguessuga que vivia das boas graças dela. (Leia-se: do dinheiro dela, ou melhor, do dinheiro de Lord.) As palavras tinham voado rápidas e cruéis entre nós antes, mas desta vez a voz dela me esmagou no chão. A minha amada alegre e bondosa tinha se transformado numa pessoa dura, triste e má. Da minha posição metafórica, deitado de barriga para cima na poeira figurativa, eu a chamei de vaca castradora.

    Ela saiu do quarto pisando firme e não voltou. Depois de ficar esperando por ela até as três da manhã, atravessei a rua, fui para o meu buraco e fiquei lá. Passamos três longos meses sem nos falar nem nos ver. Na maior parte das noites depois que terminamos, eu me deslocava até o Sunny's com ideias ansiosas de avistar Harry, mas ela nunca estava lá. Eu tinha me aproximado de um tonto qualquer no bar e ofereci a história animada, mas, ah tão sentimental, do declínio e subsequente queda do grande Bruno Kleinfeld, a história de como aconteceu de o herói literário K., numa encarnação muito menos gloriosa que aquela que a tinha precedido, viver bebendo até cair no bar local, exatamente nas mesmas horas do dia que antes tinha passado com Nossa

Senhora dos Casacos, o maior amor da sua vida. Quando estava suficientemente mamado e ensopado, K. passava para o lado lacrimoso, fungando por cima do uísque e balançando ao ritmo da música que saía do alto-falante por cima da sua cabeça, a menos de meio metro do desenho que a sua querida tinha feito dos habitués desgrenhados do Sunny's, uma obra de arte que fazia o seu coração se fender em dois.

Harry tinha fugido para Nantucket. É legal ter casas dentro das quais se amuar, grandes e vazias, com camas feitas de antecedência. Foi Maisie quem me ligou para dizer que Harry tinha viajado. Ela disse que torcia para que fizéssemos as pazes, que esclarecêssemos tudo, que refizéssemos a coisa qualquer que tinha dado errado entre nós. Mamãe não devia perder você, ela disse. Precisa perdoá-la, ela disse, como se eu tivesse voltado a ser o bandido em vez do romântico inveterado, pelo amor de Deus. Mas tanto o sanguessuga quanto o castrador não arredavam pé. Era um desperdício, um desperdício de tempo, um tempo desperdiçado. Eu sei disso agora, mas na época o mundo parecia diferente para nós dois. O que eu posso dizer? O meu orgulho tinha sido usado como um trapo para assoar o nariz, ou pelo menos foi assim que eu me senti, por isso me fechei ainda mais, só para ter certeza de que doía fundo o suficiente para justificar a minha vida de escriba sofredor.

E então um dia, no começo de uma noite de primavera, eu estava dando uma mijada com dois versos da divina Emily na cabeça — *This slow day moved along…/ I heard its axles go*[48] — e da janela vi Harry caminhando pela rua, com aparência magra, magra demais, cinco quilos a menos, no mínimo, talvez mais. A anti-Harry, eu disse para mim mesmo, não a minha Harry. E,

---

[48] Tradução livre: "Este dia lento foi avançando…/ Ouvi seus eixos girarem". (N. T.)

pela segunda vez no decurso do nosso envolvimento romântico, eu galopei escada abaixo e saí pela rua atrás dela, mas não a chamei. Eu me apressei atrás dela no ar frio e fui trotando ao longo do rio. Igual a um detetive particular seguindo um suspeito, fiquei a cerca de trinta metros de distância, mas então pensei, corra atrás dela. Vá lá pegar ela, cara. Eu já não tinha feito isso uma vez? Estava para gritar o seu nome quando vi Rune vindo na direção dela do outro lado, e empaquei.

Enquanto eu observava os dois, as silhuetas se destacavam contra as extensões de céu cinzento e de água cinzenta — e acima deles havia halos de luz amarela nas nuvens baixas. Um vento soprou o *trench coat* de Harry por trás e agitou o seu cabelo. Um par de gaivotas bateu as asas, bateu as asas e deslizou mais uma vez bem acima da cabeça deles. A cena é vívida, uma imagem definida e clara no meu espaço mental, apesar de que, pensando agora, a lembrança tem um toque irreal, idílico. Observei Harry suplicar, com as mãos. Ela as sacudiu na cara dele. Rune se inclinou para perto dela. Devia estar falando com ela, mas estavam longe demais para que eu escutasse qualquer coisa. Então ele abriu os braços com as palmas das mãos para cima e deu de ombros para mostrar a sua indiferença. Na verdade, eu não precisava escutar. Os corpos falavam por eles. Harry deu um passo à frente, segurou-o pelos ombros e o empurrou. Ele tropeçou para trás, dançou para retomar o equilíbrio e, quando se aprumou, sacudiu o quadril e os ombros, zunindo feito uma fada, mas por quê? Ele estava insultando Harry, mas em relação a quê? O homem prosseguiu com os seus gestos afeminados, bateu as asas, bateu as asas e deslizou, falando afetado e dando pulinhos e desmunhecando para ela, e percebi que os dois estavam mais misturados um no outro do que eu achava. Deus Todo-Poderoso, será que tinham sido amantes?, pensei. Ela era no mínimo vinte anos mais velha que Rune. Senti uma confusão enjoativa em torno dos pulmões e depois uma ansiedade lancinante. Comecei a trotar na direção deles, o meu instinto de proteção aumentando a cada segundo que passava.

E então, quando me aproximei deles, vi Harry fechar o punho e dar um soco forte na cara de Rune. Ele tropeçou para trás com a boca aberta enquanto gritava de dor. Comecei a correr na direção deles, mas todo mundo que estava a distância suficiente para ouvir o grito fez o mesmo. Quando cheguei até eles, vi Rune com a mão na boca e o sangue escorrendo por entre os dedos. Mas Harry não tinha terminado. Ela se jogou em cima dele mais uma vez e lhe deu um soco no estômago. Ele berrou com as mãos na barriga, mas se recuperou, agarrou-a pelos ombros e a empurrou com força para longe. Ela perdeu o equilíbrio e foi direto para o chão. Uma mulher com óculos de aros grossos e jaqueta xadrez em vermelho e preto correu até Harry e se agachou ao lado dela. Reparei que o casaco de Harry estava ensanguentado, provavelmente com sangue de Rune. Ela me viu, o seu antigo amante que tinha chegado para testemunhar o tumulto, e ergueu os olhos com expressão de surpresa, mas sem raiva, nem um vestígio de raiva. Dois homens tinham agarrado Rune pelos braços para impedi-lo de praticar mais violência. Ele estava dizendo: Ela que me atacou, pelo amor de Deus. Ela me atacou. Esta era de fato a verdade honesta de Deus, mas quem vai defender um homem parado por cima de uma mulher desarmada que ele acabava de jogar no chão?

Rune evitou os meus olhos, e isto me agradou. Ele sabia que eu sabia. "Ah-o-poeta" sabia que ele, Rune, era um mentiroso e um ladrão desgraçado. O aglomerado de cidadãos debateu a respeito de chamar a polícia ou não, registrar a ocorrência ou não, mas ficou determinado que nenhum dos combatentes queria que a lei se envolvesse, e enquanto as discussões prosseguiam, Rune tirou um maço de cigarros do bolso da lapela, fechou a mão em concha ao redor de um isqueiro, aspirou a fumaça com cuidado para evitar o lábio inchado e ensanguentado e olhou ao redor de si como quem não quer nada. Vou embora agora. Isto é um absurdo. Ela é louca. Qualquer um que tenha visto quando ela me bateu sabe que ela é louca.

E, depois que o comitê todo concordou, Rune foi embora. Ele deu meia-volta e saiu pela calçada à beira do rio.

Harry não tinha se movido. A mulher com óculos de aros grossos deu um tapinha gentil nela e, compreendendo que a bomba emocional havia sido desarmada, ela e as outras pessoas consternadas que tinham intervindo saíram para cuidar da vida, e alguns se viraram para trás para ter certeza de que a senhora caída estava em boas mãos.

Ah, Harry, eu disse.

Ela começou a assentir para mim. O seu queixo se mexia em movimentos mecânicos para cima e para baixo. A sua boca se esticou num sorriso torto e ela apertou os olhos para segurar as lágrimas, agarrou a cabeça com as mãos e ficou balançando para a frente e para trás. Ah, Bruno, ela exclamou. Estou tão perdida.

E então eu disse a coisa certa, pelo menos desta vez. Eu disse: Foi um belo de um gancho, Harry.

Eu treinei, Bruno, ela disse. Eu treinei com o saco de pancadas. E então ela ergueu a mão direita inchada para me mostrar, e vi os roxos já se formando. A guerreira ferida desabou na minha direção, e eu a recolhi, como se diz. Eu recolhi Harry nos meus braços, e caminhamos devagarzinho de volta ao alojamento, fizemos um curativo na mão dela e comemoramos a nossa reunião.

Your body/ has not become yours only nor left my body mine only.[49] Esse Whitman era espaçoso, e ganancioso, ganancioso por

---

[49] Tradução livre: "O seu corpo/ não se tornou só seu nem deixou meu corpo só meu". (N. T.)

gente. Ele queria ver, ouvir, cheirar, experimentar e tocar as pessoas. Ele rolava no caráter humano delas. Ele absorvia a cidade e as suas multidões como realidades táteis. Fomos dormir naquela noite na cama grande de Harry dobrados um no outro e, antes de dormirmos, eu pensei no bardo que navegava por sobre o mundo para examinar os seus dorminhocos na grande democracia que é o sonho. Todos nós somos criaturas que precisamos dormir.

Depois da sua primeira briga com socos, que também seria a última, Harry quase não falou mais de Rune nem do seu projeto nem dos seus ressentimentos, pelo menos não para mim. Eu mesma fiquei estupefata, ela gostava de dizer. Assumi a posição kierkegaardiana. Kierkegaard misturado a uma rainha trágica. Harry citava Margaret Cavendish com regularidade, aquela senhora filósofa interessantíssima cuja esperança mais fervente era encontrar leitores depois da sua morte. A duquesa de Newcastle tinha sonhado com uma vida póstuma gloriosa quando finalmente seria apreciada. Eu nunca tinha ouvido falar de Cavendish antes de conhecer Harry, otário patriarcal que sou, mas Harry a adorava. Morta em 1673, o seu trabalho foi rejeitado, ignorado ou denegrido durante mais de trezentos anos antes de se reerguer e as pessoas começarem a notar. Harry adotou a duquesa como uma irmã lutadora combalida e rejeitada num mundo de homens.

Harry voltou à sua Margaret, a sua criatura Mãe do Mundo em Chamas que ela começara muito antes e tinha quase terminado, mas que abandonara porque este mundo nunca a havia deixado satisfeita. Quando eu vi a mãe grávida enorme, sorridente, nua e aquecida com os peitos caídos agachada no estúdio pela primeira vez, ela me deu um susto. Aquela não era uma odalisca doce, sonhadora e de tamanho descomunal como a que Harry tinha feito para aquele garoto, Tish. Esta mulher tinha mundos dentro de si. Quando você erguia os olhos e enxergava através do seu crânio careca e transparente, via pessoinhas, hordas de liliputianos de cera ocupados, cuidando da vida. Eles corriam e pulavam. Dançavam e cantavam. Estavam sentados a mesas de trabalho em miniatura na frente de computadores, máquinas de escrever ou páginas. Quando você olhava com atenção, dava para ver que estavam escrevendo partituras musicais, desenhando, anotando fórmulas matemáticas, compondo poemas e histórias. Um velho gordo e atarracado escrevia *Confissões de um poeta menor*. Havia sete casais lascivos mandando ver no andar de cima na cabeça da Gulliver mulher — homens e mulheres, homens e homens, mulheres e mulheres — uma orgia como qualquer outra. Havia uma luta sangrenta de espadas e um assassino com uma arma, olhando para o cadáver da sua vítima no chão. Havia um unicórnio e um minotauro e um sátiro e um anjo mulher gordo com asas e montes de bebês rechonchudos de todas as cores. No andar de baixo — quer dizer, entre as dobras labiais da sua enorme vagina — a matriarca fêmea botava para fora mais uma cidade de pequeninos humanoides. Harry trabalhou duro com os cabos de suspensão para obter o efeito: alguns dos menorzinhos estavam suspensos no ar entre o canal natal da boneca gigantesca e o chão. Outros já tinham pousado e eram vistos se arrastando, caminhando, correndo ou fugindo da sua originadora gigante em várias direções.

Harry não achava que a peça estivesse terminada. Está errada, ela disse. Cômica demais. Ela adicionou letras e números de várias cores. Adicionou mais pessoinhas. Não faria diferença, ela disse, se alguém percebesse que estavam ali ou não. Ela precisava fazê-los, e fez, pessoas de cera pequenas, formadas à perfeição. Ela costurou roupas para algumas e deixou outras nuas. Trabalhava nelas em quase qualquer lugar, e mais de uma vez eu me sentei em cima de um corpinho duro no sofá, sufocando algum homem ou mulher ou criança embaixo da minha bunda colossal. Depois desses acidentes, Harry tirava a pobre criatura amassada de mim, rearranjava o cabelo ou os braços e pernas dela e costumava lhes fazer festinha. Mas, ah, é você, Cornelius, ela dizia, ou: Keisha, estava mesmo querendo saber o que aconteceu com você. No Mundo de Harrydom, ninguém ficava sem nome.

Ela escrevia e lia também. Dava socos no saco de pancadas (bom exercício e libertação catártica da raiva perpétua) e fazia visitas ao psiquiatra como sempre. O filme de Maisie *Clima corporal*, a respeito do nosso próprio lunático doméstico, saiu em setembro. Harry ficou com o rosto corado de orgulho na estreia em Nova York, no Quad Cinema na Thirteenth Street. Maisie tem o dom de fazer a insanidade parecer, se não normal, pelo menos compreensível. Na metade do filme, o pai do Barômetro, Rufus Dudek, um homem cansado com olhos vermelhos que ainda mora na cidadezinha esquecida por Deus do Nebraska onde criou os filhos, mostra os desenhos prodigiosos do seu menino mais novo, Alan (posteriormente o Barômetro), feitos quando ele tinha sete anos, e depois narra para Maisie, que não aparece na tela, a história do tornado que matou a sua mulher. Uma parede do trailer da família desabou e a esmagou quando ele e os meninos tinham saído para uma "visita". A mãe de Alan Dudek morreu por causa do clima. Alan foi para Nova York e para a Studio School, mas na aula com modelo vivo ele caiu na gargalhada e foi arrastado para a primeira de várias alas psicológicas. Tinha vinte e dois anos quando se tornou o Barômetro, um homem que aquieta os ventos e os agita, um homem que sente o movimento da atmosfera por meio do seu sistema nervoso supimpa de alta tecnologia, mas sempre frágil.

Depois de *Clima corporal*, Maisie deu início ao seu filme sobre Harry. Ela seguiu a mãe no estúdio, fez tomadas à beira do rio e manteve a câmera firme em Harry enquanto ela contava a história da sua vida ou discorria sobre ideias, em que as palavras *pré-conceitual* e *incorporado* apareciam com frequência. Dou crédito a Maisie por colocar para cima a dignidade saqueada de Harry. Sublinho o seguinte: não sei o que teríamos feito sem Maisie. As horas de filmagem aumentavam. A filha iria contar a história da mãe, faça chuva ou faça sol ou que sopre um furacão ou tufão, e isto deixou Harry feliz, pelo menos de maneira intermitente.

Eu concluí a minha própria autobiografia-traço-livro de memórias, mandei digitar no computador por uma mulher chamada Edith Klinkhammer (não estou brincando), enviei a agentes e, depois de várias rejeições, encontrei um representante bem-disposto e daí, viva a santa luz, uma editora em Nova York, e depois disso Harry pode me importunar com o seu próprio "eu te disse". Esses são dias felizes quando olho para trás — aquele período de liberdade que tivemos juntos depois de nos reencontrarmos. Os artistas residentes tinham nos abandonado, todos menos o Barômetro, cuja existência se tornara mais ordeira porque ele tinha médico e um pouco de lítio e um novo diagnóstico — esquizoafetivo. No geral, tenho que chamar aquele tempo de feliz, simplesmente a boa e velha felicidade de café e bagels e beijos de tchau-estou-saindo-para-trabalhar-agora-meu-amor de manhã e um monte de conversa furada depois do trabalho a respeito de quase nada enquanto picávamos as verduras ou lavávamos a louça depois do jantar. Berramos com o presidente do mal em uníssono e tivemos algumas brigas homéricas sobre homens e mulheres e sobre o que é inato num gênero sexual e o que não é. Sim, para ser sincero: nós brigávamos. Nós brigávamos, mas também rolávamos no feno e, para ser sincero mais uma vez, havia muitas noites em que estávamos cansados demais para rolar porque já não éramos mais jovens, e em vez disso conversávamos, longas sessões de pensar em voz alta a respeito de arte e de poemas e nos nossos pequenos, Aven e Bran, as crianças que desbravariam o futuro que nunca iríamos ver.

Quando Rune morreu na sua própria engenhoca, ganhou a capa do *New York Post* e do *Daily News*, e a página 9 do *The New York Times*. Diversas outras "mídias" também opinaram a respeito da sua saída trágica deste planeta. Homenagens a Rune foram vomitadas pela moenda da imprensa, acompanhadas de fotos do artista ainda jovem com o corpo curvado em pose decorativa ao lado das suas obras, inclusive *Por baixo*, não, especialmente *Por baixo*. Revistas de arte dedicaram edições ao seu legado, especulando sobre o que poderia ter sido se o *bad boy* notável tivesse vivido. Ele sofria de depressão, parecia. Tinha, aliás, uma farmácia inteira de remédios no banheiro para tratar o problema. A compaixão pelo artista deprimido transpirou dos poros jornalísticos. Depressão é um desequilíbrio químico, escreveram. O coitado era vítima da própria química imperfeita do cérebro.

Nem uma palavra sobre Harry. Foi ignorada completamente. A carta no *The Open Eye* e a de Eldridge tinham o objetivo de lançar os holofotes sobre Harry, mas alguém se esqueceu de acender a luz. Certa noite, comendo um prato de peixe com brócolis, Harry contou, com aquele tom de voz frio e arrepiante, que no dia em que viu Rune queria machucá-lo, mas agora que ele estava morto não sentia nada. Ele estava morto, mas ela também estava morta para ele, morta para a história, morta para os pseudônimos. O seu veículo reluzente tinha se acidentado antes de chegar ao destino, assim como o dele. Harry não acreditava que a intenção dele tivesse sido se matar. Não havia nada a fazer, ele tinha mais razão do que jamais soube. Os poderosos jamais aceitariam a arte dela, porque era dela. Harriet Burden era ninguém, um grande, gordo e não reconhecido ninguém.

Eu tinha rezado para que Harry desse um fim à sua obsessão, mas a mulher rígida, amarga e derrotada do outro lado da mesa me irritava. Eu ansiava por um pouco do velho vigor e da velha acidez. Eu ansiava pelo regresso da sra. Dragão, ainda que fosse por apenas uma hora. Neste espírito, perguntei à sra. Pugilista se os dois socos fortes que aquele canalha tinha levado dela não lhe fizeram bem. Mas Harry só ficou olhando para mim, com o olhar congelado. Os socos, ela disse, não tinham significado nada. Não tinham significado nada porque não tinham surtido o efeito desejado. A intenção dela era humilhá-lo e envergonhá-lo, fazer com que rastejasse perante ela — ou algo do tipo. Não tinha funcionado. Fiquei pensando sobre Harry, então. Fiquei imaginando quem ela era e se eu realmente chegava a entendê-la. Ela sabia ser tão dura...

Quando ela disse que a história estava morta, devia acreditar no que estava dizendo, mas depois descobri que ela não se desapegou completamente. Certa tarde, eu a interrompi no estúdio para contar sobre a resenha estrelada que eu tinha recebido na *Publishers Weekly*, que incluía as palavras *comovente* e *terno*. Eu tinha entrado sem bater para fazer uma surpresa a ela. Fui até a porta na ponta dos pés com a resenha na mão e vi que ela estava sentada na sua mesa de trabalho comprida de madeira com uma tesoura na mão, debruçada por cima de um livro grande com ar de concentração no rosto. Quando me aproximei, baixei os olhos para ver o que ela estava fazendo.

O livro que tinha à sua frente se chamava *O livro das runas*. Acontece que Harry tinha lido e recortado todos os artigos escritos a respeito de *Por baixo* e do traidor da sua causa, agora morto, e os colara com cuidado num livro de recortes gordo e antiquado, como se fosse uma dona de casa da década de 50 guardando receitas. Ela não precisava explicar. Eram os documentos da luta — textos que Harry chamava de "proliferações".

Depois daquele dia, tivemos menos de um ano juntos, mas sete meses se passaram antes do diagnóstico de Harry. De vez em quando ela reclamava de se sentir inchada e constipada, mas aponte alguém com mais de sessenta anos que não reclama de estar inchado e constipado. Ela ficou um pouco mais magra porque sempre se sentia satisfeita e não conseguia comer mais, mas a perda de peso não foi extrema. Ela não estava se sentindo "muito bem", só "um pouco fora do eixo", nada mais. Ela iria verificar com o médico.

Quando ela me disse qual tinha sido o resultado do exame, estava parada na cozinha com o rosto pálido: Não posso morrer agora. Como é que eu posso morrer agora, Bruno?

Harry não queria morrer.

Aprendi termos novos: *tumor epitelial-estromal*, cirurgia de *desobstrução* e quimioterapia *adjuvante*. Ela foi desobstruída, sim, tiraram o máximo possível do câncer, mas tinha passado para o fígado dela. Ela estava no estágio quatro de câncer ovariano, pelo amor de Deus, uma sentença de morte, mas os médicos murmuravam a respeito de procedimentos que poderiam talvez estender a expectativa de vida e de casos excepcionais, apesar de serem raros, muito raros, era verdade; os olhos deles se desviavam ou se fixavam em você para mostrar que não eram molengas. A químio a deixou pálida, enjoada, fraca e tonta. Mas os tumores não encolheram o suficiente, não o suficiente para salvá-la.

Com os dedos fincados na barriga ou pressionados nas têmporas, Harry se agitava na cama de hospital, a dor a cegava, uma dor que a morfina não fazia ceder, e ela uivava contra os prognósticos. Com o rosto murcho, os olhos vermelhos dos quais vazavam lágrimas, a boca contorcida, ela xingava os médicos e as enfermeiras e me xingava, e xingava qualquer outra pessoa que estivesse por perto, numa voz que explodia feito uma sirene por toda a ala do hospital. A minha sra. Dragão voltou. Por que está me torturando? E os aventais brancos e azuis vinham correndo e as pessoas que os vestiam davam bronca nela por causa dos outros pacientes: Eles também têm direito a um pouco de paz, não têm? Harry não era a única pessoa doente, afinal de contas. Olhe só para a sra. P., sem uma perna, perdida para o tumor. Ela estava mais doente que Harry, por Deus! Olhe só para a sra. P. Ela se comportava. A sra. P. estava morrendo rápido. Disciplinada por um momento e com pena da coitada da sra. P., Harry fungava na cama. Eu não quero morrer.

Harry tinha permitido que a abrissem. Ela permitiu que a extirpassem de todos os órgãos reprodutivos mais outras partes de si mesma, tinha permitido que a costurassem e a deixassem ficar debilitada na cama, com enfermeiras que eram quase todas gentis, menos uma (Thelma). Tinha deixado que a envenenassem com a químio e a picassem toda com intravenosas e falassem em tom condescendente com ela, como se tivesse cinco anos, porque ela queria viver. Ela queria que eles a salvassem, que operassem milagres nela, que fizessem com que ela voltasse a ser como antes. Não deviam ter tocado a mão nela, desgraça. É isso que eu digo, nem um toque desgraçado. Deviam ter mandado que voltasse para casa com um caminhão de narcóticos e a deixado em paz. Maisie e eu discordávamos. Maisie e eu discutíamos. Maisie irrompia e limpava tudo e enxugava a testa da mãe e limpava as coxas dela da urina errante e lhe trazia sanduíches do Zabar quando ela não conseguia comer. Deixe-a em paz, eu explodi com ela uma vez. Apenas deixe-a em paz. Maisie chorou. Eu pedi desculpas, e nós fizemos as pazes. Ethan ficou paralisado de choque, na versão silenciosa. Ele se apoiava na parede e observava. De vez em quando, cruzava os braços por cima do peito, com as mãos apertadas nos braços, e balançava para a frente e para trás.

Montamos uma unidade hospitalar no alojamento, mas Harry estava pior, fraca demais para conseguir lutar muito, a não ser de vez em quando — um uivo penetrante ou uma cusparada mandada para o outro lado do quarto. Sweet Autumn chegou na ponta dos pés um dia com um cachorrinho esquisito e um saco com as pedras e as conchas de cura dela e um monte de loucura New Age rodando na cabeça, e ficou até o fim. Nós a teríamos expulsado, mas Harry gostava dela. Harry gostava do rostinho em forma de coração com os lábios bem vermelhos e os cachos loiros de princesa e o seu papo.

Para mim é difícil escrever isto. Estas palavras são difíceis para mim; cada uma delas começa como uma pedra na minha boca. A dor de Harry vinha em surtos que faziam os seus braços e pernas enrijecerem. Aumentamos a dose intravenosa. Ela choramingava ali rígida, deitada de barriga para cima, e permitia que eu acariciasse a cabeça dela, o pescoço e os ombros. Eu vou ser boazinha, ela sussurrava. Prometo que vou ser boazinha, Bruno. Não me abandone. Estou com medo. Eu disse a ela que não iria abandoná-la, e não abandonei. Ela me deixou. A sua última palavra foi *não*. Ela repetiu várias vezes e, antes de morrer, ela chacoalhou. O barulho veio do fundo dos seus pulmões, trêmulo, seco e alto, e nós observamos. Harry morreu às três da tarde do dia 18 de abril de 2004, com a janela escancarada no quarto para que o ar da primavera e o sol pudessem chegar ao seu rosto.

Sua desgraçada, Harry. Sua desgraçada, você me abandonou cedo demais.

Timothy Hardwick
("A *máquina do ego de Rune: Arauto da nova estética*", Visibility: A Magazine of the Arts, fevereiro de 2009)

A última obra de Rune, *Houdini Smash*, que agora existe apenas como filme e uma relíquia arquitetônica da "performance", exige do crítico que examine, mais uma vez, questões relativas à arte em si. Arthur Danto argumentou, de maneira persuasiva, que a narrativa dominante da arte ocidental chegou ao fim no momento em que Warhol criou arte que não se distinguia de objetos no supermercado. Na era pós-Warhol, *Houdini Smash* de Rune prefigura uma meditação a respeito da ideia de inícios e fins, não apenas da arte, mas da distinção entre o biológico e o artificial, categorias que estão se tornando indistintas com rapidez. Entramos na era do biorrobô híbrido, uma era em que os cientistas estão construindo modelos computacionais das estruturas metarrepresentativas da consciência em si. Há muitos que acreditam ser uma questão de duas, talvez três décadas antes que os correlatos neurais da consciência sejam descobertos e replicados artificialmente. O mistério, há muito considerado impossível de penetrar, será desvendado. Acontecerá com o problema difícil da consciência o mesmo que aconteceu com a hélice dupla.

Houdini Smash de Rune antecipa o nascimento da máquina do ego, um *produto artístico* criado de maneira humana que é em si consciente, a chegada de uma tecnologia que vai transformar radicalmente o significado da criatividade porque artistas vão gerar objetos de arte que têm modelos próprios, quer dizer, que serão capazes de fazer criaturas estéticas ou crias robóticas que pensam e agem. Em uma entrevista que deu na *Art Assembly*, Rune discutia seu fascínio pela inteligência artificial e seu potencial radical. Citando Vernor Vinge e Ray Kurzweil, ele disse: "Inteligência artificial é a última fronteira da arte, independentemente de as pessoas saberem ou não. Vai revolucionar a prática artística ao fornecer aos artistas ferramentas para obras que são animadas e inteligentes". Kurzweil articulou sua visão utópica na seguinte declaração: "Na medida em que aprendemos gradativamente a captar a capacidade computacional máxima da matéria, nossa inteligência vai se espalhar por todo o universo à velocidade da luz (ou maior), que acaba levando a um despertar sublime e universal". Parece improvável que Rune endossasse o otimismo de um futurista como Kurzweil.

Apesar de haver quem defenda que Rune tenha tido a *intenção* de morrer por causa do remédio que ingere com toda a cerimônia no filme, este crítico desconfia do contrário. Rune planejava que suas horas de sono e despertar posterior fossem registradas por diversas câmeras como parte do ciclo da obra como homenagem à sua própria versão do futurismo. Na construção, o corpo do artista funciona meramente como uma seção, órgão ou membro daquilo que deve ser considerado por uma máquina anatômica maior. O corpo biológico não pode ser considerado como distinto dos membros artificiais, telas digitais e paredes e caminhos desmontáveis em que o corpo se encerra. Tomando emprestados vários elementos da obra que a precedeu — a instalação labiríntica em grande escala *Por baixo* —, Rune construiu uma estrutura de labirinto compacta que parece ter desabado por cima de si mesma, tornou-se essencialmente um fragmento arruinado do antigo trabalho. No muito elogiado *Por baixo*, ele usou a repetição de objetos e filmes, e alguns eram alusões específicas à devastação do Onze de Setembro, para introduzir uma qualidade pesarosa e lírica à sua arte pela primeira vez. *Houdini Smash*, por outro lado, invoca o delírio mecanicista, não dessemelhante aos efeitos que ele acumulou em *A banalidade do glamour*. O sublime de Rune não é a utopia de Kurzweil, mas uma visão mais obscura da metamorfose extática, que ele articulou na mesma entrevista à *Art Assembly*: "O artista não vai mais controlar sua arte. Ela funcionará independentemente do criador e, portanto, criará novas zonas de interação emocionantes e perigosas".

Em *Houdini*, o espectador vê o artista se arrastar para o espaço semelhante a um caixão no centro da peça, equipado com forro de cetim cor-de-rosa macio e um travesseiro coberto com cruzes vermelhas, mais uma alusão a um trabalho anterior. O espectador vê Rune fumar um cigarro devagar, apagá-lo, enfiar a mão no bolso, estender o punho fechado para a câmera e então abrir a palma da mão esquerda para revelar um punhado de comprimidos brancos, que ele então engole com um copo d'água. Insere o copo vazio em um suporte a seu lado e, tal qual um xamã executando um ritual, cobre o rosto com uma máscara macia, idêntica às máscaras dispostas nas janelas de *Por baixo*, deita-se e fica olhando fixo para uma das câmeras, que o filma de cima. Quando está acomodado dentro de seu invólucro, o espectador testemunha a transformação do corpo de Rune do humano ao pós-humano. Uma imensa forma parecida com um capacete é inserida sobre sua cabeça, e os múltiplos membros reluzentes de alumínio que saem da caixa começam a se mover lentamente. Apesar de as referências a filmes de ficção científica da década de 1950 serem imediatamente óbvias, o personagem surpreendente do filme só se produz com o tempo. Os membros se movem cada vez com mais rapidez, e a vista de câmeras múltiplas reproduzida por múltiplas telas refrata e fragmenta a anatomia híbrida de vários ângulos. Os olhos se fecham. A máquina do ego dorme, mas seus membros e as imagens digitais múltiplas prosseguem durante horas e então lentamente cessam.

Quando Rebecca Daniels entrou no estúdio no dia seguinte, Rune havia morrido, e seu corpo entrara em *rigor mortis*. As câmeras que registraram o trabalho também filmaram a descoberta dela, mas a Galeria Burridge suprimiu as últimas porções do filme para proteger a privacidade de Daniels. Embora isso seja inteiramente compreensível, pode-se argumentar que, apesar de o começo do filme ser determinado, seu final é arbitrário. Independentemente de ter sido intencional ou não, a obra de arte em si se transforma em "receptáculo" da morte, uma máquina-caixão para o cadáver do artista, mas a máquina "sobrevive" à sua parte biológica. *Houdini* não é, como Elizabeth Cooper afirmou na *Art Digest*, "um filme de extinção" ou "uma narrativa de terror, em que o médico e o monstro se fundem". Trata-se de um espetáculo de simulacro. Em seu ensaio "Simulacro e ficção científica", Baudrillard escreve: "O palco agora está montado para o simulacro, no sentido cibernético da palavra — quer dizer, para todos os tipos de manipulação destes modelos (cenários hipotéticos, a criação de situações simuladas etc.), mas agora *nada distingue esta manipulação-gerenciamento da vida real em si: não existe mais ficção*". O real e o imaginário, animado e inanimado, artista e produto entraram na zona do hiper-real, a zona em que estas distinções antiquadas em breve serão totalmente apagadas.

Kirsten Larsen Smith
(*entrevista, novembro de 2011*)

HESS: Você nunca quis falar publicamente sobre o seu irmão desde que ele morreu, em 2003. Pode me dizer por que resolveu conversar comigo?
SMITH: Desde que li o livro de Oswald Case sobre Rune, tenho pensado em esclarecer algumas coisas a respeito do meu irmão. Faz oito anos desde que ele faleceu e, depois que conversamos ao telefone, percebi que estava pronta para contar a minha parte. Ela está se formatando há anos.
HESS: Você sente que o livro fez uma representação errônea do seu irmão?
SMITH: Pode apostar que sim. Em primeiro lugar, ele transforma Rune num tipo de criança desprivilegiada. Da maneira como ele escreve, dá a ideia de que Rune foi criado como um pedacinho sujo de lixo branco que ficava correndo pelo bosque atrás do nosso trailer, limpando remela do nariz com o braço e jantando comida saída de uma lata. Papai era dono da maior oficina mecânica de Clinton e também a operava. Mamãe tinha feito dois anos de faculdade e era uma costureira excelente. Poderia ter

sido estilista de roupas em alguma outra cidade. Nós *não* éramos pobres. Morávamos numa casa bacana e tínhamos dois carros. Case nunca falou com ninguém que realmente nos conhecesse, a não ser a sra. Huggenvik, que na época já estava senil e, de todo modo, sempre tinha sido uma enxerida.

Rune era quatro anos mais velho que eu. Papai dizia que, desde o dia em que eu aprendi a andar, seguia o meu irmão por todos os lados e, na maior parte do tempo, Rune era bem legal com a pequena sombra dele. Eu sei que é difícil acreditar, levando em conta o quanto ele cresceu, mas Rune era um menino baixinho e gorducho. Ele adorava doces, histórias em quadrinhos, Lego e cinema. Costumava ler o jornal toda manhã e fazia anotações sobre os artigos de que gostava num caderno que sempre carregava consigo no bolso de trás do jeans. Se tivesse sido bom em esportes, aquele caderninho em que anotava as atualidades talvez não tivesse importância, mas ele era péssimo em esportes, por isso as outras crianças implicavam com ele na escola. Então ele cresceu dezoito centímetros no ano seguinte ao seu décimo quarto aniversário e, de repente, passou a ser um sujeito alto e bonito com meninas telefonando e mandando bilhetinhos de amor.

Tenho certeza de que Rune encheu os ouvidos de Case a respeito da vida dele, mas o meu irmão estendia a verdade. Isso se tornou um hábito dele. Mesmo quando não estava contando uma mentira deslavada, era capaz de estender os fatos para todos os lados e, às vezes, depois de tanto puxar para lá e para cá, não sobrava muita verdade.

HESS: Mas, se me lembro corretamente, Case escreveu que Rune cultivava mitos a respeito de si mesmo. Não acho que acreditasse em tudo que Rune lhe disse.

SMITH: Não, ele não acreditou em tudo que Rune lhe disse, nem de longe, mas transformou as mentiras e os exageros de Rune numa espécie de conquista fabulosa. Sabe, a posição dele era de que Rune era tão criativo que contou esta história e aquela, e não é uma maravilha o fato de ele mentir e guardar segredos de todos? Acho que isso é uma perversão, não concorda? Case parece pensar que, se você é um artista famoso, não precisa ser uma pessoa moral como o resto de nós. E então Case pinta um retrato da mamãe que é tão cru, tão péssimo — aquilo realmente me perturbou.

HESS: Você sentiu que a sua mãe foi retratada de maneira imprecisa?

SMITH: Mamãe bebia. Isso Case acertou. Acho que nunca soubemos o quanto ela de fato bebia todos os dias. Ela escondia, e o problema deve ter piorado cada vez mais, mas ela lidou bem com isso durante anos. Ela não era uma "manguaceira ridícula e chorona". Isto é uma citação do livro. A minha tia-avó Susie costumava chamar mamãe de "Luz do Sol", porque o sorriso dela era mágico. Mamãe sabia brincar conosco, as crianças, melhor que qualquer outro adulto. Ela era capaz de correr e dar estrelas e balançar para cima e para baixo nos brinquedos que tínhamos no quintal. Ela trabalhava com afinco fazendo barra de saias e de calças e outras reformas para os clientes, e gostava de fazer roupas bonitas e refinadas e fantasias para mim e Rune. Você tinha que ver a gente no Halloween. Acho que ela gostava das minhas roupas de princesa brilhantes e cheias de fru-frus ainda mais que eu. Sabe, mamãe tinha sido uma daquelas moças lindas de morrer. Cada vez que caminhava pela rua, cabeças se viravam para olhar para ela. Ela gostava de nos falar sobre o dia em que estava caminhando pela rua em Clinton, cuidando da própria vida, quando um homem a parou ali mesmo e disse: "Você é a mulher mais bonita que eu vi na vida". Só isso. Ele seguiu o seu caminho, mas os olhos da mamãe ficavam brilhantes e vidrados cada vez que ela contava a história. Quando ser bonita é o melhor que se tem, é provável que se transforme em decepção, porque você vai envelhecer de qualquer jeito. Ela se dizia uma sonhadora. Costumava me dizer: "Você é prática, Kirsten. Rune é sonhador. Você é parecida com o seu pai. Rune é parecido comigo".

Ela era uma pessoa frágil. Às vezes, eu achava que iria se quebrar que nem vidro, simplesmente iria se despedaçar um dia, e acho que foi o que finalmente aconteceu. Nós nos preocupávamos com ela o tempo todo. Costumávamos escutar atrás da porta do quarto dela de manhã para ver se estava se levantando. Se a escutávamos caminhando pelo quarto, sabíamos que tudo ia ficar bem porque ela estaria presente ao café da manhã antes da aula. Nos dias em que ela estava doente — era assim que Rune e eu falávamos quando ela bebia demais, estar *doente* (o alcoolismo é uma doença, então a palavra resume bem) —, nos dias em que ela estava doente e não conseguia sair da cama, Rune costumava inventar uma desculpa para a escola e ficava em casa com ela porque papai tinha que ir para a oficina. Rune fazia almoço para mamãe e observava enquanto ela comia para ter certeza de que a comida estava descendo. Eu sei porque às vezes eu também ficava em casa. Ele passava aspirador na casa e arrumava a sala e limpava os banheiros. Quer dizer, quando estava com uns nove ou dez anos, já era especialista. Sim, mamãe era uma bêbada sentimental. Isso a deixava "toda queridinha", como Rune costumava dizer. Se encontrássemos uma garrafa de vodca, derramávamos na privada, mas ela era inteligente e obviamente nunca encontrávamos todas. Ela bebia vodca porque não tem cheiro e podia ser misturada com qualquer coisa. Às vezes chorava, e Rune se sentava com ela, lhe dava tapinhas carinhosos e lenços de papel. "Sinto muito, crianças", ela repetia sem parar e então nos abraçava com muita força.

Como Rune era mais velho, ele se sentia responsável por mamãe e, apesar de não demonstrar, acho que isso o deixava irritado. Ele tinha o costume de pegar coisas e esconder no quarto:

alguns dólares da bolsa da mamãe ou um pacote de batatinhas fritas ou de biscoitos do armário. Desconfio que ele roubava coisas de lojas só pela emoção. Ele tinha chaveiros e lanternas e tranqueiras que a gente vê penduradas perto da caixa registradora no supermercado no seu "esconderijo". Ele precisava esconder coisas e precisava ter segredos. Rune inventou um código especial para nós dois. Não era muito complicado. Para cada letra de uma palavra, contávamos duas letras que vinham depois dela, e assim tínhamos uma mensagem secreta. Deixávamos o Y e o Z como eram, então às vezes eu chegava em casa depois da minha aula de clarinete e via um recado em cima da mesa: C OCOCG GUVC FQGPVG. "A mamãe está doente." Ficamos bons neste. Pouco antes de morrer, Rune me chamou de MKTUVGP ao telefone, que se pronuncia Mik-tuvga-pa. É assim que ficou Kirsten. Fazia anos que ele não me chamava desse jeito. Nós tínhamos que inserir vogais apenas para conseguir pronunciar aquelas palavras malucas, mas dá para ter uma ideia.

    Rune costumava me dizer que se lembrava de quando os nossos pais se davam bem. Eu só conseguia me lembrar das brigas, não brigas físicas, mas berros, choro e portas batendo, ou silêncio — os dois mal se falando, navios no meio da noite. Eu me deitava na cama ao lado do meu irmão e pedia para que ele me contasse sobre "antes", e Rune me fazia dormir contando que papai costumava chegar em casa com buquês grandes de flores e presentes no Dia dos Namorados para mamãe e que, naquele tempo, ele dizia, mamãe não bebia nada. Ele contava que eles dançavam juntos na sala igual a um par de passarinhos apaixonados, se afagando e se abraçando. Quando fiquei mais velha, percebi que ele estava inventando tudo, mas o que quero dizer é que ele estava inventando para mim. Case também faz piada com o meu trabalho no livro. É inacreditável. Tudo é piada para aquele sujeito. Ele escreveu que o meu trabalho provavelmente influenciou a arte de Rune, mas não diz nada a respeito do acidente.

HESS: Acidente?

SMITH: O acidente quando eu tinha onze anos. Eu estava indo para a aula de balé com três amigas. A mãe de Jessica estava dirigindo, e eu estava no assento do passageiro porque naquele dia as meninas resolveram que eu estava cheirando mal. Sinceramente, como as meninas sabem ser idiotas e maldosas. Fingi que era superior a elas. Todas entraram no banco de trás, disseram que não tinha espaço para mim, e eu fui parar no banco da frente, que é um detalhe muito importante porque, alguns minutos depois, um carro passou no sinal vermelho num cruzamento e bateu na lateral do carro, onde eu estava sentada. A última coisa de que me lembro foi a visão da sola cinza suja das minhas sapatilhas no meu colo. Quando acordei, estava no hospital com costelas trincadas, ligamentos rompidos nas costas, o ombro deslocado, o maxilar quebrado e o rosto todo cortado. Eu poderia ter morrido fácil, então todo mundo disse que eu tive sorte. Costuraram o meu rosto todo, mas precisei passar por seis cirurgias plásticas ao longo dos anos para consertar os queloides e o tecido das cicatrizes.

Sabe, o engraçado é que, depois do acidente, as coisas ficaram melhores, na família, quer dizer. Mamãe ficou comigo e parecia bastante sóbria, e depois que papai saía do trabalho, ia direto para o hospital. Ele não falava muito, e o meu maxilar estava fechado com arame, por isso eu não podia falar nenhuma palavra para ele. No começo, até assentir com a cabeça doía, mas ele segurava a minha mão e apertava e depois soltava, e então voltava a apertar, e sorria para mim com expressão de pena no rosto. Rune fazia casinhas para mim com palitos de picolé, que eu gostava, e Jessica, Gina e Ellen, que saíram do carro amassado sem nenhum arranhão, ficaram com tanta culpa que levaram cartões e flores para mim, e eu me senti bem com isso.

Os médicos fizeram um ótimo trabalho comigo, como pode ver, só fiquei com algumas lembranças minúsculas, mas foi difícil perder o meu antigo rosto. Quando mamãe me viu pela primeira vez, ela só soluçava e soluçava. Tenho certeza de que ela achou que a minha vida tinha chegado ao fim. Quer dizer, o que uma menina faria com o rosto daquele jeito? Eu me tornei técnica craniofacial porque compreendo o que significa perder o rosto, ter outra aparência e ter que viver com traços distorcidos. É um trabalho extremamente interessante, e pode acreditar em mim, tem gente que fica bem pior do que eu fiquei, e tudo que eu puder fazer para ajudar a restaurar a identidade de uma pessoa é positivo. Não acho que isso seja assim tão cômico, não é mesmo? Quando Rune fez A *banalidade do glamour*, sei que ele estava pensando em mim no hospital. Estava pensando nas minhas cirurgias e em como elas se deram. Aquela obra foi pessoal, sabe? No livro, Case faz parecer como se nada que Rune fazia fosse pessoal. Ele o transforma num robô, não numa pessoa, mas aquele não era o meu irmão, de jeito nenhum. Os problemas dele, e com toda a certeza tinha muitos, eram pessoais. E agora que eu peguei embalo, quero dizer que o meu pai não afogou aqueles gatinhos.

HESS: Mas os gatinhos foram afogados?

SMITH: Aconteceu antes do acidente. Quando eu tinha sete anos e Rune tinha onze, nós trouxemos um gato de rua escondido para casa, Joe, que acabou virando Josephine quando teve cria na nossa cesta de roupa suja. Nós não tínhamos permissão para ter bichos de estimação e tínhamos medo de que papai fosse descobrir. Não acontecia com muita frequência, mas de vez em quando papai ficava muito bravo, e daí nós saíamos correndo feito o vento, porque você não ia querer estar no caminho dele. Ele não batia em nós, mas jogava coisas. Os nossos pais estavam fora, e foi quando Rune pegou os seis gatinhos cor-de-rosa e cegos e afogou todos num balde grande na garagem enquanto eu arranhava, chutava e dava socos nele, e berrava até não poder mais. Eles morreram na hora. Rune ficou lá parado, olhando para eles com uma expressão de tristeza e de surpresa no rosto. Acho que ele próprio não sabia por que tinha feito aquilo. Enterrei os gatinhos na terra embaixo do arbusto de azevinho no quintal dos fundos.

Devo mencionar que havia gente em Clinton e nos sítios perto da cidade que afogava gatinhos o tempo todo. Eu achava e continuo achando que é desumano, mas os direitos dos animais não eram uma grande preocupação na época, como são hoje. Passei dois dias sem falar com o meu irmão, mas então ele veio chorando para mim porque estava se sentindo muito mal, e eu o perdoei. E Case estava certo a respeito de uma parte da história. Rune cuidou bem de Josephine depois disso. Ela nunca se tornou uma gata doméstica. Era uma andarilha, mas Rune mandou castrá-la e lhe dava comida toda vez que ela chegava com fome.

HESS: Está dizendo que Rune se arrependeu do que fez?
SMITH: Estou, ele parecia ter se arrependido de verdade. E acho que se arrependeu mesmo. Rune fazia o papel da perfeição, se é que me entende, o cidadão-modelo, o garoto americano todo simpático, mas aquilo era em parte uma representação, uma fachada. Eu costumava ver isto acontecer quando ele conversava com os nossos pais ou com outros adultos. Ele ficava com uma expressão oculta especial no rosto, que na verdade era um disfarce. Com os amigos ele era diferente, mais durão e mais bacana, mas será que era mesmo ele? Acho que não. Era solitário para Rune. É por isso que ele precisava de mim. Quando você se esconde muito, fica isolado e triste. Nós nos divertíamos juntos, nos divertimos até na época horrível depois do meu acidente e quando mamãe estava doente, e papai era bem inútil, só sabia ir para o trabalho e voltar para casa. Rune costumava me ajudar com a maquiagem para cobrir uma parte das cicatrizes, mas ele pintava os meus olhos e a minha boca também. O artista nele tra-

balhava com afinco com esponjas e pincéis, e ele dizia: "Olhe só para você, menina glamorosa". Ele ficava todo orgulhoso, e às vezes me transformava em bruxa, e dávamos tanta risada que precisávamos nos deitar no chão do banheiro segurando a barriga.

Mamãe faleceu apenas um ano depois. Eu tinha feito doze anos e Rune tinha dezesseis. Rune e eu estávamos em casa. Tínhamos chegado fazia uma hora, mas eu espiei pela porta e achei que mamãe estava dormindo. Quando papai chegou em casa, entrou para acordá-la e então viu que ela não estava respirando. Foi bem difícil para todos nós. Depois que ela se foi, nos sentimos perdidos. Nós todos tínhamos passado tanto tempo preocupados com ela e cuidando dela e a amando e detestando que não sabíamos mais como nos organizar, como estar juntos. Antes de Rune sair de casa, ele ficava com o humor sombrio, tinha dias em que se fechava no quarto e ficava lá, deitado na cama com uma toalha em cima da cabeça. Uma vez, ele quebrou o espelho com um taco de beisebol. Papai e eu ouvimos o barulho e corremos para o quarto de Rune, e ele só estava lá parado, sorrindo. Eu ajudei a limpar. Papai deu meia-volta, saiu e nunca falou nenhuma palavra a respeito disso.

Depois que Rune saiu de casa, papai e eu ficamos sozinhos lá. Ele tinha o jogo de pôquer às quintas-feiras e ia à igreja todo domingo. Papai era uma espécie de crente quieto, acho, e gostava dos jantares da igreja e da companhia. Eu ficava contente quando ele saía, ponto final. Então eu saí de casa quando fui para a faculdade e fiquei preocupada com ele, porque podia imaginá-lo arrastando os pés pela casa, esquentando salsichas e feijões para comer ou um prato congelado à noite, e isso me deixava deprimida. Eu telefonava toda semana, mas Rune, não. Eu às vezes sentia que o meu irmão tinha partido para outra dimensão que papai e eu não poderíamos penetrar, nem se quiséssemos. Acho que eu estava em parte certa.

Mas ele voltou. Essa é outra coisa. Rune morou comigo em Minneapolis quando supostamente sumiu de vista e ninguém conseguia encontrá-lo. Ele tinha ido para casa visitar papai, e enquanto estava lá, papai caiu da escada. Rune ligou para a emergência e, um pouco depois, ligou para mim. Os médicos nos disseram que ele tinha tido um derrame. Acharam que aconteceu enquanto estava a caminho do porão, e que caiu e assim se machucou mais. Ele nunca retomou a consciência, mas durou uma semana, e então faleceu. Foi um golpe muito duro para Rune. Papai e Rune nunca se deram muito bem, e depois que mamãe morreu, acho que Rune fazia com que ele pensasse nela — ele se parecia demais com ela, se é que me entende. Os dois eram muito parecidos. Papai também achava que era uma loucura absoluta ser artista, mas essa era uma atitude bem típica. O nosso pai não era um estranho no ninho nesse aspecto. Papai reconhecia a *Mona Lisa*, sabia que Van Gogh tinha cortado fora a própria orelha e que Picasso fazia figuras de pessoas com o rosto bagunçado. Era mais ou menos só isso, mas e daí? Eu era mais próxima do papai porque nos entendíamos, acho. Eu costumava me esforçar para tentar animá-lo quando estava para baixo. Eu fazia dancinhas para ele, tocava algo no clarinete, mostrava os meus boletins com notas boas, massageava os seus ombros, qualquer coisa. Às vezes, os meus pequenos planos funcionavam. Ele costumava me chamar de "sua menina corajosa e esforçada". Depois do enterro do papai, Rune ficou totalmente sem ar. Ficou tão deprimido que mal conseguia se mover, por isso eu disse que poderia hospedá-lo por um tempo. Eu tinha me formado na faculdade, terminado o meu estágio e arranjado o meu primeiro emprego.

    Rune ficava deitado no sofá do meu escritório olhando para o teto durante dias a fio. Eu finalmente o levei a um médico, que prescreveu remédios. Se foi o remédio que ele estava tomando ou alguma outra coisa que fez com que ele retomasse a vida, não sei, mas ele começou a se mover, a comer bem mais e a brincar com os seus cadernos de esboços, mas se tornou uma pessoa desagradável. Ele reclamava da minha comida, das minhas roupas, do jeito como eu falava — aquele sotaque anasalado do Meio-Oeste, urgh. Certa manhã, ele já tinha se levantado quando eu saí para trabalhar e começou a criticar o meu apartamento e o sofá-cama em que estava dormindo fazia meses. "Você tem alguma ideia de como esta coisa é vagabunda e barata?" Começou a chutar o móvel. Chamou a mobília de vulgar e tosca. Foi inacreditável. "É isto que você quer?", ele perguntou. Ficava repetindo isto. "Você quer Jim e carpete felpudo e uma casa de fazenda de classe média em algum buraco para o resto da vida?" Jim é o meu marido. Na época, era meu noivo. Nós nos conhecemos no trabalho. Eu disse, é, eu queria Jim e uma casa e o meu trabalho, e queria filhos, e qual diabos era o problema dele. Ele me disse que tinha "extirpado" o nome Larsen da sua existência. Eu estava sabendo? Ele e eu já não éramos mais aparentados. Ele detestava mamãe e detestava papai e me detestava. Eu disse a ele para não falar mal dos mortos. Você precisa entender que eu estava sustentando Rune. Ele não tinha muito dinheiro na época, e não era nada divertido quando Jim vinha à minha casa e Rune estava todo amuado, mas ele era o meu irmão, e eu estava encalhada com ele. Fiz o que tinha que fazer. Cuidei de Rune. Ele tinha cuidado de mim quando eu era pequena, afinal de contas.

 E então ele me disse que estava brigando com papai antes de ele cair. Fiquei com pena de Rune. Fazia sentido ele ter desabado. Eu disse que devia ser mesmo muito difícil viver com aquilo, e ele falou: "Como você sabe que eu não empurrei ele?". Berrei com ele, porque papai teve um derrame. Ele só ficou lá parado, sorrindo, e disse: "Mas não sabemos quando ele teve o derrame". Fiquei estupefata, literalmente. Quer dizer, se alguém tivesse batido na minha cabeça com uma bola de boliche, eu não poderia ter ficado mais surpresa. Ele deve ter deixado um minuto passar, falando sério, um minuto inteiro. Então ele começou a dar risada e disse: "Ai meu Deus, você acreditou em mim, não acreditou? Deve achar que eu sou o demônio. Acha que eu seria capaz de matar o meu próprio pai? Que tipo de irmã você é?". E então ele disse que tinha mais uma para me testar. Ele disse que mamãe tinha entrado na cama com ele quando era pequeno e tocado nele de um jeito sexual, mais de uma vez. "Você acredita nessa?", ele me perguntou. Ele falou isso e só ficou lá, sorrindo. Eu não acreditei. "Você é louco", eu disse. Falei para ele que não era mais para estar lá quando eu voltasse do trabalho.

Quando cheguei em casa naquele dia, Rune tinha ido embora, mas o meu apartamento estava todo revirado. Ele tinha quebrado todos os copos e pratos dos armários e virado as cadeiras e queimado o sofá-cama com cigarros e cortado o meu tapete em pedaços e deixado o cocô dele todo espalhado pelo assento da privada.

Sabe, uma pessoa normal não faz essas coisas. Uma pessoa normal não diz que talvez tenha empurrado o próprio pai para a morte, e que daí talvez a mãe o tenha molestado e depois destrói o apartamento da irmã. Eu ficava dizendo para mim mesma que o meu irmão devia estar com a cabeça fora do lugar. Sem Jim, não sei o que eu teria feito. Jim e eu nos casamos mais cedo do que tínhamos pensado porque eu não queria mais ficar naquele lugar. Não contamos para Rune, e ele não ligou nem escreveu para pedir desculpas, nem nada. O meu próprio irmão me assustava. Claro, descobri que ele tinha voltado para Nova York e mergulhado na arte mais uma vez. As coisas foram muito bem mesmo para ele, mas, sem a internet, eu não teria ficado sabendo. Os meus amigos aqui em Minneapolis não acompanham os artistas de Nova York. Eu sei que ele era famoso, mas não era famoso aqui.

HESS: Você não tinha contato com Rune?
SMITH: Não, passei anos sem falar com ele, até o Onze de Setembro, quando entrei em pânico. Liguei para a galeria dele, foi assim que finalmente consegui entrar em contato. Na época, nada importava para mim, a não ser saber que ele estava bem. Ele era o único parente que tinha me sobrado no mundo, tirando Jim e as crianças. Começamos a ligar um para o outro de vez em quando e acabei perguntando sobre as coisas horríveis que ele tinha dito. É difícil explicar como é terrível ter essas ideias na cabeça, mesmo que você não acredite nelas. Isso polui o seu pensamento. Alguém chega e joga terra na sua cabeça, e você não consegue limpar. Ele disse que tinha mentido para me magoar e que às vezes simplesmente não conseguia se segurar. Ele gostava de ser escandaloso só porque sim.
HESS: Mas vocês não se visitavam?
SMITH: Não, Jim não queria que ele chegasse perto das crianças. Eu tive que respeitar isso, e a verdade é que, depois daquele dia horrível, Rune também me deixava nervosa. Eu já não tinha mais certeza em relação a ele.
HESS: Preciso perguntar se ele alguma vez mencionou Harriet Burden para você.
SMITH: Mencionou, algumas vezes. No começo, achei que estivesse falando de um homem, mas daí percebi que Harry era uma mulher. Ele me disse que estava preparando algo com ela.
HESS: Essas foram as palavras exatas que ele usou?
SMITH: Bom, não sei se essas foram as palavras exatas, algo assim.
HESS: Mais alguma coisa?
SMITH: Ele parecia estar se divertindo e achava que ela era refinada. *Refinada* era uma palavra importante no vocabulário de Rune. Ele disse que ela era inteligente de verdade e que lia muito e que eles tinham várias coisas em comum. Acho que foi só isso.

HESS: Ele não disse o que os dois tinham em comum?
SMITH: Não. Por seu intermédio, eu soube que ele pode ter roubado o trabalho dela. Isso me parece complicado demais, e ela mesma me parece bem maluca, de usar aqueles sujeitos para exibir arte que na verdade era dela, mas eu não sei, simplesmente não sei. Ele não falou nada a respeito de *Por baixo* até depois da exposição, e daí me mandou alguns recortes. Olhe, eu gostaria de poder dizer que ele confessou tudo para mim, mas não posso.

Rune e eu nos adorávamos quando éramos crianças e depois nos afastamos. A vida não era fácil para nenhum de nós em casa, mas será que era assim tão ruim? Não entendo o que aconteceu com ele, por que ficou do jeito que ficou. A morte dele foi muito triste, e realmente não me importa se ele quis se matar ou não. Ele devia saber que tomar aquelas pílulas era perigoso, que ele poderia estar se matando se as coisas dessem errado. Afinal de contas, foi assim que aconteceu com mamãe. Há dias em que a história toda me acomete de supetão, e eu fico bem para baixo. Tento manter uma atitude positiva, mas nem sempre é fácil, e daí eu só fico com vontade de chorar. Mas isso não acontece todo dia. E digo para mim mesma que Rune vai mandar os meus filhos para a faculdade. O dinheiro da herança dele vai pagar por Edward e Kathleen, que nem o conheceram. Algo bom vai sair de toda a tristeza.

Harriet Burden
Caderno U

9 DE ABRIL DE 2003

A minha raiva está voltando, uma doce fúria.
Ele não vai se safar. Eu fiz um juramento.
Estou deixando recados, mandando e-mails. Ele não vai se safar.

Bruno diz: As suas filosofias vão enterrar você viva. Ninguém sabe do que você está falando, Harry.

Você está completamente sozinha com os seus pensamentos.

Hoje, você acusou o dr. F. de não escutar. Por quê? Por que você o acusou? Foi contundente e cáustica. Então conversamos a respeito disto. Ele está escutando. Ele sempre está escutando o que você diz, e você se sentiu mal, mais uma vez.

20 DE ABRIL DE 2003

Quatro obras sumiram do estúdio da noite para o dia. Estou desesperada. As minhas janelas. Parece impossível, mas elas desapareceram. Vou procurar de novo amanhã. Talvez um dos assistentes tenha guardado em outro lugar. Ninguém pode entrar nesta casa sem usar poderes sobrenaturais. Bruno me diz para ficar calma. Preciso ficar.

(SEM DATA)

Espero a redenção de R. B. E, antes de dormir, algumas observações a respeito dos queridos:

As *Confissões* de Bruno estão ficando mais gordas. Ele próprio está ficando mais gordo. Um vovozinho gordo e velho.

O conto de Ethan se chama "Menos do que eu". Fico imaginando o que ele quer dizer com isso. A sua personagem S acorda certa manhã e, de algum modo, está diferente. Algum aspecto crucial dela está faltando, a euzice dela, a sua essência, a sua alma abandonou o corpo. Ela não parece nada diferente no espelho. O apartamento dela continua o mesmo. As suas roupas estão penduradas no closet. O gato a reconhece e, no entanto, ela tem certeza de que não é mais a mesma. Começa a se comportar de um jeito diferente. Ela é vegana, mas se pega pedindo bolinhos de carne num restaurante chinês. Vai de táxi para o trabalho. Ela nunca gasta dinheiro com táxi. Fala o que pensa para um colega no trabalho. Ela nunca fala o que pensa, e assim por diante. Começa a desconfiar da vizinha do andar de cima, O, a quem ela nunca foi apresentada, uma menina soltinha e alegre com guarda-roupa colorido e uma multidão de namorados com quem ela manda ver de modo ruidoso, tanto que S escuta o acasalamento através do teto. Ethan não explica a desconfiança. Simplesmente acontece como poderia acontecer num sonho, ou num surto de paranoia ou num delírio. S espiona O. Ela acompanha as suas idas e vindas. Ela a segue pela rua. Descobre tudo que consegue sobre O, quais são os seus filmes, livros, hábitos de compras preferidos, mas cada pista nova não lhe diz nada. Então S resolve construir um monumento ao seu eu perdido, um objeto que será tudo que ela não é mais. S trabalha com afinco todas as noites depois do serviço e finalmente termina "a Coisa". Não sabemos realmente qual é a aparência da Coisa, mas é algum tipo de corpo com escrita e imagens por cima. S convida O para jantar. O chega, olha para a Coisa e diz: "Ah, sou eu".[50]

Liguei para Ethan. Eu estava animada, contente, queria dizer a ele o que achei. Nós somos mais que o acúmulo de dados empíricos, eu disse, mais que um monte de fatos cotidianos empilhados, mais que os nossos devaneios e os nossos encontros e o nosso emprego, mas o que é esse mais? Será que é aquilo que criamos entre nós? Será que é um negócio neurológico? Será que é o produto da narrativa, do imaginário? É tão interessante, eu disse. Mas Ethan estava mal-humorado, monossilábico, disse que eu não fazia ideia do que ele quis dizer. S e O eram sinais num jogo arbitrário de intercâmbio. Eu não disse nada em relação a isso. Então falei que nós artistas na maior parte do tempo

---

[50] Ethan Lord, "Menos do que eu", *The Paradoxical Review* 28, primavera/verão 2003.

não sabemos o que estamos fazendo, e ele me disse para não dizer a ele o que ele sabe e o que não sabe. Ele nunca tira aquele gorro horroroso de lã. Agora faz cerca de um ano que ele o está usando, na verdade é um capacete sob o qual se esconde. Quando eu disse que nós dois parecíamos ter um tema de adereços de cabeça que se disseminava na família, ele olhou para mim horrorizado. Ele não quer ser igual à mãe. Acredito que a sua vontade tenha sido arrancar aquilo imediatamente, mas ele é orgulhoso demais. Não sei como transpor o abismo. Eu faço tudo errado.

Não falei nada a respeito disto para ele. Mas será possível que Ethan não saiba que a "Coisa" dele se parece demais com uma das obras de arte da mãe?

Aven é a minha menina dos números. Ela tem sete anos e me disse que os setes dela são verdes. Os três são amarelos. Ela é a minha criança matemática, uma criança para quem as equações brilham. Rabanete foi esquecida há muito tempo. Talvez eu seja a única que ainda pensa nela. A minha neta mandou cortar o cabelo bem curto — uma solução conciliatória. Ela queria um corte moicano, mas o pai e a mãe não deixaram. Cabelo cresce, eu, a avó indulgente, disse a Maisie, mas ela falou: Oscar tem medo que façam troça dela. Ela já é esquisita. E eu me lembrei da minha estranheza de menina.

Você continua estranha, Harry, estranha e renegada.

Espero com ansiedade a minha revelação. Vai acontecer. Estou tensa de emoção. Vai dar certo. Dou-lhe boa noite, seja lá quem você for.

5 DE MAIO DE 2003

Acredito que Rune seja o anjo do Barômetro. O Barômetro desenhou para mim outra imagem do intruso que ele afirma ter visto ir e vir à noite. Ele gosta da frase *na calada da noite*. E então ele toca, *noite horrenda, madrugada, horas pequeninas e desgraçadas, nossas horas pequenas e desgraçadas. Wee Willie Winkie anda pela cidade. Para cima e para baixo com seu camisolão.* Cantamos juntos. O desenho dele de um homem enorme e musculoso com asas. Ao olhar nos olhos do Barômetro quando ele me entregou o papel, imaginei estar vendo Alan Dudek, o Barômetro antes de ele ser o Barômetro. Achei que era Alan por um momento porque o seu olhar parecia desanuviado. Ele tem momentos de clareza, de uma consciência não diluída pela loucura. Ele é em parte teatro, não todo teatro, mas há uma parte da sua doença com a qual ele brinca e brinca. Isto precisa ser reconhecido. Afinal de contas, todos nós representamos papéis. Não deveríamos ser tão ingênuos a ponto de acreditar que pessoas insanas são incapazes de dissimulação. O meu amigo louco também tem as suas máscaras, os seus jogos e subterfúgios para evitar o banho ou a chuveirada semanal importantíssima. Mas ele também tem acesso aos ruídos subterrâneos, um dom psicótico. Ele sente aquilo que nós suprimimos, aquilo que tememos, mas não conseguimos articular. Por acaso este não é um tipo de clima que criamos entre nós? Examinei o desenho. Quanto mais olho para ele, mais se parece com Rune para mim. Bruno acha que eu entrei para as fileiras dos doentes mentais, que fui agarrada pela fantasia paranoica.

Usei o antigo nome dele. Alan, eu disse, você o deixou entrar? Você deixou o anjo entrar?

Ele pareceu surpreso. Fincou as unhas na pele acima do pulso. Eu lhe disse para parar de se arranhar e repeti a pergunta.

Ele sacudiu a cabeça e falou: Ele vai cortar o meu cérebro fora e ferver para fazer um cozido.

Será que Rune o ameaçou? *Se você contar, vou ferver o seu cérebro e comer.* A ideia é vívida demais para Rune, e a sua expressão, muito precisa. A dicção de Rune raramente vai além do emprestado e do banal, porque Rune usa palavras para criar um ser público que esconde aquilo que os outros iriam odiar se pudessem enxergar. A linguagem dele precisa socializar a traição que existe por baixo. Por baixo! O Barômetro, por outro lado, é uma maré alta ambulante de verborragia, mas essas ondas de palavras incluem uma ou outra previsão oracular ocasional. O problema é como extrair a profecia da enxurrada verbal.

Você precisa completar os seus *Mascaramentos* sem a ajuda de ninguém. Há R. B., afinal de contas. E há outros, os seus vários outros secretos.[51] O jogo ainda não terminou.

---

[51] R. B. deve se referir a Richard Brickman. A questão de "outros" permanece aberta, mas parece possível, até provável, que Burden tenha publicado artigos sob outros nomes em diversos veículos.

Harriet Burden
Caderno O

23 DE SETEMBRO DE 2003

    O pessoal do verão foi embora, e a ilha está fria e amarronzada com trechos de vermelho ardente. As ondas andam me assustando e mantenho distância, fico perto de onde a praia se encontra com o capim que se curva com o vento forte. Hoje eu fiz um barulho que me fez pensar num enorme animal rouco que não chamava ninguém especificamente. Estou sozinha. Agora também perdi Bruno, perdi-o para as minhas tramoias e a minha fúria e o meu fracasso. Eu queria morder o mundo e fazer sangrar, mas mordi a mim mesma, criei a minha própria pobre tragédia das coisas.

    E, sozinha, eu me sinto ainda mais velha. A minha barriga está sempre inchada, apesar de eu estar magra. Como sozinha, e a comida não parece tão boa como quando ele está comigo. Tenho dores, desconfortos abdominais vagos que me fazem ter ideias. Às vezes, à noite, eles me assustam, mas de manhã eu dou bronca em mim mesma por ser hipocondríaca. O meu rosto enrugado me surpreende. Não sei por quê. Eu sei que é enrugado. Saber não é ver. Tentei trabalhar aqui, mas não consigo. É como se os mundos na minha cabeça estivessem morrendo agora, os meus mundos em chamas, aos quais me apeguei com todo o meu ser, estão sendo lentamente apagados. E eu me sento na frente da lareira, enrolada em cobertores, lendo *Paraíso perdido* mais uma vez, devagar, bem devagar, absorvendo a linguagem densa que conheço tão bem. Nesta tarde cheguei à refeição pavorosa de Eva, a grande virada na velha história. A mulher imperfeita, burra e vaidosa comeu a fruta maldita. "Com ganância, ela engoliu sem comedimento". Ela fez aquilo pelo conhecimento, para saber mais, para ficar iluminada. Como compreendo isso. Sim, ilumine a minha cabeça. Farei qualquer coisa para saber, para saber mais. Adão fica horrorizado, mas não consegue abandoná-la. "Carne da carne,/ Osso do meu osso, e do seu estado/ O meu nunca irá se separar, na alegria ou na tristeza." E foi como se o meu próprio homem gordo estivesse falando comigo, e eu chorei por cima da velha edição em brochura que tenho há tantos anos aqui nesta casa. Ninguém me amou melhor que Bruno e, no entanto, não tem como dar certo entre nós.

Eu me tornei uma pessoa dura.

Harriet Burden
Caderno D

Rune está inundado pelas minhas mensagens. Ele concordou em se encontrar comigo. Quer que eu pare com "o assédio". Ele se recusou a se encontrar comigo em Manhattan. Não quis se encontrar comigo num restaurante. Não, ele quer colidir aqui em Red Hook, a céu aberto, onde nenhum tipinho do mundo da arte vai nos ver, nenhuma língua vai bater. Tudo bem, eu disse, tudo bem.

Eu perdi. Rune nunca vai abrir mão. Ele nunca vai contar e, sem ele, acabou. Posso me agarrar às palavras de Phinny na *Art Lights*, ao artigo de Brickman, mas vejo como as pessoas não estão nem aí. De algum modo, a minha história não interessa a elas. Eu queria transformar Rune mais uma vez na chorosa Ruína, queria arruiná-lo, fazer com que pagasse, mas agora ele é o dono do jogo e dita as regras, se é que ainda existem regras, se é que algum dia existiram regras. A minha mão é uma confusão roxa e inchada. Eu bati nele com tanta força. E encontrei

Bruno. Não, isso é mentira. Bruno me encontrou. Lá estava ele, como que por magia, para me recolher do chão. Hoje ele fez canja de galinha para mim e ficou observando o meu rosto com atenção enquanto eu levava colheradas à boca, e fiz todos os sons corretos para agradá-lo.

18 de outubro. Eu li no jornal. Rune está morto.

Ele fez a última jogada, e fez num aparelho que rouba elementos de *Por baixo*, e agora está santificado. Como o mundo adora o artista suicida, não os artistas velhos, é claro, não uma velha coroca feito eu. Não, eles têm que ser jovens ou mais ou menos jovens. Trinta e oito anos é a idade perfeita para morrer se você quiser cimentar a sua fama, se quiser convocar as multidões para se refestelar com o seu lindo cadáver, para mastigar o seu legado luminoso, ainda mais pungente devido ao futuro agora impossível. Ah, Rune. Xeque-mate. E se não era a intenção dele fazer isso? Ele teria conseguido se matar cedo ou tarde. Ele queria uma morte bonita, não queria? E uma morte assim precisa ser programada. *Isso não acontece naturalmente. Celebridade é a vida em terceira pessoa.* Ethan tem razão. Algumas pessoas são melhores em viver na terceira pessoa que outras.

Mas eu me sabotei sem saber, não é mesmo? Era como se eu tivesse que seguir o jogo até o fim, para acabar naquela sala com Rune e Felix já morto para ser ameaçada, estapeada e humilhada, para ser transformada mais uma vez numa criança encolhida e envergonhada que não consegue erguer a voz. Eu fui atraída na direção disso, como se o tempo não fosse nada, e o passado tivesse se transformado em presente e futuro ao mesmo tempo, e os mortos pudessem voltar a caminhar. Eles pisoteiam os sulcos da sua mente, Harry, naquela selvageria amassada de matéria cinzenta, os dois homens que você quis, mas não pôde ter, o seu pai e o seu marido. Não era só amor. Foi aí que você errou. Você sabe disso agora. Não era só a respeito de amor e de querer ser amada. Você não era aquela mulher eternamente declarando ao longo das eras, eu te amo e quero que você me ame, e vou esperar por você, meu amor, com as mãos juntas e a cabeça baixa. Eu não sou aquele exemplo de virtude, Penélope, esperando por Ulisses e recusando os pretendentes.

Eu sou Ulisses.

Mas descobri isso tarde demais.

Eu odeio você, papai. Eu odeio você, Felix. Eu odeio vocês dois por não enxergarem essa verdade, por não reconhecerem que eu sou o herói inteligente.

E, mamãe, você baixou a cabeça e aceitou o castigo dele. Ele isolou e rebaixou você. Ele não falou com você. Ele agiu como se você não existisse, porque você queria falar.

E você, Harry, você curvou a cabeça e aceitou o castigo dele, e não consegue suportar isso, não é mesmo?

E não é verdade que você esperou em casa feito Penélope, sem nenhum pretendente, por infortúnio, mas sim com dois filhos? E por acaso você não foi fiel? E não foi bondosa? E não ficou sofrendo durante muito tempo? Então, você não é Penélope? Não, porque ela não quis ser Ulisses, pelo menos até onde sabemos que ela não quis, mas quem iria querer ser Penélope? Você não quis esperar e, no entanto, quase enlouqueceu com a espera. E agora o seu filho também se mantém afastado de você, como se estivesse contaminada. Se ele se identifica com você, sente-se castrado, que drama tão antigo; o meu filho feminista se apavora com o fedor materno.

Eu sou Ulisses, mas já fui Penélope.

Mas como ele a amava no passado, o pequeno, intenso, hipersensível Ethan, seja lá o que diz, seja lá o que tenha esquecido. Você tem aquela história passional nos seus campos de memória. E a sua filha ainda continua com você. Você tem Maisie. E tem Aven.

E Rune? Ele é o símbolo do seu ódio, da sua inveja, da sua fúria, não é?

Foi ele quem começou, Harry? Ou foi você? O que ele queria de você? Será que ele só queria o prazer de magoá-la usando Felix?

"Ele gostava de assistir." É isso que Rune disse, que Felix era um voyeur. Será que importa o fato de que ele esfregava o pinto até o êxtase enquanto assistia a outros trepando no chão à sua frente? Não. E será que importa que quando você imagina isso se sente triste? Mas por que triste, Harry? Não é verdade que você sentiu prazer ao atormentar Ruina na brincadeira? Por acaso Rune não a enchia de alegria sádica? Não foi por isso que ele virou a mesa em cima de você? Ele *sabia que você fez os dois papéis*. É isso. E saber é poder. Freud elementar, meu caro Watson. Uma criança está sendo surrada.[52]

Mas eu não sabia sobre Felix. Eu só sabia que existiam segredos e que alguns dos segredos tinham nomes. Eu ficava imaginando o que se passava na cabeça dele quando nos agarrávamos na cama. Imagino se era Harriet Burden. Será que algum dia foi Harriet Burden, esposa e companheira? Claro que sim. No começo, era. Rune pode ter mentido a respeito de Felix, mas, mesmo que estivesse mentindo, não faria muita diferença agora. Rune se tornou o símbolo de todos os garotos

---

[52] "A Child Is Being Beaten" (1919), *The Standard Edition of the Complete Psychological Works of Sigmund Freud*, vol. XVII (Londres: Hogarth Press, 1955), pp. 179-204.

que estudaram o seu Quine e dominaram a sua lógica e fumaram o seu cachimbo e olharam para o seu pai com olhos de adoração, o garoto que você poderia ter sido, Harry. Se não fosse por uma curva do destino no útero, você poderia ter agradado a ele e triunfado. E Rune se transformou no símbolo de todos os garotos que Felix exibia e que Felix adorava e que Felix fazia famosos e que Felix comprava e que Felix vendia. Isso se aproxima do X da questão, não é mesmo? O que me diz, dr. F.? Será que estou chegando perto do X da questão? Rune, o sr. Terceira Pessoa, o sr. Arrogância, o sr. Loquacidade — aquele que conta, aquele que vence. E não é exatamente essa qualidade de saber, de certeza, de empáfia que você detesta, Harry, que você acha tão difícil de imitar, a qualidade que todos eles possuíam? E por acaso não foram todos condescendentes com você, Harry? Por acaso eles não a consideravam inferior, você que era capaz de pensar melhor, trabalhar melhor, superar absolutamente cada um deles?

Sim. Consideravam. E todos eles estão mortos. Não dá para acreditar que estão todos mortos.

1º DE NOVEMBRO DE 2003

Estou de volta à minha mãe em chamas Margaret. Margaret, a anti-Milton. Ela dá à luz mundos. Não é Deus quem fala aqui, mas a Natureza:

> *All paines I can take,*
> *Will do no good,* Matter *a* Braine *must make;*
> *Figure must draw a Circle, round, and small,*
> *Where in the midst must stand a Glassy Ball,*
> *Without Convexe, the inside a Concave,*

And in the midst a round small hole must have,
That Species *may passe, and repasse through,*
Life the Prospective *every thing to view.*[53]

Mad Madge não tinha filhos seus, nenhum bebê para criar até adulto. Ela tinha os seus "Corpos de Papel", as suas obras que respiravam, e ela as amava do fundo do coração.[54]

Então eu, da mesma forma, não convenço a mim mesma, pelo fato de a minha filosofia ser nova, e trazida à baila apenas recentemente, irá à primeira vista comprovar-se mestra da compreensão, pode ser, não nesta era, mas se Deus a favorecer, ela pode atingi-la em tempos posteriores: E se ela for diminuída agora e enterrada em silêncio, pode talvez se erguer com mais glória na posteridade; por sua base ser sensatez e razão, ela pode

---

[53] Tradução livre: "Todas as dores que posso suportar,/ Não irão servir de nada, A *Matéria* deve formar um *Cérebro*;/ A Figura deve desenhar um Círculo, redondo, e pequeno,/ Onde no meio deve estar uma Bola de Vidro/ Sem Convexo, a parte de dentro *Côncava*,/ E no meio um pequeno buraco redondo deve haver,/ Para que a *Espécie* possa passar, e repassar através,/ Vida em tudo de *Perspectivo* para ver.". (N. T.) Citado em Lisa T. Sarasohn, *The Natural Philosophy of Margaret Cavendish: Reason and Fancy During the Scientific Revolution* (Baltimore: Johns Hopkins University Press, 2010), p. 41.

[54] Em *Sociable Letters*, publicado em 1664, Cavendish escreve para uma amiga imaginária. Na carta CXLII, ela conta à sua correspondente sobre o hábito de guardar cópias de seus manuscritos até que tenham sido impressos e estejam seguros; depois disso, ela as queima: "Mas a maneira como o Corpo de Papel deles for Consumido, como os imperadores Romanos, em Chamas Fúnebres, eu não sei dizer, uma águia voa para fora deles, ou se transformam em uma Estrela Em Chamas, apesar de produzirem uma grande Luz Resplandecente quando Queimam; E, assim, deixando-os à sua Aprovação ou Condenação, eu me despeço, Madame, Sua Amiga e Serva fiel, CL". Sylvia Bowerbank e Sara Mendelson (Orgs.), *Paper Bodies: A Margaret Cavendish Reader* (Toronto: Broadview, 2000), pp. 81-2.

encontrar uma era em que será mais levada em consideração do que é nesta.⁵⁵

Também vou deixar os meus corpos para trás. Eu os faço para a posteridade, não para o presente doído com os seus olhos frios e de rejeição.

A bruxa se esconde no seu castelo à beira-mar com o urso, o seu amigo e amante. É assim que o conto de fadas terminou. A velha bruxa e o velho urso vivem felizes e tristes, juntos para sempre.

1º de dezembro. *A máscara natural*. Essa sou eu. Eu sou a máscara natural. É ideia de Maisie. Usei as palavras para Raccoona uma vez, e ela as adotou para o filme a respeito da sua mãe e agora permite que eu me explique para a câmera, eu, H. B. em toda a minha mania de pseudônimos, e estou explicando e expondo e pontificando e estamos nos divertindo bastante juntas. Agora você tem uma acumuladora, um esquizofrênico e a sua mãe, eu disse a Maisie, um trio perfeito. E a minha Maisie sorri. Não posso contar tudo. Preciso guardar alguns segredos, é claro, mas contar quase me fez sentir compreendida. Será que é um desejo assim tão vão?

---

⁵⁵ Margaret Cavendish, *Observations upon Experimental Philosophy* (1668), org. de Eileen O'Neill (Cambridge, Reino Unido: Cambridge University Press, 2001), pp. 12-3.

Aven pareceu comprida e alta e magra hoje. Ela entrou naquilo que eu chamo de "alta infância média". Ela examinou as minhas pessoinhas travessas, ficou vermelha quando viu os meus pares copulando e deu gargalhadas enlouquecidas com a minha Ursula, que está cagando. Ela permitiu que eu a atraísse para o meu colo hoje, permitiu que a sua avó se refestelasse no prazer tátil de abraçar o seu corpo jovem junto das minhas costelas. Enfiei o meu nariz no cabelo castanho curto dela. Hoje, estava com um cheiro leve de maçãs.

Harriet Burden
Caderno T

15 DE JANEIRO DE 2004

Quando ele me falou sobre a tomografia, observei a sua boca se mover. Eu me lembro de que os seus dentes tinham uma coloração cinzenta à luz da tarde que entrava pela janela atrás dele e que a fotografia na sua mesa estava virada de costas para mim e que havia uma pequena etiqueta de preço na parte de trás, soltando da madeira. As palavras saíram metódicas, mas agora eu só me lembro do seu efeito — uma paralisia sem fôlego. Ele fez questão de que eu entendesse que não há curas, e que tinha se espalhado, que a extração cirúrgica completa era improvável, e mesmo que não fosse, noventa e oito por cento desses pacientes também passavam por reincidência. Ainda assim, ele quis que eu me internasse imediatamente no hospital para a cirurgia.

Eles não protegem você. O dr. P. não sacudiu a cabeça com tristeza. Ele não me olhou nos olhos. Suponho que é assim que eles fazem. Fazem isso o tempo todo, afinal de contas. Eu sou uma entre milhares. Este era o método dele, entregar informação para eu processar.

Quando lhe perguntei se existia o estágio cinco, as sobrancelhas dele se ergueram. Não, respondeu.

Claro que há, eu disse. Quando você chega ao estágio cinco, morre. É isso que está me dizendo, certo? Estou morta.

Ele não gostou do meu descaramento. Ele não gostou nem um pouco, e eu fiquei contente por ele não gostar. Eu ia para casa para falar com Bruno, para conversar, para registrar. Quando parei na rua com a mão erguida no ar para chamar um táxi, ainda estava paralisada, o pavor me sufocando enquanto olhava ao redor, estupefata com o que eu estava perdendo, cidade e céu e calçada, os pedestres ligeiros e os que se moviam devagar, e a cor das coisas. Vão desaparecer com você, cada cor, até aquelas que nunca tiveram nome, mas que são percebidas de maneira bem clara. Perdas incalculáveis.
 No táxi, olhei para a parte de trás da cabeça do motorista e para a foto dele colada na janela entre nós. Achei que ele era da Somália, um motorista somali, e pensei comigo mesma: Ele não sabe que está carregando uma mulher morta no banco de trás, que a está levando até Red Hook, a apenas uma parada do inferno.

27 DE JANEIRO DE 2004

Li o que escrevi antes de a faca me abrir e eles rearranjarem as minhas entranhas durante cinco horas. A minha ingenuidade agora me faz uivar com risadas silenciosas. O inferno é aqui agora, e o seu nome é medicina. Fui estripada igual a um peixe: útero, ovários, trompas de Falópio, apêndice e uma parte do meu intestino desapareceram. Jogaram os meus órgãos doentes numa bacia na cirurgia, e alguém deve ter vindo com luvas e uma máscara para removê-los para uma área especial de descarte de órgãos doentes. Para onde eles foram? Estou envolta por esparadrapo, cortada na vertical do umbigo para baixo. Não posso mudar de posição na cama sem perder o ar de tanta dor. Não posso me sentar. As minhas canelas e os pés incharam até três vezes o tamanho normal e, junto com os meus braços e mãos, transformaram-se em gelo. Não consigo comer. Fico apavorada a cada evacuação. Cada excreção traz agonia renovada. E a operação foi "aquém do desejável". Este eufemismo seria hilário se não fosse tão grotesco.

Hoje à tarde eu cochilei na cama e, quando acordei, me pareceu que a cama e a mesinha de cabeceira e as luminárias de latão lustroso e a poltrona verde-clara no canto do quarto tinham sido substituídas por réplicas exatas. O quarto que eu conheço tão bem de algum modo tinha se tornado um quarto falso. Eu não era eu mesma e não estava em casa. O meu medo e a minha dor infectaram tudo. Eu quero ir para casa. Por favor, quebre este encanto e me deixe ir para casa.

Daqui a quatro semanas vão começar o envenenamento, um envenenamento que pode não adiantar de nada. Mas eu espero, não, eu rezo pela magia da recuperação.

Eu espero agora. Penélope, a paciente, espera pacientemente. O robótico dr. P. se foi e agora espero para ver a médica um pouco mais bondosa, a dra. R., e espero para ver o dr. F. para conversar com ele a respeito da dra. R. e para lhe contar a respeito do meu medo e dos meus temores. Espero apavorada a dra. R. me ligar para me falar dos marcadores de tumor no sangue, CA-125. Espero que ela descubra o que encolhe ou cresce na área de desastre abdominal, o meu próprio *ground zero* corporal, desobstruído, mas não desprovido de horrores. Fui atacada de dentro, e vivo em estado de inveja contínua das pessoas com células que não se multiplicaram em legiões matadoras. Observo enquanto passeiam pela Madison Avenue ou desaparecem no metrô da Eighty-Sixth Street perto do consultório da dra. R. Vejo-as caminhando de mãos dadas à beira do rio, indo tomar um drinque no Sunny's. Fico maravilhada com o seu bem-estar casual, com o seu corpo são, livre de tumores, e a sua completa indiferença ao fato de que estão vivas.

Vez após outra, eu me lembro de dar à luz Maisie e depois Ethan. Deve ser a lembrança do corpo bom, do corpo fértil antes de começar a se consumir vivo. Os ovários agora desaparecidos que me corroeram até a morte — não seria possível ter planejado um castigo mais cruel para H. B. Você já foi ambivalente a respeito do seu sexo, Harry? Pode apostar que sim. Bom, senhora, eis aqui o seu castigo adequado, a reviravolta irônica de uma vida vivida parcialmente atrás de máscaras masculinas.

Lembranças das dores do parto. Eu me acocoro para Ethan. Um trabalho de parto rápido. Força, faça força. A cabeça entalada e então força, força e o corpo molhado e comprido com cabelo preto desliza para fora de mim, preso por um cordão ensanguentado roxo. Vivo.

O nascimento, assim como a doença, e assim como a morte, não é algo que se força com vontade. Simplesmente acontece. O "eu" não tem nada a ver com isso.

10 DE FEVEREIRO DE 2004

Estou desesperada para trabalhar, mas é tão difícil. Eu mal me equilibro sobre joelhos trêmulos. As minhas extremidades estão eletrificadas, e eu entro em pânico por causa do tempo. Estou tão cansada. No rosto de Bruno, vejo o meu próprio pavor. Com frequência, não consigo acreditar que não vou viver.
Por que alguém iria querer morrer?

Mascaramentos é uma coisa remota agora, mas eu gostaria que a minha obra tivesse um lar e que os pseudônimos pudessem ser compreendidos como um projeto completo — um negócio não acabado.

Mandei catalogar todas as obras.
A. C. Robinson. Lester Bone.[56]

---

[56] A. C. Robinson não pode ser relacionado a nenhum texto parecido. Um artigo de Lester Bone, "A Philosophical Inquiry into the Emotional Origins of Creativity", foi publicado em *Science and Philosophy Forum* 9 (2001). Encontrar Bone foi uma tarefa ingrata porque sua afiliação se revelou fictícia.

Para Felix: *O livro do desassossego*.
Príncipe de melhores horas, outrora eu fui tua princesa, e amámo-nos com um amor doutra espécie, cuja memória me dói.[57]

26 DE FEVEREIRO DE 2004

Há manhãs em que eu acordo e demoro um instante para me lembrar. Durante algumas horas, o sono abafa a terrível realidade. Estou doente, careca, estripada e enjoada. Tenho vermelhões por todo o corpo, um efeito do Taxol. Não é incomum. A coceira é tão terrível que passei a me estapear. Tenho espasmos de diarreia e depois constipação, e a minha cabeça não está funcionando bem, porque a quimioterapia deixa a gente burra.

Não consigo me lembrar da data. Perdi o dia também.
Pânico. Depois, calma. Depois, pânico mais uma vez.
Nesta tarde eu sonhei que os tumores tinham explodido através da pele da minha barriga por cima dos meus pelos púbicos, que pareciam folhagem rígida. Os tumores sacudiam com vida, e eu comecei a puxá-los, ansiosa, arrancando-os de mim, para me salvar. Deixaram as minhas mãos cobertas de sangue. Consegui arrancar uma cobra comprida, trêmula. Que alegria triunfante eu senti! Alegria inenarrável. Nós que estamos abandonando o mundo ainda podemos ter o desejo de ficar.

O trabalho provavelmente foi escrito por Burden, já que cita estudiosos e cientistas de vários campos.

[57] Fernando Pessoa, *O livro do desassossego*, org. de Richard Zenith (São Paulo: Companhia das Letras, 2011). O heterônimo que Pessoa usou para este livro é Bernardo Soares.

* * *

Tenho mais a fazer. Há mundos a ser descobertos dentro de mim, mas eu nunca os verei.

É uma quarta-feira e o tempo está frio e nublado.

Toda pessoa moribunda é uma versão em caricatura do dualista cartesiano, uma pessoa feita de duas substâncias, *res cogitans* e *res extensa*. A substância do pensamento se move sozinha sobre o corpo insurgente formado por matéria vil, nojenta, um traidor do espírito, aquele *cogito* despreocupado que continua pensando e falando. Descartes era bem mais sutil a respeito das interações de corpo e mente do que muitos comentaristas rudes admitem, mas estava certo na questão de que os pensamentos não parecem ocupar espaço nenhum, nem mesmo na cabeça. O que eles são? Ninguém sabe. Ninguém realmente sabe o que é um pensamento. Deve envolver as sinapses e as substâncias químicas, é claro, mas como as palavras e as imagens entram nele? Ainda estou aqui narrando o meu próprio fim. Eu, Harriet Burden, sei que vou morrer e, no entanto, uma parte de mim recusa esta verdade. Eu me enraiveço contra isso. Eu gostaria de cuspir e de berrar e de uivar e de socar as roupas de cama, mas estas demonstrações iriam machucar demais da conta este esqueleto frágil com os seus órgãos pútridos restantes. Eu também dei risada, dei risada com cuidado para não machucar o mesmo referido saco de ossos e trapo deplorável de pele, mas dei risada mesmo assim da minha morte iminente. Contei piadas de cadáver e fiz os planos para o meu próprio enterro.

5 DE MARÇO DE 2004

Vim para casa para morrer, mas morrer não é assim tão simples neste nosso mundo do século XXI. É necessária uma equipe. É necessário "controle da dor". É necessário montar uma unidade hospitalar em casa. Mas tenho sido rígida com eles. Esta é a minha morte, não a sua, eu disse para a desgraçada da assistente social que exsudava compaixão enquanto planejávamos o último passo, como morrer "bem". Um oximoro, sua burra. Eu disse NÃO aos conselheiros de luto com as suas expressões solidárias distribuindo negação e raiva e pechinchas e depressão e aceitação. Eu disse NÃO aos enlutados profissionais de todos os tipos com os seus clichês desgraçados. NÃO quero saber de nenhuma porcaria afetada proferida num raio de dez milhas do meu leito de morte. Eu vociferei estas palavras, eu consegui juntar forças para vociferar. Foi magnífico.

A vociferação me abandonou. Sou um recipiente que vaza — urina e fezes e lágrimas exsudam de mim sem permissão. Tenho fraldas que precisam ser trocadas. Os meus intestinos estragados pela cirurgia e contorcidos mais uma vez por tumores. O meu cabelo voltou a crescer liso. O cabelo crespo que eu detestava e que depois aprendi a adorar se foi e, no seu lugar, palha escorrida a grisalha cresceu. Agora sou um verdadeiro monstro, envergonhado do seu corpo hediondo. Sinto cheiro de mijo e de merda e algum outro odor desconhecido que ninguém mais admite sentir, mas deve ser o fedor da morte. Sinto este cheiro enquanto escrevo isto, vindo da zona de guerra embaixo dos lençóis. Eu devia tomar um banho de alvejante. Estou deitada na minha cama especial que sobe e desce quando se aperta um botão, estacionada à janela para que eu possa olhar para o rio e apreciar Manhattan do outro lado. Tenho saudades do mundo que estou abandonando, mas não o perdoei. O seu gosto amargo permanece, uma casca dura na boca que não consigo cuspir fora.

Pearl olha por cima do meu ombro para ver o que estou escrevendo. Ela é toda eficiência, muito sagaz. Nasceu em Trinidad, morou na Suécia, agora está em Nova York. Enfermeira particular. Fale comigo em sueco, eu digo, e ela fala.

Eu gostaria de recuperar a cabeça que eu tinha — aquela que saltava e balançava e dava cambalhotas no ar. Eu costumava querer que a vissem, que reconhecessem os meus dons. Agora eu iria me contentar de tê-la de volta.

2 DE ABRIL DE 2004

Hoje eu disse a Bruno que sou a fera moribunda, e ele é o Belo. Ele sacudiu a cabeça e os seus lábios tremeram. Você é tão bonito, eu disse. Você é robusto e saudável e o meu próprio querido Belo. Venha para a fera, eu disse. E ele deitou a cabeça no meu peito e amassou os meus seios e o peso do seu crânio me machucou. Tudo agora me machuca. A náusea vem. A morfina me deixa anuviada. A dor aumenta. Eu quero tanto escrever, contar, mas está cada vez mais difícil.

13 DE ABRIL DE 2004

A clêmatis está aqui. A trepadeirinha úmida que se enrola ao meu redor.

Maisie não gosta dela.

Ethan gosta. Eu o vejo olhando para ela sem parar. Ele esteve aqui hoje. É difícil para ele. Também foi difícil para Ethan quando Felix morreu, mas Felix morreu rápido. Eu falei com ele e com a irmã dele com a voz estranha que agora pertence a mim, um som áspero logo acima de um sussurro. Fico contente por ter contado a eles sobre Felix e os seus amantes para que eles não fiquem surpresos se depararem com chaves velhas. Contei tudo a eles com gentileza. Estou contente comigo mesma. Se eu não fosse uma criatura feia e suja da lagoa negra, poderia passar por uma figura romântica, a mãe desgastada no leito de morte falando com nobreza aos seus filhos a respeito do pai difícil. Os papéis estão ali, prontos para ser representados.

Ah, se eu pudesse tirar o sofrimento do rosto de Maisie. Você é boa demais, Maisie. Eu disse isso a ela. Ela respondeu: Não, não sou. Não sou. Mas só os bons sentem que não são bons. Eu quero que ela viva e trabalhe e alce voo.

E Maisie se inclinou e me deu um beijo na cabeça. Eu te admiro tanto, mamãe, ela disse. Ela não me chama de mamãe desde que tinha seis anos.

Falo com o dr. F. ao telefone. Sou capaz de ouvir o pesar na voz dele. É amor. Fico agradecida por essa forma estranha de intimidade, pela revelação de mão única. Ele me conheceu melhor que ninguém. É estranho, mas é verdade.

Volto com frequência ao apartamento da Riverside Drive. Caminho pelos cômodos e os inspeciono. Estou no escritório do meu pai e levei um dos cachimbos até o nariz para sentir aquele cheiro especial sem ser vista. Estou preocupada que ele vá chegar. Mamãe me interrompe. Ela me diz para não tocar nos cachimbos nem nas canetas. Não, não, não, ele não gosta que sejam perturbados. A voz dele vem da sala ao lado. Mamãe se apressa em arrumar os cachimbos. Estou olhando para o rosto dela e vejo medo e esperança. É terrível ver. É terrível ver porque a expressão dela é um espelho da minha própria.

>Ela tinha medo dele.
>Eu tinha medo dele.
>Ele nunca bateu nela. Ele nunca bateu em mim.
>Ele não precisava. Nós estávamos domadas.

* * *

Você não sabia o quanto estava brava.
Eu não sabia o quanto eu estava brava.
Como eu me irritei. Acho que não posso mais me irritar. Acho que estou fraca demais e daí o rancor volta a se instalar, um pouco mais fraco, um pouco mais ralo, mas está lá. Ah, se pelo menos eu pudesse sentir que tinha feito o meu trabalho, que estava terminado, que não iria desaparecer por inteiro.

Pai, você não sabia o quanto eu queria que o seu rosto brilhasse quando olhava para mim. Mas você era aleijado. Me ajuda saber que você era aleijado.

Eu gostaria que o fantasma da mamãe pudesse vir me ninar.

Phinny está vindo. Espero que ele não chegue tarde demais.

Rachel esteve aqui. Ela me lembrou de Os Dedos da Morte. Mais morte. Eu tinha me esquecido. Pedi a ela que acariciasse a minha mão. Os dedos dela nos meus — eu os sinto agora, enquanto escrevo. Eu disse a Maisie que a levasse para ver a mãe em chamas Margaret.

Ethan falou comigo. Ethan contou as minhas próprias histórias férvidas para mim. A memória dele é muito melhor que a minha.

Eu costumava me lembrar de tudo — citações, números de páginas, nomes, teses e o ano de publicação — e agora é só um borrão.

A boca vermelha de Clemmy. O seu toque radiante. Aquelas pedras bobas. Por que eu tolero isso?

Estou apaixonada por uma tola completa.

Eu assustei Aven. Sinto muitíssimo.

Quando foi que ele esteve aqui? Hoje? Será que foi hoje? O Barômetro me mandou seguir o meu caminho com um discurso opulento. Ele é um Deus irritado, que berra do céu e envia raios e ventos brutais.

Eu me lembro de que sou judia.

Eu sou massas.

Acho esta Terra um grão, um ponto, um átomo.[58]

Eu sou feita de mortos.

Nem os meus pensamentos são mais meus.

[58] John Milton, *Paraíso perdido*, canto VII.

Sweet Autumn Pinkney
(*transcrição editada*)

Ouvi uma voz dizer "Harry". A voz masculina era bem alta, e eu o ouvi falando bem no meu ouvido esquerdo, apesar de não haver ninguém parado nem perto de mim, porque era 1h13 e só umas poucas pessoas andavam pela rua assim tão tarde. Eu sei que horas eram porque olhei para o celular bem quando aconteceu, na frente da farmácia Siri na Flatbush Avenue. Kali (a cadelinha que eu adotei no S.O.S. — Save our Strays —, meio poodle, meio terrier, meio chihuahua) estava fazendo xixi e farejando antes de eu levá-la para casa. Na hora percebi que a voz era um sinal. Se você não presta atenção aos sinais, eles vão embora, e você pode não ser chamado para o seu destino de direito. Não há dúvida de que a voz me pegou de surpresa. Eu nem pensava em Harry fazia muito tempo, e não tinha tido notícias de Anton desde o cartão-postal, e andava concentrada na minha manifestação e no meu desenvolvimento espiritual e nos meus dons de cura e em ajudar as pessoas na minha clínica, Sweet Indigo Spiritual Healing, e estava fazendo grande progresso com algumas recaídas, na maior parte na forma de caras por quem eu tinha me apaixonado, mas que, no fim, tinham carma ruim e de quem eu de algum modo sentia saudades. Mas, bom, recaídas também fazem parte do progresso à iluminação. É necessário reconhecer e seguir em frente. Numa das suas palestras, o mestre, Peter Deunov, disse: "A sua consciência pode viajar à velocidade de trens vagarosos, pode viajar à velocidade da luz, e pode viajar ainda mais rápido". Imagino que a minha consciência estivesse alcançando alguns aviões àquela altura.

Na manhã seguinte, enquanto eu preparava o meu chá verde em flor, soube que precisava responder à voz angelical e ir atrás de Harry, e enquanto observava o botão se abrindo no meu chá, senti a expansão do plexo do sacro e a sensação de perfume de laranja no ar. Me lembrei das auras vermelhas e borradas de Harry. Encontrei o nome dela na lista telefônica do Brooklyn e liguei. Eu estava com um discurso pronto para o caso de ela não se lembrar de mim. Eu ia explicar sobre a voz na rua, apesar de saber que Harry não se interessava pelos ensinamentos do mestre nem por astrologia nem por chacras nem por nada do tipo, mas não era Harry ao telefone. A pessoa ao telefone disse: "Eu sou a filha dela, e mamãe está muito doente neste momento, e ela não está recebendo ninguém, a não ser familiares e os amigos mais próximos", e a voz dela tremeu um pouco e o tremor veio através do telefone e penetrou o meu corpo, que também tremeu. Perguntei qual era o nome dela, e ela respondeu "Maisie", e eu disse: "Maisie, quem fala é Sweet Autumn Pinkney. Conheci a sua mãe por causa do meu relacionamento com Anton Tish, e fui assistente das obras de arte, e acho que posso ser útil para ela agora. Sabe", e eu falei as palavras seguintes bem devagar e com clareza, "eu fui chamada". Maisie disse: "Mas foi *você* quem ligou para cá", porque ela não entendeu o significado maior do que eu estava dizendo, mas isso não importava. Pus o meu vestido roxo estampado com a saia rodada, a melhor cor para cura emergencial, e enfiei Kali na gaiola de transporte e peguei o meu saco de pedras e liguei para um serviço de táxi porque Red Hook tem absolutamente o pior dos metrôs, não há como chegar lá, por isso liguei para o Legends, o serviço de confiança que chamo em momentos de necessidade.

Eu estava com o endereço anotado, mas não conseguia encontrar o prédio exato e vi alguns garotos parados por ali e perguntei se eles sabiam onde Harry Burden morava, e um menino com uma tatuagem no pescoço e boné preto disse: "Ah, está falando da bruxa rica". Depois de conversarmos mais um pouco, ficou bem claro que estávamos falando da mesma pessoa, e eu perguntei a ele por que tinha falado daquele jeito, e ele disse que não sabia, mas que tinha ouvido muitos boatos a respeito de "merda de dar medo" no estúdio dela e barulhos malucos e gritos falando de Satanás e de Deus que às vezes vinham do prédio. Fizeram um pouco de carinho em Kali e depois me mostraram qual era a porta, e eu toquei a campainha. Expliquei a Maisie e a Bruno, que era o namorado de Harry, que eu estava ali para falar com Harry, e ele teve que entrar para perguntar a Harry se tudo bem falar comigo, e ela disse que sim, então subi a escada e entrei numa sala grande com janelas por todos os lados e muita luz entrando e uma vista superbonita, e Harry estava deitada numa cama de hospital com grade, sabe, daquele tipo que levanta dos dois lados, e recebendo medicação intravenosa no braço. Vi o cotovelo dela saindo de baixo da manga solta da camiseta e, claro, ela era só osso, e daí eu percebi que ela não iria melhorar, de jeito nenhum. Aquilo me deixou agitada por dentro.

Eu vi a aura se agitar ao redor dela e as cores sem graça — brancos, cinza, um pouco de ocre — e as toxinas das perdas e dos traumas acumuladas ao longo dos anos. A minha missão não era curar, mas limpar os chacras para que o corpo luminoso não ficasse preso à terra. Eu tinha que fazer com que a anatomia luminosa de Harry se libertasse. Mas ela precisava me dar permissão. Você não pode simplesmente chegar e começar a limpar e libertar sem permissão. Kali começou a latir, então eu a deixei no corredor, na gaiola. Eu sabia que ela iria choramingar um pouco, mas depois provavelmente dormiria.

    Eu me aproximei de Harry com os meus passos leves. É um tipo de passo com a ponta do pé e o calcanhar, como uma dançarina. Faço isso para mostrar respeito e não fazer barulho, e fiquei parada ao lado dela. Harry estava sentada na cama. O cabelo dela estava curto e espetado, não encaracolado como eu me lembrava, e os ossos saltavam por cima das bochechas vazias. A pele embaixo dos olhos era de um cinza escuro, mas os seus olhos verdes estavam claros e duros. Ela olhou bem para mim e disse com a voz rouca, cheia da doença: "Mas se não é a pequena mística, não é mesmo? A clêmatis?". E eu sorri e toquei no braço dela. Então ela apertou os olhos para mim. Eu sabia que ela estava sentindo a quentura fluir dos meus dedos. Ela fechou os olhos. E eu disse: "Harry, posso rezar por você?". Antes que ela pudesse responder, Maisie estava parada bem atrás de mim, perguntando o que eu estava fazendo e disse que eles não eram o tipo de família que reza. Harry detestava rezar e blá-blá-blá. Maisie tinha aura azul, mas um pouco enfumaçada porque estava triste, apegando-se à mãe, muito compreensível. Mas eu disse em tom firme que queria ouvir de Harry, porque ela era a pessoa que eu tinha sido chamada para ajudar.

    Harry disse: "Clêmatis, eu sou judia".

    Eu disse que não tinha importância e que cada religião tem o seu jeito, mas que Deus era o mesmo em todos os lugares. Eu disse a ela que o cristianismo de Peter Deunov foi renovado pelos princípios do carma e da reencarnação. Ele também gostava da frenologia, a leitura das ondulações na cabeça que era famosa no mundo todo quando o mestre era jovem. E então, enquanto eu olhava fixo para o rosto murcho de Harry, vi dor nele, e a boca dela se esticou, e senti dores no plexo solar, pontadas tão fortes que precisei levar a mão até lá para me firmar. E, depois das dores, eu tive a revelação. O chamado, os planos mais elevados. Sweet Autumn, eu disse a mim mesma. (Eu falo comigo mesma assim quando algo é importante de verdade.) Sweet Autumn, eu disse, essa foi a mensagem que a voz estava tentando entregar para você na Flatbush Avenue! Um mestre é alguém que fez pelo menos cinco iniciações e completou o estágio humano da evolução e foi além dele. Não é verdade que o mestre disse: "Uma terra nova logo virá à luz"? Por acaso ele não disse que o fogo viria para "rejuvenescer, purificar e reconstruir tudo"? E alguns dos mestres são artistas — Michelangelo é um deles, um artista como Harry. Ele passou para um sistema planetário mais elevado chamado Sirius. A farmácia Siri! A voz! Foi um mestre angelical, talvez fosse Michelangelo, falando comigo de Sirius. Eu fiquei bem animada, e contei a Harry. Dava para ver o rosto de Maisie ficando todo contorcido e irritado. E Bruno olhava de um jeito esquisito para mim, mas Harry estava escutando com os olhos fechados e então ela disse, num sussurro: "Estou lembrada de Deunov agora. Clem, ele ajudou a salvar os judeus búlgaros".

E eu disse sim, sim, e fiquei feliz de verdade porque Harry conhecia a história, e esse era outro sinal. Quarenta e oito mil pessoas foram salvas porque o mestre Deunov enviou o seu mensageiro, Loulchev, para procurar o rei da Bulgária, que estava escondido em algum lugar, para fazer com que ele salvasse as pessoas que iriam ser deportadas. O nome do rei era Boris III ou IV ou algo assim. Bom, Loulchev procurou e procurou, mas não conseguiu encontrar o rei, então teve que voltar até o mestre e dizer que tinha procurado em cada cantinho, mas não tinha tido sorte. Então o mestre meditou, e o nome da cidade foi enviado a ele, e vejam só, o rei estava naquela cidade, e o rei respeitava o mestre, e os búlgaros apoiavam os dois, e o rei fez uma lei que salvou os judeus de serem mortos.

Eu me lembro de Harry ter dito para mim: "Czar, não rei".

E eu disse que achava que era a mesma coisa, e ela disse que eu tinha razão; era bem parecido.

Os sinais estavam chegando cada vez mais rápido, e era quase demais para mim. Eu me senti tonta, algo que às vezes acontece quando sinto coisas demais na atmosfera ao meu redor, mas todas as meadas estavam se juntando. É assim que eu penso na questão, as meadas estavam se unindo para formar círculos, e Harry me deu permissão. Eu poderia rezar para ela e limpar a sua anatomia luminosa para a passagem para o próximo estágio. Os xamãs do Brasil dizem que você caminha para dentro de montanhas e vê tudo com novos olhos — uma visão sagrada.

Fui lá todos os dias durante cinco dias. No quinto dia, Harry morreu.

Quero dizer que sei que os outros na verdade não me aceitavam e que não acreditam naquilo que eu acredito. Maisie me chamava de "interpoladora", que significa uma visita indesejada que vem de fora e, no primeiro dia principalmente, Bruno e Pearl, que era a enfermeira diurna de Harry, ficaram me olhando feio do outro lado da sala enquanto eu limpava as auras, girando-as primeiro em sentido anti-horário e depois em sentido horário. É um trabalho lento, e eles ficaram revirando os olhos para mim. Não fique achando que eu não percebi. Eu ensinei a mim mesma a não me incomodar, só isso. As pessoas tiram sarro do meu dom desde que eu era pequena, então, é uma história antiga. Eu não era igual às outras crianças, nunca fui. Eu sempre via e sentia coisas que elas não viam nem sentiam, cores e ondas e eletricidade nos braços e nas pernas, e elas costumavam me esperar depois da escola para gritar "Albina feia" e "burra" e "retardada" para mim. Às vezes, elas me faziam tropeçar ou batiam na minha mochila para arrancá-la de mim e jogar todas as minhas coisas na calçada. Pensando bem, não é nada muito original. Você só tem que aprender a andar com o queixo empinado e deixar que berrem até não poder mais. Isso não é fácil. Demorei muito tempo para parar de me incomodar.

Mas, bom, depois do primeiro dia de ficarem me olhando feio e a coisa da interpoladora, tudo melhorou. Maisie tinha a menininha dela, Aven, que precisava ir para a escola, e tinha o marido dela, Oscar, que era um homem muito doce mesmo, com uma voz profunda que fazia a gente se sentir aquecida quando a ouvia, e, afinal de contas, ela não podia simplesmente se esquecer deles. No segundo dia, eu disse a Maisie que poderia ficar no lugar dela, porque ela não conseguia mais ficar com os olhos abertos. Eles se fechavam sem querer toda hora. Eu disse que faria companhia a Harry e que ela devia tentar tirar uma soneca, ou não ia conseguir fazer nada. Maisie percebeu que Harry gostava da sensação das minhas mãos e do conforto dos cristais na barriga dela, e que ela gostava quando eu cantava — eu cantei algumas baladas antigas para ela que a minha avó Lucy costumava cantar para mim. Harry gostava especialmente de "Leaving Nancy". *"The parting has come and my weary soul aches/ I'm leaving my Nancy, oh."*[59]

Harry gostava de Kali também. E Kali gostava de Harry. Ela lambia o rosto dela e a cheirava e, depois disso, passou a ficar conosco na sala e foi mais fácil.

Harry disse a Maisie: "Vá descansar, querida. Eu ainda não morri. Ainda tenho um pouco de fôlego". Maisie me disse que sentia muito por ter ficado brava comigo, e eu disse que estava tudo bem e que não precisava se preocupar.

---

[59] Tradução livre: "Adeus a Nancy". "A despedida chegou e minha alma cansada dói/ Dou adeus à minha Nancy, ah". (N. T.)

Bruno era capaz de ficar bravo com todas nós e furioso com o médico que estava cuidando de Harry, o dr. Gupta, que na verdade era um homem bem decente. A aura dele era verde, a certa para quem cura. O dr. Gupta entrava e saía para verificar as coisas porque os medicamentos nem sempre funcionavam do jeito que deviam funcionar. Eu me lembro de Bruno no corredor com o médico, ficando todo alterado, mas tentando manter a voz baixa para que Harry não escutasse, e ficava repetindo sem parar, do jeito brusco dele: "Ela não vai sofrer. Está ouvindo? Ela não vai sofrer. Você tem que fazer a dor ir embora". Depois que o médico se retirou, Bruno se sentou numa cadeira e cobriu o rosto com as mãos e chorou muito, mas sem fazer barulho. Eu me aproximei na ponta dos pés e pus a mão no seu ombro. Ele ergueu os olhos para mim e perguntou: "Quem é você?". Ele não falou de um jeito simpático, e eu não respondi. Não achei que fosse ajudar em nada. Então, achei que ele disse: "Ela falou que você veio *na hora errada*". E eu disse: "*Na hora errada?*". E ele respondeu: Não, não na hora errada, é uma palavra em alemão: *un-hime-lick*. Significa sinistra, esquisita, excêntrica. Eu disse a ele que, para mim, tudo bem. Não me incomodo, eu disse. Bruno sacudiu a cabeça para mim, mas ele sorriu só um pouquinhozinho nos cantos da boca, então me senti melhor com ele depois disso, e, ah, preciso dizer, ele adorava Harry. Eu diria que ele tinha um dom. Ele sabia como amá-la. Era um facho de luz forte, pura e radiante, e ele ficava com ela e beijava a mão dela e fazia cafuné na cabeça dela e sussurrava para ela. Também ouvi os dois dando risada. Percebi que eu gostaria de dar risada antes de morrer. Espero que seja possível. Mas dava para ver que Harry tinha sido magoada, provavelmente em casa em algum ponto do caminho, como acontece com muitos de nós. Às vezes eu via e sentia a raiva queimando para fora dela e na sala, as antigas chamas vermelhas, escuras de fumaça e energias negativas, aquelas que vi na época de Anton. E percebi que Harry tinha que se esclarecer com todos aqueles que amava antes de seguir em frente, e isso é tremendamente importante, independente de qual seja a sua crença. Então eu percebi que algumas dessas pessoas já estavam do outro lado, e algumas delas eram fantasmas com os ossos brancos e turvos, ainda presos a este lado. Coitada da Harry.

Só conheci Ethan no segundo dia. Ele estava com um gorro de inverno puxado até as sobrancelhas, apesar de não estar fazendo frio, e parecia amedrontado e solitário. Assim que ele entrou, vi que estava todo bloqueado com medos. Eu precisei me concentrar e dar a volta nele, mas então vi um buraco, uma espécie de rasgo ou ponto dolorido no chacra do coração traseiro. E pude sentir desejos voando de Harry na direção dele. Ethan se sentou numa cadeira ao lado da cama e conversou com ela. Ele sabia muita coisa. Logo pude ver que ele era uma pessoa muito intelectual, como Harry. Eu realmente não sei sobre o que eles estavam conversando, mas dava para ver que não estavam dizendo as palavras autênticas que precisavam dizer, e isso me deixou ansiosa. Comecei a sentir pressão no peito, então ficou um pouco difícil respirar e eu precisei fazer uma pausa, ir para o corredor e limpar a minha própria aura. Eu me deitei no chão e meditei durante meia hora. Winsome, a enfermeira da noite, estava chegando para o turno dela. Não é um nome bonito, Winsome? Mas, bom, ela entrou na sala e Ethan saiu, e ele se sentou no chão e nós conversamos.

Nossa, não consigo me lembrar de tudo que dissemos um ao outro. Ethan agradou Kali durante um tempo e fez perguntas sobre ela, mas daí de algum modo passamos para o assunto de ser criança e de como as coisas podem ser difíceis só porque você é pequeno. Bom, eu acabei contando para ele sobre a vez que Denny quebrou o meu braço. Ele estava tendo uma daquelas brigas sérias com mamãe na mesa de jantar, e eu só estava tentando sair da frente porque sabia o que podia acontecer se eu não saísse, mas ele me pegou pelo braço para chegar até mamãe e me jogou contra a parede, e daí eu caí no chão com força, e um osso se quebrou e o meu braço ficou todo torcido numa direção maluca. Doeu tanto e ficou com uma aparência tão diferente de antes que eu comecei a berrar. Isso fez com que a briga parasse, pelo menos. Os dois ficaram com uma expressão de muita surpresa. Então Denny se aproximou de mim e eu fiquei com medo e recuei, mas ele pegou o meu braço e ajeitou o osso quebrado. Doeu pra caramba, mas logo depois me senti bem melhor, foi como um milagre, de verdade. Ele fez aquilo por mim, apesar de ter sido ele que esmagou o meu braço, pra começo de conversa. Fomos todos para o pronto-socorro no carro. Denny e mamãe mentiram a respeito do que tinha acontecido. Disseram que eu tinha caído de uma árvore, e o médico deu parabéns a Denny pelo ótimo trabalho que tinha feito, e Denny ficou orgulhoso. Caramba, dava para ver no rosto dele. Parecia que ele tinha se esquecido de que ele mesmo tinha me machucado. Ele só se lembrava de ter consertado o meu braço, não de quebrar. Ethan disse que isso foi a maior ironia. E eu respondi que sim, foi mesmo. Passamos um tempo sem falar nada e daí eu disse que ele tinha um bloqueio na aura, e ele falou: "É mesmo?".

Mas, bom, eu falei a ele sobre Harry e Anton. Ele queria que eu escrevesse algo que dissesse que eu sabia que era obra de Harry, e que Anton tinha me dito que era. Eu disse que faria isso, com certeza. Perguntei a ele por que estava conversando com a mãe a respeito de um livro qualquer quando ela estava prestes a passar para o outro lado. Depois de um tempo, Ethan mencionou um mundo que Harry tinha inventado sobre os Fervidlies, e Ethan disse que pensava sobre as histórias que ela contava para ele e Maisie dormirem o tempo todo, e foi por isso que ele se tornou escritor, mas nunca tinha contado isso a ela. "Você precisa contar", eu disse, "porque a sua mãe não vai mais estar aqui. Ela está seguindo em frente, e pelo bem dela e o seu, precisa contar para ela." Ethan disse que não sabia por quê, mas era tremendamente difícil para ele. Então, deixou que eu tocasse nele com as mãos, no rosto e nos ombros. A imposição das mãos é o método de cura mais antigo, que remonta à Bíblia. "Assim, depois de jejuar e orar, impuseram-lhes as mãos e os enviaram." Aquilo lhe deu energia. Eu pude sentir. E então nos beijamos algumas vezes. Eu sei que isto é para o livro, e Ethan provavelmente vai ler, mas tudo bem. Os beijos fizeram com que ele se sentisse melhor, e as cores ao redor dele ficaram mais fortes, e deu para ver como ele era bonito, e eu tirei o gorro dele. Ele tinha um cabelo bacana, encaracolado, mas não tão encaracolado quanto o de Harry era antes, meio sedoso encaracolado, e perguntei a ele se eu podia tocar e ele respondeu que sim, então toquei. Eu me hospedei no alojamento, é assim que chamam o lugar. Ethan, Kali e eu dormimos juntos numa cama, não teve sexo nem nada. No meio da noite, escutei alguém falando alto no corredor a respeito de anjos. Ethan disse que não era para eu me preocupar, que era uma pessoa chamada Barômetro. Ele iria explicar de manhã.

No terceiro dia, Harry parecia mais pálida e mais fraca. Ela também tinha que apertar a intravenosa para receber mais morfina. Ainda assim, estava com um caderno quadriculado branco e preto na mesinha de cabeceira ao seu lado e uma caneta, e apesar de a mão dela estar tremendo muito, conseguiu rabiscar algumas palavras nele. Demorou muito e, quando ela terminou, tinha gastado toda a sua energia. Dores enormes. Enxuguei as suas lágrimas com um lenço de papel. Passamos protetor nos lábios dela porque estavam rachando. Pus um cristal novo na sua barriga, por baixo da camisa, e precisamos ajeitar os lençóis. Pela primeira vez, vi a cicatriz com a pele franzida ao redor no lugar em que tinham cortado para abrir. A barriga toda tinha uma aparência estranha, bem branca e mole, mas quase dava para enxergar através da pele. Eu continuei limpando os chacras, fazendo movimentos circulares para limpar e reconfortar. Estava funcionando bem e fiquei feliz por estar fazendo progresso. Eu queria que os últimos sonhos de Harry deste lado fossem bons e sabia que a purificação iria trazer imagens pacíficas de sonho.

Em algum momento da tarde, uma mulher baixinha, bem arrumada e mais velha entrou na sala com Maisie. O seu cabelo grisalho e branco tinha corte curto e reto, na altura do queixo, e ela usava uma saia verde-clara que ia até os tornozelos e fazia um barulhinho de farfalhar quando ela caminhava com passos ligeiros e curtos. Ethan me disse que ela era a amiga mais antiga de Harry, Rachel Briefman. Deu para sentir na hora como ela era sábia e confiante. Ela ficou sentada ao lado de Harry durante muito tempo, acariciando-lhe a bochecha e conversando em voz baixa. Acho que estavam se lembrando do tempo em que eram meninas ou talvez Rachel estivesse lembrando por Harry. Na verdade, precisei ficar de costas para elas um pouco. Fingi estar brincando com Kali, porque senti que Rachel já estava com saudade de Harry, tinha saudade antes de ela morrer, se é que você entende o que eu quero dizer, e de repente me deu vontade de chorar. O médico de Harry também fez uma visita, o médico psiquiatra dela, não o dr. Gupta. Ele era um sujeito branco, bem velho, com cabelo ralo, meio careca, óculos com aro de chifre marrom e barriga, mas não muito grande, apenas um cara bem alimentado e confortável. Gostei dos olhos dele. Todos saímos da sala, até Bruno e Pearl saíram. Os dois devem ter ficado lá sozinhos quase uma hora. Bruno andava de um lado para o outro, punha o cabelo para trás com as mãos, uma vez atrás da outra. Quando o médico saiu, dava para ver no rosto dele que estava triste. Ele apertou a minha mão de um jeito muito educado e respeitoso. Deixou que Maisie lhe desse um abraço. Bruno o acompanhou escada abaixo e até a porta. Não sei o que eles disseram um ao outro, mas o clima ao nosso redor estava mudando rápido por causa do tempo, o tempo aqui na terra, não no outro tempo do para sempre. Eu rezei e meditei e rezei e meditei para ter força para terminar o trabalho. Ninguém precisava saber das minhas rezas. Kali sabia. Ela apoiou a cabeça no meu colo e ergueu os olhos para mim com tanta ternura. Às vezes, as energias mais puras vêm dos animais.

Harry não estava comendo nada. Maisie tentou dar um caldo para ela, mas não conseguiu. Dava para ver que Harry não iria comer mais nada, mas Maisie queria manter a mãe viva, fazer com que seguisse em frente. Harry disse que não estava mais sentindo os pés, então Maisie e eu os esfregamos e, enquanto fazíamos isso, Ethan se sentou ao lado dela e começou a falar das histórias de Fervid. Tinha uma menina chamada Nobisa, que não era muito limpa nem muito bonita. Eu gostei disso porque, geralmente, sabe como é, só se fala da princesa bonita e blá-blá-blá. Nobisa vivia aventuras com uns tipos bem estranhos, um ogro chamado Burnt — "queimado" — porque quase tinha sido morto num incêndio e sua pele era toda coberta de cicatrizes, e tinha uma fada chamada Fat — "gorda" — pelo bom motivo de ser obesa e por isso era difícil para ela voar. O peso dela era elevado demais, mas não conseguia emagrecer porque tinha uma fome gigantesca por bacon e ovos. Ela tinha comido todos os porcos do reino e as galinhas não conseguiam pôr ovos suficientes para saciar o apetite dela, e uma guerra se iniciou com o reino vizinho por causa disso. Ethan ficou contando a história sem parar, e Harry ficou lá com os olhos fechados e os dedos ao redor do dosador de morfina, mas de vez em quando ela sorria.

Então Harry vomitou catarro com sangue. Ela ficou tentando vomitar mais, e eu pus a mão no seu peito e soltei a respiração para ela. Ela gemeu. Então, disse: "Sabe, me cortaram toda sem motivo nenhum, Clemmy. Eles me dilaceraram e me envenenaram, mas isso só fez piorar". Bruno pareceu tão perturbado. Lágrimas brotaram dos olhos dele.

Bem naquele momento, um cara magricela, com cabelo comprido e barba, usando uma camiseta com uma caveira, entrou saltitante na sala — quero dizer saltitante igual a uma criança dando pulinhos, um passo e um pulo, um passo e um pulo — e começou a falar muito alto, agitando os braços feito um moinho de vento. Para ser sincera, por um segundo eu achei que um dos personagens malucos das histórias de Harry tivesse ganhado vida. Ele fez uma mesura para nós, igual a um homem que fosse tocar piano para uma sala de concerto cheia de gente, e então brandiu o punho fechado para o teto. Mas ele estava se preparando para fazer um sermão. As palavras saíam rápidas e furiosas dele. O jeito que ele falava me fez lembrar de um pastor de inspiração que a minha avó Lucy me levou para ver uma vez, mas o cabelo do sujeito era todo penteado para trás com brilhantina e ele usava um terno azul-marinho. O homem magricela falava sobre fé e zelo e atribulações e o sangue na cruz e cordeiros e anjos e tempestades e raios espocando no céu do Onze de Setembro e até a internet, apesar de eu não saber bem como isso se encaixava no meio daquilo tudo. Fiquei tentando ler a aura dele, mas ele saltitava pela sala com as pernas arqueadas, todo agitado e nervoso, e era difícil saber o que ele estava emitindo. Harry gemia e Bruno parecia muito irritado, e achei que ele fosse bater no homenzinho.

De repente, o homem que fazia tanta pregação ficou quieto. Ele disse: "Quebra o braço do ímpio e do perverso". É de um dos Salmos. Eu aprendi a maior parte deles quando era mais nova.

Mas este não é um daqueles que conforta, não é como se deitar em verdes prados. Então ele pulou direto para o Salmo 22, outra passagem assustadora: "Como água me derramei,/ e todos os meus ossos estão desconjuntados./ Meu coração se tornou como cera;/ derreteu-se no meu íntimo./ Meu vigor secou-se como um caco de barro,/ e minha língua gruda no céu da boca;/ deixaste-me no pó, à beira da morte". Eu nunca soube o que era caco de barro.

Eu ainda estava com as mãos em Harry, e estava com a respiração ritmada, e ela respirava comigo. Ela disse: "Eu estou que nem uma ânfora quebrada". Então Harry também devia conhecer a Bíblia dela. Eu não teria pensado que sim, mas Ethan me disse que Harry tinha lido tantos livros, e é claro que ela conhecia a Bíblia, porque era "grande literatura". Ele foi um pouco esnobe em relação a isso. Ah, fazer o quê?

Levamos Harry para fora porque ela disse que queria ver o rio e o céu. Pearl achou que talvez fosse demais. Mas Harry queria muito fazer isso, e Bruno disse que iríamos atender ao pedido dela, independentemente de qualquer coisa. O rosto dele estava todo vermelho e ele disse: "Que se dane, se é isso que ela quer, é isso que ela vai ter".

Foi uma grande produção. Levamos a intravenosa conosco, porque tinha rodinhas, mas precisamos ajeitar Harry na cadeira de rodas, e isso não foi fácil porque ela estava tão dolorida em todo lugar, e estava tão fria, precisamos encapotá-la com um suéter grande e um cachecol e enrolar dois cobertores ao redor dela. Maisie achou um chapéu verde bacana com aba para a cabeça dela, apesar de ser primavera e o ar estar quente. Harry ficou bem engraçada, devo dizer. Quando tudo estava pronto para sairmos, foi a maior dificuldade encontrar a pessoa que estava dentro de toda aquela cobertura. Parecia que carregávamos um saco de dormir com um chapéu em cima daquela cadeira de rodas.

Descemos pelo elevador de carga do prédio. Eu nem tinha reparado que ele existia antes. Bruno disse que iria manobrar a cadeira porque sabia lidar com ela, mas ainda assim fez Harry bater em algo algumas vezes, e ela guinchava "Ai" cada vez que isso acontecia, mas só por um segundo. Pearl nos acompanhou, toda calma e clara com a posição ereta, muito digna, e o homem magricela também, que parecia ter saído do sermão e de repente começou a mancar. Fiquei imaginando se ele estava se comiserando com Harry e por isso ficou um pouco manco. Ethan sussurrou para mim que a pessoa magra era o Barômetro. A mãe dele tinha sido morta por um tornado, e ele tinha passado períodos, durante muito tempo, em hospitais psiquiátricos, mas agora morava com Harry e Bruno. Levamos Harry até a beira d'água para ela poder apreciar a paisagem. Acho que ela queria sentir o sol bater no rosto, porque ergueu a cabeça para o sol. Kali estava saltitando na coleira e me puxava para lá e para cá para ir cheirar as coisas. Como ela adora cheirar tudo!

Puxei Kali para longe dos outros e me afastei alguns metros. Achei que eles precisavam ficar sozinhos com Harry — Bruno e Maisie e Ethan, pelo menos. Fiquei observando as gaivotas e dei uma olhada na Estátua da Liberdade. Fiquei pensando em como Harry devia estar se sentindo, pois não ia voltar a vê-la, não assim, pelo menos. Eu queria que ela soubesse que seria melhor, mais bonito do outro lado, mas era triste porque não temos como deixar de amar o que está ao nosso redor, mesmo que seja cobiça e apego às coisas que na verdade não têm importância quando se olha de uma perspectiva espiritual mais elevada. O passeio não durou muito. Harry não conseguiu suportar. O chapéu caiu em cima do rosto dela, e Maisie precisou ajeitá-lo porque Harry estava fraca demais para fazer isso. Ela também ajeitou o cachecol da mãe, e ouvi Harry sussurrar: "Agora o bebê sou eu". E Maisie sorriu, mas quando ela estava caminhando ao lado de

Bruno e Harry não a enxergava, o rosto de Maisie estava todo molhado de tantas lágrimas.

Aven, a neta de Harry, chegou depois que a escola acabou. Era uma menina alta para a idade, com cabelo curto, olhos grandes e rosto sério. Parecia uma moleca. Ethan disse: "Ela detesta cor-de-rosa. Não usa de jeito nenhum". Também disse que ela era um gênio da matemática: "Faz cálculos assim". Ele estalou os dedos. Acho que ela sabia que ia se despedir de Harry. Ela a chamava de avó. Eu meio que fiquei desejando que ela tivesse visto Harry um pouco mais cedo naquele dia, porque Harry estava tão exausta do passeio até a beira d'água que na verdade não conseguiu falar muito. Maisie levou Aven até Harry, e Aven olhou para a pele enrugada branca da avó com uma veia grande saltada na têmpora e para os olhos dela, que estavam bem fundos, e para os lábios secos e descascados dela, e ficou com medo. Ela se conteve, não queria tocar na avó. Maisie deu um empurrãozinho nas suas costas para que ela chegasse mais perto de Harry, e deu para ver o rosto de Aven se contorcer, e ela meio que engoliu os lábios. Ela só tinha oito anos. Talvez nove. Eu sabia que Aven estava prestes a começar a chorar, então peguei Kali e a levei até as duas. Kali ganiu um pouquinho e cheirou Harry. Kali sabia. A minha cachorrinha sabia exatamente o que estava acontecendo. Então peguei a mão de Aven na minha e nós agradamos Kali juntas, então pus as nossas mãos no ombro de Harry bem de leve e nós agradamos Harry juntas durante um tempinho, mas eu abracei Aven pelos ombros com o meu outro braço. Então senti a mão de Maisie nas minhas costas. Isso foi bacana. Maisie achou que tudo bem. Os olhos de Harry estavam lacrimosos, e achei que ela iria começar a balbuciar com a neta ali na frente dela, mas ela olhou para Aven e os seus olhos vidrados não pareceram tão vidrados por um segundo, e ela fez um barulho na garganta e então, o mais alto que conseguiu, que não era muito alto, soltou com a voz rouca: "Lute por si mesma. Não deixe ninguém forçar você a fazer nada. Ouviu bem?".

Aven mordeu o lábio inferior e eu enxerguei os seus dentes brancos. Ela olhou para a mãe porque não sabia o que dizer. Maisie assentiu com a cabeça para ela. Foi o menor movimento que eu vi na vida, e Aven respondeu: "Não vou deixar, avó. Prometo que não". Para ser sincera, eu soltei o maior "ufa" para mim mesma. Fiquei contente por termos passado por aquilo sem nenhum grande desastre emocional.

Bom, depois disso, ficamos praticamente só esperando. Bruno não saiu do lado de Harry. Tinha disposto uma cama bem do lado da dela. Havia espaço para todos nós. Maisie, Oscar e Aven dormiram num dos quartos, e deram a mim e Kali um pequeno escritório no mesmo corredor, onde Harry costumava fazer a contabilidade da fundação e essas coisas. Ethan me beijou mais uma vez, mas foi para um quarto só dele. Winsome chegou para o turno dela. Harry ainda estava viva pela manhã, mas irrequieta, falando e gemendo. O dr. Gupta veio dar uma olhada nela e conversou com Bruno no canto. Bruno ficou assentindo. Eu não entendia as coisas médicas, mas não iriam deixar que a dor incomodasse Harry demais, então lhe deram medicamentos e Harry ficou muito quieta. Ficou lá deitada tão imóvel quanto possível, tão imóvel que me lembrou o jeito como todas as folhas param de se mover antes de uma grande tempestade. Continuei com a limpeza, apesar das broncas de Bruno. "Ainda não sei que diabos você está fazendo aqui!" Ethan disse a ele para me deixar em paz. "Mamãe quis que ela ficasse aqui. Você sabe disso e eu sei disso", ele falou. "Deixe que ela fique." Bem naquele momento, Ethan se tornou um herói para mim.

Bom, no fim da manhã, por volta das onze e meia, estávamos todos por ali, só esperando Harry morrer. Eu tinha feito tudo que podia e tinha bastante certeza de que os chacras dela estavam o mais limpos possível. Pus a minha ágata roxa na barriga dela para abrir a comporta espiritual quando chegasse a hora, porque funciona no chacra superior. Então, de repente, vimos Harry se agitar na cama e, com uma voz que fez todos nós despertarmos, ela disse: "Não". Então disse de novo, e logo uma terceira vez, só para garantir. E, depois disso, não falou absolutamente mais nada.

Um homem chamado Phineas apareceu naquela tarde. Era um negro esbelto, de altura mediana, na verdade tinha a pele marrom bem clara, se quiser que eu faça a descrição correta. Tinha muitas sardas no rosto e sobrancelhas finas e arqueadas; a boca era macia e o lábio inferior se sobressaía um pouco. Gostei da roupa dele, calça justa, botas e um paletó esporte bonito. Todos o conheciam. Harry não conseguiu conversar com ele, e isso foi muito chato, porque ele tinha vindo da Argentina. Ethan me informou que ele era uma das fachadas de Harry. Ele havia representado um papel para ela, assim como Anton, mas não tinha ficado perturbado como Anton ficou. Phineas se sentou ao lado de Harry e conversou com ela, apesar de ela não estar escutando, pelo menos não do jeito comum, porque ela não estava mais desperta. Ele falou durante muito tempo e segurou a mão dela. Eu me lembro de que ele a chamou de "amiga" e de "minha amiga, velha amiga".

Mais tarde, Phinny — esse era o apelido dele — saiu para comprar sanduíches para nós, e todos nos acomodamos para comer e conversamos sobre isto e aquilo. Ethan leu o jornal que estava jogado na mesa e Maisie ficou aborrecida e disse que todos nós estávamos nos esquecendo de Harry, que estava lá estirada, quase morta, e o que estávamos fazendo? Mas eu disse a ela que era assim mesmo. Nós não estamos morrendo agora. Todos vamos morrer mais tarde, precisamos comer. Harry iria querer que comêssemos, não é mesmo? Estava chovendo lá fora, chovia forte do outro lado das janelas, que estavam cobertas com gotículas que escorriam pelo vidro feito lágrimas. Eu me lembro de ter pensado isso.

Naquela noite, dormi com Kali enrolada ao meu lado e fiquei imaginando se Winsome ou Bruno iriam chegar para dizer que Harry tinha morrido, mas ela estava viva pela manhã. O dr. Gupta nos disse que o corpo dela estava se desligando. Mas Harry continuava respirando. E a chuva parou, e o sol saiu, e Bruno abriu a janela para deixar entrar um pouco de ar. Saí com Kali para dar um passeio e corri com ela, passando pelos táxis aquáticos e pelo galpão grande onde se expõe arte e pensei que Harry talvez devesse ter posto as obras dela lá. Quando voltei, esperamos mais um pouco. Examinei a aura de Harry — muito mais limpa. As cores eram puras. Um pouco de vermelho, mas muito verde e azul. Fiquei feliz, porque tinha respondido ao meu destino. Eu ficava pensando no meu apartamento e nos meus chás todos enfileirados na quitinete e nos clientes que eu tinha cancelado para ficar com Harry, e estava um pouco entediada enquanto esperava, para dizer a verdade, mas não queria deixá-la ainda. Eu queria estar lá na hora da transição, na hora em que Harry deixasse o nosso mundo e fosse para domínios mais elevados de consciência.

Antes de ir embora, Harry fez um som estranho, um barulho profundo e de estremecer, e quando escutei aquilo, o som ecoou por toda a minha cabeça, um anúncio de um fim e de um novo começo. Ficamos todos muito quietos. Eu não me aproximei de Harry, mas vi a luz saltar para cima e para fora ao redor dela. O dr. Gupta, solene e ereto, nos disse que ela estava morta. Harry estava tão imóvel e a pele dela parecia meio transparente, mas não vi nem um vestígio de dor no seu rosto. Eu sabia que estava na hora de eu ir embora. Bruno a abraçava, e Maisie e Ethan estavam ao lado da cama; então, apenas alguns minutos depois, peguei Kali e o meu saco de pedras e saí da sala pisando com os calcanhares, tão silenciosa quanto um camundongo, e liguei para a Legends da cozinha, para virem me buscar. Deixei a ágata roxa, e espero que eles se lembrem de enxaguá-la.

Só tenho mais uma coisa a dizer. Mantive contato com Ethan e, uns oito meses depois, ele me perguntou se eu queria ver algumas obras de Harry enquanto ainda estavam no estúdio. Estavam organizando tudo, ou algo assim. Eu respondi que sim. Maisie e Ethan me receberam. Eu tinha deixado Kali com Deborah, a minha vizinha no prédio, só porque Deb adorava cuidar dela. Ethan destrancou a porta, abriu e acendeu as luzes acima da minha cabeça. Era o fim do outono, e o céu era cinzento através das janelas, com um pouco de marrom e branco. Eles me disseram que Bruno e o Barômetro ainda estavam morando no prédio, e que não se entendiam muito bem, por isso havia problemas, mas estavam tentando resolvê-los e havia alguma coisa no testamento de Harry e ela tinha deixado o suficiente para eles se sustentarem, mas eu nem ouvia, porque estava olhando ao redor, para todas as coisas naquele lugar, as bonecas grandes e macias e as salas e as casas. Havia algumas esculturas pequenas penduradas no teto. Uma era de um pênis, e eu simplesmente tive que rir dela. E então tive uma pequena sensação de enlevo que sinto de vez em quando, como se estivesse sendo puxada na direção do teto. Era um sinal, talvez estivesse vindo de Harry. Dava para sentir que algo importante estava acontecendo comigo e então vi uma mulher acocorada no chão, não uma pessoa de verdade, mas uma estátua enorme sem cabelo. E ela tinha muita gente dentro da cabeça dela, mas também números e letras, e ela fazia chover números e letras e pessoinhas das suas partes íntimas, da sua vagina, pelo menos, e eu senti um grande sorriso se abrir no meu rosto, e cheguei mais perto para olhar melhor. Tem muita coisa na arte que eu não entendo. Para ser sincera, tudo parece meio chato para mim, mas isto era diferente. Eu fiquei de quatro no chão e comecei a examinar os pequenininhos, e tive uma sensação sagrada. Eu disse a Ethan que estava sentindo aquilo. Abri os braços e disse: "Uau", e então eu a vi. "Olhem", eu disse a eles. "Olhem, é Harry. Posso tocar nela?" Eles não sabiam que Harry tinha se colocado na arte, por isso foi emocionante. Apontei para a pessoinha, e Ethan e Maisie se ajoelharam. Eles enxergaram na hora. Maisie disse: "É a mamãe mesmo". "Olhem", eu disse, "ela só está caminhando, toda feliz e saudável, cuidando da própria vida, olhando para o céu." Acho que havia esculturas pequeninas demais para eles poderem reparar na mãe minúscula entre todas aquelas outras pessoinhas.

Eles me falaram sobre a senhora filósofa que quase tinha sido esquecida, de cujo nome não consigo me lembrar, mas que inspirou a mulher grande e todas as pessoinhas dela. Ela tinha vivido há muito, muito tempo, na era medieval, acho. Margot, talvez. Eu sou péssima para lembrar nomes. Vou ter que perguntar sobre ela a Ethan na próxima vez que o vir. Mas o fato importante é o seguinte: enquanto eu estava ajoelhada olhando para a bonequinha de Harry, ela começou a brilhar. Juro. Ela brilhou roxa. Eu estava vendo a sua energia. Ela tinha um campo eletromagnético — aquela coisinha tinha, sim. Eu então fiquei muito quieta. Demos uma volta por ali para olhar outras obras de arte e então, quando estávamos para sair pela porta, eu me virei para trás para dar uma última olhada nas obras de arte de Harry e vi a aura delas em chamas por toda a sua volta. Respirei fundo e segurei a respiração durante alguns segundos. Afinal de contas, não eram pessoas. Eram apenas coisas que uma pessoa tinha feito. Pela primeira vez, eu realmente compreendi a razão de o mestre ter ensinado que havia artistas no plano mais elevado, vivendo em Sirius. Era porque eles tinham dedicado o seu espírito e as suas energias àquilo que faziam. Deviam ter muita energia extra para distribuir. Mas, bom, juro que a sala toda estava iluminada por aqueles arco-íris trêmulos.

Ethan e Maisie devem ter visto que algo tinha acontecido comigo, porque perguntaram qual era o problema, mas eu respondi que não havia problema nenhum. Disse que estava tudo bem, e estava mesmo. Se eu tivesse falado sobre as luzes e as cores, eles iriam olhar para mim de um jeito esquisito, apesar de terem boa intenção e serem pessoas de bom coração. Os dois eram assim. Fechei os olhos. Voltei a abrir e só fiquei lá parada, sorrindo, porque as cores continuavam presentes — vermelhos e alaranjados e amarelos e verdes e azuis e violeta — em chamas quentes e brilhantes, naquela sala grande onde Harry costumava trabalhar, e eu tive a certeza de que cada uma daquelas coisinhas malucas, insanas e tristes que Harry tinha feito estava viva com o espírito. Por um segundo, quase fui capaz de escutar a respiração delas.

ESTA OBRA FOI COMPOSTA POR OSMANE GARCIA FILHO EM ELECTRA E
IMPRESSA PELA PROL EDITORA GRÁFICA EM OFSETE SOBRE PAPEL PÓLEN SOFT
DA SUZANO PAPEL E CELULOSE PARA A EDITORA SCHWARCZ
EM OUTUBRO DE 2014